Jézabel

Alan GOLD

JÉZABEL

Traduit de l'anglais par Isabelle St Martin

Michel LAFON

7-13, boulevard Paul-Émile-Victor - Île de la Jatte
92521 Neuilly-sur-Seine Cedex

16:29 Achab, fils d'Omri, régna sur Israël, la trente-huitième année d'Asa, roi de Juda. Achab, fils d'Omri, régna vingt-deux ans sur Israël à Samarie.

16:30 Achab, fils d'Omri, fit ce qui est mal aux yeux de l'Éternel, plus que tous ceux qui avaient été avant lui.

16:31 Et comme si c'eût été pour lui peu de chose de se livrer aux péchés de Jéroboam, fils de Nabot, il prit pour femme Jézabel, jeune fille d'Etbaal, roi des Sidoniens, et il alla servir Baal et se prosterner devant lui.

16:32 Il éleva un autel à Baal dans la maison de Baal qu'il bâtit à Samarie,

16:33 et il fit une idole d'Astarté.

Bref, il excita, par sa conduite, la colère de l'Éternel, Dieu d'Israël, plus que tous les rois d'Israël, ses prédécesseurs.

Premier Livre des Rois 16:29-33

AVANT-PROPOS

La voix des femmes dans l'Histoire – à part quelques rares exceptions – a été réprimée, étouffée ou censurée à travers les âges. Celles dont nous entendons parler dans l'Ancien et le Nouveau Testament sont en général des épouses, des mères ou des jeunes filles et ne jouent pour ainsi dire presque jamais aucun rôle dans les affaires des hommes.

Il a fallu attendre la fin du XXe siècle pour que les critiques littéraires et historiques se mettent à lire entre les lignes des récits et des événements et témoigner du véritable rôle des femmes dans la société, la culture et la religion à travers les âges.

La princesse phénicienne Jézabel, sacrée reine d'Israël, fut l'une de ces voix étouffées. Nous ne la connaissons qu'à travers le Premier Livre des Rois et à peu près exclusivement du point de vue du prophète Élie. Elle est exécrée par ce dernier qui la traite de prostituée et l'accuse d'avoir introduit l'idolâtrie dans l'antique royaume d'Israël. Cependant, l'archéologie moderne montre que l'adoration des idoles y fut pratiquée à plusieurs reprises et qu'on a tenu Jézabel pour seule fautive des tendances polythéistes.

Dans ce roman, j'ai envisagé les événements historiques dans une perspective totalement différente de celle qui nous est relatée par l'Ancien Testament. Il s'agit d'un ouvrage de fiction, et je sais que nombre de ceux qui considèrent la Bible comme la parole de Dieu risquent de s'en trouver incommodés. Je les prie de m'en excuser : je ne prétends pas faire œuvre de théologie.

Cependant, après avoir été désignée pendant trois mille ans sous des appellations telles que « prostituée fardée » ou « tentatrice immorale et débauchée », après avoir vu pendant trois mille ans son nom considéré par toute femme vertueuse comme la pire des insultes, le temps est venu de proposer une version différente de la vie de Jézabel.

Alan GOLD

VOICI QUE TOUT COMMENCE...

Ce soir elle deviendra déesse et cela sera bien.

Le seigneur Abimel, souverain roi de Phénicie, s'unira à elle sous le regard des prêtres et des prêtresses de Baal, d'El et d'Astarté, et elle goûtera la joie de la consécration. Il se grisera de la voir amenée vers lui et il prendra possession de son corps. En cet instant de grâce, elle connaîtra la gloire d'une déesse car elle rejoindra les autres femmes sacrées déjà honorées par le service des dieux. Ainsi, elle égalera la splendeur d'Astarté, la déesse dont le sourire illumine le monde.

En s'unissant au roi, elle deviendra femme et contentera les dieux. Lorsqu'il atteindra l'extase, il répandra sa semence sur l'étoffe sacrée placée sur le sol du temple et prêtres et prêtresses entameront leurs chants qui empliront la salle.

L'étoffe imprégnée sera brandie aux yeux des officiants afin d'attester la puissance du souverain ; trompettes, tambours et harpes réjouiront alors la foule massée au-dehors. Un murmure de soulagement montera des gorges nouées. Tout s'est passé pour le bien ! Rassuré, le peuple reverra naître l'espoir. Certains rentreront chez eux recréer l'acte sacré que le roi viendra d'accomplir avec la femme-enfant. D'autres iront prier en silence les divinités protectrices de la maison. D'autres descendront à la rivière afin de se purifier. Mais la plupart demeureront sur le parvis du temple pour assister au miracle à venir, lorsque la grande prêtresse sortira du sanctuaire : le silence retombera soudain, jusqu'à ce qu'elle brandisse le tissu humide au-dessus de sa tête et entonne les chants de la pluie. Le peuple de Sidon verra que le roi a rempli son devoir et poussera des clameurs de gratitude. La musique et les cris reprendront de plus belle tandis qu'on ira enterrer le drap dans un champ voisin.

Les dieux contents pourront s'abreuver de la fraîche semence et en fertiliser la terre. Les lourdes nuées pourront se lever dans le ciel de Phénicie et se gorger de pluie avant de venir se répandre sur les moissons qui grandiront, sur les animaux qui engraisseront.

Et la jeune fille devenue femme sera heureuse. Le peuple de la terre sera heureux. Le roi continuera de régner, entouré de l'amour et de la reconnaissance de ses sujets.

La mère de la jeune fille, Ramaseda, lui a enseigné la nuit passée ce que ses amies du village lui avaient déjà murmuré à l'oreille – qu'elle éprouverait un bref instant de douleur lorsque le roi pénétrerait son corps, mais que cela ne durerait pas et que, dès lors, toute sa jeunesse ne serait plus qu'un vague souvenir. Depuis la visite de la prêtresse, quatre ans plus tôt, Ramaseda a préservé la virginité de sa fille pour le roi. Si les dieux sont favorables, un enfant naîtra de cette union : le petit bénéficiera de privilèges que les autres nouveau-nés du village ne goûteront jamais. Il ne connaîtra ni la faim ni la soif et n'aura jamais froid la nuit. Il vivra dans un palais avec des esclaves pour le servir et mangera de la viande tous les jours.

Non seulement la descendance de la jeune fille profitera de ces nombreux avantages mais elle-même fera partie des concubines du roi et toute sa famille sera honorée. Son père, Nechum, a passé ces trois derniers jours à lui répéter qu'elle va faire le bonheur de ses parents ainsi que de ses frères et sœurs car la terre que va leur donner le roi leur assurera la prospérité pour toujours.

Et tout sera bien en Phénicie.

Dans la chaleur torpide du matin, la jeune fille qui ce soir deviendra femme s'éloigne lentement de la ville de Sidon pour se rendre au bois sacré de la colline afin d'y prier sa déesse protectrice. Elle s'interroge sur ce qui va lui arriver lorsque le soleil descendra dans la mer Éternelle et que le roi s'approchera d'elle. S'il connaît l'extase, elle entrera dans l'intimité des dieux. Goûtera-t-elle l'expérience ou aura-t-elle trop peur ? Elle a hâte d'accomplir toutes ces choses que ses amies ont déjà faites avec des hommes mais, en même temps, elle se sent un peu angoissée.

Depuis sa naissance, elle prie la déesse Astarté à qui sa mère voue une dévotion toute particulière. Elle a renié son prénom, Noémie, pour adopter le nom sacerdotal d'Isha-Astareth. Oui, songe-t-elle, ce soir, je serai femme, prêtresse et je ne ferai plus qu'une avec Astarté. Ce soir tout sera bien.

Comme elle se dirige vers le bois sacré où elle passera l'ultime demi-journée qui la sépare de la prêtrise, en communion avec Baal, Astarté, El et les autres dieux protecteurs de la Phénicie, elle s'aperçoit subitement qu'elle n'est pas seule. Une femme gît sur le sol à l'orée du bois sacré, non pas prostrée mais alanguie, fascinante, assurément belle quand on ne voit que l'or profond de ses cheveux qui s'épand sur tout son corps.

Une brume de chaleur flotte sur la mer Éternelle et Isha-Astareth cligne des yeux en se demandant un instant si elle n'est pas l'objet d'une illusion, mais non... La femme se lève lentement, rajuste ses voiles et s'en retourne vers la porte de Damas qui ouvre, en contrebas, les remparts de la ville. Telle une apparition, elle ne semble pas marcher mais glisser, plus gazelle que femme, d'une impressionnante majesté.

Tout d'un coup, elle s'arrête, se rembrunit comme si elle se demandait qui ose ainsi troubler sa quiétude mais, en voyant le regard éperdu d'admiration d'Isha-Astareth, elle sourit.

La jeune fille ne se sent pas à son aise sous cet œil qui semble lire en elle chacune de ses pensées.

Pourtant, c'est un sourire de bienveillance, presque de connivence que lui adresse cette femme. Alors, Isha-Astareth la reconnaît. Elle l'a déjà vue au palais, lorsqu'elle a été présentée au roi Abimel. La femme se tenait derrière un pilier et observait l'assistance avec une sorte de détachement curieux, comme si ces pratiques de mortels ne la concernaient plus vraiment.

Il y avait une lueur de tristesse dans ses beaux yeux. Qu'avaient-ils donc vu durant leur longue vie passée ? Cette femme était-elle de sang royal ? Sinon, qui pouvait-elle bien être ? Isha-Astareth s'avisa qu'elle pouvait aussi bien venir d'un pays étranger, qu'elle était peut-être la compagne d'un ambassadeur d'une terre lointaine, ou alors la sœur d'une des épouses royales... impossible de le savoir.

Et voilà qu'elles se rencontrent à nouveau, sur le chemin du bois sacré. La femme semble l'aborder avec bonté, aussi Isha-Astareth lui rend-elle son sourire, un rien anxieuse toutefois, car elle sait qu'elle va bientôt découvrir le vrai visage de l'inconnue. Elle devine aussitôt, dans son expression, un lourd chagrin, témoin d'une vie mouvementée, des rides d'inquiétude qui lui strient la face. Et puis, ses cheveux sont plus cuivrés que blonds. Ce sont les rayons du soleil qui ont un instant masqué la teinture rouge destinée à cacher ses tempes grisonnantes. Cependant, il y a quelque chose de déconcertant dans son allure, une confiance, une assurance que ne possèdent ni sa mère ni les autres vieilles femmes de Tyr et de Sidon. Voilà une grande dame, née d'une éminente famille, non une servante obligée de se cacher derrière un pilier dans la salle d'audience du roi, hors de la vue des ambassadeurs, des princes du sang et des notables de la ville.

– Ainsi, lance l'inconnue d'une voix habituée à commander, ce soir tu vas te donner au roi, mon frère. Tu viens ici pour te recueillir. Grâce à toi, la pluie viendra et nous connaîtrons l'abondance.

Il n'y a là ni cruauté, ni irritation. Isha-Astareth sait que cette dame ne met nulle malice dans ces paroles.

– Oui, répond-elle, je suis élue pour devenir l'instrument du roi.

– Comme je l'ai été moi-même, il y a bien des années,

soupire la femme. Non pour mon frère, bien sûr, mais pour le souverain d'une contrée lointaine. Mon époux était un grand roi, mon pays...

Elle s'interrompt, songeuse, laissant errer son regard sur la mer Éternelle puis se retourne vers la jeune fille :

– As-tu jamais entendu parler de la terre d'Israël ?

Isha-Astareth hoche la tête. Elle connaît évidemment ce pays au sud du sien, ce peuple au dieu unique, mais la peur l'envahit soudain : elle comprend qui peut être cette femme. Pourtant, la Phénicie la disait morte et enterrée.

– Israël est une contrée lointaine, aride et sans joie. Mais qu'est ma vie pour toi ? Je parle d'un autre temps, d'un autre roi, d'un autre pays. Au contraire de toi, je fus plus qu'un instrument entre les mains des dieux. J'ai été reine. Et plus que cela, beaucoup plus.

Isha-Astareth est tellement terrifiée qu'elle n'ose rien répliquer.

– Sais-tu qui je suis ? insiste la dame.

La jeune fille secoue la tête ; elle ne veut rien savoir, elle voudrait seulement s'en aller, prier Astarté, se mettre en paix avec le monde, entrer dans le temple et accomplir sa destinée. Elle ne veut pas la compagnie de celle dont elle refuse de prononcer le nom. Néanmoins, elle se sent irrésistiblement attirée, captivée par la beauté de cette femme, son allure majestueuse, sa surprenante franchise.

– Mon nom est Jézabel.

Ce nom... qu'il ne faut pas prononcer et que pourtant nul n'ignore !

– Comme tu le vois, poursuit triomphalement Jézabel, je suis vivante.

Elle paraît satisfaite de l'effet qu'elle produit, comme si elle se réjouissait d'être encore célèbre, quoique honnie, tant en Phénicie qu'en Israël, où son souvenir évoque à jamais l'anathème proféré contre elle par les adorateurs de l'Éternel. Tout cela parce qu'elle a eu le front d'entraîner le peuple dans l'adoration joyeuse de Baal et d'Astarté.

Mais qui la connaît vraiment ? Qui sait son histoire ? Bientôt, son nom lui-même, autrefois glorifié par les multitudes, se desséchera dans les sables du désert.

– Il y a de nombreuses années, j'étais jeune, innocente et belle, comme tu l'es aujourd'hui, mon enfant. Garde-toi de ceux en qui tu places ta confiance. Demande-toi toujours : « Qui complote dans mon dos pour me détruire ? »

Sans vraiment comprendre ce que signifient ces paroles, Isha-Astareth écoute, silencieuse.

Une fureur subite s'empare de Jézabel. Faut-il qu'elle soit tombée si bas ? Levant les yeux au ciel, elle s'écrie :

– Que m'avez-vous fait là ?

Terrifiée, Isha-Astareth se fige. Elle voudrait partir mais quelque chose la retient. Jézabel s'efforce de réprimer sa colère et ajoute d'un ton presque calme :

– Les dieux m'ont joué un tour affreux. Pourtant je ne désirais rien tant que les servir, les aimer et être aimée d'eux. Mais ils ont conspiré contre moi. Vois où ils m'ont entraînée ! Je devrais être encore reine, je devrais encore, sur mon trône, recevoir l'hommage des nations. Il fut un temps où le monde s'arrêtait lorsque je dansais ; ma beauté était si grande que les poètes la chantaient ; si je me tenais devant les murailles d'une ville, la population sortait dans le seul but de me contempler ; les hommes de pouvoir et de richesse buvaient mes paroles. J'étais le centre du monde. Et voilà que je suis seule, aujourd'hui, sans amis...

Jézabel s'en veut d'effrayer la jeune fille.

– Regarde toujours derrière toi, mon enfant, ajoute-t-elle doucement, lorsque tu arpenteras les corridors et les sentiers du palais. Connais tes ennemis ; même au sommet de ma puissance, j'ai été rabaissée par un vieux fou desséché et son dieu qui n'aime pas les femmes.

Isha-Astareth a envie de s'enfuir, mais, curieusement, elle se sent attirée par cette reine déchue. Elle désirerait en entendre plus, tout savoir de ce fabuleux personnage pourtant elle tremble à l'idée qu'on la voie s'entretenir avec Jézabel, celle dont le souvenir même doit être banni. Elle risque d'en être punie, de ne plus avoir droit au titre de concubine du roi ; ses parents ne recevraient pas leur terre et, à dix-huit ans, elle est déjà trop âgée pour trouver un bon mari – il ne lui resterait qu'à épouser un vieux veuf.

Elle aurait voulu continuer à gravir cette colline jusqu'au bois sacré.

– Madame, murmure-t-elle, pardonnez-moi, mais je dois...

– Prier, coupe Jézabel. Oui, mon enfant, va prier Astarté, t'offrir à elle. Et, lorsque tu contempleras l'image de la déesse chevauchant un lion avec son fils et amant Baal, songe au plaisir qui t'attend avec le roi mon frère.

Isha-Astareth ne peut pas bouger, pétrifiée devant celle qui fut un jour la plus glorieuse des reines.

– Tu vas bientôt prier, mais à quoi bon précipiter ta destinée ? Demeure la maîtresse du temps qui passe, mon enfant, comme j'aurais voulu le faire moi-même... mais ceci est une si longue histoire...

Isha-Astareth s'incline et fait mine de s'éloigner. Jézabel la rattrape par le bras.

– Un instant, que dit-on de moi ? Que raconte-t-on par les villes et les campagnes de Phénicie ? Parle-t-on de ma beauté et de ma puissance passées ?

– Non, Madame, on dit que vous avez abandonné votre royaume aux mains de vos ennemis... et que vous êtes morte !

– Je suis bel et bien vivante ! Ils n'y entendent rien. Viens donc t'asseoir près de moi. Tiens-moi compagnie en attendant de te donner à mon frère. Tu as encore tout ton temps. Écoute mon histoire et tâche d'en tirer des leçons qui ne pourront que t'être bénéfiques. Je vais te raconter l'histoire d'une femme qui a tenu le monde au creux de sa main et l'a perdu par la faute d'un vieillard aigri et d'un dieu invisible.

CHAPITRE 1

Ville de Sidon, Phénicie

Ishbaal, le potier, s'aperçut que chacun de ses gestes était scruté, pesé, mesuré par une toute jeune fille aux yeux clairs qui se profilait dans l'encadrement de sa porte.

À dire vrai, elle avait à peine la place de s'y faufiler mais, ainsi qu'elle l'avait déjà fait à plusieurs reprises, elle trouvait toujours le moyen de s'insinuer avec son corps souple parmi les entassements de jarres et de vases qui encombraient l'échoppe, comme si elle pouvait s'y cacher et passer inaperçue.

Le potier connaissait cette jolie fille. Il l'avait vue dans le temple de Baal ainsi qu'au palais royal. Elle allait bientôt devenir prêtresse ou peut-être même épouse d'un roi.

Elle ne lui avait jamais adressé la parole. Les gens comme elle ne parlaient pas aux potiers. Aussi se demandait-il ce qui pouvait tant l'intriguer dans son art qui n'avait rien d'occulte, au contraire de celui des devins, des prêtres et autres docteurs. C'était son père qui le lui avait enseigné et il l'exerçait depuis l'âge de neuf ans. Il avait appris à transformer la morne argile en majestueuses poteries multicolores et remerciait chaque jour les dieux de lui permettre d'offrir au monde des plats pour manger, des gobelets pour boire et des idoles pour prier.

Alors pourquoi cette jeune personne perdait-elle son temps à observer un simple potier dont l'unique habileté consistait à imiter son père ? Jamais il ne saurait dire à quel moment l'humble pâte d'argile était transformée par les dieux en ces objets rutilants qui plaisaient tant.

Il leva lentement les yeux tout en prenant garde de ne pas alerter la jeune fille. Elle était la biche, lui le chasseur. Elle se tenait là, le visage dissimulé par sa capuche. Il ne distinguait rien d'autre d'elle, à part un pied qui dépassait derrière une amphore à huile.

La première fois, c'était sa femme qui l'avait averti de la présence de la jeune princesse Jézabel cachée parmi les pots qu'il comptait mettre en vente. Cette enfant ne cessait de l'observer alors qu'il façonnait l'argile, la caressait, l'humectait pour lui donner forme. Sa femme en avait été tellement surprise qu'elle avait suivi l'inconnue jusqu'au palais. Les gardes avaient laissé passer la jeune fille. Ce ne pouvait donc être que cette princesse qu'il avait lui-même aperçue lorsqu'il livrait sa vaisselle aux cuisines royales.

Que venait-elle faire chez lui ? Fallait-il le lui demander ? Ce serait sans doute risquer de l'effaroucher. Mais une princesse pouvait tant pour un pauvre potier comme lui...

Finalement, en accord avec sa femme, il avait mis au point une approche particulière. Ishbaal toussa et se leva, faisant mine de chercher sur son établi une cisaille aux lames faites du plus acéré des bronzes, à l'aide de laquelle il coupait l'argile humide, mais il la laissa maladroitement tomber.

Tout en feignant de chercher l'instrument avec force jérémiades, il s'arrêta soudain devant l'amphore.

– Femme, demanda-t-il tranquillement, peux-tu me la ramasser ?

Il vit la silhouette se raidir et s'enfoncer encore davantage dans l'ombre de son atelier.

– Si je devais l'atteindre, expliqua-t-il, il me faudrait déborder mon tour et cela me porterait malheur. Un potier doit rester derrière son tour. Tu m'aiderais à apaiser ta déesse Astarté, si tu m'accordais cette faveur.

Lentement, la biche sortit de l'ombre. Elle était grande pour une jeune fille de treize ans, presque autant que lui. Il ne distinguait pas les traits de son visage toujours couvert par le manteau qu'elle portait par-dessus sa tunique. Elle se pencha et tendit la cisaille à Ishbaal. Il la remercia avant de se remettre silencieusement au travail, pétrissant l'argile, la pressant entre ses paumes pour en exprimer tout l'air, la pliant et reprenant patiemment tout le processus.

Il ne disait rien. Surtout, ne pas la faire fuir. En outre, il était curieux de savoir comment elle allait réagir.

Insensiblement, elle se rapprocha de lui, observant son travail.

– Pourquoi appuies-tu ainsi ? s'enquit-elle.

Elle avait une voix d'enfant mais déjà l'intonation d'une chanteuse ou d'une conteuse, forte et confiante, une voix plus claire que celle de Taliba, la fille du potier, pourtant âgée de seize ans et qui vivait avec son époux, Ehud, l'armurier.

– Je presse l'argile pour en faire sortir l'air, car s'il en restait un peu lors de la cuisson, il provoquerait des fêlures dans mes amphores et celles-ci ne pourraient plus retenir de liquide. S'il en restait beaucoup, la chaleur la ferait exploser et les éclats briseraient les autres pots.

– D'où provient l'argile ? reprit-elle.

– Du sol.

– Du sol d'ici, en Phénicie ?

– Oui, et d'autres endroits aussi. Certaines proviennent des rives de fleuves qui traversent l'Assyrie, d'autres du Nil, aux marches lointaines de la Haute-Égypte, mais les meilleures arrivent du Nord, où l'on trouve des falaises entières constituées d'argile. Elle est très chère et je ne l'utilise que pour la vaisselle du grand roi Etbaal, afin que ses fils, ses filles et ses épouses puissent conserver leurs grains, leurs farines, leurs huiles, leur vin, leurs dattes et leur eau dans les plus belles jarres. Je me suis aussi laissé dire que le roi et sa famille utilisent mes poteries à leur table, même lorsqu'ils reçoivent l'ambassadeur d'un pays lointain.

Ishbaal s'attendait à ce qu'elle lui demande pourquoi les plats de la table de son père n'avaient pas cette teinte de terre, et il s'apprêtait à lui parler des couleurs qu'il achetait à des marchands venus des Indes et de l'Afrique. Étonnamment, elle n'en fit rien, mais regarda ses mains creuser l'argile pour lui donner la forme d'une coupe.

– Quelles prières dois-tu faire pour implorer les dieux de changer la terre en pots et en jarres ?

Depuis le temps qu'elle l'observait, elle devait connaître la réponse à cette question et ne la lui posait que pour l'éprouver. Néanmoins, elle était princesse de sang royal et pouvait, d'un simple mot, d'une accusation de... de... ce qu'elle *voudrait*, le faire envoyer en exil avec toute sa famille, si ce n'était le faire mettre à mort. Tandis qu'un compliment pourrait lui valoir la fortune. Aussi s'efforça-t-il de lui expliquer gentiment :

– Avant toute prière, il me faut travailler la matière, la pétrir comme tu m'as vu faire, puis lui donner une forme, la faire sécher au soleil, la recouvrir d'un mélange d'œufs, de mica, de sable et de sel pour la rendre étanche puis la placer dans un four aussi chaud que possible et attendre qu'elle cuise.

– Mais quand pries-tu pour demander aux dieux d'en faire une poterie ? Et à quel dieu t'adresses-tu, Baal, El ou Astarté ?

Il lui jeta un regard surpris.

– Les trois à la fois. Chacun de mes gestes est dirigé par les dieux. Lorsque je commets une erreur et qu'il me faut jeter un pot, c'est que j'ai péché. Cela me rend meilleur.

Il sourit et, subitement, la princesse Jézabel tourna les talons et s'en fut sans mot dire. Ishbaal la suivit des yeux, priant le ciel qu'elle revînt. S'il comptait la princesse parmi ses amis, sa destinée pourrait en être bouleversée et la richesse lui sourire.

*
**

Étendue sur un divan, Jézabel se laissait éventer par les plumes d'autruche de Syrie qu'agitait son esclave éthiopien. La chaleur était telle, ce jour-là, qu'il lui avait déjà fallu descendre par deux fois à la mer pour s'y rafraîchir dans ses eaux tièdes. Mais, le temps de quitter le sable de la plage pour les herbes du jardin où ses esclaves aspergeaient son corps d'eau de rivière pour en ôter le sel, la transpiration revenait déjà sur son front.

Elle détestait l'odeur que prenait sa peau quand elle avait chaud. Un médecin égyptien, réputé pour avoir guéri Pharaon d'une mauvaise blessure, avait rendu visite à la cour de son père l'année précédente et conseillé de moudre des gousses de caroube afin d'en obtenir une pâte qu'il fallait ensuite se passer sous les bras. Jézabel suivait ce conseil à longueur d'année et priait maintenant ses servantes d'y mélanger de l'huile fraîche de moringa, trois gouttes d'encens, et quatre gouttes d'essence d'écorce de cyprès, ce qui n'ajoutait rien aux qualités de la caroube, si ce n'était un subtil parfum.

La chaleur devenait tellement insupportable que la princesse n'avait plus le courage de tendre le bras vers l'extrait de santal qu'elle aimait tant humer.

Ce soir, elle devrait assister à l'une des réceptions de son père aussi avait-elle prévenu ses gens qu'auparavant elle désirait se reposer à l'abri des rigueurs du soleil.

Elle parvenait tout juste à songer aux derniers événements de son jeune passé. Une partie de sa vie s'achevait. Elle n'irait plus se cacher chez le potier. Il ne l'amusait plus. D'ailleurs, il n'était pas beau. Il lui avait paru intéressant tant qu'il tournait son argile dans la semi-obscurité de son échoppe mais, dès ses premières paroles, elle avait perdu toute curiosité à son endroit. Maintenant son art était dépourvu de tout attrait aux yeux de la jeune fille.

Elle souriait cependant à ses autres exploits. Au début, ils lui avaient valu d'exquises épreuves. Lorsque, pour la première fois, elle s'était échappée de ses appartements, vêtue en paysanne, pour aller visiter les cabanes où travaillaient les artisans, tout son corps frissonnait d'effervescence. Elle vibrait encore au souvenir délicieux de sa peur en franchissant les portes du palais sans se laisser voir des gardes nubiens affairés à contrôler les chariots des marchands qui se présentaient chaque matin. Très vite, cependant, elle n'y prit plus le même plaisir. Il lui fallut bientôt étendre son champ d'exploration.

Piquée par l'excitation de visiter la ville sans la permission de son père, elle se mêlait aux gens du peuple – aux marchands qui venaient de tant de contrées exotiques, aux paysans qui l'impressionnaient par la dureté de leurs corps, aux enfants sales qui erraient à la recherche de nourriture.

Elle avait commencé par la rue des bouchers mais fut vite repoussée par la couleur rouge violacé des carcasses, la puanteur des chairs et des entrailles qui pourrissaient à même le sol. Outre le bourdonnement des mouches bleues, elle fut épouvantée par les chiens sauvages mais aussi par les gens aux mains et aux vêtements couverts de sang animal. Ils ne ressemblaient en rien aux prêtres dont les blanches tuniques souillées par les sacrifices faisaient vite place à des habits neufs. Tandis que ces hommes qui coupaient la viande lui paraissaient horribles ; elle ne voulait rien avoir à faire avec eux.

Ensuite, elle avait parcouru le quartier des orfèvres, bijoutiers et autres fabricants d'amulettes. L'endroit lui parut infiniment plus plaisant malgré l'odeur persistante de métal fondu qui la faisait parfois éternuer. Elle n'aimait pas éternuer : c'était un signe que les dieux se fâchaient. Aussi, dès qu'elle en ressentait le besoin, elle s'éloignait vivement, afin de les apaiser. Néanmoins, Jézabel observait avec passion ces hommes équipés de chalumeaux ou de soufflets pour activer le feu de leurs fours, amenant à incandescence le métal éclatant qui se changeait alors en un liquide aveuglant comme le soleil.

Elle aimait les voir verser ce liquide dans des moules où il passait soudain du brillant électrum au rouge furieux d'une blessure ouverte. Et puis, lorsqu'il s'était solidifié, l'orfèvre retournait le moule et battait le métal jusqu'à lui donner la forme d'un bracelet, d'une amulette, d'un collier ou d'un jonc. Tant qu'il restait chaud et qu'il gardait la texture d'une pâte à pain, il y introduisait des pierres précieuses : grenats rouge sang des mines de Moab ou vertes émeraudes de Haute-Égypte.

Cependant, Jézabel finit par s'ennuyer et décida de repartir à l'aventure. Ce fut alors qu'elle découvrit l'art de la poterie et l'atelier d'Ishbaal dont tous disaient qu'il était guidé par la main de Baal lui-même.

Les échoppes s'égrenaient au pied du mont où les ancêtres de son père avaient édifié le palais de la ville de Sidon : tentes et cabanes de potiers, d'armuriers, d'orfèvres, de fabricants d'encens, de caravaniers avec leurs dromadaires qui grondaient et renâclaient, leurs ânes brayant, et les marchands d'épices, les meuniers et les brûleurs de charbon de bois.

Ils étaient tant et tant qu'ils s'étaient installés dans des enclaves afin que les gens de Tyr et de Sidon et d'autres villes les trouvent plus facilement. Et Jézabel les regardait du haut de sa fenêtre du palais, écoutant les bruits de leurs discussions et reniflant les odeurs du pain qui cuisait, de l'encens qui brûlait, des graisses qui fondaient pour préparer des chandelles.

De tous les endroits qu'elle avait visités, il en était un seul où elle ne retournerait jamais : la Vallée des Lépreux, par-delà les collines et les montagnes qui enchâssaient la ville de Sidon et la cachait aux yeux du monde. Ceux qui lui avaient parlé de la Vallée des Lépreux ne l'avaient eux-mêmes vue que de loin et décrite comme un lieu de mort et d'horreur, sévèrement gardé jour et nuit par des hommes ombrageux. Le long de la route, des enseignes avertissaient le promeneur de passer son chemin car quiconque pénétrait dans la Vallée et touchait un lépreux ne serait jamais autorisé à revenir en ville. On leur laissait de la nourriture toutes les nuits et, au matin, elle avait disparu.

C'était un endroit qui avait toujours fasciné la jeune fille, si bien qu'un jour, après avoir annoncé à ses servantes qu'elle sortait prier Astarté, elle avait guidé son cheval vers la Vallée. Bien qu'ils l'eussent reconnue, les gardes lui interdirent d'en franchir la limite :

– Même une princesse peut ne pas en revenir.

Aussi était-elle descendue de cheval pour observer de loin la vallée peuplée de huttes et de brasiers fumants. Ici et là erraient des ombres, quand elles ne gisaient pas à même le sol à guetter la délivrance de la mort.

Jézabel recula en titubant d'effroi. Ces malheureux étaient complètement tenus à l'écart des délices de la vie phénicienne ; ces exclus, ces bannis, rejetés par leur propre peuple, abandonnés au sort irrévocable de morts-vivants.

Fallait-il y voir la réalité de la mort ? Se voir partir seul, à la dérive et le savoir ? Elle frémit devant un tel sort. Existait-il pire destin que le bannissement ? Les dieux visitaient-ils la Vallée ? Qui veillait sur les proscrits ? Astarté ? Baal ? El ?

Les jours passant, la princesse oublia la Vallée des Lépreux et ce fut le potier qui occupa toute son attention. Il vivait dans une méchante échoppe encombrée de plats qui s'entassaient jusqu'au plafond, parfois au-dehors, et ceci ne laissait pas de la fasciner. Elle raconta avec mille détails à ses servantes comment s'y prenait l'artisan pour malaxer, presser et modeler l'argile, et toutes pouffèrent lorsque Jézabel dit à quoi lui faisait penser la petite tour humide et brune qu'il érigeait entre ses paumes expertes. Et sur ses mains coulait le liquide brunâtre qu'il extrayait de la pâte à force de la masser, de la dresser, d'y tracer des cercles avec ses ongles puis d'avachir le tout comme elle l'avait vu faire aux hommes quand ils s'amusaient avec leurs belles esclaves. Mais, au contraire des hommes à qui il fallait souvent une journée entière avant que les dieux ne renforcent leur membre, Ishbaal pouvait aussitôt renouveler sa magie.

Pourquoi avait-il fallu qu'il brisât leur entente tacite en se mettant à parler ? Elle aimait à venir le voir, elle savait qu'il appréciait sa présence. Et voilà qu'il venait de rompre ce lien furtif qui les unissait. Désormais, la magie n'opérait plus.

Jézabel contemplait sa chambre et la trouvait triste avec ses murs peints de jaune, de rouge et de vert, son plafond décoré comme une nuit étoilée, les vases vernissés ornés de silhouettes d'hommes et de femmes, les statues de sa déesse Astarté unie à Baal, son époux et fils, les coupes de grenades, d'oranges et de melons, les flacons de vin... Jour après jour, rien de tout cela ne changeait. Rien, dans sa vie, ne changeait jamais. Aujourd'hui était hier et demain à la fois. Ce soir, lorsque le soleil descendrait dans la mer Éternelle, elle se trouverait une nouvelle distraction.

Ville de Samarie, Israël

Il était déjà venu sur cette place, mais il n'aimait pas les villes. Il se sentait heureux chez lui, dans son humble demeure de Tishbé à Galaad. Il était heureux dans le Temple de l'Éternel, où le chuchotement du peuple en prière et le chant des prêtres formaient une lointaine rumeur, où il pouvait se prosterner devant l'autel et ne plus faire qu'un avec Dieu.

Mais au tréfonds de lui-même, il lui fallait reconnaître qu'il n'était jamais si heureux que dans le désert où régnait une quiétude absolue, où seuls venaient troubler le silence les sifflements du sable emporté par le vent, telles des nuées d'embruns qui s'en allaient mourir sur la crête des dunes. Nul ne venait le déranger dans son désert, si ce n'étaient quelques nomades qui passaient au loin, insensiblement...

Cependant, le Seigneur lui avait ordonné de sillonner les villes et villages d'Israël afin de ramener le peuple inconstant à l'adoration du Très-Haut.

Élie se tenait sur l'estrade improvisée qu'il avait ajoutée au chariot et regardait Rizpah aux yeux tristes. Leurs enfants leur manquaient, comme chaque fois qu'ils s'en allaient prêcher la parole de l'Éternel. Mais ils les savaient en sécurité auprès de leurs voisins et, dans un mois, Élie et Rizpah quitteraient Samarie et traverseraient le Jourdain pour regagner Tishbé. Quand il pensait à ses enfants, un bonheur tranquille envahissait son cœur.

Parfois, il se demandait pourquoi le Seigneur l'avait choisi, lui, pour porter Sa parole. Certes, il était un homme de bien... un homme pieux. Et l'Éternel avait fait de lui un prophète. Depuis qu'il avait eu cette vision dans les vergers de son enfance, le peuple voyait en lui un envoyé de Dieu, ce qui l'avait obligé à mener cette vie solitaire et souvent difficile – et qui l'eût été infiniment plus sans l'appui et le soutien de Rizpah.

Il la regarda de nouveau et se détourna de la tentation de tout quitter sur-le-champ pour retourner à son bras dans le doux abri de leur demeure.

Pourtant, il se devait d'accomplir la volonté de l'Éternel. L'œuvre du Tout-Puissant passait avant lui-même, sa femme et ses enfants.

Rizpah était une femme honnête, avec un grand cœur. Mais le doute envahissait son âme chaque fois qu'il lui fallait repartir sur les routes. Elle vit alors que son époux la regardait en souriant et lui adressa un mouvement de la tête pour l'encourager. Toute la matinée, elle avait arpenté les rues de Samarie, elle était entrée dans les maisons et dans les bazars pour annoncer aux habitants et aux marchands qu'Élie, le grand prophète de l'Éternel, Dieu d'Israël, allait prêcher au début de l'après-midi sur la place du marché.

Beaucoup étaient venus mais pas autant qu'elle l'eût espéré ; on était loin de cette mer de visages qu'elle s'attendait à voir. Quant à Élie, s'il avait remarqué cette foule un tant soit peu clairsemée, il semblait perdu dans ses pensées. Elle savait que, dès qu'il commencerait à parler, le peuple s'agglutinerait autour de lui, comme à chaque fois.

Elle lui adressa un nouveau signe de tête et il sourit. D'une voix forte, il s'écria :

– Peuple de Samarie, hommes et femmes d'Israël, adorateurs du Très-Haut, le seul vrai Dieu, approchez car je suis l'instrument du Seigneur et que j'ai un message à vous transmettre, qui m'a été dicté par le Seigneur dans un de mes rêves.

Et le peuple commença à se masser autour d'Élie. Rizpah remarqua, au balcon du premier étage du palais, des gardes qui avaient surveillé leurs faits et gestes depuis leur arrivée. Elle put constater que l'un d'eux avait disparu à l'intérieur. Allait-il revenir avec le roi d'Israël, Omri ? Et si ce mauvais homme qui régnait sur une terre divisée allait écouter ce que son époux avait à dire ?

Omri détestait Élie car il parlait vrai. Maintenant que le prophète prenait la parole au pied du palais, le roi ne pourrait demeurer sans réagir. Alors l'Éternel interviendrait et vaincrait la dynastie de la maison d'Omri, et Israël et Juda seraient à nouveau réunis et tout le peuple d'Israël pourrait à nouveau servir le Tout-Puissant dans le Temple de Jérusalem... Alors, tout irait pour le mieux de par le monde.

CHAPITRE 2

L'ambassadeur examinait la salle du trône dans laquelle il venait d'entrer à la tête de sa délégation en s'efforçant de ne pas laisser transparaître son mépris. C'était la première fois qu'il voyageait en Israël, au sud de sa glorieuse et flamboyante terre d'Assyrie. Et il se retrouvait dans ce taudis qu'on osait nommer palais, tout juste orné de tristes tapis tandis que chez lui, à Ninive, mais aussi en Syrie, en Phénicie ou à Babylone, la moindre cloison resplendissait de fresques éclatantes.

Ici, n'étaient les tentures, les murs semblaient nus. Où se cachaient les scènes de triomphe ou les subtiles peintures qui comblaient d'aise un homme bien né ? Où s'exposaient les entrelacs de couleurs précieuses arrachées aux coquillages ou aux écorces d'arbres exotiques ? Où se montraient ces motifs qui réjouissaient à l'œil, tributs mystiques aux dieux témoignant de leur omniprésence ?

Ceci n'était pas un palais mais un tombeau, aussi peu avenant que le reste du pays d'Israël. L'ambassadeur avait espéré trouver en sa capitale, Samarie, un peu de couleur et de beauté. Mais non, c'était comme si, à peine la frontière franchie, les visages s'étaient soudain fermés, comme si la gaieté n'existait plus.

L'ambassadeur d'Assyrie considérait avec morgue le roi d'Israël. Son maître, le sarkin Assournasirpal, le plus grand roi du monde, l'avait déjà envoyé traiter avec beaucoup d'autres souverains. Il avait vu de nombreuses terres et de nombreux monarques, mais jamais aucun qui ressemblât à celui d'Israël, vêtu du plus terne des vêtements, ordinaire parmi les plus ordinaires de ses sujets.

Quel était donc ce pays ? Qu'en était-il de son apparat, de ces richesses qui devaient confondre les visiteurs d'admiration ? Où étaient les ornements et les présents offerts par les souverains étrangers en hommage à la puissance de ce royaume ? Où était la joie ? Où étaient les décorations ? Où étaient les bas-reliefs célébrant la grandeur du monarque ? Rien de semblable à ce qui se faisait dans les villes de Ninive, de Nimroud ou d'Assour. Ici ne régnaient que fadeur et austérité. Quel royaume ! À son retour, l'ambassadeur en conterait de belles à son maître...

Omri, roi d'Israël, fut irrité par la moue méprisante de l'ambassadeur. Il avait remarqué son attitude dès son entrée dans la salle du trône et savait fort bien ce qui se passait dans l'esprit de cet homme : il en était de même pour tous les ambassadeurs et cela exaspérait autant le roi que cela l'étonnait. Pourquoi ces émissaires n'étaient-ils pas prévenus des exigences de la religion d'Israël et des commandements de l'Éternel avant d'entrer sur Sa terre ? Il existait pourtant assez d'échanges entre les pays environnants pour que le mot se fût répandu jusqu'à Babylone et plus loin encore.

Omri avisa cet insolent avec rigueur. Puisqu'il était venu à sa cour, il allait apprendre qui était le seul vrai Dieu, celui qui interdisait aux Hébreux de fabriquer des idoles ou toute image tentant de représenter Sa grandeur. Trois fois sainte était la majesté du Tout-Puissant. Ce présomptueux ambassadeur ne trouverait nulle part en Israël aucune fresque, pas plus que dans le pays de Juda, au sud, où l'Éternel régnait aussi ; là-bas, le grand roi Salomon avait construit le Temple sur les collines de Jérusalem la puissante, la ville de l'héritage, la ville de la paix. Car fresques et idolâtrie étaient sœurs et Adonaï, le Dieu unique, la présence invisible, se trouvait partout et nulle part.

Le roi se raidit sur son trône devant le rictus de l'ambassadeur. Outre le sot qui s'inclinait devant son trône, Omri éprouvait un léger malaise, comme s'il n'appartenait déjà plus à ces lieux.

Tout était bien, cependant, jusqu'à ce matin, quand Élie avait commencé à prêcher. Élie ! Qui débarrasserait jamais la maison d'Omri, qui débarrasserait Israël des divagations de ces prophètes ? Pourquoi l'Éternel, ce Dieu exigeant, impitoyable et jaloux devait-il le punir avec cette plaie d'Élie le Tishbite ? Qu'avait fait Omri pour Le mettre dans une telle colère ? Il avait hérité d'une moitié de royaume, et rien de ce qu'il pouvait dire ou faire ne saurait rapprocher Israël et Juda. La faute en incombait au roi Jéroboam qui s'était révolté contre la maison du roi Salomon. Et voici qu'Omri devait en porter le poids.

Il avait pourtant tout fait pour apaiser le Seigneur : il avait édifié des villes et des temples afin de combler le peuple d'Israël et de plaire à Dieu ; il avait bien agi en achetant deux talents d'argent la colline sur laquelle il avait bâti la nouvelle capitale d'Israël ; il avait accepté de détruire les veaux d'or de Béthel et de Dan que Jéroboam avait installés afin d'attirer les fidèles loin du Temple de Jérusalem. Mais Élie et les autres prêtres de Samarie ne s'en contentaient pas ; ils ne songeaient qu'à retourner prier dans le Temple de Jérusalem et à réunir les deux nations. Il y avait pourtant trop de ressentiment entre les deux maisons royales.

Ainsi, jour après jour, cet illuminé aux pieds nus arpentait le pays en vitupérant le doigt tendu, en brandissant sa crosse et en menaçant Omri et la maison royale des pires malédictions. Depuis le schisme, tous les rois d'Israël étaient la cible de violentes critiques de la part des prophètes.

Élie s'avérait le plus acharné de tous. Rien ne trouvait grâce à ses yeux, ni les plus riches cadeaux offerts au Temple, ni les banquets donnés en son honneur, ni les somptueux vêtements, ni l'or, ni les bijoux. Il restait inébranlable dans sa condamnation d'Israël, indifférent à toutes les tentatives d'Omri pour l'amadouer ou l'intimider.

Par deux fois, déjà, le roi l'avait enfermé dans les souterrains du palais ; par deux fois les prêtres avaient attisé la colère du peuple rassemblé devant les portes pour réclamer sa libération ; par deux fois le grand roi avait subi l'humiliation de devoir le relâcher afin d'éviter un soulèvement.

Chaque jour apportait de nouveaux troubles causés par le prophète. Si Omri l'avait pu, il se serait débarrassé d'Élie et des prêtres du temple depuis des années... Mais cela eût entraîné la destruction de tout ce qu'il avait bâti.

Quant à ce ridicule ambassadeur du roi Assournasirpal, avec ses anneaux d'or dans les oreilles, sa frange et ses perles, sa coiffure entremêlée de fils d'or, sa barbe tressée comme les cheveux d'une fille, il n'était rien. Omri s'efforça d'écouter ses paroles flagorneuses, mais il n'avait à l'esprit que l'image d'Élie pieds nus, vêtu d'un simple pagne et d'un manteau. Plus Omri faisait le gros dos sous la tempête de ses paroles, plus le prophète s'emportait.

Il ne s'en prenait d'ailleurs pas qu'à Omri ; dans ses pérégrinations à travers le pays, il ne cessait de tendre son doigt noueux sur les prédécesseurs du roi – sur Zimri avant lui, sur Ela avant lui, sur Bacha avant lui et sur Nadab avant lui et enfin sur le grand démon, celui qui avait séparé la nation d'Israël de celle de Juda, Jéroboam.

Un jour, dans leur fureur, les conseillers du roi l'avaient supplié de faire emmener Élie dans le désert pour qu'il y fût mis à mort. Il eût ensuite été facile d'en accuser les Philistins ou les Syriens. Dans un moment de faiblesse, il avait failli accepter puis s'était ravisé car il ne connaissait que trop les conséquences possibles d'un tel acte. Il ne pouvait se permettre de déclencher une guerre maintenant, alors que depuis dix ans la paix régnait entre Israël et Juda. Grâce à cette paix, il avait pu collecter l'impôt et rebâtir les villes jadis détruites. Jamais les habitants d'Israël et de Juda n'avaient été si prospères. Même en ces temps de sécheresse, le peuple disposait de la nourriture et de l'huile sorties des greniers du roi.

Et cet illuminé, cet homme de Dieu voulait tout détruire dans le seul but de réunir les deux royaumes afin que tous puissent aller adorer l'Éternel en son Temple de Jérusalem !

Le silence retomba sur la salle du trône. Omri s'extrait de ses pensées et vit que tous les regards étaient posés sur lui, en particulier ceux de la délégation d'Assyrie.

– Comment ? demanda-t-il.

Le chef des armées s'avança et lui murmura à l'oreille :

– L'ambassadeur d'Assyrie désire savoir combien d'hommes seront envoyés d'Israël.

Omri se souvint alors de l'objet de cette visite diplomatique : l'Assyrie voulait s'assurer du support d'Israël avant d'engager une guerre contre la Syrie. Nombre d'hommes trouveraient la mort au combat, mais s'il refusait, les Assyriens considèreraient ce rejet comme un acte de belligérance et ne se priveraient pas d'assaillir également Israël ; sans compter les Philistins, de la côte sud, qui, considérant le refus d'Israël d'assister l'Assyrie comme un signe de faiblesse, saisiraient l'occasion pour attaquer.

Omri s'éclaircit la gorge :

– Combien d'hommes ton roi veut-il lancer contre la Syrie ?

Naturellement, l'ambassadeur avait prévu cette question et le marchandage commença :

– Grand roi, nous enverrons autant d'hommes qu'il le faudra pour défaire notre ennemi et nous garantir une paix éternelle. Leur nombre dépendra bien sûr de l'engagement d'Israël. Si tu envoies cent hommes, mon roi enverra cent hommes.

– Mais comment puis-je savoir combien d'hommes envoyer lorsque j'ignore la taille de vos armées et la force de vos soldats ?

L'ambassadeur parut assez déconfit par cette objection. Il s'était beaucoup entraîné à cette attitude car elle lui permettait de détourner l'attention de son interlocuteur.

Cependant, il n'eut pas le temps d'amorcer sa réponse car le roi Omri continuait :

– Dans les chants qui montent de la bouche de ton peuple, il est dit que le grand sarkin Assournasirpal est invincible, qu'il possède une armée de dix mille braves, et même vingt mille. Comment pourrais-je me mesurer à de telles forces ?

Après avoir fait mine de réfléchir un peu, il ajouta :

– Et pourquoi le puissant sarkin Assournasirpal aurait-il besoin de mon aide quand, selon son peuple, il possède une pareille armée ? Mon pays est petit, néanmoins mes hommes sont forts et vaillants. Mais qui pourrait égaler une armée de vingt mille invincibles ? De plus, j'ignore combien il faudrait d'hommes d'Israël pour égaler mille hommes de ton pays. Aujourd'hui, tu plies le genou devant moi et me dis qu'il en faut un pour un, mais vos chants laissent entendre que je devrais plutôt en envoyer deux ou trois fois ce nombre. Pourquoi les bouches de ton peuple me disent-elles que tes hommes sont deux fois plus courageux et trois fois plus forts que les autres ?

L'ambassadeur d'Assyrie s'apprêtait à répondre, mais le roi d'Israël le devança encore :

– Dis à mon frère, le roi d'Assyrie, que je lui enverrai autant de soldats, de chars, de chevaux, d'attelages et de lanciers qu'il sera nécessaire pour aider une armée invincible. Dis-lui que je respecte les paroles des chants que l'on chante sur lui et que s'il me faut envoyer dix hommes, ou même vingt, pour simplement voir son invincible armée livrer bataille, alors je le ferai. Dis-lui que le roi Omri d'Israël a parlé. Qu'Israël enverra un seul char et un seul homme pour observer la puissance du sarkin Assournasirpal. Va, maintenant.

L'ambassadeur d'Assyrie paraissait cette fois franchement interloqué. Il ne parvenait pas à suivre la logique du roi d'Israël : alors qu'il s'apprêtait à formuler enfin sa réponse, il se voyait tout simplement renvoyé. Comment était-ce possible ? Ce genre de discussion durait habituellement plusieurs jours, parfois des semaines. Comme on n'en était qu'au début des négociations, il s'attendait pour le moins à les poursuivre jusqu'à la nuit tombée, puis les reprendre le jour suivant et l'autre encore, selon la coutume, jusqu'à ce que le roi israélite accepte d'envoyer son armée comme il allait de toute façon finir par le faire. Comment ne pas s'alarmer de se voir ainsi éconduit alors qu'il avait à peine commencé de parler ? Pour se faire dire, en outre, qu'Israël n'enverrait que dix ou vingt hommes... ou pire, rien qu'un homme et qu'un char... Le roi Omri aimait-il tant la plaisanterie ?

Ou n'était-ce là qu'une habile manœuvre ? Ce monarque était-il intelligent ? L'ambassadeur avait déjà entendu parler de son habileté à négocier, malgré la médiocrité de sa demeure.

S'il s'en tenait à cette réponse, s'il retournait à Ninive sans avoir obtenu le renfort d'Israël pour la campagne contre les Syriens, connaissant le caractère ombrageux du roi Assournasirpal, lui et sa famille seraient certainement mis à mort.

– Oh grand roi ! Sans doute voudras-tu, avant de me laisser partir, m'accorder la réflexion d'une nuit et me recevoir encore en audience demain, lorsque ton esprit aura pris le temps de déterminer le véritable sens de ces chants et déduit combien d'hommes il te faudrait envoyer.

Omri eut un fin sourire :

– Je comprends fort bien le sens de ces chants. Vous pouvez prier vos dieux et louer la valeur de votre roi mais nous, en Israël, avons un autre Dieu et mon peuple chante sur Lui, non sur l'écrasante puissance de leur roi qui reste avant tout le serviteur du Tout-Puissant. Notre ancêtre, le roi David, a supprimé Goliath, le géant philistin, d'un seul coup de son lance-pierre, car l'Éternel voyait par ses yeux et guidait son bras.

« Maintenant, quitte mon royaume, ambassadeur, car les routes sont dangereuses la nuit et des voleurs pourraient t'attaquer. Je te suggère, pour te consoler, de chanter les chants de ton peuple. Demande-toi, par exemple, combien il te faudrait de soldats assyriens pour te protéger des voleurs. Et transmets mon message à ton roi. Dis à mon frère, le sarkin Assournasirpal, que je suis prêt à lui envoyer qui il voudra mais que je sais qu'étant invincible, il n'aura besoin de rien ; dis-lui que je connais les chants de son peuple et que j'en ai tiré mon jugement. Mais qu'il me dise d'abord ce que lui-même compte envoyer contre les Syriens. »

Là-dessus, le roi congédia l'ambassadeur terrifié d'un geste de la main.

*
**

D'un seul coup, les massages de la petite Nubienne irritèrent le roi. Il n'aimait plus les parfums qu'elle avait apportés d'Égypte. Il n'éprouvait plus de plaisir aux soins qu'elle lui prodiguait de ses mains expertes. Il se tourna et laissa tomber sa serviette.

– Va-t'en !

L'enfant leva sur lui un regard apeuré, comme si elle venait de commettre une bêtise.

– Pardon, je...

– Ce n'est pas ta faute, mais va-t'en.

Elle obéit silencieusement. Avant qu'elle eût franchi la porte, le roi vit que, malgré son jeune âge, elle avait déjà un corps formé, de jolies fesses rondes qui se devinaient aisément à travers l'étoffe légère de sa tunique. Ces Égyptiennes avaient un sens inné de la beauté. Les marchands témoignaient des magnificences de la cour de Pharaon, du bleu éclatant du ciel, du vert des arbres bordant les palais, temples et monuments qui s'élevaient si haut qu'on n'en voyait pas les plafonds ; les voyageurs lui avaient décrit les mets exquis servis chaque jour, et ces gourmandises conservées froides dans les neiges que l'on transportait d'Éthiopie, même au cœur de l'été.

Un jour, avant de mourir, il partirait pour l'Égypte. Un jour, il trouverait un prétexte pour se rendre dans ce pays et voir de ses yeux la beauté, la puissance, la splendeur dont le culte du Très-Haut le privait.

Pourquoi pas une entente avec l'éclatante Égypte plutôt qu'avec la belliqueuse Assyrie ? Cependant, quel intérêt Pharaon aurait-il à s'allier avec Omri ? Depuis la nuit des temps, l'Égypte considérait comme siennes les terres de Juda, d'Israël, du pays des Philistins et du reste du Croissant Fertile. Omri savait qu'un jour l'Égypte reprendrait des forces et reconquerrait ses « provinces » pour étendre sa civilisation sur tout le Levant et sur l'Afrique du Nord et aussi loin qu'elle pourrait s'enfoncer dans les jungles inconnues qui s'ensuivaient.

– Attends ! cria-t-il à la petite esclave. Reviens.

L'enfant revint vers lui, apeurée. Mais quand elle vit à quel point le roi la désirait, elle sourit.

Ville de Tyr, Phénicie

Le roi Etbaal gisait sur sa couche, un linge mouillé sur le front, tandis que son masseur tâchait d'assouplir ses muscles tendus. La course avait été tranquille entre la ville de Sidon et son autre capitale, Tyr. Pourtant, il en sortait encore épuisé. Il détestait voyager, cependant il devait bien de temps à autre visiter les villes de son royaume pour se montrer à son peuple, rendre la justice, planifier les routes et les constructions nouvelles, s'assurer que son nom était toujours encensé. Ainsi, les rois d'Israël, de Juda, de Syrie et tous les autres sauraient qu'il était toujours aussi puissant et admiré de son peuple.

Un roi pouvait s'estimer en sécurité tant que ses sujets chantaient ses louanges. S'ils venaient à s'arrêter, c'était que l'heure avait sonné de couper quelques têtes et de mater une possible rébellion. Telles étaient les leçons apprises de son père qui les avait apprises du sien. Pourtant, durant son règne, il n'eut pas rencontré le besoin d'exécuter quiconque. Il lui suffisait de se montrer à son peuple pour que son peuple l'aimât.

Du moins en était-il ainsi jusqu'à ce que la sécheresse s'installe, qui rendait ses sujets instables et insatisfaits. Qu'arriverait-il lorsque les récoltes manqueraient pour la deuxième année consécutive et que les gens commenceraient à mourir ? C'était la raison pour laquelle il visitait les villages des montagnes aussi bien que les villes côtières et les deux capitales. Afin que le peuple sût la compassion de son souverain.

Il était arrivé de Sidon à cheval. Habituellement, il venait plutôt dans un chariot ou sur un dromadaire. Il méprisait ces animaux pour leur lenteur ridicule mais cette même lenteur permettait au corps de s'adapter à leur pas chaloupé et il n'arrivait pas épuisé, même après une journée entière de trajet. Tandis que les allures d'un cheval, aussi bien au pas qu'au petit galop, même quand on lui couvrait le dos de deux ou trois tapis, avaient vite fait de donner des courbatures au roi.

Mais un dromadaire ne pouvait pas escalader de montagnes ou traverser des routes rocailleuses. C'est pourquoi Etbaal avait dû se résoudre à parvenir à Tyr courbatu et de mauvaise humeur. Il ne pouvait pourtant se détendre comme il l'eût voulu car il était le roi et ne devait laisser paraître nul signe de faiblesse en inspectant les fortifications de sa ville sous les yeux des dignitaires. Pour peu qu'il laisse seulement échapper un bâillement, les rois de Syrie, d'Assyrie et d'Israël en seraient immédiatement informés. Alors, son royaume serait en péril.

Jézabel chevauchait en tête du cortège royal lorsque les remparts de la ville se dessinèrent au loin. Les gardes se mirent aussitôt en état d'alerte et firent sonner leurs trompettes, battirent leurs tambours et grattèrent leurs harpes pour l'accueillir en fanfare dans la ville. Etbaal se dit que c'était là un joli geste de la part de sa fille préférée ; néanmoins, il ignorait qu'elle avait rapidement passé les portes et donné des instructions pour que l'accueil solennel sur les marches du palais fût abrégé. Généralement, c'était une cérémonie qui durait un temps infini : dignitaires et marchands déclamaient les triomphes du roi pour lui faire bon accueil. Cette fois, Jézabel en avait voulu autrement.

Elle avait prétendu que son père devait s'occuper d'urgence d'une affaire d'État. Impossible d'avouer qu'il avait besoin de se reposer. Elle avait cependant fait venir un masseur afin de le délasser. Elle était allée jusqu'à déguiser l'un de ses serviteurs en émissaire d'un pays lointain désireux de s'entretenir avec le roi de Tyr et de Sidon dans le plus grand secret. Ainsi Etbaal pourrait-il garder la tête haute face à son peuple tout en se reposant.

Quand il en eut terminé, le masseur s'éclipsa, laissant le passage à Jézabel qui apportait des linges humides pour rafraîchir le front de son père.

– C'était très gentil et attentionné de ta part, mon enfant, commença-t-il, mais tu nous as fait courir certains risques.

Malgré les excellentes raisons que tu as données, en refusant la pompe d'un accueil solennel, tu pourrais laisser entendre à nos ennemis que je suis vieux et fatigué, incapable de diriger les affaires de la Phénicie. Mon visage indique que je ne suis plus l'homme que j'ai été. Il eût mieux valu respecter ce que chaque ville avait prévu pour moi. Tu as sans doute commis une erreur.

Jézabel accepta la remontrance puis répondit :

– Je connais un moyen d'ôter leurs appréhensions. Ce soir au temple, si tu versais ta semence sur une jeune et belle prostituée ? Quand le peuple l'apprendra, il t'acclamera et personne ne songera plus à t'accuser de faiblesse.

Le roi devait reconnaître que sa fille avait raison, même si elle se laissait encore guider par les idées fausses de la jeunesse. Il n'avait pas besoin d'une jeune prostituée sacrée, mais d'une plus âgée et surtout expérimentée. Tous les hommes mûrs apprécieraient sa force et sa virilité s'il se tournait vers l'une des prostituées les plus célèbres et les plus respectées du temple. Il allait s'adresser à la grande prêtresse, lui demander de lui conseiller une femme qui connaisse les désirs d'un homme dans la force de l'âge et de la sagesse. Avec une fille trop jeune, la passion pourrait se substituer au devoir et l'accouplement sacré s'achever trop vite.

Il avait déjà une idée en tête. La femme s'appelait Meenah ; elle venait du désert avec sa peau noire comme la nuit et son ample poitrine. Il avait été le premier homme qu'elle eût jamais connu et il se rappelait encore son regard brûlant de douleur au début, vite suivi d'une extase ravie ; il pensait encore à cette façon qu'elle avait eu d'ouvrir la bouche, de sa langue qui jouait sur ses dents blanches. Elle l'avait comblé comme aucune femme ne l'avait jamais comblé et s'il existait une prostituée sacrée capable de réveiller ses sens, c'était bien elle.

Meenah avait été capturée des années auparavant au cours d'une bataille au royaume de Moab et conduite à Tyr où elle fut vendue à la grande prêtresse d'alors qui voyait dans sa peau noire une curiosité des plus exotiques.

Le jeune roi, alors sur le trône depuis trois ans, l'avait remarquée durant un séjour à Tyr. Il n'avait jamais oublié son odeur, la chaleur de son corps, cette souplesse animale qu'elle mettait dans chacun de ses mouvements. Et sa semence s'était répandue sur le sol sacré du temple afin d'y être enterrée selon les commandements du dieu El.

– Père, interrogea Jézabel. Es-tu en état de me parler ?

Il posa sur sa fille un regard empli de tendresse. Elle était si jeune, si belle ; elle avait déjà des seins de femme et des cuisses rondes. Bientôt, il devrait lui trouver un époux digne d'elle car elle serait vite prête à porter des enfants et à prolonger la dynastie. D'un bras protecteur, il l'attira vers lui et elle vint de cette démarche de séductrice qu'il lui remarquait depuis quelque temps. Il savait qu'elle aimait la compagnie des garçons et, à sa façon de se déhancher, elle serait un magnifique parti.

Elle se blottit contre lui et il caressa ses cheveux de jais sans rien dire. Il la connaissait bien. Quand elle voudrait poser sa question, elle le ferait.

– Père, finit-elle par demander, que dirais-tu si je voulais devenir prêtresse ?

C'était une requête tellement grotesque qu'il n'en saisit pas vraiment le sens.

– Tu sais, poursuivit-elle, l'amour d'Astarté est très fort en moi. Ni ma mère ni mes sœurs ne l'aiment autant que moi. Lorsque je vais me coucher, le soir, je la vois dans mon esprit, je l'entends me parler et elle me dit que faire. Ma déesse m'est plus proche que... que tous les autres dieux et déesses.

Etbaal ne répondit pas. Lorsque Jézabel parlait, ce n'était jamais pour ne rien dire. Mais ce qu'elle réclamait était totalement imprévisible, et inacceptable.

– Je voudrais être une prêtresse d'Astarté.

Ses paroles semblèrent flotter dans l'air et Etbaal sentit une grande tristesse l'envahir. Il la contempla, assise à ses pieds, sa peau rayonnant encore du plaisir de leur chevauchée dans la forêt de cèdres qui séparait Tyr de Sidon. Il l'avait déjà vue se précipiter, nue, jusqu'à la rive d'un lac de montagne où elle s'était jetée en criant de plaisir, nue et libre comme un poisson d'argent.

Elle montait à cheval avec la force et l'autorité d'un homme. Quand elle assistait à un banquet, elle prenait place à la table séparée de sa mère et des autres dames de la cour phénicienne et bavardait avec assurance. Elle passait beaucoup de temps au temple : les prêtres et prêtresses avaient informé Etbaal de la dévotion sincère de sa fille. Mais, par-dessus tout, Jézabel était la plus affectueuse de ses nombreux enfants. C'était elle qui courait à ses côtés lorsqu'il rentrait d'une chasse ou d'une bataille ou d'une visite dans un royaume voisin. Alors elle lui posait mille questions, elle désirait tout savoir, tout connaître.

Et voilà qu'elle lui annonçait vouloir s'enfermer pour le restant de ses jours au service de la déesse. Pour n'importe laquelle de ses autres filles, cela eut été un extraordinaire événement, un tournant capital dans leur maturité. Car elles ne songeaient qu'à se vautrer dans le luxe, à se distraire et à manger.

Mais telle n'était pas la voie qu'il avait élaborée pour Jézabel. Cette jolie jeune fille, si décidée, représenterait un parti de choix pour un prince ou un roi. Il lui restait un rien de rébellion, comme lorsqu'elle s'échappait du palais pour aller en ville, clandestinement croyait-elle... Le roi respectait sa curiosité et y voyait de précieuses expériences qui en feraient une meilleure épouse et reine.

Avec Jézabel, Etbaal pouvait raffermir ses frontières. Grâce à elle, il pourrait assurer la paix et la sécurité à son peuple. Il n'en était que plus navré de devoir lui refuser ce qu'elle demandait.

CHAPITRE 3

Jézabel, princesse d'Astarté, amie et initiée de Baal, consort et conjointe d'El, épouse préférée et honorée de la Lune et des Étoiles, lumière du Soleil et avertie de toutes choses, souveraine et associée, siégeant à la droite du Souverain suprême de Tyr et de Sidon et de toutes les terres, les villes et les domaines d'Égypte, des Philistins, d'Israël, de Juda, de Syrie et d'Assyrie, adorée des Dieux de l'Euphrate au Nil, tâcha d'étouffer un bâillement.

Elle était debout depuis si longtemps que ses jambes lui faisaient mal et que ses épaules commençaient à tomber. Elle jeta un coup d'œil en direction de son père assis sur son trône, un peu avachi par les années. Elle fut prise d'une bouffée de tendresse et d'admiration à son endroit. Comment pouvait-il supporter tout cela ? Comment parvenait-il à accueillir ses sujets depuis si longtemps, tout en leur accordant à chacun une attention spéciale, comme si chacun était aussi important que le premier qui s'était incliné devant lui au petit matin, quand des milliers et des milliers d'autres attendaient en file devant les portes du palais pour déposer des offrandes à ses pieds et se prosterner devant le Maître du Monde ?

Sa mère et les autres épouses du roi, ses frères et sœurs, ses demi-frères et demi-sœurs, se tenaient également à ses côtés. Elle les regarda du coin de l'œil pour vérifier si eux non plus ne s'ennuyaient pas à mourir. Était-elle donc la seule à supporter si mal cet interminable spectacle d'adulation et d'obséquiosité ? Son père lui avait expliqué l'importance de telles cérémonies pour le peuple. Elle ne pouvait cependant s'empêcher de songer à quel point cela les rabaissait tous, roi ou sujets. Tant de paroles ! Tant de cadeaux ! Dans quel but ? C'était là un mystère qu'un jour, lorsqu'elle serait l'épouse d'un roi, ainsi que son sort semblait désormais l'y destiner, elle parviendrait à comprendre.

Pour se changer un peu les idées, elle leva les yeux en direction du plafond où des triangles bleus, verts et jaunes rejoignaient les tourbillons des peintures murales pour aller se fondre dans les soleils d'or et les lunes rouges des lambris. Elle suivit chaque ligne, bleue pour la côte nord, rouge pour les terres désertiques, jaune et verte pour les contrées lointaines de l'est, qui montaient et descendaient le long des murs. La salle entière n'était qu'un arc-en-ciel de couleurs, de silhouettes et de formes, comme si l'on regardait le ciel par un jour d'été à travers la voûte d'une forêt grouillante d'insectes rutilants et d'oiseaux aux couleurs éclatantes.

Soudain, son regard fut attiré par un jeune homme, fils aîné de l'un des solliciteurs, qui ressemblait étrangement à ce maître du protocole qui lui avait tant plu. Elle était très satisfaite d'avoir passé le cap des quatorze ans car c'était l'âge auquel les prêtresses déterminaient si, en tant que princesse du sang, vous étiez prête à connaître des hommes. Elle avait suivi avec enthousiasme l'enseignement des prostituées sacrées. Elle en avait parlé avec ses esclaves et ses servantes depuis si longtemps qu'elle avait fini par brûler de vivre enfin cette expérience.

En repensant à ce maître du protocole, elle réprima un sourire. Au début, il s'était montré tellement correct... Mais après quelques leçons en tête à tête avec elle dans une antichambre, il n'avait pu retenir davantage son enthousiasme et l'avait suppliée de le laisser la caresser.

Alors lui revint en mémoire son premier partenaire, un courtisan, ami de son père, choisi pour la taille discrète de son membre et son tempérament délicat, de façon à ne pas la blesser.

Jézabel en riait encore. Cela s'était passé dans le temple, sous les yeux des prêtres et prêtresses ; on l'avait parée de la robe rouge des femmes nubiles après que les suivantes de sa mère lui eurent peint la poitrine de mille tracés rituels. Son ventre avait été lavé avec des feuilles de laurier trempées dans du lait, symbole de fertilité, et son bas-ventre parfumé de miel et de trèfle.

Elle était entrée dans la chambre nuptiale embaumée de rose et d'hibiscus, mais cette senteur éthérée avait vite fait place à la fumée d'un bouquet de thym, pour la douceur de sa jeunesse, et de myrrhe pour les tourments de l'accouchement.

Son père, le roi, souriait pour l'encourager. Sa mère, la reine, l'avait embrassée avant de réciter la prière des mères lorsque leurs filles connaissaient leur première expérience sexuelle :

« Ce moment sera pour toi le plus grand ; cette sensation la plus forte ; lorsque ton corps sera pénétré pour la première fois, tu ne feras plus qu'une avec la déesse Astarté ; lorsque tu recevras la semence, c'est au dieu Baal que tu seras accouplée. Sois fertile et multiplie-toi, et, lorsque seront répandus sur le sol le sang de ton enfance et la semence de ton premier homme, puissent la pluie tomber et la moisson s'accroître. »

Puis sa mère l'avait menée vers la couche parsemée de pétales de jasmin d'hiver. Jézabel s'était étendue, les yeux au plafond, où elle avait découvert les fresques représentant l'accouplement de dieux et de déesses. Toutes ces choses rapportées par ses servantes et qu'elle avait tellement hâte d'essayer.

On avait introduit le courtisan dans la pièce, accompagné de ses amis, de ses épouses et de ses enfants. Son entourage chantait et jetait des feuilles de laurier sur son chemin vers la couche. Consciente de l'honneur que le roi et la reine faisaient à leur famille, sa première épouse l'avait débarrassé de sa tunique ; elle avait enduit ses parties génitales d'huiles de Nubie ; elle avait massé son pénis afin de l'aider à se durcir et à se tendre.

Jézabel avait observé la scène avec une certaine appréhension ; elle avait beau avoir assisté à plus d'un ébat, vue de loin la chose semblait nettement moins agressive et... et... moins verticale. Mais c'étaient les yeux de son amant qui l'inquiétaient le plus. Des yeux de fou, fou de désir et de passion. Elle avait déjà rencontré ce regard, sur le visage d'un guerrier insulté par un autre. D'un seul coup, elle eut peur.

Elle recula d'effroi, et, devant sa détresse d'animal traqué, l'homme parut s'émouvoir. Aussitôt, son érection déclina. Il tenta de cacher sa défaillance avec ses mains et se rapprocha de la couche. Jézabel jeta un coup d'œil vers sa mère qui lui adressa un sourire de réconfort.

L'homme s'allongea près d'elle, sur elle, sous elle, poussé par les encouragements de toute la cour. Il l'embrassa, lui caressa les seins puis le ventre, mais, malgré son corps tendu de désir, rien d'autre chez lui n'était plus rigide.

Il avait beau essayer, son membre ne lui obéissait pas, semblant au contraire se rétracter de peur. Et Jézabel d'attendre sans que rien ne se passât.

Et d'attendre.

Et d'attendre.

Finalement, l'un des prêtres de Baal fut désigné pour satisfaire la princesse et il ne lui fallut que quelques instants pour s'exécuter. Jamais, malgré la brève douleur du début, elle n'oublierait cet acte sacrificiel offert aux dieux et qui la faisait encore frémir de plaisir, les vigoureux coups de reins de ce jeune homme à qui tout cela semblait si facile.

Maintenant encore, c'était la plus belle expérience de sa jeune vie. Elle s'était attendue à un déchirement plus vif mais fallait-il seulement y repenser lorsque la suite avait été si magnifique, si pleine ? Cela remontait à si longtemps... Trois longues années... pourtant, elle n'avait pas oublié la fierté de son père et de sa mère lorsque le jeune prêtre s'était soudain arc-bouté en hurlant sa jouissance à Baal avant de s'effondrer sur elle comme un cheval mort. Toute la cour applaudit et cria de joie. Du coin de l'œil, Jézabel aperçut le courtisan qui avait vainement tenté de l'amener à ce triomphe. Il affichait une expression d'infinie tristesse. Elle en fut toute désolée pour lui et se promit de le rejoindre dans sa chambre un soir de la semaine à venir afin de lui permettre d'achever sa supplique aux dieux.

Maintenant que tout cela était si loin dans sa mémoire, elle se demandait encore ce qui avait dominé en elle, du plaisir ou de la peur. Elle n'oubliait cependant pas sa déception en sentant le membre du jeune prêtre si vigoureux se rétracter en elle alors qu'elle commençait tout juste à se sentir bien. Elle avait eu envie de le retenir, de l'embrasser, de recommencer, mais, déjà, le jeune prêtre se détachait d'elle, se rajustait, la remerciait à mi-voix et se tournait vers le roi et la reine pour recevoir leurs félicitations et leurs cadeaux.

Jézabel fut arrachée à ses pensées par l'intendant de son père qui frappait dans ses mains pour appeler les serviteurs alors que les derniers solliciteurs se prosternaient devant la famille royale. Le roi se leva et fit signe qu'on emportât tous les cadeaux de la salle du trône. La porte se referma dans un grand bruit sec.

Les murmures et les odeurs de la foule s'évanouirent instantanément. Les soixante-deux membres de la famille royale demeurèrent immobiles, dans un silence complet. Jézabel vit son père se détendre, se rasseoir sur son trône avec moins d'afféterie.

Plus un bruit, plus un souffle. Tous attendaient que le roi quittât l'estrade où était placé son trône, afin de se détendre eux-mêmes. Enfin, il entreprit de descendre les quelques marches et lança :

– Bien, maintenant que j'ai accompli ma tâche pour une année, maintenant que le peuple m'a vu et m'a présenté ses doléances, allons manger !

Le premier, il se dirigea vers la salle de banquet où les attendaient une table emplie de viandes rôties, de volailles en sauce, de pains, de fruits, de pâtés et d'épices.

Jézabel fut soudain entourée de frères et sœurs, de belles-mères et de demi-frères qui se mettaient à bavarder, qui commentaient la cérémonie, se plaignaient de la saleté des gens, de leurs vêtements peu soignés, de leurs cicatrices, de leurs infirmités, de leurs pustules. C'était tellement désobligeant et outré qu'elle en éprouva de la colère et préféra se joindre à son père qui se faisait servir.

Elle avait toujours été appréciée des habitants de Sidon, mais aussi des marchands qui venaient des collines et des vallons alentour. Outre les artisans, elle avait rendu visite aux charbonniers et aux équarrisseurs ; ses manières plaisantes avaient fait beaucoup pour rapprocher les Phéniciens de leurs souverains.

Elle aimait l'activité de la ville au petit matin, elle aimait se mêler aux gens et comprendre leurs vies si différentes de la sienne et de celle de ses frères et de ses sœurs si gâtés, qui ne faisaient rien de leurs journées que se baigner, bavarder et se pavaner.

De temps à autre, elle s'inquiétait de voir son père s'entretenir à longueur de temps avec ses ministres, surtout Hattusas qui ne cessait de courir à travers les corridors du palais, portant tablettes et documents, dictant des lettres à son secrétaire. Pourquoi ses belles-mères et ses frères ne faisaient-ils rien de leurs dix doigts ? Pourquoi n'intervenaient-ils pas dans la vie de la cité ?

Quelques années auparavant, son père l'avait sermonnée au sujet de ses escapades, indigné qu'une princesse du sang se mêle ainsi à la population, allant jusqu'à proposer son aide aux paysans. Elle n'avait pas compris sa colère. Elle aimait assister les cuisinières, regarder les jardiniers cueillir les olives. Rien ne lui plaisait plus que se trouver au cœur de l'animation, et d'apporter un vase ou une amulette réalisée de ses propres mains à ses parents.

Cependant, elle goûtait trop le luxe et la popularité que lui conférait son rang : se faire baigner par ses esclaves dès qu'elle rentrait couverte de la crasse du petit peuple ; s'enduire d'onguents, de baumes et de parfums ; se délecter de ces huiles et autres épices précieuses apportées de si loin par les caravaniers. Quel bonheur de ne pas connaître le destin de ces femmes qui s'en allaient au matin laver leur linge à la rivière et nettoyer le sol. Quand elles avaient fini ces tâches, elles ne cessaient de coudre et de rapiécer, de planter et de récolter, d'aller au marché ou sur le port, de faire la cuisine puis de laver et de ranger, encore et encore, de l'aube à la nuit, jour après jour.

Jézabel les plaignait de tout son cœur. Pour elle chaque matin était une promesse. Cela faisait même partie du plaisir : projeter les aventures du lendemain. Parfois, il lui arrivait de ne pouvoir dormir d'excitation. Mais ces femmes... Quelle terrible existence ! Pourquoi Astarté, la déesse qui n'était qu'amour, permettait-elle cela ? Et comment ces gens pouvaient-ils accepter de vivre ainsi ? L'odeur des paillasses usées que la famine interdisait de changer plus d'une ou deux fois par an lui rappelait les écuries des serviteurs de son père où s'entassaient les ânes.

Un jour, Jézabel se marierait et mènerait la même existence que sa mère, elle veillerait au bien-être d'un roi. Car il avait été décidé qu'elle épouserait un roi. Son rêve de devenir prêtresse, qu'elle avait confié quelques années auparavant à son père, n'avait reçu que la désapprobation de celui-ci. Il ne lui avait plus permis d'en parler davantage. Elle avait versé toutes les larmes de son corps, hurlé à la lune, supplié les prêtresses d'intercéder en sa faveur mais, au bout d'un an, fini par admettre qu'elle ne serait jamais Jézabel, Grande Prêtresse d'Astarté.

Depuis, elle avait appris à goûter sa liberté. Elle savait désormais que son père avait eu raison, qu'une vie enfermée au temple, même dans l'adoration quotidienne d'Astarté, eût été trop contraignante pour une femme de son tempérament.

Mais, par-dessus tout, elle aimait la richesse, non pour elle-même, qui en disposait déjà plus qu'elle ne pourrait jamais en demander, mais pour tous les Phéniciens. C'était le plus cher désir de son père et donc le sien. Plus le peuple serait riche et pacifique, moins le roi risquait de se voir détrôné, comme cela venait d'arriver au monarque de Syrie, renversé par un de ses généraux sur l'instigation d'une foule enragée par un nouvel impôt.

De même, plus le peuple serait heureux, moins une puissance étrangère aurait de chances d'envahir le pays car le peuple entier prendrait les armes contre l'occupant afin de défendre son roi bien-aimé. On voyait ce qui se passait dans les contrées dont le monarque était haï, par exemple Zimri d'Israël, tellement détesté qu'il avait été supplanté par le général Omri après sept jours de règne.

Jézabel savait que le pouvoir absolu n'était qu'illusion. Malgré les louanges, malgré les foules qui se massaient sur la route du roi, malgré les tributs payés par les autres souverains, elle savait qu'un nouvel impôt, une incursion de brigands à travers la frontière ou une insulte inappropriée pourraient amener le peuple à murmurer. Alors le roi devrait étouffer la révolte par la violence... exécuter un meneur, saler les champs, brûler les récoltes, à titre de représailles... Si ce n'était mettre à mort un village entier. Ce qui entraînerait le peuple à honnir le roi... l'obligeant ainsi à ne plus se préoccuper que de garder son trône au lieu de régner sur son pays.

Jézabel avait appris de son père Etbaal que même avec une armée puissante, un roi ne pouvait régner que s'il était aimé de son peuple, s'il lui construisait de magnifiques temples, lui donnait des places pour y installer ses marchés et envoyait prêtres et prêtresses à travers les villages pour y répandre le culte des dieux ; à ce moment-là, il acceptait les nouveaux impôts et produisait davantage.

Chaque fois qu'elle pénétrait dans le temple d'Astarté, Jézabel priait la déesse avec ferveur pour qu'elle accorde à chaque famille de Tyr et de Sidon et de toutes les autres régions de Phénicie, au moins un sinon deux esclaves. Telle était, dans son esprit, la clé du bonheur pour son peuple.

Si ses prières trouvaient grâce aux yeux de la déesse, alors elle irait en parler à son père. Le roi se lancerait à la conquête des territoires voisins, pour y tuer tous les hommes, emmener toutes les femmes et leurs enfants en esclavage... Ainsi les femmes de Phénicie n'auraient plus besoin de travailler. Elles pourraient se rendre où elles voudraient, se baigner dans la mer, se promener dans les forêts ou prier dans les bosquets sacrés. Elle avait confié ce projet à Memtebaal, jeune prêtresse du temple d'Astarté.

La servante de Jézabel surgit dans sa chambre, l'air tout agité.

– Princesse, le roi, ton père, te demande.

Jézabel s'étonna. Habituellement, un tel ordre n'arrivait que lorsqu'elle avait commis une grosse bêtise, comme ce jour où elle avait mis de l'aloès dans la nourriture de la vaine et cruelle reine Elohabel, le soir de ses noces avec son père, alors que sa mère perdait son rang d'épouse favorite. La nouvelle reine avait passé la nuit et le jour suivants à vomir. La jeune fille avait eu beau jurer ses grands dieux qu'elle n'y était pour rien, elle avait commis l'imprudence d'en parler à un de ses frères.

Cette fois, cependant, elle ne se sentait coupable de rien, depuis au moins quinze jours...

La princesse se leva de son canapé, le cœur battant, et suivit sa servante dans l'antichambre, devant les deux gardes qui se redressèrent et frappèrent le sol de leurs lances. Elle parcourut hâtivement la salle des colonnes, puis celle du trône, suivie de celle des banquets, traversa les cuisines attenantes, passa le salon des bains de son père, la pièce où les secrétaires et les copistes notaient les ordres du roi pour la journée et franchit enfin les portes de bronze ouvrant sur les appartements privés. Quatre Nubiens massifs lui bloquèrent le passage.

– Retourne m'attendre dans ma chambre, ordonna Jézabel à sa servante.

Tout au long du chemin, elle n'avait cessé de se demander ce que son père avait à lui reprocher.

Alors elle attendit, longtemps, devant les gardes impassibles qui attendaient un signe de l'intérieur pour lui ouvrir la porte. Elle entendit à peine frapper mais cela suffit pour que les quatre gaillards conjuguent leurs forces et actionnent le lourd battant de cuivre.

Le roi était entouré de conseillers, de ministres et de sa suite. Il lisait une tablette, sans doute une communication d'un allié ou d'un ennemi. Silencieusement, la jeune fille se glissa dans la salle. Il semblait n'avoir pas remarqué son entrée.

L'un des conseillers expliquait au roi le sens du message qu'il avait entre les mains. C'était Ethminhak, l'Égyptien, qu'elle aimait presque autant qu'Hattusas et que, du haut de ses dix-sept ans, elle avait toujours vu travailler avec son père. C'était lui qui l'avait relevée un jour où, petite fille, elle était tombée à terre ; c'était lui qui lui expliquait les arcanes de l'étiquette ou l'envoyait chez les guérisseuses quand elle voulait se faire soigner discrètement quelque petit mal féminin. Elle aimait sa peau noire, sa voix grave et douce, ses manières apaisantes, tout comme elle aimait le plus austère et paternel Hattusas, le grand prêtre devenu conseiller du roi et ami de la jeune fille alors adolescente. Grâce à ces deux hommes à ses côtés, elle était devenue bonne et noble, une fille qui plaisait au roi, son père.

– Grand roi, la lettre laisse seulement entendre que si notre armée...

– Je sais ce que dit cette lettre, Ethminhak, mais j'ignore ce qu'elle signifie. Pourquoi Omri se donne-t-il la peine de m'avertir quand je n'ai entrepris aucun mouvement vers le sud depuis... depuis... Je ne me souviens même plus quand j'ai porté mes regards vers le sud pour la dernière fois. Nos ennemis sont au nord et à l'est, à Babylone, en Assyrie et...

Ethminhak l'interrompit :

– Grand roi, le roi Omri d'Israël semble seulement dire que notre armée...

– Mais pourquoi ? tonna le roi. Pourquoi son ambassadeur survient-il soudain sans escorte et me remet-il une lettre pleine de mots d'affection et de fraternité quand son ton est tranchant comme une épée ? Pourquoi m'envoyer cette lettre ? Tenterait-il d'éprouver ma détermination ? Voudrait-il me pousser à quelque action précipitée ?

– Grand roi, le roi Omri d'Israël semble seulement...

Brusquement, les réponses du conseiller cessèrent d'affluer de sa bouche. Il venait de remarquer la princesse Jézabel.

Interloqué par son attitude, le roi leva les yeux vers lui.

– Grand roi, c'est sa façon de vérifier si tu es prêt ou non à accepter un traité, reprit doucement l'homme.

Sa voix n'était plus qu'un murmure, comme s'il voulait donner un tout autre sens à ses paroles.

– Un traité ? insista Etbaal étonné. Pourquoi me menacer de représailles ? Est-ce ainsi que l'on propose une alliance ?

Sans plus s'embarrasser des préliminaires habituels de « Grand roi » ou de « Averti de toute chose », Ethminhak répondit soudain :

– Si Omri te demandait de conclure un traité sans éprouver ta détermination, tu pourrais le soupçonner de faiblesse. Nous savons que ses caisses sont vides à la suite de toutes ces constructions qu'il a entreprises. Ainsi pouvons-nous en conclure qu'il cherche une alliance.

« Cependant, en menaçant et en bombant le torse, il signifie que si tu es fort, lui aussi l'est et que vous le serez tous deux plus encore en vous unissant ; alors vous surpasseriez l'Assyrie, le pays d'Édom et celui des Philistins, la Syrie et Babylone, ainsi que tous les autres royaumes de l'Euphrate au Nil. Voilà, Grand roi, ce que dit Omri. »

Etbaal reprit la lettre et la relut en souriant. Son conseiller laissa passer un court instant puis toussota avant de se pencher à son oreille. Alors le roi releva les yeux et parut enfin apercevoir Jézabel.

Tout de suite, il lui adressa un sourire et la princesse en fut soulagée : elle n'était pas la cause de sa méchante humeur.

– Ah, princesse Jézabel, ma fille ! Je t'ai fait venir parce que l'ambassadeur d'Israël s'est présenté sans escorte. Il lui faut une compagne pour la fête donnée ce soir en l'honneur du dieu Râ et des nombreux Égyptiens qui habitent notre terre.

Le roi, son père, retourna à sa lecture.

Le cœur léger, la princesse ne songeait plus qu'aux festivités qui l'attendaient. Elle n'avait encore jamais tenu compagnie à un Israélite. Sa curiosité n'en fut que plus piquée.

Il s'appelait Ben Geber et venait de la tribu des Bné Asher, du clan des Abimélech, de la famille des Macheler. Il pouvait remonter sa lignée jusqu'à l'époque d'un certain Joseph que ceux de sa religion considéraient comme un interlocuteur direct de leur Dieu, Élohim, qu'ils appelaient également Adonaï. Il s'avéra que cet homme, ce Joseph, avait vécu sur la terre d'Égypte avec son père et ses frères, et qu'il était parvenu à une si haute position au service de Pharaon qu'il en était devenu le bras droit.

L'ambassadeur était un homme de haute taille aux cheveux noirs légèrement grisonnants et au sourire charmeur, malgré la cicatrice qu'il portait sur la joue, rapportée, dit-il, d'une bataille livrée au pays de Moab ; après deux coupes de vin, il reconnut cependant que c'était le vestige d'une chute de cheval... Il avait trois épouses qu'il aimait toutes tendrement. Jézabel pensa qu'il les mentionnait afin qu'elle sache que les Israélites ne s'accouplaient pas avec d'autres femmes que leurs épouses et que, même lorsqu'ils se trouvaient loin d'elles, ils ne goûtaient jamais la chair d'autres femmes. D'ailleurs, ajouta-t-il aussitôt, ils ne fréquentaient jamais les temples d'autres dieux, ne s'accouplaient jamais avec des prostituées sacrées, actes que les prêtres eussent qualifié d'abomination aux yeux du Seigneur.

Mais là n'était pas le plus étrange. Ben Geber, fils d'Achilud, de la ville de Tirtsa, refusa certains plats préparés en son honneur, par exemple le ragoût d'yeux de chèvre à la citronnelle ou les ris de porc aux figues et au yaourt, car il ne pouvait absorber de lait et de viande au même repas et que la chair de porc lui était interdite.

Pour couronner le tout, il ne goûta pas non plus au plat principal, un pain farci spécialement accommodé pour cette réception par un nouveau cuisinier.

– Je ne peux pas en manger car il contient de la viande mélangée à du fromage.

– Non ! mentit Jézabel qui désirait tant le voir savourer ce mets exquis. C'est moi qui l'ai préparé et il ne contient pas de viande.

Elle le fixait de ses grands yeux enthousiastes et il se laissa tenter, prit un morceau qu'il mâcha doucement, puis un second, visiblement convaincu. Il dit que c'était délicieux et elle en fut contente, alors même qu'elle venait de lui faire ingurgiter un pâté à la viande d'agneau et au fromage de chèvre, agrémenté de menthe, d'ail, de coriandre et de concombre. Mais qu'importait puisqu'il n'en savait rien ? En outre, elle avait appris que le concombre, mêlé au pain et à la viande d'agneau, pouvait constituer un excellent philtre d'amour.

Pourtant, lorsqu'elle le vit chasser les miettes de sa barbe, elle comprit qu'il ne l'attirait pas spécialement. Quand il eut fini de festoyer, elle lui présenta le reste des plats, mais l'Israélite déclina en souriant :

– Merci, princesse, mais comme je te l'ai dit, cela m'est interdit. Néanmoins, j'ai fort bien dîné et particulièrement apprécié les grenades, les dattes, les figues, les melons et le pain. Votre table regorge de merveilles qui n'en rendent que plus exceptionnelles l'hospitalité et la générosité de ton père. Mais je ne veux plus rien avaler au risque de ne pouvoir regagner mon appartement.

Jézabel poussa un soupir. Tout d'un coup, elle s'ennuyait avec cet ambassadeur trop compassé pour son goût et désirait se trouver autre part. Voilà un homme que, semblait-il, elle ne parviendrait jamais à décrisper. En outre, elle ne se sentait nullement attirée par son corps. Ce soir, elle irait se détendre dans les bras d'un esclave.

Il se trouvait justement qu'on venait d'en acheter un nouveau, originaire d'au-delà des montagnes et des déserts, d'un pays lointain où se levait le dieu Soleil après avoir tué, chaque nuit, le dieu Lune. Jézabel n'avait pas encore vu cet esclave, mais, à en croire les bavardages des servantes, il portait une coiffure étrange et son corps long et puissant présentait les plus beaux muscles. De plus, on disait qu'il avait la peau sombre et douce.

Ce soir-là, pourtant, elle dut s'en tenir à ces potins car le banquet s'étira encore longtemps et, la nuit, lorsqu'elle regagna ses appartements, sa tête lui faisait trop mal après les interminables discours échangés entre le roi et l'ambassadeur. Aussi se retira-t-elle pour aller directement dormir.

Elle rêva de l'ambassadeur, se vit arpenter en sa compagnie une plage au clair de lune, le vit s'étendre auprès d'elle sur un tapis qu'elle avait tendu sur le sable mouillé, se vit lui offrir de la viande de bœuf aromatisée de clous de girofle, d'olives et de câpres. Et il lui souriait. Elle rêva de ses trois épouses qui venaient assister à la scène, le voir la caresser et lui faire l'amour, l'entendre geindre dc plaisir entre ses bras. Puis, lorsque épuisé, il s'écroula sur le tapis, elle vit les trois épouses applaudir et s'entendit déclarer :

– La Phénicie conquiert Israël.

CHAPITRE 4

Ville de Tishbé, Galaad

Élie était rentré chez lui depuis une semaine seulement, harassé d'avoir sillonné les terres de Juda, lorsque le Très-Haut lui commanda de repartir. Bien qu'il se sentît faible et fatigué, amaigri par ses sept mois de voyage, il ne songea qu'à obéir à la voix du Seigneur. Rizpah, son épouse, avait elle aussi perdu le rouge de ses joues, mais elle était robuste et il savait qu'elle s'en remettrait vite.

Le soir, lorsqu'ils eurent mangé à satiété, il rassembla ses enfants et sa femme pour leur annoncer la nouvelle.

– Cette nuit, sur ma couche, j'ai entendu la voix de l'Éternel. Le Tout-Puissant, qu'Il soit béni, est venu vers moi et m'a dit : « Élie, ne demeure pas dans la paresse et le confort avec ta femme et tes enfants, car il te reste beaucoup à faire. Quitte ta maison et va par les villes et villages où le peuple que j'ai choisi s'est détourné de moi pour adorer des idoles, où règnent danses et débauche. Tu élèveras la voix contre ces pratiques pour que les Israélites se prosternent à nouveau devant moi. Je suis le Seigneur ton Dieu. »

Rizpah le considéra d'un air consterné. À peine avait-elle eu le temps de commencer à se reposer un peu, à peine avait-elle touché et embrassé ses enfants qu'il lui demandait une fois encore de le suivre dans ses voyages. Elle venait de passer sept mois à errer par les montagnes et les vallées, les champs et les bois. Elle n'avait quasiment pas reconnu ses enfants en revenant chez elle tant ils avaient grandi ; en outre leur attitude révélait qu'ils plaçaient davantage de confiance dans leurs voisins que dans leur propre mère. Elle ne pouvait rester si longtemps loin d'eux, à se demander ce qui leur était arrivé, les épreuves qu'ils avaient endurées... Elle était leur mère et entendait le rester.

Dès lors, comment repartir si vite ? Un jour ses enfants ne verraient plus en elle qu'une étrangère.

Élie surprit sa physionomie et comprit aussitôt. Il lui prit la main.

– Femme, le Très-Haut n'a pas demandé que tu me suives. Ses paroles n'étaient destinées qu'à mes oreilles et c'est de moi seul qu'Il a exigé d'aller vers les villes de Juda et d'Israël, afin qu'elles se détournent des idoles de l'Égypte. Le Saint, qu'Il soit béni, a parlé : je dois partir. Mais toi, tu es mère et dois demeurer auprès de nos enfants...

Rizpah tenta en vain de ravaler ses larmes. Elle aimait son époux, elle aimait l'amour qu'il portait à l'Éternel et elle priait ardemment qu'un jour cet amour jaillisse en elle et qu'il lui procure la même joie intense qu'elle voyait souvent sur le visage d'Élie.

Rizpah sourit et ses lèvres laissèrent échapper la silencieuse prière de grâces qu'elle adressait au Seigneur.

Élie, le Tishbite se tourmentait. Ces derniers temps, son esprit était plein de bruit et de fureur, écartelé entre son amour pour l'Éternel et sa haine envers les misérables, les pleutres, les hyènes qui gouvernaient Israël et ruinaient le pays du seul vrai Dieu ; entre ses sentiments pour sa femme et ses enfants et sa haine envers la conduite des femmes de son pays, avec leurs manières dissolues, leurs lèvres peintes et leur démarche aguicheuse.

Il aimait ses enfants pour leur crainte et leur respect du Tout-Puissant, cependant, il haïssait la façon dont les enfants de son pays se laissaient séduire par des forces opposées à tout ce qui était bon, juste et honnête. Ils se détournaient de l'adoration du Très-Haut pour s'adonner à des mirages comme le plaisir de la chair et la vue des chevilles des femmes. Et les filles ne valaient pas mieux qui ne cessaient de pouffer, de ricaner et de se chuchoter d'indécentes sottises.

Il aimait le respect, la majesté et la dignité de la religion de Moïse et Aaron autant qu'il haïssait les prostituées sacrées et le culte de Moloch, d'El, de Baal et d'Astarté, et de tous ces autres faux dieux, sinistres parodies du seul vrai Dieu, Créateur du ciel et de la terre et de toute leur splendeur.

Pourquoi la vie était-elle désormais si différente de ce qu'il avait connu enfant ? Lorsqu'il grandissait dans la ville de Tishbé, sur les collines de Galaad, il jouait comme tous les garçons de son âge ; mais son père s'était assuré que ses jeux demeurent vertueux et honorables : il ne devait pas jouer avec des filles, ne jamais songer à la nudité ni à aucune obscénité, au risque d'encourir le fouet. Il était interdit de toucher les parties du corps qui devaient rester cachées et ne servaient qu'à évacuer les déchets ou à procréer, sous peine d'une immersion dans les torrents glacés de la montagne, même au plus froid de l'hiver.

Trois fois par an, Élie, son père et ses frères partaient de Tishbé pour se rendre à Béthel puis à Jérusalem où ils allaient prier au Temple, payer leur dîme aux prêtres et ne vivre que de ce qui venait de l'Éternel, par l'Éternel et pour l'Éternel.

Du tréfonds de sa mémoire, Élie avait toujours su avec la plus profonde certitude qu'il n'existait qu'un Dieu, Créateur de toute chose, qu'il fallait adorer, aimer et craindre à la fois ; car si le peuple L'aimait, alors l'Éternel se soucierait du peuple qu'Il avait élu, Israël, et l'aimerait à Son tour, comme Il avait aimé Son serviteur, Moïse, ainsi que les grands rois, David et Salomon.

Ainsi, Élie grandit-il pour devenir un homme qui craignait et aimait l'Éternel. De même qu'enfant, il avait joué dans la piété, adulte il vécut dans la piété. Il lui eût été impossible de manger, de respirer ou de marcher loin du regard du Seigneur. Chacune de ses actions, chacune de ses pensées était connue de l'Éternel, envoyée par l'Éternel, créée pour lui par l'Éternel. Il était l'homme qui accomplirait la volonté du Tout-Puissant. Telle était sa vie et s'il venait à transgresser les lois du Seigneur, sa mort serait semblable à celle de qui tournait le dos à la face du Très-Haut.

Depuis quelque temps, la voix de l'Éternel s'était faite de plus en plus forte et, lorsqu'il demandait à sa femme Rizpah si elle aussi entendait ces paroles si claires, elle répondait par la négative. Parfois, elle semblait s'inquiéter pour lui, mais, le plus souvent, elle paraissait heureuse que le Seigneur Tout-Puissant eût choisi son bon et indomptable époux pour Lui servir de porte-parole. Elle était le bâton sur lequel s'appuyait Élie, la femme qui voyageait avec lui lorsqu'il s'en allait prêcher la parole de l'Éternel, la femme qui préparait sa nourriture, réparait ses chaussures, ravaudait son manteau et baignait ses pieds lorsqu'il avait trop longtemps marché.

Elle était auprès de lui quand il se levait au matin, et auprès de lui quand il se couchait à la nuit ; elle rassemblait les foules et lui servait à boire quand il en avait fini.

*
**

Et voici qu'il marchait seul, sur le chemin vers Béthel. Élie savait Rizpah fatiguée, et cette nouvelle mission dans les contrées troublées qui avaient tourné le dos au Seigneur s'annonçait difficile. S'il avait insisté pour la faire venir, elle serait tombée malade et n'eût été, en fin de compte, qu'un fardeau supplémentaire qui l'eût empêché de mener à bien l'œuvre de l'Éternel.

Le peuple le vit entrer dans la ville. Nombre de ceux qui l'avaient entendu prêcher sur les marchés l'année précédente le reconnurent et l'accueillirent avec respect. Certains vinrent à lui et lui donnèrent de l'argent afin qu'il pût acheter la nourriture de son voyage ; il les bénit au nom du Tout-Puissant, leur commanda de tourner le dos aux idoles et de dire à leurs voisins de faire de même.

Suivi par un petit groupe de curieux, Élie prit le chemin du temple et pénétra dans la cour intérieure. Involontairement, il frémit en y portant ses pas. Ceci n'était qu'une pâle imitation du Temple de Jérusalem, construit par Salomon le Grand. Ce temple – il parvenait à peine à nommer cette bâtisse un temple – avait été édifié par le roi Omri pour apaiser la colère des prêtres. Comment leur en vouloir ?

Il contempla les gigantesques portails de cèdre et sourit lorsque le grand prêtre, Jonathan, vint l'accueillir en lui baisant la joue puis les mains.

– J'ai été averti de ton retour. Je suis heureux de voir mon frère. Mais pourquoi revenir en Samarie ? Tu as déjà prêché ici l'an passé.

Un acolyte lui apporta un gobelet d'eau parfumée aux herbes aromatiques.

– J'ai pour mission de transmettre le message du Tout-Puissant. J'ignore pourquoi Il m'a ordonné de revenir si vite mais qui suis-je pour remettre Ses paroles en question ?

Jonathan l'introduisit dans la fraîcheur du vaste bâtiment. L'air était encore empli de la fumée du sacrifice de la veille. En s'approchant de l'autel, il perçut l'odeur de chair grillée et sentit la faim le tenailler. Il allait bientôt manger décemment, pour la première fois depuis qu'il avait quitté sa maison.

Ils s'avancèrent dans la pièce où les prêtres revêtaient leurs habits sacerdotaux – l'écharpe et l'éphod, la robe et la tunique où se cachaient des mots sacrés, la tiare et le pectoral, ou Hoshen, qui contenait une poche pour y abriter les méthodes sacrées de divination ; l'Urim et le Thummim. C'était là que les officiants se recueillaient avant les prières journalières. Le grand prêtre fit signe à Élie de s'asseoir.

– Je me doutais que le Seigneur allait te parler, mais pour une tout autre raison.

Élie le regarda d'un air étonné.

– Tu n'as donc pas entendu... ? insista Jonathan. Un ambassadeur est parti d'Israël voici un mois pour se rendre en Phénicie. Le bruit court qu'il serait chargé d'organiser un mariage entre la fille de ce roi et Achab, le fils d'Omri.

– Mais ce n'est pas possible ! s'insurgea Élie. Les Phéniciens adorent...

– Je sais. Il paraît que la princesse destinée par le roi Etbaal à notre prince Achab est une jeune fille au caractère affirmé et qui voue une dévotion particulière à leur déesse maudite. Elle s'appelle Jézabel et n'adore qu'Astarté.

Ce fut comme si une chape de plomb tombait sur les épaules d'Élic et il attribua ce soudain accablement non aux fatigues du voyage, mais à la terrible nouvelle qu'il venait d'apprendre.

– Il faut que je voie Omri, que je lui dise que le Saint, béni soit-Il, ne tolérera jamais...

– Je m'en suis déjà chargé, l'informa le grand prêtre. Il m'a répondu que cet accord était nécessaire à la sécurité d'Israël, et que Jézabel ne serait pas autorisée à vénérer ses dieux en public. Il m'a rappelé que de nombreux Israélites se livrent à l'idolâtrie.

Jonathan baissa la tête car il était le premier à en brûler de honte.

– Il ne fera rien pour empêcher ce mariage, ajouta-t-il très bas.

Tremblant de colère, Élie se leva. Certes, il savait que de nombreux Israélites s'étaient détournés du Tout-Puissant. Mais laisser entrer de faux dieux au palais...

– Je suis Élie, prophète de l'Éternel ! s'écria-t-il d'une voix forte.

Surpris malgré lui, le grand prêtre recula en voyant le regard fixe de son interlocuteur.

– Je suis Élie ! cria de nouveau celui-ci. Jamais je ne laisserai se perpétrer une telle infamie ! J'irai à Juda et j'ordonnerai au peuple de s'élever contre la maison d'Omri afin de le renverser, lui et ses fils et ses filles. Aucune princesse phénicienne ne viendra jamais souiller notre terre.

*
**

Debout sur un rocher dominant le désert, Élie regardait le soleil se coucher derrière les demeures de Béthel après s'être acharné sur la terre parcheminée comme un marteau sur l'enclume. Malgré la chaleur, la population était venue en foule entendre les paroles de l'homme qui s'entretenait avec l'Éternel et Le connaissait. Maintes fois, il s'était tenu sur ces pitons rocheux à travers les terres d'Israël et de Juda, abandonnant ses enfants afin d'obéir aux ordres du Très-Haut qu'il entendait si clairement dans sa tête et qu'aucun autre homme, pourtant, ne pouvait discerner. Ils étaient si nombreux, les fidèles qui paraissaient sourds à la voix du Seigneur.

Grâce soit rendue au Très-Haut car Sa voix est forte en moi ! Il lui était souvent arrivé, particulièrement ces derniers jours, de tomber à genoux en tremblant, assourdi par de formidables clameurs qui assaillaient son esprit. Parfois, il en venait à hurler, seul au milieu du désert :

– Pourquoi moi ?

Et, pour le punir d'avoir douté, le Seigneur lui parlait d'une voix de plus en plus forte.

Qu'il était donc difficile d'être un prophète de l'Éternel ! Mais le prophète savait que sa récompense serait éternelle et que les épreuves et les tribulations de sa vie n'étaient rien en comparaison du bonheur de siéger auprès de Moïse, à tout jamais aux pieds du Très-Haut.

Élie scrutait la foule qui s'impatientait. Il leva son bâton des deux mains et désigna dans le lointain le temple de Béthel édifié par le détestable Jéroboam, fils de Nébath l'apostat. Désormais, la nation était affaiblie à cause du schisme provoqué par ces rois orgueilleux. Dès lors régnèrent en Israël l'apostasie et l'immoralité.

Jéroboam, l'impie, le maudit, bâtit le temple corrompu avec ses idoles, afin d'y attirer le peuple.

Plus qu'aucun autre, plus encore que le roi Omri, Élie détestait Jéroboam pour la pestilence suppurante qui avait envahi les deux royaumes avec lui ; sous son règne avait commencé l'abandon néfaste de l'œuvre de leur ancêtre, Moïse. Le prophète Aggée le Silonite, prédécesseur d'Élie, avait prévenu

Jéroboam avant le schisme. Il avait agrippé le manteau royal et l'avait déchiré en douze pièces afin de lui montrer le danger de disloquer l'unité des douze tribus, de vouloir partager la terre qui avait vu naître le peuple d'Israël. Lorsque le roi Salomon apprit les projets de Jéroboam, ce dernier, pris de peur, s'enfuit en Égypte.

Cependant, à la mort de Salomon, Jéroboam regagna Israël et la révolte débuta. Seules les tribus de Juda et Benjamin, au sud, demeurèrent fidèles aux paroles de Moïse. Pour asseoir son emprise sur les dix tribus du nord, Jéroboam édifia un nouveau lieu de culte à Béthel, un temple qui n'était que la hideuse contrefaçon du Temple de Salomon, à Jérusalem. Ce faux roi avait même copié les chérubins et autres objets sacrés du Temple pour mieux défier le Seigneur. Élie avait toujours rêvé de réunir les deux royaumes. Mais il en savait assez sur les grands desseins des pays pour comprendre qu'il ne pourrait mettre son projet en action avant d'avoir fait naître, dans le cœur du peuple, la haine contre le royaume. Et c'était à cela qu'il avait décidé de consacrer sa vie, au nom du Seigneur.

Élie contemplait la foule de plus en plus nombreuse qui s'assemblait à ses pieds. Il n'avait pas encore commencé à parler et tenait toujours son bâton levé pour exiger le silence. Cela lui laissait le temps de réfléchir à ses paroles. Et, pendant ce temps, sa colère ne faisait qu'empirer.

La capuche de son manteau lui protégeait les yeux du soleil couchant. Le peuple s'apaisa tandis qu'Élie abaissait lentement ses mains.

Les autres hommes de son âge restaient chez eux, à goûter la vie en compagnie de leur femme et de leurs enfants. Il leur était arrivé si rarement, à Rizpah et à lui, de vivre simplement, comme n'importe quels époux, alors qu'ils étaient mariés depuis sept ans.

Élie sentit que la foule était prête. Alors il commença :

– Écoutez-moi, hommes et femmes de Béthel, de Tirtsa, de Sichem, de Ramoth en Galaad, de Jezréel et de toutes les villes de Galaad, d'Amon, de Juda et d'Israël ! Écoutez la voix d'Élie, le prophète qui parle avec les mots que le Tout-Puissant, béni soit-Il, a placés dans sa bouche. Écoutez mes paroles car ce sont celles de l'Éternel, votre Seigneur, qui vous a ramenés de la terre d'Égypte, qui vous a délivrés de la servitude, car Il vous a entraînés de Son bras puissant et qu'Il a réduit les Égyptiens à néant aux yeux du monde.

« Bientôt je m'en irai vers le sud, dans le territoire de Juda et je soulèverai le peuple contre votre roi Omri. Car Omri veut prostituer notre terre et en faire une terre de prostituées. »

Il sentit ses auditeurs se figer. Ils étaient habitués à ses semonces contre leur faiblesse et leur culte idolâtre, mais ses accusations contre le roi étaient nouvelles. Cela tournait à la trahison ; quiconque incitait le peuple à la sédition était mis à mort.

– Bientôt viendra depuis le pays des Phéniciens, adorateur d'idoles, une prostituée fardée, une femme aux lèvres rouges, aux cheveux parés d'or et aux seins parfumés. Tout n'est que vanité en Phénicie ! Tout n'est qu'adoration de Baal et d'Astarté et de dieux qui exigent des enfants en sacrifice. Car c'est ce que cette prostituée de Phénicie vous infligera. Bientôt tout Israël deviendra une terre de catins et de prostituées, et les hommes vendront leurs corps pour satisfaire les désirs mauvais des adorateurs d'idoles, et vos femmes et vos filles s'offriront aux étrangers dans les champs et au bord des ruisseaux. Et la terre sera comme si elle avait été salée par un ennemi en maraude, comme si elle avait été mise à nu par une invasion de sauterelles.

« Par ses mauvais penchants, Jézabel vous détruira tous. Elle rendra vos femmes oisives et fera de vos filles des catins et des prostituées, et elles parleront ouvertement contre vous et refuseront de vous obéir ; elle suscitera le désir de la chair parmi vos fils au lieu de les laisser travailler aux champs. N'oubliez pas le nom de Jézabel, car je le maudis aujourd'hui et vous le conspuerez demain.

« Mais, peuple d'Israël, pourquoi vient-elle ? À cause de vous ! Parce que vous avez dansé pour des idoles et adoré des esprits impurs. Vous vous êtes détournés du chemin de l'Éternel. Vous avez été négligents, paresseux et immoraux.

Vous êtes devenus des prostitués et des idolâtres, des chiens ravageant les champs de l'espoir. Votre vain et mauvais roi Omri connaît vos méfaits et les encourage, car lui et ses descendants sont maudits parmi les hommes. Et pour vous entraîner dans sa malédiction, il va marier son fils Achab à cette princesse étrangère appelée Jézabel, que je maudis parmi toutes les femmes. »

Il s'interrompit, le temps de reprendre son souffle et vit que ses auditeurs étaient blancs de terreur. Ainsi, il venait de leur révéler leurs vrais visages et ils en étaient bouleversés. Maintenant, il allait les ramener dans le droit chemin.

– Mais vous pouvez encore vous repentir, en ce pays et partout où brillent la bonté et l'amour du Seigneur pour Son peuple. Car l'Éternel sauvera ceux qui respectent Sa loi. De même que le Tout-Puissant a frappé les Égyptiens au temps de Moïse, de même Omri sera le rebut des nations de la terre, la vomissure d'un chien galeux.

« Mais si vous persistez dans vos péchés, alors Omri et les siens vous mèneront à votre perte et seront la cause de souffrances et de grande misère ; la lèpre et la peste frapperont le pays. Mais ceci n'arrivera pas si vous vous tournez vers le Seigneur et chassez les idoles de vos maisons, si vous adorez le seul vrai Dieu.

« Pour certains, il est trop tard car l'Éternel s'est déjà détourné de vous, et il est peut-être déjà trop tard pour la nation entière. Depuis combien de temps n'avez-vous pas reçu l'eau bienfaisante de Ses bontés ? Voici deux ans que vous subissez la sécheresse car Dieu est mécontent de vos actions. Cependant le Très-Haut vous promet le pardon : la pluie et les moissons nourriront vos enfants à naître, les femmes redeviendront fertiles, les ennemis s'arrêteront à vos frontières si vous reprenez le chemin de Dieu. Mon peuple, retourne aujourd'hui vers l'Éternel, avant qu'il ne soit trop tard. »

La foule était plus nombreuse que la veille, mais cela ne suffisait pas encore aux yeux d'Élie. Dès le lendemain, il se rendrait dans une autre cité d'Israël, au risque de se faire arrêter et mettre à mort, car le roi Omri le haïssait, ainsi que le fils du roi, Achab, dissolu qui avait gravement péché aux yeux du Seigneur.

Et s'il n'était pas arrêté, s'il vivait encore le surlendemain, Élie poursuivrait sa route vers le sud, et il continuerait de prêcher contre la maison d'Omri jusqu'à ce qu'elle n'existât plus, et il empêcherait la princesse Jézabel d'entrer en Israël. Même s'il risquait la mort.

*
**

Chaque jour, il faisait de plus en plus chaud et, au vu du bleu vif du ciel qu'aucun nuage ne venait déranger, demain serait pire encore. Ni Astarté ni son époux et fils Baal n'écoutaient les prières du peuple de Phénicie et de sa princesse Jézabel. Pas plus que celles de son père Etbaal, qui avait répandu sa semence maintes fois sur le sol et offert bien des sacrifices aux dieux. Ceux-ci demeuraient sourds car ni les pluies d'Égypte ni les crues du Nil n'étaient venues apaiser la soif des contrées du Nord.

Jézabel s'était baignée deux fois dans les eaux de la mer Éternelle et, lorsqu'elle en avait émergé, ses servantes avaient lavé son corps d'eau douce et de parfums. C'était apaisant et rafraîchissant, mais éphémère. À peine la serviette avait-elle fini de sécher ses pieds, son visage était de nouveau chaud, comme le reste de son corps. Et quand elle avait chaud, surtout lorsque ses servantes séchaient ses seins et son ventre, lui venait le désir d'un homme. Maintenant que l'ambassadeur israélite était reparti et qu'aucun autre voyageur de quelque importance, pas même un émissaire, n'était attendu, le palais devenait presque trop calme, presque ennuyeux. Pis que tout, les habitants de la ville n'amusaient plus la princesse car ils se préoccupaient trop de leurs moissons qui s'annonçaient mal. Les greniers du roi et ses magasins d'huile étaient déjà à moitié vides et si la sécheresse persistait, personne n'aurait bientôt plus rien à manger. Les enfants et les vieillards mourraient les premiers. Cependant, elle savait que ce n'était pas là le pire des fléaux qui menaçaient la Phénicie.

Quand le peuple n'avait plus assez à manger, son père ouvrait les greniers et distribuait du grain pour faire du pain ; mais, très vite, les gens ne se satisfaisaient plus de pain, alors ils commençaient à voler des volailles et des chèvres dans les fermes.

Les fermiers et les éleveurs qui avaient perdu leurs animaux se mettaient alors à tuer ceux qui les avaient volés. Et quand les greniers devenaient complètement vides, le père de Jézabel devait récolter de nouveaux impôts afin d'acheter de la nourriture dans les pays voisins. Il ne restait alors plus d'argent aux gens pour acheter des poteries, des étoffes et des bijoux, du charbon de bois, des peaux et tout le reste. Ce qui signifiait à moyen terme la ruine des potiers et des autres artisans. Et ainsi de suite. La sécheresse avait vite fait d'apporter le malheur sur un pays.

Jézabel était allongée dans un pré, entre les portes de la ville et la mer, et regardait les insectes voleter autour de sa tête. Elle s'ennuyait tellement, ces derniers temps, qu'elle avait même joué à la guerre avec ses jeunes frères et sœurs.

On disait que les pluies d'été tombaient sur la Phénicie lorsque les neiges des montagnes d'Afrique, dans un pays au sud de l'Égypte qu'on nommait Éthiopie, fondaient au soleil. Les eaux de fonte coulaient le long des collines en larges cascades qui finissaient par former le Nil, fleuve sacré des Égyptiens. Pour une raison qu'elle ignorait, les nuages de pluie au-dessus de la Phénicie arrivaient toujours à l'époque où le Nil se mêlait aux eaux de fonte des montagnes. Les nuages dérivaient vers le nord, par-dessus la mer Éternelle et tombaient sur les terres de Juda, d'Israël et de Phénicie. Du moins était-ce ce que lui avaient raconté les sages de la cour. Un jour, elle irait visiter l'Égypte, ainsi elle verrait fondre les neiges des montagnes et se baignerait dans les eaux glacées de la Haute-Égypte. Un jour.

Mais en ce torride été, les pluies n'étaient pas encore venues. Le peuple tombait en léthargie, comme si le dieu du sommeil recevait soudain les dévotions du peuple en plein jour.

Alors que son propre esprit s'en allait à la dérive d'une bienfaisante torpeur, Jézabel entendit grincer des roues. Elle leva les yeux dans la brume de chaleur qui flottait sur les hautes herbes jaunes et aperçut un bûcheron tirant son chariot sur la colline en direction des cuisines du palais. *Pauvre garçon !* songea-t-elle. Si seulement il était plus riche, il aurait pu prendre un cheval ou un âne, mais c'était lui-même qui servait d'âne.

Elle l'observa plus attentivement en remarquant combien il était jeune, tout au plus âgé de dix-sept ans, comme elle, ou peut-être dix-huit. L'effort ciselait le relief de ses muscles saillants ; sa peau scintillait et la sueur collait contre sa peau la fine tunique de coton qu'il portait pour tout vêtement.

Plus elle regardait cet inconnu, plus il l'intéressait. L'une de ses servantes lui avait raconté qu'à cause de la sécheresse, l'aîné du charbonnier d'un village situé à deux jours de marche, avait été envoyé chez son oncle de la ville pour y gagner un peu d'argent. Mais Jézabel n'aurait pu jurer qu'il s'agissait de ce jeune homme. Si oui, il pourrait rester aussi longtemps qu'il le voudrait. Surtout avec ses jambes dures, ses mollets jaillissants, ses fesses fermes, tout ce qu'elle adorait chez un homme.

Sous des boucles noires en bataille, son visage était déjà marqué par une barbe naissante. Mais elle aimait aussi ses bras puissants, des bras qui devaient étreindre avec force et serrer avec tendresse...

Elle s'assit, mais l'herbe haute la cachait assez pour qu'il ne la remarquât point ; cependant, elle le distinguait de mieux en mieux alors que son chariot arrivait dans sa direction. Où allait-il trouver la force de pousser cette charge de bois sur la colline ? Elle s'apprêtait à l'admirer de plus près quand, à sa grande déception, il s'arrêta. C'est alors qu'il s'attela à la place de l'animal qui lui manquait, bloquant la rêne sur son front et se mettant à tirer le chariot comme une bête de somme. Bouche bée, Jézabel s'extasia sur la puissance qu'il lui fallait déployer pour grimper ainsi la colline. Par le dieu Baal et la déesse

Astarté, ce jeune homme était une force de la nature ! Le chariot devait peser le poids de dix hommes et cet inconnu parvenait à le mouvoir.

La princesse se leva. Elle voulait ce jeune homme. Tout de suite. C'était exactement la distraction qui lui manquait en ce moment.

Sans laisser à ses servantes le temps de réagir, elle courut vers le chemin à la rencontre du jeune homme.

– Es-tu le bûcheron qui vient d'arriver en ville ?

Il peinait tant qu'il pouvait à peine tourner la tête, la mâchoire crispée par l'effort.

– Oui, souffla-t-il.

– Alors, laisse ton fardeau ; ce bois doit rester au bord de la mer pour un sacrifice.

– Mais...

– Fais ce que je te dis ! Je suis Jézabel, princesse du sang. Viens, suis-moi.

Le jeune homme s'arrêta et faillit se laisser entraîner par le chariot qui commençait à descendre la pente. Il fit volte-face et le retint de toutes ses forces, manquant de laisser tomber son chargement dans l'herbe du bas-côté.

– Suis-moi, reprit Jézabel.

Tout en marchant devant lui, elle entendit les roues grinçantes repartir sur le chemin plat. Ils arrivèrent bientôt en vue des remparts au pied desquels s'accomplissaient les sacrifices aux divinités de l'air et de la mer.

– Emporte ton chariot dans ce champ et vide ta cargaison au pied de l'autel, ainsi tout sera prêt pour le sacrifice de ce soir.

D'un ton mal assuré, le jeune homme maugréa :

– Mais, mon oncle m'a recommandé de la livrer aux cuisines...

– Et je te dis que non. Tu dois obéir à la princesse ou tu seras puni.

Comprenant qu'il ne pouvait objecter davantage, le jeune homme déchargea son bois où Jézabel le lui avait dit. Elle se plut à observer son corps magnifique et s'en voulut quelque peu de jouer ce tour stupide à un innocent paysan.

– Tu travailles bien, observa-t-elle. Quand tu auras fini, je te récompenserai d'un sac d'argent et je ferai envoyer à ta famille un chariot plein de viande, de fromages, d'œufs et de miel. Là, n'est-ce pas bien ainsi ?

Quand il eut terminé, il transpirait à grosses gouttes. En un sens, elle le trouvait aussi délicat qu'un danseur du temple, souple, beau et désirable ; il possédait également la force et les réflexes d'un lutteur. Ce n'était néanmoins qu'un paysan qui ignorait tout de sa beauté, un enfant un peu fruste mais infiniment attrayant.

– Va te baigner dans la mer, ordonna-t-elle. Lave-toi et reviens ici.

Exténué mais heureux d'en avoir fini, le jeune homme marcha jusqu'à l'eau, plongea, s'ébroua, se lava, avant de revenir tout ruisselant, sa tunique collée contre son corps.

– Je t'ai menti, dit Jézabel. Je voulais savoir si tu me croirais. Ton bois est attendu là-haut. Maintenant, tu vas devoir le recharger, le remonter et tu seras puni pour ton retard.

Le jeune homme semblait ne pas en croire ses oreilles.

– Mais...

– À moins, coupa la princesse, que je n'appelle quatre gardes pour s'en charger, ainsi le travail sera fait à temps et nul ne voudra plus te punir, ni le roi mon père, ni ton oncle, le bûcheron.

Le jeune homme se rembrunit, effrayé par cette puissante et capricieuse princesse qui se jouait de lui. Il ne comprenait pas ce qu'elle lui voulait, ni en quoi il pouvait l'intéresser.

– Agenouille-toi et supplie-moi d'ordonner à mes serviteurs de t'aider.

Il avait l'air aussi égaré que s'il venait de recevoir une gifle et, ne sachant que faire, il s'agenouilla.

– Baise-moi les pieds, ordonna-t-elle.

Elle le tenait en son pouvoir, aussi s'exécuta-t-il sans rien dire.

– Maintenant, ôte tes vêtements.

Il écarquilla les yeux, voulut protester :

– Mais...

– Fais ce que je te dis. Ôte tes vêtements.

– Je ne peux pas. Ma mère...

– Si tu me désobéis, tu seras décapité.

– Mais mon père aussi m'a dit...

– Je suis ton dieu, ta princesse, ton père et ta mère, ta souveraine. Ôte tes vêtements ou tu mourras.

Elle savait qu'elle se montrait horriblement cruelle mais, en même temps, elle devait se mordre les lèvres pour ne pas rire tant il paraissait scandalisé. La sagesse lui commandait de cesser immédiatement ce petit jeu et de lui dire qu'elle plaisantait, cependant elle voulait savoir jusqu'où elle était capable d'aller.

Le jeune homme déglutit, détacha sa tunique et l'enleva, pour ne garder que son pagne, sa peau brillant encore d'humidité.

– Ôte tout ! ordonna Jézabel.

Il roulait des yeux tellement effarés qu'elle faillit éclater de rire. Néanmoins, elle se retint, préférant savourer le trouble de cette situation nouvelle. Le bûcheron détourna la tête pour qu'elle ne vît pas sa honte, puis défit le nœud sur sa hanche et laissa tomber son pagne. Cette fois, il était complètement nu, sa virilité flasque à cause de la peur qui l'habitait. Il était encore plus beau sans vêtements, le ventre plat et ferme, la poitrine large et musclée, les jambes longues et droites comme celles d'un messager.

– Allonge-toi sur l'herbe. Tu vas me rendre très heureuse.

Il obéit en tout, pourtant rien de ce qu'il pouvait faire ne la rendit heureuse. Elle se débarrassa de son drap de bain et, tout aussi nue, s'allongea sur lui, sous lui, à côté de lui, mais ne put rien tirer du jeune homme effrayé.

L'inexpérience du jeune bûcheron la surprit ; il se laissait faire, le regard vide comme un animal traqué. Apparemment, il n'avait jamais connu aucune femme de la ville ; son apprentissage de l'amour avait dû se résumer à de rapides étreintes avec des filles de la campagne.

Jézabel eut beau faire, elle ne tira pas davantage de lui que d'un arbre mort. À la fin, fatiguée et frustrée, elle demanda :

– Pourquoi as-tu si peur de moi ?

Pour la première fois depuis qu'il s'était étendu à terre, il posa le regard sur elle et secoua imperceptiblement la tête.

– Tu ne sais pas ? insista-t-elle. Tu ne veux pas de moi ? Tu ne me trouves donc pas belle ? Ne suis-je pas la plus belle fille que tu aies jamais vue ?

Elle se redressa pour lui donner le loisir de la contempler dans toute la splendeur de sa nudité.

– N'as-tu jamais rêvé d'une femme comme moi ?

Il articula quelques mots, mais nul son ne sortit de sa gorge.

– Tu ne sais pas parler ?

– Tu es belle, répondit-il d'une voix cassée. Je n'ai jamais vu... jamais touché...

De nouveau, il se tut et détourna les yeux.

– Alors, pourquoi ne m'honores-tu pas ? C'est la première fois qu'un homme reste insensible à mon contact. Est-ce ma faute ?

– Non. Mais chez moi, les femmes ne...

D'un seul coup, elle comprit qu'il était puceau. Jamais elle n'eut envisagé une telle possibilité. Au palais, mais aussi à la ville, dès qu'un jeune homme atteignait son treizième anniversaire, ses parents le conduisaient au temple afin que les prostituées sacrées lui enseignent ce qu'il devait savoir pour devenir un homme. Certains jeunes gens y passaient une nuit, certains une semaine mais, lorsqu'ils étaient rendus à leurs parents, les bras chargés de cadeaux, graines, fleurs, miel et une statue de Baal et Astarté en train de s'accoupler, les prostituées les estimaient éduqués. Jamais Jézabel n'eût imaginé que certains enfants de son pays n'eussent pas été initiés aux joies du corps par les prostituées sacrées. Vraiment, ce jeune homme mal dégrossi, malgré son corps de dieu, ne laissait-il pas de l'étonner.

– Tu ne sais rien des femmes, déclara-t-elle. Je vais t'amener au temple afin de faire de toi un homme.

– Le temple ? murmura-t-il en la regardant fixement. Mais je n'ai pas d'argent...

– Tu es l'invité de la princesse. Tu n'as pas besoin d'argent mais de leçons.

Elle se releva, s'enroula dans son drap, laissant le jeune homme se rhabiller.

– Viens. Je vais te présenter à mon amie.

– Et mon chariot ?

Elle lui promit de le faire garder jusqu'à son retour et précéda le jeune homme en direction de la colline où avait été construite la ville de Sidon. Arrivée au passage des cuisines, elle interpella un garde :

– Allez au pied de la colline chercher le chariot de ce jeune homme et le chargement de bois à côté, apportez le tout aux cuisines, déchargez le chariot puis retournez-le devant les remparts.

Le garde salua pour montrer qu'il avait compris et Jézabel entra dans la ville avec le jeune homme, impressionné par l'assurance de sa compagne.

Un peu plus loin, les ruelles s'ouvraient sur la première des quatre places voisines du palais. C'était là que se tenaient les marchés, mais aussi les forums, les parades de victoire, les jeux et concours, ainsi que les jugements et les exécutions. Plus la place était proche du palais, plus on pouvait estimer l'événement important.

À mesure que le jeune homme – Jézabel ne connaissait pas son nom et ne s'en souciait guère – progressait à l'intérieur de la ville, il semblait de plus en plus impressionné. Dans son village, non loin de Tyr, où il vivait avec ses parents et ses cinq frères et sœurs, on ne croisait pour ainsi dire jamais personne. Ici, une foule bigarrée grouillait dans les rues, des gens qui portaient des vêtements couleur de fleurs et de moissons, un incroyable mélange de nuances, parfois sur un seul vêtement. Comment parvenaient-ils à mêler ces teintes dans un même drap ?

Il avait hâte de rentrer chez lui pour raconter ces choses incroyables, plus incroyables encore que les caravanes qui traversaient parfois le village.

Un bruit inouï régnait : ces gens qui s'interpellaient, ces chiens qui aboyaient, ces dromadaires qui blatéraient partout autour de lui. De plus, on ne voyait rien dans cette agitation, comme lorsque la lumière s'obscurcissait avec le vent sur les moissons ou sur le pollen des fleurs. Comment l'air pouvait-il être si plein de poussière ? Il poserait la question à son oncle quand il rentrerait.

Tout d'un coup, en pénétrant sur une place, où l'on voyait enfin les maisons dans toute leur majesté, il s'arrêta net.

Dans son village, les bâtisses étaient basses. Une porte, quatre murs et un toit. Mais, ici, les demeures semblaient s'élever jusqu'au ciel, comme si elles avaient été construites l'une sur l'autre. Le toit de l'une formait le plancher de la suivante. Mais comment faisaient-ils ? Comment les gens ne tombaient-ils pas les uns sur les autres, comme lui-même, une fois, était tombé de la branche d'un arbre qui avait cassé ?

– Viens, ordonna Jézabel sèchement.

Elle pénétra dans la rue des Prêtresses qui donnait sur le temple des prostituées sacrées. Ces femmes avaient pour office de s'accoupler avec le roi et les autres membres de la famille royale, ainsi qu'avec tous les hommes qui les payaient pour leurs services. Plus la semence était répandue sur la pierre sacrée d'Astarté, plus le pays avait de chances de voir tomber la pluie.

Elles avaient aussi un rôle éducatif, et c'était la raison pour laquelle Jézabel leur conduisait ce jeune homme. La princesse ralentit le pas pour attendre le jeune bûcheron qui n'avait, à l'évidence, rien appris de sa famille. Elle se demandait qui était chargé, dans les villages, de former les jeunes gens et décida de s'en enquérir au plus vite.

Pour le moment, elle allait payer l'éducation de ce jeune homme puis lui recommander de revenir la voir le jour suivant afin qu'elle fût la première à tirer quelque bénéfice sur son investissement. Ensuite, elle dirait à son père comment on éduquait les garçons dans les campagnes. Connaissant le roi comme elle le connaissait, elle s'attendait à le voir rire et plaisanter qu'il leur suffirait d'observer une vache et un taureau à l'œuvre. Mais là n'était pas la question. Jézabel se sentait navrée pour tous ces adolescents. Leur vie était assez dure. Elle décida de tout faire pour adoucir leur condition.

CHAPITRE 5

Furieux au-delà de toute expression, tremblant d'une rage qu'il n'avait jamais éprouvée à ce point dans sa vie, le prince Achab, héritier présomptif du trône d'Israël, se voyait retenu par des mains invisibles, empêché de se lever et de tirer l'épée.

Si l'homme debout au pied du trône semblait tenir si peu à sa propre vie, c'était que l'Éternel se tenait près de lui, comme Il s'était tenu au côté de Moïse affrontant la colère de Pharaon. De fait, l'arrogance du jeune homme eut pour résultat d'inciter Élie à vitupérer davantage car le prophète savait que, dès l'instant où le prince perdrait toute mesure et se laisserait aller à menacer le prophète, son père Omri lui ordonnerait de se calmer. Et s'il n'obtempérait pas, si le roi ne parvenait plus à maîtriser son fils et que celui-ci passait le corps d'Élie au fil de l'épée, tout irait encore pour le mieux. Car le peuple d'Israël se soulèverait et renverserait la maison d'Omri, et le royaume divisé serait à nouveau réuni. Ainsi s'accomplirait la volonté du Seigneur.

Aussi le prophète tendait-il un doigt accusateur contre le roi :

– Combien de temps crois-tu pouvoir vivre telle une prostituée dans cette maison de tolérance qu'est devenue ta capitale, sans avoir à payer le prix exigé de tout débauché qui se détourne des voies du Seigneur ? Combien de temps, Omri...

Il posa son regard sévère sur le jeune homme assis près de son père :

– Combien de temps, Omri, et toi, Achab, continuerez-vous de profaner le temple en y mettant des idoles ? Voilà donc ce qu'est devenu Israël ? Allons-nous massacrer des enfants pour apaiser l'abominable Moloch ? Faudra-t-il installer des prostituées sacrées dans le temple ainsi que cela se fait dans les pays corrompus des Philistins et de Phénicie ? Devrons-nous accepter des sodomites comme il y en avait dans le pays de Juda avant que le grand roi Asa ne les jette au rebut de Jérusalem ? Je t'avertis, Omri : si tu braves le Seigneur un jour de plus, ce jour-là ne fera que hâter ta fin...

Cette fois, Achab se libéra de l'emprise de son père et, dans un cri de rage, écumant et tremblant, jaillit de son siège sous l'œil consterné du roi.

– Et toi, Élie, rugit-il, combien de temps le roi et moi devrons-nous encore tolérer ton insolence ? Tout autre que toi aurait été condamné à mort sur-le-champ pour de telles paroles. Alors à toi de m'écouter, maintenant, car ce pourrait bien être la dernière voix que tu entendras avant de paraître devant Dieu. Je te bannis. Si tu reviens jamais dans notre pays inciter le peuple à la révolte, si tu le pousses à murmurer contre le roi, si tu poses encore le pied sur une route d'Israël, si tu en foules une fois l'herbe ou en manges un seul fruit, ta vie en sera le prix...

Indifférent à la menace, Élie tendit un bras vers Achab et gronda :

– Silence, jeune présomptueux ! Obéis aux ordres du roi, ton père. Car je suis le prophète du seul vrai Dieu, l'oint de Sa sainte huile. Ne t'avise pas d'élever la voix contre moi, de peur que toi et ta maison ne soyez submergés par le feu et le soufre telles Sodome et Gomorrhe. Couche-toi comme le jeune chien que tu es aux pieds de ton père afin que lui et moi puissions discuter de sujets qui te dépassent.

Ivre de courroux, Achab leva son arme, prêt à le pourfendre, lorsque Omri s'interposa en criant :

– Assieds-toi ! Immédiatement ! Ne lève pas l'épée contre un homme qui parle au nom du Tout-Puissant.

Père et fils se défièrent un instant du regard, ce dernier furieux de se voir ainsi réprimandé en public. Cependant, il n'ignorait pas qu'un rebelle, tout prince héritier qu'il fût, serait exécuté aussitôt par la garde du palais. Il entendit les soldats tirer leurs sabres au clair derrière lui et demeura immobile, respirant lourdement, s'efforçant de reprendre son calme, cependant que le prophète se réjouissait intérieurement. Ainsi se produisait exactement l'affrontement qu'il était venu provoquer : le père contre le fils, l'adulte froid et calculateur contre l'impétueux jeune homme.

L'œil toujours hagard, celui-ci finit par rengainer lentement, imité par les sentinelles. Mais au lieu de retourner s'asseoir, il descendit de l'estrade royale et la foule s'écarta pour le laisser passer.

Avant de quitter la salle du trône, il s'arrêta, se retourna et lança :

– Prends garde, Élie. Mon père ne vivra pas éternellement. Un jour, sur une route isolée, quelqu'un oubliera que tu es un prophète de Dieu et te pourfendra le crâne d'une épée. Alors ton cadavre sera mangé par les chiens, les fourmis dévoreront tes entrailles et tes os blanchiront au soleil.

Sur ces paroles, le prince Achab sortit, laissant derrière lui la cour plongée dans un lourd silence. Nul n'osait plus bouger ni tousser ni s'éclaircir la gorge. Seules deux personnes pouvaient donner le signal des prochains mouvements, le roi Omri et Élie le prophète, la voix de Dieu.

Ce fut Omri qui brisa le silence. Calmement, pour montrer à la cour qu'il était encore le maître des lieux, malgré les bravades de son fils, il déclara d'une voix paisible :

– Élie, vois-tu ce que tu as fait ? Tu sépares la maison de la maison, le fils du père, le frère du frère. Ne vois-tu pas la division que causent tes violentes accusations ? Le pays fut partagé en deux du temps de nos pères et voici que tu tentes de nous diviser encore davantage !

« Tu es homme de Dieu. Comment l'Éternel pourrait-Il vouloir que Son peuple élu se morcèle encore ? Ne peux-tu accepter que la terre d'Israël soit forte, que le peuple soit heureux et riche au-delà de toute mesure ? Ne peux-tu comprendre que cette nation est devenue deux et deux fois plus riche... ? »

– Plus riche ? Dans quelle mesure ? Un homme est-il riche s'il a beaucoup d'argent, mais meurt le lendemain ? Un homme est-il riche s'il possède une terre que ses fils refusent de travailler parce qu'ils préfèrent rechercher les plaisirs de la chair ? Est-ce de cette richesse dont tu parles ? Dans ce cas, tu ne parles pas de richesse mais de misère. Israël ne sera ni riche ni aimé de Dieu tant qu'il ne se sera pas réuni avec Juda.

« La richesse vient de l'Éternel, la richesse *est* l'Éternel ; elle est amour et crainte de l'Éternel. Le plus pauvre lépreux d'Israël est plus riche que le roi de Phénicie car le Très-Haut est avec nous.

« Et toi, roi Omri, tu seras riche si tu reviens à l'adoration du seul Dieu Tout-Puissant, si tu purifies les temples de Béthel, de Sichem et de Samarie, si tu en retires les répugnantes idoles et les chérubins ailés qui sont une abomination aux yeux du Seigneur, si tu vas à genoux implorer le pardon du roi de Juda, pour toi et pour ceux qui t'ont précédé, et si tu réunis les royaumes d'Israël et de Juda, ainsi que l'a ordonné Moïse. »

Le roi prit un air excédé. Il n'avait pas voulu cette audience, car il savait exactement ce que le prophète allait dire. Élie l'avait répété mille et mille fois de par les villes et villages d'Israël, pour la plus grande satisfaction du vieux roi Asa.

Omri frémit en songeant à la nation sœur de Juda. Asa était un monarque redoutable, qui se conformait aux pratiques religieuses prônées par Élie et les autres prophètes ; ceux-ci lui avaient promis la paix éternelle et l'amour du Tout-Puissant s'il débarrassait le Temple de Jérusalem de ses faux dieux. Ce qu'il s'était empressé de faire.

Pour commencer, il s'était rendu dans le Temple au milieu d'une cérémonie afin de briser une statue de la déesse Astarté fabriquée par sa propre mère, la reine Maaca. Alors, encouragé par les prêtres et les prophètes du Seigneur, Asa purifia le Temple de toutes ses idoles et de tous les symboles de culte voués à d'autres dieux que l'Éternel. Non content d'abattre ces statues et images, il marcha aussi vers le quartier des *qedeshim*, les prostituées sacrées, les battit et les jeta dans les rues afin que le peuple les raille et leur crache dessus. Ce fut un jour de triomphe pour Élie et les prêtres. Omri avait entendu parler de leur liesse.

S'il avait accepté de recevoir ce fanatique, c'était parce que ses espions l'avaient prévenu que la sécheresse et les menaces de famine dans le pays risquaient à tout moment de soulever le peuple et qu'à moins de s'entendre avec Élie, son autorité royale pouvait être mise en péril. De même que le meurtre d'Élie eût signifié la guerre avec Juda qui se fût aussitôt allié avec le pays des Philistins, entraînant la défaite d'Israël.

Déjà, la guerre menaçait sur la frontière nord, avec la Syrie ; l'Assyrie, quant à elle, imposait un traité des plus douteux. Et, comme si tout cela ne suffisait pas, l'Égypte avait entrepris des manœuvres, ce qui allait obliger Moab et le pays d'Édom à unir leurs forces. Fallait-il se joindre à eux et tenter de défaire la puissante Égypte depuis si longtemps endormie ? Ou éviter de tenter le sort et ne pas prendre parti ? À moins de s'allier à l'Égypte pour abattre Moab et le pays d'Édom. Mais si cela devait inciter la Syrie à attaquer ? Tant de problèmes se posaient qu'il fallait résoudre...

Sentant monter la colère et l'inquiétude du roi, son principal conseiller se pencha pour lui murmurer à l'oreille :

– Souviens-toi, grand Roi, qu'Élie n'aspire qu'à réunir les deux royaumes d'Israël et de Juda. Si tu montres la moindre défaillance, tu l'aideras dans sa mission.

Omri se tourna vers lui en soufflant amèrement :

– Tu n'as pas besoin de me rappeler ces choses-là.

Déjà le prophète reprenait la parole :

– Comment crois-tu dominer ton peuple si tu ne domines même pas ton fils ? Comment crois-tu empêcher le peuple de te renverser pour établir le règne de Baal et d'Astarté et des autres faux dieux, et de souiller la terre léguée par la main du Tout-Puissant ? Je vais te dire, Omri, ce qu'il adviendra de toi si tu n'entends pas mes paroles...

Ainsi fit-il. La matinée durant, Élie ne cessa de décrire au roi les malheurs qui l'attendaient. Tant et si bien que le roi sentit bientôt la tête lui tourner et qu'il ne rêva plus que de silence.

– C'est lui, et non pas l'Éternel, ni Astarté, ni Baal, ni El, ni Moloch, ni tous les autres dieux réunis, mais lui seul, Élie le Tishbite, qui brisera la maison d'Omri ! Comment as-tu pu le laisser agir de la sorte... Au beau milieu de ta cour ?

Le prince Achab criait si fort que son père en avait les oreilles qui bourdonnaient.

– Comment est-il possible, poursuivit-il, que le plus grand roi de la terre se laisse humilier par un mendiant, qui erre dans le désert sans chaussures et dont la seule arme est un bâton de bois ? Alors que toi, père, possèdes mille chars et dix mille hommes en armes ?

Omri avait mal à la tête, mais il lui fallait apaiser cette guerre civile dans sa famille. Il n'eut cependant pas le loisir d'émettre un son que son fils continuait de plus belle :

– Comment as-tu pu me laisser rabaisser de la sorte, moi, ton fils, l'héritier de ton royaume ?

– Tu t'es humilié de ton propre fait, rétorqua sèchement Omri.

Il faisait tellement chaud. Le chamsin, ce vent du désert, n'avait cessé de souffler, couvrant la région de sable fin, empêchant Omri de respirer librement. Cette discussion le contrariait. Son fils semblait apprendre trop lentement sa charge royale.

Omri s'inquiétait pour l'avenir d'Israël. Lorsqu'il était général, avant de renverser le faible Zimri, l'avenir lui avait semblé tout tracé. Aujourd'hui, la route était rocailleuse et il progressait pieds nus. Devant lui se dressait son fils, grand, magnifique, qui volait de succès en succès, à la chasse, à la guerre... Mais serait-il jamais prêt à endosser le manteau de roi ? à porter la couronne de l'autorité ? Certes, il était fort et agile, mais il avait le tempérament irascible d'un enfant. En ces temps troublés, il fallait un homme doté de la sagesse de Salomon.

– Achab, écoute-moi bien. Lorsque le royaume d'Israël s'est séparé du royaume de Juda, nous avons obtenu la plus grande partie de la terre de Moïse. Nous avions les richesses, la mer, les récoltes, les pâturages. Mon prédécesseur, Jéroboam, espérait que le petit royaume de Juda finirait par tant s'appauvrir qu'il deviendrait la proie d'autres nations. Il pensait le voir capituler en quelques années et supplier de rassembler leurs deux royaumes en un seul. Alors, les tribus du Nord auraient repris le contrôle de la terre où coulent le lait et le miel.

« Pourtant, Jéroboam fut le premier à reconnaître le pouvoir de Jérusalem sur le peuple hébreu. Lorsqu'il a édifié les temples de Dan et de Béthel, il s'est assuré que les anges ailés de Jérusalem soient placés sur des piédestaux afin de réconforter le peuple. Cependant, il n'a jamais pu attirer les tribus de Lévi et des Cohanim dans ces temples. Ils sont restés à Jérusalem. Voici pourquoi Élie et les autres prophètes élèvent la voix contre nous. Ils dressent une barricade entre le temple et le peuple. En Israël, nous n'avons pas de vrais prêtres, et les prophètes craignent que le peuple n'en vienne à adorer le Seigneur sans passer par eux. Ils ont peur que Dieu ne tourne Son regard sur le peuple plutôt que sur les prêtres et les prophètes. »

La colère d'Achab n'en fut pas apaisée :

– Jéroboam s'est trompé, Juda ne s'est pas effondré. Au contraire, il regarde vers l'est, vers Moab et Amon, afin de s'allier à eux et de nous conquérir.

– Voici pourquoi nous devons faire alliance avec la Phénicie et pourquoi j'y ai envoyé un ambassadeur. Il nous faut un allié solide au nord pour nous protéger contre la Syrie et l'Assyrie de façon que si Juda marche avec Moab à ses côtés, nous ne soyons pas attaqués sur deux frontières.

Comprenant que son père arrivait à un point crucial, Achab ne répliqua pas.

– C'est pourquoi, continua Omri, j'ai décidé que tu allais

épouser la princesse de Tyr et Sidon, Jézabel, fille du roi Etbaal. Notre ambassadeur l'a rencontrée récemment et l'a trouvée aussi délicieuse qu'amusante et intelligente. Elle est belle, danse à merveille, possède un corps vigoureux et des hanches larges, de magnifiques dents qu'elle dit entretenir en mâchant les peaux de pamplemousses et de citrons. Elle a dix-sept ans et sait bien des choses sur les hommes. Dès votre première nuit, tu goûteras les joies du mariage.

Achab voulut répondre, mais son père l'interrompit :

– C'est décidé. J'ai signé l'engagement ce matin, avant l'arrivée d'Élie. L'ambassadeur a déjà repris la route de Sidon, la capitale du nord de la Phénicie, qu'il atteindra demain soir.

– Mon père, je ne saurais épouser cette jeune fille. J'ai déjà promis le mariage, tu le sais, puisque tu as donné ton consentement. J'aime Hazah. Elle partage ma couche ; elle est déjà ma femme en tout.

– Alors, garde-la comme servante et comme concubine, ou même comme seconde épouse si elle accepte. Elle te sera utile lorsque certaines phases de la lune t'interdiront de toucher le corps de Jézabel. Tu épouseras la Phénicie et la paix viendra en Israël.

Ce matin encore, Hazah lui avait parlé de la couleur de la tunique qu'elle porterait sous sa robe de cérémonie le jour du mariage. Comment lui dire à présent qu'elle ne serait jamais plus qu'une seconde épouse ? Achab s'inclina devant son père et regagna ses appartements.

Omri le suivit des yeux. Il avait de plus en plus mal à la tête et il souffrirait jusqu'à la fin du chamsin, ce qui pouvait prendre des jours ou des semaines. Son seul remède consistait à s'éloigner des vents du désert. Ou se réfugier sur une montagne et attendre que les rafales s'essoufflent en regardant le sable fin obscurcir la ville en contrebas. Déjà, du sommet d'une colline dominant la mer de Galilée, il avait vu l'eau disparaître et les bâtiments de la ville d'Afek avalés par le sable jaune. Et subitement, il s'éveilla un matin dans une atmosphère claire, sous un ciel bleu vif et la surface de l'eau reflétait les nuages.

Omri se rappela son bonheur d'alors. Ces derniers temps, il éprouvait rarement de tels sentiments de joie et d'exultation. La vie était si dure, maintenant qu'il était roi.

Il préférait l'époque où il combattait encore les Philistins à Guibbéthon. Lorsque le général Zimri avait tué Ela, le roi d'Israël, à Tirtsa. Omri se rappelait encore le choc qui avait secoué le pays tout entier, comme si un énorme rocher était tout d'un coup tombé au milieu d'une place grouillante de monde. Lorsque la nouvelle s'était répandue que le roi d'Israël avait été assassiné, l'armée avait failli se mutiner. Ce fut Omri qui retint les forces en présence. Grâce à cette force et à l'amour que ses hommes lui portaient, ils avaient rejeté Zimri pour élire Omri roi d'Israël dans les champs où ils avaient campé.

Jamais il n'avait éprouvé un tel sentiment de fierté ; porté en triomphe par cent hommes qui hurlaient son nom en buvant à sa santé. Cette subite sensation de puissance lui était montée à la tête et il s'était senti flotter sur un nuage.

Malgré son mal de tête, Omri sourit au souvenir de son élection à la royauté.

Ses difficultés passaient au second plan lorsqu'il fermait les yeux pour tenter d'oublier sa douleur et retrouver ces moments de gloire. Ainsi, en ces temps de grande tension, Omri repensait aux événements qui avaient immédiatement suivi son couronnement. Avec son armée, il avait marché sur Tirtsa pour arracher le trône à Zimri. Sept jours durant, ils firent le siège de la ville et, au moment où ils allaient investir la ville et forcer l'abdication de Zimri, ce fou, croyant ainsi échapper au blocus, avait mis feu au palais en oubliant de s'assurer un chemin de retraite, si bien qu'il avait trouvé la mort dans l'incendie.

Ainsi, Omri devint-il roi.

Ce fut au début de son règne qu'il connut ses meilleurs jours. Il décida de quitter Tirtsa et d'acheter une colline à Samer, le berger, afin d'y construire sa nouvelle capitale qu'il appela Samarie en l'honneur de son ancien propriétaire.

La première chose qu'il fit fut d'y bâtir une immense terrasse entourée d'une épaisse muraille à laquelle allaient s'adosser les maisons qui formeraient sa ville. Puis il édifia un temple magnifique et un palais, une galerie où s'installèrent les marchands et une place pour que les habitants puissent se rencontrer et assister aux fêtes et parades. Ainsi, tout au long de son règne, se poursuivit l'établissement de Samarie ; les visiteurs affluèrent des pays voisins, et Israël prospéra.

Le peuple était heureux, d'autant que le roi autorisait les étrangers à honorer leurs dieux dans leur nouveau pays. Les Israélites considéraient ces cultes d'un œil intéressé. Désormais, certains de ces nouveaux dieux étaient ouvertement célébrés dans des lieux privés où se réunissaient leurs adorateurs. Et pourquoi pas ? Si le roi n'avait cessé de vénérer le Tout-Puissant, il n'empêchait pas le peuple d'en faire autant avec d'autres dieux, malgré Élie et sa corporation de prophètes. Pourquoi empêcher ses sujets de suivre leur bon plaisir ?

Omri soupira. Sa tête lui faisait de plus en plus mal. Il prit un linge dans un broc à eau et s'en entoura le front, laissant l'eau ruisseler sur sa tunique. Il fit claquer son bâton sur le sol et la porte s'ouvrit sur le commandant de ses gardes.

– Ordonne à mon esclave de m'apporter un éventail. J'ai besoin d'air frais. Et fais préparer un bain.

L'homme plongea dans un profond salut avant de se retirer.

Quand le chamsin s'arrêterait-il ? Quand ses soucis s'apaiseraient-ils ? Soudain, il se prit à regretter la vie militaire, alors qu'il ne pensait qu'à vaincre et à tuer. Mais comment remporter une bataille contre un Dieu invisible ? Qui avait envoyé un prophète tel qu'Élie dont la voix le dardait comme d'innombrables aiguilles ?

Peut-être Achab avait-il raison. Peut-être faudrait-il conduire Élie dans le désert et l'y mettre à mort, au risque d'un soulèvement. Cela déclencherait une guerre avec Juda, mais il se savait capable de la gagner. Si, toutefois l'armée des Philistins n'intervenait pas...

Omri avait tant de mal à penser. Derrière ses fenêtres, le chamsin sifflait comme un démon, à moins que ce ne fût un autre envoyé de Dieu chargé de rendre sa vie plus douloureuse encore.

*
**

La cour tout entière, son père le roi, sa mère, les autres épouses du roi, ses enfants et le reste de la famille, ainsi que les commandants de la garde, les conseillers royaux et leur famille et les invités qui découvraient avec émerveillement le banquet, écoutaient l'homme debout au milieu de la salle.

Certains mangeaient encore des fruits quand d'autres goûtaient déjà des glaces prélevées le matin sur la neige des montagnes proches. Mais la plupart avaient dévoré à satiété et se contentaient d'écouter les déclamations du poète babylonien.

Seul le roi était assis sur un trône, surélevé par rapport au reste de l'assistance ; il fit signe au poète de poursuivre son épopée. Ce dernier craignant de voir son auditoire sombrer dans l'ennui pendant qu'il récitait l'*Enuma elish*, le poème de la Création, il avait informé le roi qu'il enchaînerait chaque chant en marquant une pause de temps à autre afin que le souverain lui fît signe de poursuivre ou de cesser. Mais Etbaal adorait ce poème et ne l'interrompit point :

La discorde frappa les dieux bien qu'ils eussent été frères, luttant et s'invectivant dans le ventre de Tiamat ; le ciel trembla, tituba à l'élan de la danse ; Apsu ne parvenait pas à calmer la clameur, tant leur conduite était turbulente, dominatrice et fière.

Pourtant, Tiamat demeura inerte jusqu'à ce que Apsu, le père des dieux, hurlât à son serviteur de venir, celui-là qui obscurcit son jugement, sa Mummu.

– Cher conseiller, viens avec moi voir Tiamat.

Ils allèrent et s'assirent devant Tiamat et s'entretinrent des jeunes dieux, leurs aînés ; Apsu dit :

– Leurs manières me révoltent, jour et nuit, sans répit nous souffrons. Mon désir est de les détruire, et ceux de leur race ; nous connaîtrons enfin la paix et pourrons dormir à nouveau.

Tiamat l'entendit et en fut frappée de stupeur, cependant, elle se tordait d'affliction tandis qu'une secrète passion travaillait déjà son cœur.

– Pourquoi devons-nous détruire les enfants que nous avons faits, attendons un peu...

Le poète de Babylone fut soudain interrompu par l'éclat de rire du roi. Tous les regards se tournèrent vers lui.

– Pardonne-moi, maître poète, mais tu nous contes une merveilleuse histoire ! Quel était ce... *Pourquoi devons-nous détruire les enfants que nous avons faits ?* Vos dieux de Babylone sont-ils donc si peu avisés qu'ils ne comprennent rien au souci que causent les enfants à leurs parents ? Ne pourrions-nous dire plus aisément : *« Pourquoi les enfants que nous faisons doivent-ils détruire les parents qui les ont faits... ? »*

Le poète dévisagea un instant le roi, puis battit des mains sans toutefois bien comprendre ce que voulait dire son interlocuteur. C'est alors qu'il perçut le regard de la princesse Jézabel tant elle avait l'air effrayée par l'intervention de son père. Elle craignait tout d'un coup que, devant ses épouses et ses autres enfants, celui-ci ne racontât la dispute qu'ils avaient eue un peu plus tôt dans la journée.

Mais, à son grand soulagement, son père fit signe au poète de continuer son récit où il était question de la fondation simultanée de Babylone et de la terre, prouvant ainsi que Babylone était le centre de la terre.

Naturellement, le poète avait commencé par s'en excuser, demandant pardon d'avance à la cour de Phénicie ; il assura que Babylone était en déclin et ne jouissait plus du pouvoir de jadis et que le récit qu'il allait leur faire ne devait pas être pris au sens propre mais comme une histoire destinée à les réjouir, une éternelle leçon de la sagesse des dieux, comme on en trouvait également dans les légendes égyptiennes.

Et c'est ainsi que fut accueilli le poème. La cour phénicienne honorait de nombreux conteurs ; certains venaient d'Égypte et parlaient de leurs dieux Râ, Isis et d'autres à corps de crocodile ; certains venaient d'Inde et parlaient de dieux encore plus étranges qui avaient des têtes de gigantesques bêtes appelées éléphants et les corps d'autres appelés tigres et d'oiseaux divins appelés paons, dont les immenses queues comportaient des yeux et servaient d'éventails aux dieux ; d'autres encore venaient du pays d'Akkad et racontaient des dieux différents et leurs manifestations extraordinaires.

Et Jézabel les écoutait tous et trouvait réconfortant que, dans le panthéon des dieux qui parcouraient le ciel et la terre, les seuls qui aimassent l'humanité fussent Baal, Astarté et El, ses préférés.

Enfin, le poète acheva son épopée et la cour applaudit. Le roi lui remit une bourse d'or et le Babylonien salua humblement tandis qu'Etbaal faisait signe à sa fille d'approcher.

– Eh bien ? demanda-t-il.

– Eh bien... répéta Jézabel.

Le roi se fâcha :

– As-tu changé d'avis ?

– Je ne veux pas l'épouser, je refuse d'épouser un Israélite. Ni lui ni aucun autre tant que je ne pourrai emmener mes dieux, mes prêtres et mes prêtresses avec moi.

– Comme je te l'ai déjà expliqué, l'ambassadeur a promis que tu pourrais adorer nos dieux dans les collines. En revanche, les prêtres et les prophètes de leur dieu invisible indisposent le roi Omri et si tu apportes nos dieux dans la ville de Samarie, ce sera pour lui une source supplémentaire de contrariétés. Souviens-toi que, si nos dieux sont adorés en Israël et dans le royaume de Juda, on ne trouve pas leurs images dans les temples. Mais tu pourras certainement sortir des murs de la ville pour honorer nos dieux en toute quiétude et, ainsi, le peuple t'aimera...

Elle lui coupa la parole :

– Le peuple m'aimera de toute façon. Mais je veux avoir Baal et Astarté auprès de moi, dans mon palais. Sans eux, j'aurais l'impression d'être amputée de mes bras ou de mes jambes. Je suis au regret, mon père, mais je ne saurais accepter un tel mariage.

Etbaal poussa un soupir et considéra sa fille, si différente de l'enfant qu'il faisait autrefois sauter sur ses genoux pour entendre avec elle les conteurs dire les batailles entre les dieux et l'humanité, ou les guerriers rapporter leurs hauts faits.

À l'époque, elle s'accrochait à ses vêtements, si ce n'était à sa barbe, tant elle tremblait lorsqu'un soldat retraçait le supplice des prisonniers décapités ou amputés de leurs bras, ou la mise à sac d'une ville conquise et la capture des habitants enchaînés puis vendus comme esclaves. En grandissant, Jézabel avait elle-même réjoui son père en chantant et dansant devant la cour et parfois en l'honneur d'une délégation ou d'un ambassadeur.

Maintenant, se dressait devant lui une jeune femme obstinée au beau visage résolu, à l'altière détermination. Il pouvait l'obliger à obéir et c'était sans doute ce qu'il allait devoir faire car elle ne lui facilitait pas la tâche. Il venait de conclure un accord de mariage avec Israël. Les deux pays allaient bientôt signer un pacte d'amitié qui les lierait, dans la paix comme dans l'adversité.

– Cinq cents !

– Pardon ?

La grande prêtresse d'Astarté n'en croyait pas ses oreilles.

– Cinq cents, répéta-t-elle. Mais c'est... Nous ne pourrons jamais...

– Pas tous du temple d'Astarté, répondit Jézabel. J'en demande la moitié du temple de Baal et peut-être même une partie du temple d'El. Mais il m'en faut beaucoup.

– Princesse, il nous sera impossible d'atteindre un tel nombre. Ce serait dépouiller tous les temples de Phénicie de leurs prêtresses, prêtres et prostituées et...

– Allons donc ! Je sais très bien combien la Phénicie compte de prêtres et je n'en prélèverai donc qu'un petit nombre. De toute façon, mon père a accepté de lever un impôt exceptionnel pour que tes frères et sœurs en sacerdoce puissent former de nouveaux postulants. Il existe tant de jeunes gens et jeunes filles qui aimeraient entrer dans le temple et passer leur vie à vénérer les dieux...

– Princesse, pourquoi fais-tu ceci ?

La grande prêtresse connaissait son interlocutrice depuis sa plus tendre enfance et admirait son esprit, son ardeur aux plaisirs de la chair mais, par-dessus tout, son amour d'Astarté. Elle savait que, quatre années auparavant, Jézabel avait envisagé de devenir prêtresse avant de se heurter au refus catégorique de son père. Cependant, sa demande d'une telle suite pour l'accompagner dans sa destinée de future reine d'Israël dépassait l'entendement.

– Si je le fais, rétorqua sèchement Jézabel, c'est parce que Israël est une terre primitive et stérile, parce que, dans leurs temples, ces gens n'adorent qu'un seul dieu, un dieu terrible qui exige beaucoup de son peuple. Je veux montrer les joies et la beauté de mon Astarté au peuple d'Israël afin qu'ils sachent combien elle est bonne et accueillante, comment elle fait pousser les cultures et rend la terre fertile, pour que les femmes stériles puissent enfanter.

– Oui, approuva la grande prêtresse, je connais tout de ce dieu invisible. Israël adore d'autres dieux, mais Adonaï en est le maître. Tout procède de Sa parole. En comparaison, les autres dieux ne sont rien. Et Ses prophètes et Ses prêtres affirment qu'Il est le seul vrai Dieu.

« Mais si Israël n'a qu'un seul vrai Dieu que le peuple considère comme supérieur à tout, je ne comprends pas... Comment pourrais-tu, en tant que future reine, présenter Astarté au peuple sans risquer d'offenser ce Dieu ? Dans un an, ou peut-être deux ou trois, une fois que tu seras reine, tu pourras établir quelques autels dans les jardins de ton palais où adorer Astarté. Quand le peuple sera prêt à l'accepter. Mais pas maintenant, alors que tu auras à peine posé le pied sur cette terre étrangère... Ce serait une injure ouverte envers les prêtres et le peuple d'Israël et, pire encore, envers ton époux, le prince. Tu courras le risque d'être haïe, si ce n'est d'être récusée par les prêtres. »

Son père lui avait déjà présenté les mêmes arguments. Néanmoins, après quelques nuits tourmentées, il avait fini par accéder à son désir car c'était le seul moyen de lui faire accepter d'épouser le prince Achab. Dans ce mariage, Etbaal voyait avant tout la consolidation des frontières sud ainsi que la paix et la prospérité pour le peuple de Phénicie.

Après les jours exaspérants au cours desquels elle avait refusé de sortir de son appartement, elle avait soudain demandé audience à son père.

– J'irai en Israël.

Il poussa un soupir de satisfaction.

– J'épouserai Achab.

Il hocha la tête.

– Mais je demande trois choses... D'abord, le droit de vénérer mes dieux comme je l'entends ; ensuite, le droit d'emmener mes propres conseillers ; enfin, le droit d'entretenir ma propre cour, mes propres amis. Si tu acceptes ces conditions, je remplirai mon devoir de fille dévouée et de future reine d'Israël.

Etbaal considéra sa fille d'un œil triste, regrettant déjà le jour où il se séparerait d'elle. Si seulement Abimel, son fils et futur successeur, possédait la moitié de l'esprit, du courage, de l'ardeur de sa demi-sœur !

– Soit, dit-il. Je vais donner ordre aux scribes de porter ces instructions sur ton contrat de mariage.

Jézabel sourit et embrassa son père. Elle était contente parce qu'elle savait combien il eût été inutile de persister dans son obstination. Et puis l'idée d'être la servante d'Astarté et de répandre son culte sur ces terres nouvelles la séduisait. En outre, elle n'avait pas oublié les paroles de l'ambassadeur au sujet du prince Achab. Ce devait être un bon amant, d'ailleurs il en avait la réputation parmi les femmes du palais ; clair de peau, il passait pour beau et grand, n'avait ni maladie ni malformation ; les esprits mauvais n'avaient jamais affecté sa raison et, quoiqu'il possédât un tempérament emporté, nul ne prétendait qu'il eût jamais frappé une femme ou une servante ; c'était un combattant courageux qui savait mener un char, et tenir un arc, une épée et une catapulte. De plus, l'ambassadeur avait assuré que, même s'il était déjà marié à d'autres femmes ou s'il avait des concubines, son titre de princesse du sang de Phénicie assurerait à Jézabel la primauté en tant que première et véritable épouse, promise à devenir reine d'un grand et noble pays. La reine Jézabel d'Israël.

Elle fit rechercher des marchands qui aient traité avec ce pays, quelqu'un qui ait déjà vu le prince Achab. Un seul homme vint se présenter devant elle. Il avait été mêlé à la foule qui avait accueilli la visite du roi Omri et de son fils Achab de retour des campements de la frontière. La population s'était pressée autour des chevaux avant d'acclamer les souverains, lorsque les trompettes qui les précédaient avaient sonné pour leur ouvrir le chemin sur la place du marché de Samarie, tandis que des prêtres jetaient des pièces au peuple.

Le marchand décrivit Achab en des termes assez semblables à ceux de l'ambassadeur – grand, séduisant, fort, viril.

Quelques jours plus tard, Etbaal fut quelque peu surpris de voir Jézabel qui l'attendait à la sortie d'un conseil.

– Mon père, demanda-t-elle, te souviens-tu de mes trois conditions pour épouser Achab ?

– Oui, assura-t-il.

– Je voudrais en ajouter une quatrième. Je veux emmener cinq cents prêtres et prêtresses en Israël afin d'introduire le culte d'Astarté dans la religion officielle.

Le roi ne put s'empêcher d'écarquiller les yeux.

– Le roi d'Israël n'acceptera jamais un tel nombre.

– Dans ce cas, je n'y vais pas.

– Alors, je t'enfermerai dans tes appartements pour le restant de ta vie. Ne me pousse pas trop loin, Jézabel, de peur de me faire oublier mon amour pour toi et de m'obliger à te traiter d'une manière regrettable. Lorsque tu vieilliras et pourriras, seule dans ta chambre, tu regretteras la vie que tu aurais pu mener.

Cette vaine menace la fit sourire car elle savait déjà qu'elle l'avait emporté. Comme toujours.

À regret, le roi promit d'ajouter cette dernière et ultime demande au contrat de mariage, mais la prévint qu'un si grand nombre de saints hommes et femmes au service d'un dieu et d'une déesse étrangers risquait avant tout de semer le trouble ; cependant, il était prêt à céder sur ce point tant, par ailleurs, les enjeux étaient grands. Après tout, lorsque Jézabel traverserait la frontière qui séparait la Phénicie d'Israël, son escorte ne concernerait qu'Omri et Achab.

CHAPITRE 6

Le cortège quitta la ville de Tyr dans une tonitruante fanfare qu'on entendit bien au-delà des murailles, jusque sur la mer où les pêcheurs cessèrent un instant de lancer leurs filets.

Cent trompettes avaient investi les remparts pour saluer le passage de la princesse Jézabel, future reine, sous le vaste linteau de bois de la porte de Samarie. Cent tambours leur donnaient la réplique dans des roulements dignes des plus puissants orages d'hiver. Cent harpes et cent lyres joignaient les accords délicats de leurs instruments à la majesté de la procession.

Derrière Jézabel sur son cheval, venaient cinquante gardes du corps armés de nouveaux boucliers spécialement conçus pour leur entrée dans la ville de Samarie. C'était la princesse elle-même qui en avait dessiné le modèle, rond avec des nervures de métal formant sur le revêtement de cuir une croix blasonnée de la déesse Astarté, nue sur son cheval, avec son fils et amant, Baal au corps de serpent enroulé sur sa jambe. Le roi Etbaal avait prévenu sa fille qu'un tel emblème pourrait être pris comme une insulte par le peuple d'Israël, mais elle n'avait rien voulu savoir, arguant qu'elle tenait à être reconnue d'emblée comme la princesse royale de Phénicie et non quelque obscure épouse du futur roi d'Israël.

Derrière marchaient les prêtres et prêtresses, vêtus de tuniques rouge, blanc, vert et or. La princesse sentit monter l'excitation de la foule car elle avait prescrit aux prêtresses de dénuder leur poitrine. Elle l'avait fait pour plaire à son peuple de Phénicie et aussi parce qu'elle avait entendu dire que les femmes d'Israël avaient reçu l'ordre de leur dieu de revêtir une tenue modeste et de ne point embraser l'ardeur de leurs époux afin qu'ils ne se détournent pas de leurs dévotions.

Elle comptait ainsi affirmer ses croyances devant les femmes et les prêtres de son nouveau pays, non sans l'arrière-pensée que si, par ce moyen, elle pouvait se gagner les cœurs des hommes d'Israël, il lui serait plus facile de se faire accepter.

Dès l'instant où elle avait accepté de devenir la future reine de cette terre, elle avait décidé d'en séduire la population mâle. Avec la complicité de ses prêtresses, elle avait mis au point un véritable plan de bataille. Et la caravane qui partait de Phénicie filait comme une flèche parfumée visant droit le cœur des Israélites.

En son temps, la reine de Saba n'avait-elle pas enthousiasmé ses hôtes par son faste et sa beauté ? Entre Eilat et Jérusalem, tous les hommes étaient tombés amoureux d'elle et le roi Salomon lui-même vint lui manger dans la main. Il en serait de même pour l'entrée de Jézabel en Israël.

En outre, elle s'interrogeait sur la vie quotidienne de ces femmes obligées de se couvrir par pudeur : comment se lavaient-elles ? Quand elles se baignaient, comment s'assuraient-elles qu'aucun regard indiscret ne les épiait ? Comment se déshabillaient-elles le soir sans être vues par les fenêtres de leurs maisons ? C'était absurde. Jézabel comptait vite changer tout cela, prêtres d'Adonaï ou pas !

À la suite des cinq cents prêtres et prêtresses d'Astarté et de Baal, arrivaient ses servantes, ses serviteurs et esclaves personnels, l'ensemble formant une procession interminable, si longue qu'au passage du dernier esclave sous la porte de Samarie, la plupart des spectateurs avaient regagné leur maison.

Déjà, la princesse avait atteint les collines derrière lesquelles ne portait plus le son des fanfares.

Enfin, elle se sentit autorisée à se détendre. Il ne lui avait pas été facile de quitter Sidon sept jours auparavant, de faire ses adieux à son père qui semblait si désolé de la voir partir pour toujours, de voir déjà ses frères et sœurs se disputer ses appartements. Même sa mère, avec qui elle parlait si rarement, était venue lui souhaiter bonne chance pour sa nouvelle vie de future reine.

Le premier soir, un campement avait été établi sur un plateau qu'elle connaissait bien pour l'avoir souvent fréquenté. Son père avait fait envoyer un taureau qui fut sacrifié afin de marquer cette première nuit du long voyage. D'immenses bûchers furent dressés et l'on pria les dieux tandis que la queue et les testicules du taureau étaient offerts à Baal et Astarté.

Tout au long de la nuit retentirent rires et chansons ; les prêtres et les prêtresses, jusque-là inquiets de devoir quitter leurs temples, commençaient à se réjouir des aventures qui les attendaient. Un capitaine des gardes avait engagé la conversation avec Jézabel et, après quelques verres de vin, parvint à la convaincre qu'elle ferait bien de danser pour les hommes. Ce qu'elle fit devant les grands feux, tournoyant et virevoltant au son des lyres et des harpes, au rythme des tambours et des flûtes. Elle frappait dans ses mains, sautait hardiment pardessus les flammes, roulait des hanches, excitant les passions des hommes d'armes. Enfin, riant à gorge déployée, elle se retira sous sa tente et se laissa tomber sur sa couche tout en se demandant si aucune prêtresse aurait le loisir de s'endormir aussi vite qu'elle...

Le jour suivant fut ardu, mais ils couvrirent un long chemin et campèrent à une demi-journée de cheval de Tyr. Puis ils passèrent trois jours dans la capitale du Sud, à se reposer, à se baigner et à réapprovisionner les chariots du ravitaillement.

Et ils avaient repris la route, arrivant en vue des falaises blanches de Rosh Aniqrah qui marquaient la frontière d'Israël avec la Phénicie. Ensuite, ils feraient leur entrée triomphale dans la ville d'Akko.

Lorsqu'ils s'arrêtèrent, l'un des capitaines de la garde, qui avait accompagné un ambassadeur phénicien en Israël, parla de la ville d'Akko à Jézabel et de la magnifique baie autour de laquelle elle s'était construite. La légende voulait qu'elle ait été creusée dans la terre par l'ongle de Mot, dieu de la moisson, de la stérilité et de la mort. Il craignait que le puissant dieu El ne prît pitié de cette terre desséchée. Mais déjà El avait provoqué des pluies bienfaisantes ; alors, dans sa fureur, Mot enfonça le doigt dans la terre en interdisant à El de franchir ce cap. Cependant, El plongea dans la mer toute la terre contenue dans l'ongle de Mot, formant une île immense à l'horizon. Mot était si furieux qu'il tua tous les arbres et toutes les herbes au-delà des montagnes et, à ce jour encore, un véritable désert s'étend à l'est et au sud du Croissant Fertile et de la Route du Roi.

Ointe de parfums par ses masseuses, Jézabel écoutait paresseusement le capitaine qui lui contait cette légende. Elle lui demanda son opinion sur ce dieu des Israélites.

– Peut-on le comparer à notre roi des dieux, El ?

– Pour tout dire, Madame, j'ai du mal à comprendre leur dieu. Parfois on l'appelle Adonaï, parfois Élohim. Mais il ne s'agit pas de deux divinités différentes ; ce ne sont là que quelques-unes des nombreuses appellations de ce dieu dont le vrai nom n'est connu que du grand prêtre.

« Notre culte de Baal, Astarté, Anat et Yamm et El est si simple. Si nous voulons la pluie, nous offrons un sacrifice à Baal, le Prince-Seigneur de la Terre, l'Éternel de toute Génération, le Seigneur des cieux, Celui qui chevauche les nuages, dont La voix est tonnerre, le dieu fertile. Sans nos constantes prières à Baal, et si votre père le roi n'avait pas répandu sa semence pour féconder le sol, la terre deviendrait stérile et aride.

« Mais le dieu d'Israël... Il n'est nulle part. Il n'a aucune idole pour le représenter, ses temples sont nus et s'il s'y trouve, il se cache dans une boîte que le grand prêtre garde de côté, un peu comme l'un de nos autels sacrificiels. Partout j'ai cherché ce dieu, mais en vain. J'ai interrogé mes voisins et ils m'ont dit qu'il se trouvait dans les cieux ; quand j'ai demandé s'il allait revenir sur terre, il m'a été répondu qu'il était toujours sur terre. J'ai demandé comment il pouvait être à la fois dans les cieux et sur la terre et il m'a été dit : *parce que c'est le Tout-Puissant, l'Omniscient, et qu'Il est partout.* »

Jézabel s'assit, perplexe.

– Mais comment est-il ? D'où vient-il ? Qu'est-ce qui le rend si différent de nos dieux ? Pourquoi Israël et Juda sont-ils réputés si ennuyeux ? Est-ce à cause de lui ? Parce qu'il est invisible et que le peuple ne peut comprendre à quoi il ressemble ? Pourquoi interdit-il le culte d'autres dieux et l'utilisation d'idoles dans les temples et dans les maisons ? Et pourquoi les femmes ont-elles si peur des hommes, à ce qu'on m'a dit ? Il n'y a pas de prêtresses. Et les femmes de la cour ne participent pas au gouvernement du pays. Pourquoi, capitaine ?

– Je ne sais pas, Madame. C'est un pays des plus étranges. Le pire étant qu'ils ont un prophète qui hurle et fulmine contre leur roi.

Elle ouvrit de grands yeux horrifiés.

– Quelqu'un ose invectiver le roi ?

– Oui, princesse.

– Et il est encore vivant ?

– Oui, princesse.

– Dis-moi, qu'est-ce qu'un prophète ?

Ce fut en descendant les falaises de Rosh Aniqrah, au nord d'Israël, que Jézabel découvrit exactement ce qu'était un prophète dans sa réalité palpable. Et cela dépassait tous les avertissements qu'avait pu lui donner Hattusas, le conseiller de son père, envoyé pour la seconder jusqu'à ce qu'elle se sente à l'aise sur la terre d'Israël.

Elle poussait son cheval à s'engager sur un sentier escarpé menant au sable du rivage qui allait lui ouvrir les portes d'Akko. Mais, à peine la route s'était-elle aplanie sous les pas de sa monture, à peine avait-elle repris le contact avec le flanc de sa bête qu'une voix puissante emplit soudain l'air, telle la vocifération terrifiante d'un dément ou d'un chien hurlant à la lune. La jeune fille en sentit ses sangs se glacer, tandis que le capitaine des gardes dégainait son épée et se précipitait devant elle pour la protéger. Hattusas jeta autour d'eux un regard circulaire, ordonnant à un garde de venir immédiatement se placer en tête de la colonne.

Au son des imprécations, la troupe se figea et tous les soldats sortirent leurs armes, parés à l'attaque.

– Catin de Phénicie ! rugissait la voix amplifiée par l'écho des falaises. Païenne idolâtre et malfaisante ! Femme dissolue de Tyr et de Sidon ! Retire-toi de la terre sacrée d'Israël et retourne à tes faux dieux et à tes idoles. Cache l'horreur de ta nudité aux yeux du Tout-Puissant. Rince-toi de tes parfums et de tes huiles précieuses. Couvre ta peau et ôte tes sandales car tu foules la sainte terre d'Israël. Retourne d'où tu viens et ne t'aventure plus à entrer dans notre pays avec tes femmes fardées, tes sodomites, tes idoles et tes statues impies !

La diatribe achevée, ses mots continuèrent à rebondir de rocher en rocher, à vibrer dans l'air immobile. Même les cigales s'étaient tues. Jézabel leva la tête, mais elle n'avait plus peur. C'étaient des mots, non des flèches qui pleuvaient sur elle. Se détachant de sa cohorte, elle éperonna son cheval pour se rapprocher de la paroi rocheuse et voir qui vociférait ainsi. Ses gardes s'assemblèrent derrière elle.

Le capitaine scrutait les alentours et poussa un bref soupir en constatant qu'aucun danger immédiat ne les menaçait ; il rengaina son épée pour s'emparer de son arc qu'il arma d'une flèche. Cette voix provenait d'un homme seul. Néanmoins, lorsqu'il atteindrait Samarie, la capitale, le capitaine aurait deux mots à dire au général israélite qui l'avait accueilli à la frontière et lui avait assuré que la voie était libre, qu'aucun brigand, qu'aucun voleur ne risquait de s'en prendre à eux.

Gêné par le reflet du soleil sur les falaises éclatantes, il plissa les paupières et chercha du regard l'imprécateur coupable de cette agitation. Malheureusement, la voix s'était multipliée d'écho en écho à travers les collines et pouvait venir de n'importe où. Son œil exercé finit cependant par repérer un léger mouvement au sommet d'une falaise proche, un homme vêtu d'une tunique à l'aveuglante blancheur et d'un manteau gris à capuche. Il se tenait devant une grotte, au bord du précipice.

À l'évidence, nulle troupe menaçante ne pouvait se cacher derrière lui ou dans les collines pour les attaquer à coups de pierres, de lances et de flèches. Pour toute arme, cet homme paraissait ne brandir que sa tumultueuse colère.

Il repartit bientôt dans ses folles diatribes :

– Va-t'en, Jézabel, catin et reine de l'obscurité. Va-t'en, retourne dans ton pays d'idoles et de faux dieux. Va-t'en, femme impudique aux lèvres écarlates. Emmène avec toi tes prêtres et tes prêtresses...

Le capitaine lâcha une flèche qui fendit l'air dans un sifflement reptilien et heurta la roche non loin de l'illuminé. Aussitôt, une centaine d'arcs se braquèrent sur la silhouette blanche, mais l'homme disparut à l'intérieur de la grotte. Furibonde, Jézabel éperonna son cheval,

– Qui est ce fou ? Comment ose-t-il me parler ainsi ? rapportez-moi sa tête !

Le capitaine mit pied à terre pour se précipiter vers la falaise et comprit soudain à qui il avait affaire. Il avait entendu parler de ce prophète, Élie, par le général israélite qui avait promis de le maintenir en détention le temps que la princesse s'installât dans le pays.

Il se lançait à l'assaut de la falaise lorsque Jézabel lui cria de revenir.

– Il a disparu au sommet de la colline, expliqua-t-elle. Le temps que tu y parviennes, il sera loin. Reviens et poursuivons notre voyage. Mais, crois-moi, il faudra que quelqu'un paie de sa vie cet affront infligé au sang royal de Phénicie.

Hattusas vint rejoindre la jeune fille.

– Je connais cet homme, il s'appelle Élie, c'est un prophète du dieu. On dit que le roi lui-même suit ses conseils. Je crains que ceci ne soit pas la meilleure façon d'entamer ton règne.

– Ce n'est pas à moi de trembler ! s'emporta-t-elle. Cet homme qui a disparu dans le désert comme un voleur, celui-là apprendra vite à me craindre.

Là-dessus, elle poursuivit sa route à travers Israël.

Hattusas s'aperçut bientôt qu'au lieu de s'apaiser, la colère de Jézabel grandissait à mesure qu'elle progressait vers la ville qui l'attendait. Aux portes de la cité d'Akko, à la place de la délégation solennelle à laquelle la princesse s'attendait, seuls les notables de la ville étaient là, accompagnés de quatre trompettes, lorsqu'elle arriva au milieu de l'après-midi suivant. C'était plus une insulte qu'un accueil, dans la mesure où les rois d'Israël et de Phénicie s'étaient déjà rencontrés avec tout le faste voulu : rien n'avait été préparé pour elle. Encore une fois, la princesse se jura qu'une tête allait tomber pour cet affront.

Des guirlandes d'herbes et de fleurs furent placées autour de son cou et son chemin fut parsemé de pétales de roses, mais aucun membre de la famille royale d'Israël ne s'était donné la peine de venir l'accueillir. Sans les paroles apaisantes de Hattusas, Jézabel s'en fût aussitôt retournée vers son pays.

– Grande Dame, commença un diplomate, glorieuse à la lumière du soleil et de la lune, aimée de tout ton peuple et bientôt du nôtre, tu es le sang qui coule entre nos deux grands corps, toi qui...

– Est-ce là toute la réception que vous me réservez ? coupa-t-elle.

L'homme parut surpris, mais Jézabel crut percevoir un sourire furtif. *Encore une tête*, se promit-elle. Cependant, d'une voix calme et pleine d'autorité, elle demanda :

– Pourquoi mon futur époux n'est-il pas venu m'accueillir ?

Hattusas haussa un sourcil. Il s'attendait à une crise de colère mais certainement pas à ce sang-froid qui tenait en respect le petit fonctionnaire chargé de la recevoir. Face à cet authentique camouflet, d'autant plus surprenant que le roi Omri avait semblé sincèrement désireux de conclure ce mariage et le traité avec la Phénicie, Hattusas avait décidé de manifester sa colère aux notables de la ville mais voici que Jézabel prenait elle-même l'affaire en main. Cependant, elle ne possédait aucune expérience de la diplomatie et il craignait qu'elle ne provoquât un incident susceptible de rompre le traité.

La princesse descendit de cheval et se planta face à l'orateur, mains sur les hanches. Cette fois, il lui jeta un regard méfiant. Le prince Achab lui avait affirmé qu'il aurait affaire à une jeune fille superficielle et inexpérimentée, qui risquait tout au plus de fondre en larmes. Aussi ne s'attendait-il pas à cette conduite pleine d'assurance et de morgue.

À nouveau, Jézabel demanda où aurait lieu la réception officielle et, à nouveau, le notable reprit la litanie des titres et flagorneries qu'il avait rédigées avec tant de soin la veille au soir.

Un autre homme, tout aussi insignifiant, s'avança la main levée pour faire taire l'orateur puis expliqua :

– Notre ville se doit de poursuivre ses tâches quotidiennes, grande princesse, et, malgré nos supplications, personne n'a pu se joindre à nous pour t'accueillir. Quant au prince Achab, il t'adresse ses plus profondes excuses pour ne pas être venu en personne mais il a été retenu au palais par une affaire urgente. Néanmoins, il t'envoie ses salutations et son affection, et me prie de t'informer qu'avec son père, le roi Omri, il attend impatiemment ton arrivée devant les portes de Samarie.

Jézabel écouta ces paroles non sans chercher à chacune quelque sens caché. Pourquoi ces gens voulaient-ils l'insulter et lui faire savoir qu'elle n'avait rien à faire dans leur pays ? Pourquoi ce prince tenait-il tant à l'informer qu'elle n'occuperait qu'une place secondaire dans sa vie ? Hattusas guettait sa réaction à ce nouvel outrage. Ses gardes, ses prêtres et prêtresses restaient attentifs, certains que leur princesse allait exploser de colère et ordonner de faire prendre la ville d'assaut. Déjà, certains soldats posaient la main sur le pommeau de leur épée.

Mais la princesse se contenta de répondre d'une voix douce :

– Je suis navrée que le prince soit trop pris pour pouvoir venir à la rencontre de sa fiancée et de son escorte. Cependant, je m'en voudrais de peser d'un poids supplémentaire sur sa charge écrasante. Aussi demeurerons-nous ici cette nuit et, demain, nous reprendrons la route à travers Israël, visiterons vos villes et villages, vos montagnes et vos vallées, jusqu'à ce que le prince Achab me fasse savoir qu'il a enfin trouvé le temps d'accueillir sa future épouse aux portes de Samarie. Je vous prie donc de transmettre ce message au prince, mon futur époux.

Les gardes la dévisageaient avec surprise, le capitaine avec admiration. C'était là une brillante et diplomatique insulte de la part d'une si jeune personne. Elle avait reçu une remarquable éducation. Hattusas parvint difficilement à réprimer un sourire. Il avait quitté la Phénicie avec une jeune fille et arrivait en Israël avec une femme.

Cette nuit-là, Jézabel fit savoir aux notables de la ville que ni elle, ni aucun membre de son escorte, n'assisterait au banquet hâtivement organisé. Sa servante expliqua que la princesse désirait se reposer après son exténuant voyage depuis sa ville de Tyr.

Ainsi, le banquet en son honneur fut-il annulé. Toutefois, au beau milieu de la nuit, la ville fut éveillée par la soudaine irruption de chants, de musique, de cris et de rires montant des mille gorges des Phéniciens qui campaient au pied des remparts. Devant l'accueil que lui avait réservé Akko, Jézabel avait expliqué à ses compagnons qu'elle refusait de s'installer dans la maison d'un des notables, préférant rester parmi les siens jusqu'à son arrivée à Samarie.

Les réjouissances commencèrent en fin de soirée, alors qu'il ne restait personne dans les rues et que quelques gardes s'installaient pour une longue nuit de veille sur les remparts. Mais, dès que la musique et les cris retentirent, hommes et femmes émergèrent brusquement de leurs demeures, et se dirigèrent vers les murailles pour voir ce qui se passait. Ils entendirent d'abord un long et monotone battement de tambours, puis le son de harpes et de lyres accompagnées de voix poussant des youyous dans la nuit tiède.

Le bruit semblait encercler la ville et envahir chaque carrefour. Puis les trompettes déchirèrent les ténèbres, attirant au-dehors les quelques habitants d'Akko qui avaient résisté à l'appel des tambours.

Craignant une attaque, les gardiens avaient appelé des renforts mais les officiers eurent tôt fait d'invoquer le couvre-feu pour intimer l'ordre à la population de regagner ses foyers. En quoi ils ne furent obéis par personne.

C'est alors que retentirent les premières explosions, lourdes et menaçantes, aussitôt suivies d'extraordinaires étincelles de couleur qui s'élevèrent en fontaines jusque par-dessus les toits. Au début, elles furent accueillies par des cris de frayeur puis, lorsque les Israélites comprirent que ce tintamarre ne produisait que des lumières bariolées, semblables à celles que le Saint, béni soit-Il, leur envoyait parfois du ciel, ils commencèrent à se réjouir. Seuls les chiens, affolés, hurlèrent à la mort.

Chaque détonation fut bientôt accompagnée de cris d'admiration et d'éclats de rire. Les hommes hissèrent leurs enfants sur les épaules pour qu'ils profitent mieux de ce spectacle étrange et merveilleux. Nul ne savait ce qui causait de tels grésillements mais, chaque fois qu'un prêtre versait une sorte de liquide dans un feu, un coup de tonnerre retentissait et un plumet multicolore s'élevait vers le ciel.

Toute la ville était maintenant rassemblée sur le rempart nord pour se réjouir de la fête donnée par cette aimable armée.

Dans le lointain, la mer reflétait l'arc-en-ciel orange qui crépitait sur la grève. Déjà d'autres feux tournaient au bleu profond, au vert, au jaune ou au vermillon.

Alors que leurs yeux s'habituaient tout juste à cette débauche de couleurs, les spectateurs virent soudain des dizaines de femmes sortir lentement des tentes et se mettre à danser voluptueusement devant les flammes au son des tambours, leurs corps lascifs parfaitement visibles à travers leurs voiles transparents. Au bout de leurs doigts, de minuscules cymbales marquaient un rythme sensuel souligné par les clochettes qui tintaient à leurs chevilles et à leurs bras. Dans une sorte de transe, les prêtresses se cambraient, mouvant les hanches de la façon la plus suggestive, mêlant leurs jambes et leurs bras. Les habitants d'Akko en étaient envoûtés, mais les jeunes femmes les avaient oubliés, tout à leur rituel.

Cependant, plus que les feux, plus que les prêtresses, c'était la large fosse creusée au milieu du camp qui fascinait les Israélites. Elle occupait presque l'espace d'une maison et des braises rouges scintillaient à sa base. Au-dessus étaient dressées quatre broches sur lesquelles rôtissaient quatre sortes d'animaux différents. Sur l'une tournait un bœuf entier, sur l'autre deux agneaux, sur la troisième des dizaines d'oiseaux et sur la dernière trois porcs, tandis qu'une odeur alléchante emplissait l'atmosphère.

Les hommes se penchaient à la muraille pour mieux regarder les splendides prêtresses qui dansaient toujours, et leurs femmes commencèrent à s'inquiéter de l'intérêt qu'ils leur portaient.

Alors que toute la ville ou presque était massée sur les remparts, y compris les gardes, les conseillers et les prêtres, un assourdissant roulement de tambours annonça l'arrivée de soldats portant des torches qui hissèrent une femme sur une estrade ; enveloppée des pieds à la tête dans un long manteau, elle ne vacilla pas lorsque les hommes l'élevèrent à hauteur de leurs épaules, encore moins lorsqu'ils allumèrent, aux quatre coins de l'estrade, des jets de lumière qui explosèrent en boules de feu autour du petit groupe.

Devant la foule médusée, la femme se débarrassa de son manteau et tous reconnurent la princesse Jézabel, jeune et sculpturale, complètement nue ; elle évoluait doucement au-dessus des gardes qui la portaient toujours et l'illuminaient de leurs torches.

Elle leva la tête vers les Israélites qui la regardaient du haut des remparts et les contempla d'un œil insolent qui les troubla, jusqu'à ce qu'un léger sourire vînt adoucir son visage impassible. Soudain, elle jeta la tête en arrière et ses cheveux aile-de-corbeau semblèrent s'envoler comme des flammes noires, tandis qu'elle éclatait d'un rire strident. Elle était Jézabel et rien ne pouvait l'atteindre.

Les gardes vinrent déposer le piédestal à proximité de la fosse rougeoyante et la princesse en descendit avec des mouvements ondoyants, s'approchant peu à peu de la muraille. À mesure qu'elle venait vers eux, les Israélites comprirent qu'elle n'était pas nue mais portait des vêtements tissés dans une étoffe arachnéenne que le feu avait fait paraître transparents. Maintenant qu'elle dansait dans une semi-pénombre, ses robes apparaissaient légères comme des aigrettes, bleutées comme l'aube, rosées comme l'aurore, vert et or comme la prairie au grand soleil. Elle n'était plus femme mais déesse venue sur terre dans le magnifique plumage d'un oiseau exotique.

Les hommes n'étaient plus seuls à la dévorer des yeux, les femmes aussi admiraient cette créature d'un autre monde.

De nouveau, elle leva la tête, comme si elle voyait à travers eux, à travers cette ville qui l'avait méprisée, jusque dans le royaume de ce dieu invisible ; comme si elle le défiait de descendre sur terre !

Maintenant, elle ne bougeait plus, parfaitement maîtresse d'elle-même et de ce qui l'entourait, de la musique lascive, des danses orgiaques de ses prêtresses, des feux qui embrasaient les ténèbres, des effluves capiteux de vin et d'hydromel que les cuisiniers versaient sur la viande embrochée, et des chants qui semblaient provenir de partout et de nulle part.

Jézabel éclata de rire et se détourna gracieusement pour regagner sa tente. Sa démonstration s'achevait là. La princesse venait de conquérir la ville d'Akko sans décocher une seule flèche.

*
**

– Elle ne bougeait pas ?

– Oui, grand roi.

Omri paraissait stupéfait.

– Elle n'a rien fait, n'a rien dit ? Elle est juste restée sans bouger, à demi-nue devant les remparts de la ville, et puis elle a ri ?

Le capitaine des gardes d'Akko approuva d'un mouvement de la tête.

– C'est exactement cela, grand roi. Comme si elle avait tout d'un coup pensé à quelque chose de drôle, à un secret connu d'elle seule. Puis elle s'est retournée et a regagné sa tente. Personne ne l'a plus vue de la nuit mais, au matin, lorsque les habitants se sont levés et sont retournés sur les remparts, tout le campement phénicien s'était volatilisé, comme s'il n'avait jamais été là. Il ne restait que la fosse. Et des restes de festin.

– Où sont-ils allés ? demanda le prince Achab.

– Personne ne le sait. Nous avons bien sûr envoyé des hommes à leur recherche mais, quand ils sont revenus nous ne savions qu'une chose, c'est que la princesse Jézabel et son escorte avaient pris la dircction de la vallée de Jezréel. J'ai envoyé d'autres hommes encore, pourtant...

– Pourtant... ? insista Achab.

– Ils sont introuvables. Nous avons passé deux jours à les chercher, mais c'était comme si la vallée les avait engloutis. Nous avons interrogé les villageois qui affirmaient avoir vu passer une grande armée au milieu de la nuit mais nul ne sait où ils ont campé. Nous n'avons aucune idée de l'endroit où ils se trouvent en ce moment, grand roi.

– Mille hommes et femmes, s'étonna Omri. Cinq cents prêtres et prêtresses et une division de soldats ! Et tu dis qu'ils ont tous disparu !

Mortifié par son échec, le capitaine se contenta de hocher la tête. Il savait qu'il allait être puni, relevé de sa charge s'il avait de la chance, si ce n'était banni... Pourtant, rien de tout cela ne se produisit et le roi se tourna vers son fils :

– Tu n'est qu'un sot ! Si j'avais su ce que tu comptais faire, je te l'aurais interdit. Quel petit jeu joues-tu avec la Phénicie ? Comprends-tu l'importance... ?

Il s'interrompit lorsqu'il se rendit compte qu'il était en train de le réprimander devant toute la cour, toussota et revint au capitaine :

– As-tu laissé des hommes sur place afin de poursuivre les recherches ? Il est de mon devoir de présenter mes excuses à la princesse pour cet incident fortuit et de l'accueillir officiellement à Samarie avec son escorte.

Le capitaine n'eut pas le temps de répondre car déjà, Achab, rebuté par la désapprobation de son père, rétorquait vivement :

– Je partirai moi-même à sa recherche. Cette princesse a besoin d'une bonne leçon pour ses manières, si elle croit qu'elle peut ainsi dédaigner la réception officielle d'une ville...

– Silence ! ordonna Omri. Tu t'imaginais que cette insulte inepte révélerait à cette jeune fille tes sentiments à son encontre et lui donnerait une leçon ? Tu l'as donc crue aussi sotte que toi ? Elle a fort bien retourné tes manœuvres et séduit le peuple. Le pays entier saura bientôt quel spectacle elle a donné aux habitants d'Akko. Tu peux en attendre autant de sa part dans toutes les villes qu'elle visitera. Des foules entières viendront l'acclamer sur son passage. Elle t'a ridiculisé, Achab ! Elle porte déjà la couronne plus sûrement que toi. Tu vas donc demeurer ici. C'est à moi de m'occuper d'elle, désormais.

Le jeune prince jeta un regard noir à son père et parut brusquement s'adoucir :

– Si telle est ta volonté, qu'il en soit ainsi. Mais elle m'a offensé et je ne le lui pardonnerai jamais. Aussi vais-je partir pour la vallée de Jezréel et l'y trouver. Je l'accueillerai, lui souhaiterai la bienvenue, ainsi qu'elle peut l'espérer d'un homme forcé de l'épouser...

Omri poussa un triste soupir. Bientôt, la couronne d'Israël serait sur la tête d'Achab et cette pensée l'alarmait, tant son fils faisait preuve d'arrogance et d'entêtement ; de plus, il ne saisissait rien aux devoirs inhérents à son rang.

– Achab, souffla-t-il assez bas pour n'être entendu que de lui. N'agis pas inconsidérément. Il est bon pour nous que la nouvelle de la beauté et de la prospérité de la princesse se répande à travers tout le pays, car la voix d'Élie en sera affaiblie. Elle mérite mille fois de devenir ta femme car elle a pu gagner le cœur du peuple, avant même de se trouver à tes côtés. Si tu es capable de renoncer à ta jalousie mesquine, alors tu as ma bénédiction pour aller la rejoindre et l'accueillir en bonne et due forme.

Les mâchoires serrées, Achab salua et se retira de la salle du trône. D'un geste de la main, le roi laissa repartir le capitaine. Son conseiller s'approcha pour lui murmurer à l'oreille :

– Grand roi, malgré mon ouïe déclinante, j'ai entendu ce que tu as dit. Tes paroles sont emplies de sagesse. Car il est vrai qu'avec le bruit de l'arrivée de la princesse Jézabel, Élie va devoir crier beaucoup plus fort qu'auparavant pour se faire entendre.

– Je l'espère, murmura Omri. Je voulais avant tout faire entendre raison à mon fils. Mais je ne sais que penser d'Élie. Maintenant que cette jeune fille est entrée en Israël, avec sa nudité et ses danses publiques, il aura de quoi nous invectiver plus que jamais.

Le roi réfléchit un instant avant d'ajouter :

– Tu verras que, bientôt, les filles d'Israël seront enfermées chez elles par leurs pères, et que les femmes empêcheront leurs maris d'accueillir Jézabel. Certes, elle a réussi une étonnante démonstration, mais si elle offense trop souvent le Seigneur, alors Israël tout entier se tournera contre elle. Et comme elle sera reine, le peuple se tournera contre nous...

CHAPITRE 7

Rongé par l'inquiétude, Élie regagna son village de Tishbé. Il avait éprouvé une telle peur en voyant ces soldats le menacer qu'il s'était cru sur le point de mourir dardé de flèches. En s'enfuyant, il s'était un peu rassuré à l'idée que les hommes retiendraient leurs arcs de peur d'atteindre le capitaine qui s'était lancé à sa poursuite. L'Éternel, une fois encore, l'avait sauvé. Grand était le Seigneur Tout-Puissant.

Il courut jusqu'à la tombée de la nuit, certain que les gardes allaient le poursuivre pour le passer au fil de l'épée. Mais il n'en fut rien, alors il regagna sa falaise, d'où il inspecta l'horizon. Il ne trouva cependant nulle trace de cette femme détestable. Elle avait disparu telle une hyène dans le désert.

Aussi, Élie le Tishbite rentra-t-il chez lui pour y retrouver son épouse et ses enfants et attendre que le Seigneur lui indiquât le nouveau chemin à suivre. Plus il s'approchait du Jourdain et de Galaad, plus le ciel lui paraissait étrange, parfois tellement étrange qu'il s'arrêtait de marcher pour mieux le contempler. En plein jour, il lui semblait y voir des formes extraordinaires et des lumières éclatantes. Il regardait plus haut et elles étaient encore là... et disparaissaient. Il n'eût su dire à quoi elles correspondaient – l'une évoquait une charrue tirée par un homme ployant sous le joug ; une autre, une aiguière au col élancé ; une troisième rappelait un char attelé de trois chevaux. Mais chacune était annoncée par un éblouissement aux couleurs de pétales ou de baies, parfois écarlates, parfois nuancées de bleu.

Il était inquiet mais, lorsqu'il entendit la voix du Seigneur, sa peur s'apaisa ; il entendait le Seigneur lui enjoindre de le débarrasser de Jézabel. Il comprit alors que ces lumières, ces bruits et ces symboles dans le ciel représentaient les instruments dont il se servirait. Un jour, lorsqu'il l'aurait chassée de la terre d'Israël, les nuées s'embraseraient et les hôtes des cieux descendraient sur terre dans un grondement, avec ces mêmes lumières que le peuple prétendait avoir vu entourer Jézabel.

Alors, Élie partit retrouver Rizpah et leurs deux enfants. En route, il prêcha dans chaque village qu'il traversait, racontant comment le Seigneur l'avait sauvé des mains impitoyables de la maléfique Jézabel, décrivant les formes qu'il avait vues dans le ciel, et les hommes et les femmes d'Israël le nourrirent parce qu'il était la bouche du Seigneur et la conscience du peuple. Il dormit dans les champs ou dans les granges, ou dans les étables avec les vaches, dans les bergeries avec les chèvres ou les moutons ou, parfois, dans la maison d'un homme assez pieux pour le recevoir sous son toit comme un antidote au poison distillé par ceux qui ne suivaient pas la parole du Seigneur.

Jour après jour, il entendait parler du spectacle immoral que Jézabel avait donné devant la place d'Akko mais, lorsque les détails les plus lascifs étaient évoqués devant lui, Élie refusait d'y croire. Quelle que fût son impudicité, aucune princesse du sang, fiancée à un futur roi d'Israël, ne pouvait avoir dansé nue toute une nuit et s'être accouplée à douze amants sous les yeux d'une population entière. Aussi rejeta-t-il ces rumeurs avec mépris.

De retour à Tishbé, éreinté, affamé, il n'en avait cependant conçu qu'une haine plus grande de la princesse. La voix du Seigneur était parfois presque inaudible mais, le plus souvent, assourdissante. Et la voix du Seigneur n'avait fait que grandir dans son esprit, les lumières devenaient parfois si aveuglantes qu'il en clignait des yeux et se détournait.

En entrant dans le village, il sentit le message de l'Éternel se faire de plus en plus pressant. Le Seigneur disait à Élie, Son serviteur, que quiconque tirait une flèche pour tuer un prophète de Dieu était coupable du plus grand de tous les crimes et devait être poursuivi et anéanti. Le peuple devait pressentir les dangers qui le menaçaient à travers le rire et la séduction de cette femme détestable. Le nom de Moïse ne cessait de harceler son esprit. Moïse, qui avait été tourné en ridicule par Pharaon et la cour d'Égypte. Neuf fois, il avait été raillé par ce monstre du mal qui siégeait sur le trône du pays des pyramides. Mais la dixième fois, après la mort de chaque premier-né d'Égypte, plus personne ne riait.

Et personne ne rirait d'Élie, ni Jézabel, ni son capitaine, ni ses prêtres et prêtresses, ni le peuple d'Israël qui se détournait si vite du Seigneur dès qu'un objet séduisant l'égarait ; et encore moins le roi d'Israël lorsque Élie ferait périr le fils premier-né d'Omri, ainsi qu'il advint aux premier-nés d'Égypte, du temps de Moïse.

Depuis le début du jour, Rizpah attendait son époux. Un jeune berger lui avait annoncé sa venue en menant son troupeau paître non loin de chez elle. Elle avait commencé par s'en réjouir. Elle allait l'accueillir avec la nourriture et la boisson qu'il aimait. Puis, ses enfants et elle se réuniraient à ses pieds pour qu'il leur racontât ses aventures : qui il avait vu, où il était allé, ce qu'il avait fait. Les enfants seraient fiers de leur père et elle de son époux, et l'amour de l'Éternel serait fort en chacun d'eux. Cependant, elle s'inquiétait toujours pour lui. Autant que pour elle-même.

Il lui fallait admettre que sa vie était plus paisible lorsque son époux partait sur les chemins et les routes d'Israël, appelé par la voix du Seigneur. Durant ces quelques voyages au cours desquels Élie la laissait seule, ces longues absences offraient d'incomparables moments de paix pour la maison et les enfants. Mais, dès qu'il revenait, particulièrement ces dernières années, les temps devenaient plus difficiles. C'était alors – Dieu la pardonne ! – comme si un démon entrait dans la maison, bousculant, dérangeant tout, criant et se plaignant sans cesse.

Quand Élie arrivait, Rizpah l'accueillait avec respect, avec affection, avec plaisir ; néanmoins, au bout de quelques jours, elle se prenait à guetter le moment où le Seigneur descendrait vers son serviteur pour l'appeler au loin, une fois de plus.

Anxieuse de l'état d'esprit de son époux, elle attendit, du lever du jour au coucher du soleil. Elle savait qu'il approchait de la maison, pourtant, il n'était pas encore venu rendre visite à sa femme et à ses enfants. Cela ne pouvait signifier qu'une chose : qu'il avait encore la tête pleine de la voix de l'Éternel.

Elle appréhendait déjà les jours à venir. Elle savait que c'était un saint homme et que la plupart de ses actes lui étaient dictés par le Seigneur. Cependant, malgré son désir de bien faire, d'être une bonne épouse habitée de la crainte de Dieu, elle redoutait ses nombreuses colères qui terrifiaient les enfants.

Tant qu'elle voyageait avec lui, il se montrait attentionné envers elle, tendre avec leurs enfants lorsque tous deux les retrouvaient à la maison. Mais, depuis quelque temps, elle ne reconnaissait pas son époux tant son humeur avait changé, tant il lui semblait étrange et distant. Parfois, elle s'éveillait en pleine nuit pour découvrir qu'il avait quitté leur couche ; elle se levait alors et le trouvait devant la maison, se tenant la tête en geignant ; à moins qu'il ne se fût réfugié dans l'étable ou dans un champ voisin, étendu à même le sol, parfois nu, le corps froid comme une pierre, tremblant et marmonnant des paroles dans une langue inconnue.

D'après ce que lui avait annoncé le jeune berger, Élie aurait dû apparaître vers midi. Rizpah sortit tôt de sa maison et dit à Saraï, leur fille, de mettre la table et de servir son frère de lentilles, de brouet d'orge et de pain car elle s'en allait accueillir leur père. Un éclair d'inquiétude traversa le regard de Saraï mais elle s'efforça de n'en rien laisser voir à son frère. Rizpah quitta la maison et partit sur la route de Sichem.

Elle n'avait pas parcouru quelques centaines de pas qu'elle crut deviner un mouvement dans un des champs d'orge de

Nahum, à peine plus visible qu'un souffle de vent sur les tiges souples, mais suffisant pour qu'elle s'arrêtât et inspectât l'horizon. Alors elle vit les mains et les bras d'un homme qui s'agitaient au milieu des lourds épis. Elle quitta la route pour se rendre à la rencontre de la silhouette, certaine qu'il s'agissait de son époux.

Elle le perdit de vue en entrant dans le champ, parmi les hautes plantes, mais elle finit par distinguer le son de sa voix. Enfin elle le vit et elle eut peur : il semblait possédé non par Dieu mais par quelque esprit maléfique. Et bientôt, elle saisit ses paroles :

– Oui, Seigneur.

Un long silence.

– Oui, Seigneur.

Un autre silence.

– Maintenant, mon Seigneur et Maître ? Maintenant ? Mais je suis las et je ne serai pas capable de remplir une telle mission.

Soudain, elle entendit son époux implorer et dut se retenir de ne pas courir vers lui.

– Mais ma femme, mes enfants, je dois les voir...

Alors il cria :

– Oui, Seigneur, oui, je suis indigne ! Oui, je suis la poussière des champs, la lie de la terre ! Oui, Seigneur, maintenant. Je pars maintenant !

Il se tourna et vit Rizpah, lui sourit. Elle eut envie de l'embrasser pour l'avoir aussitôt reconnu.

– Mon époux ! s'exclama-t-elle. Élie, mon maître, viens à la maison. Viens, que je te donne à manger.

– Rizpah, la plus chère et la plus loyale des femmes !

Il l'étreignit et l'embrassa au milieu des champs, sur la joue, sur le cou, sur la tête. Elle sentait son corps près du sien, mais ne le reconnaissait pas tant il était amaigri.

– Viens, mon époux, que je te mène à la maison où tu pourras te reposer.

Il la suivit placidement. Soudain, elle se rendit compte qu'il s'était arrêté. Elle se retourna et rencontra son regard, empli de frayeur et de haine. Et c'était elle qu'il regardait... Il se courba en deux, se prit la tête dans les mains en hurlant de douleur. Terrifiée, Rizpah recula. Puis, tout aussi brusquement, il se redressa et vint dans sa direction, s'approcha d'elle. Elle lui sourit, tenta de le rassurer, appela son nom. Il la scruta, blême, semblant souffrir mille morts.

– Rizpah... souffla-t-il. Aide-moi... La voix de Dieu est si forte...

D'un seul coup, il parut fixer autre chose, à travers elle, et sa physionomie se détendit, comme si la douleur venait enfin de le quitter. Rizpah comprit que Dieu venait de le rendre aveugle à sa propre épouse. Il se rua vers elle qui poussa un cri d'épouvante. Mais déjà il était passé en hurlant :

– Catin ! Fille du démon. Va-t'en, horrible catin !

Il sortit du champ et s'affala au bord de la route en gémissant de douleur. Rizpah se précipita pour l'aider, le prit dans ses bras. Elle le sentit quelque peu se détendre à son contact et l'entraîna doucement. Elle n'avait plus peur, mais tremblait encore. Comment avait-il pu lui parler ainsi ? Était-ce sa voix ou celle du Seigneur qui l'avait accusée de ces actes abominables ? Cependant, si c'était le Seigneur qui la regardait à travers les yeux de son époux et qui s'était exprimé par sa bouche, pourquoi l'avait-Il traitée de catin ? Elle qui avait toujours mené une vie chaste, chassant prestement toute pensée impure s'il lui en venait à l'esprit. Mais qui pouvait comprendre les voies du Seigneur ?

Rizpah suivit les pas de son époux, inquiète à l'idée de ses enfants qui découvriraient leur père dans un tel état.

*
**

Jézabel était le centre de toutes les conversations en Israël. Que les gens se rassemblent sur la place du marché ou sur les étals dressés par les marchands ambulants, c'était son nom qui revenait sur toutes les lèvres.

La foule s'agglutinait dès qu'elle apparaissait quelque part avec sa suite. Personne en Israël n'avait jamais vu une telle procession ; même le pharaon d'Égypte n'avait pas provoqué tant d'excitation. Le peuple comparait son arrivée à celle de la reine de Saba qui avait ensorcelé le roi Salomon. Si Jézabel n'avait pas la peau noire, elle représentait aux yeux d'Israël une icône tout aussi exotique et mystérieuse : chaque ville guettait son arrivée avec impatience.

Sept jours après l'incident d'Akko, villes et campagnes avaient eu vent de l'extravagance des voyageurs qui visitaient leur contrée. Nul ne savait au juste quelle direction avait prise la caravane. Certains l'avaient aperçue çà et là, mais, le temps de rameuter les populations, la troupe s'était déjà évaporée.

Lorsqu'elle apparut au pied de Megiddo située sur les hauteurs du mont Carmel, les gens se précipitèrent. Alors que le soleil se couchait sur la mer Éternelle, les habitants de la ville avaient envahi les murailles et attendaient en retenant leur souffle. Cette fois, elle allait leur offrir un tout autre spectacle. Elle pratiquait depuis trop longtemps l'art du chant et de la danse pour ne pas savoir comment emporter l'enthousiasme des foules.

Les habitants de Megiddo ne l'accueillirent pas dans le silence d'une nuit immobile, car la rumeur de son arrivée s'était répandue à travers les maisons et le bruit de la foule ne s'apaisa que dans les roulements assourdissants des tambours. Tous se précipitèrent sur les remparts, bousculant leurs concitoyens pour qu'ils leur fassent de la place.

La moitié de la nuit se passa, durant laquelle chacun put admirer les sensuelles ondulations des prêtresses et les danses suggestives des prêtres, mais tous attendaient l'apparition de Jézabel. Enfin, elle fit son entrée, dansa, marcha devant les feux afin de mieux laisser deviner les contours voluptueux de son corps à travers ses voiles diaphanes.

Chaque fois qu'elle passait devant les flammes, les hommes criaient et applaudissaient, tandis que leurs femmes riaient avant de frapper dans leurs mains elles aussi. Seuls les prêtres étalaient leur mécontentement en menaçant la foule et en crachant des insultes à ces adorateurs d'idoles. Mais leurs voix étaient faibles dans l'atmosphère de réjouissances qui régnait sur Megiddo.

Cependant, quelques épouses ne partageaient pas l'enthousiasme général. Elles envoyèrent leurs enfants se coucher tout en exhortant leurs époux à cesser de regarder ces femmes nues, en grommelant avec dégoût contre ces prostituées qui défiaient la morale avec une telle effronterie. Mais les autres préféraient se laisser enivrer par les arômes du festin et les lourds parfums qui emplissaient l'air tiède.

À la fin du spectacle, Jézabel s'arrêta au pied des remparts et leva la tête vers le ciel, l'expression impénétrable, semblant encore une fois voir le domaine des dieux à travers ces gens qui l'observaient. Elle ne rit pas comme la première fois ; son expression s'illumina d'un immense sourire, comme si elle recevait un message de sa déesse, et elle tendit les bras, prête, semblait-il, à se laisser emporter vers les étoiles.

Elle demeurait ainsi sans bouger tandis que derrière elle, cachés dans un buisson, deux prêtres allumaient discrètement un liquide camouflé dans une tranchée qui s'enflamma subitement et entoura Jézabel d'un cercle de feu. Les habitants de Megiddo eurent l'impression que le sol tout entier s'embrasait. Jamais personne n'avait rien vu de semblable. Ils ne purent retenir un cri tout en reculant d'effroi. Les flammes et la fumée leur masquaient la princesse et, le temps qu'elles se dissipent, Jézabel avait disparu.

Un lourd silence accueillit ce prodige, mais tous s'interrogeaient : comment avait-elle disparu ? Quel était ce feu liquide ?

Jézabel venait de conquérir une nouvelle ville d'Israël.

CHAPITRE 8

Le teint cireux, Élie gisait sur sa couche. Rizpah avait placé sur son front un linge humide d'eau fraîche de la fontaine.

À chacun de ses retours au foyer, il fallait à son mari du repos et du réconfort. Il commençait par se sustenter d'un succulent repas de légumes et d'herbes aromatiques ou d'une potée d'orge et de lentilles agrémentée de morceaux de mouton. Ce n'était qu'une fois rassasié et désaltéré qu'il songeait à aller se coucher pour dormir jusque tard après le lever du soleil. Rizpah empêchait alors les enfants de faire du bruit afin de ne pas troubler le sommeil d'Élie. Elle allait tirer l'eau du puits, pétrissait la pâte et la faisait lever à l'abri des rayons brûlants du soleil. Après quoi, elle s'adonnait à des travaux de couture en attendant que son époux se manifestât en toussant ou en remuant dans le lit. Alors elle appelait ses enfants et les faisait venir devant leur père qui les bénissait, après quoi ils le pressaient de questions : d'où venait-il ? qu'avait-il vu ?

Du moins était-ce ainsi que les choses se passaient auparavant.

La nuit était avancée quand elle entendit d'étranges grattements à sa porte. Elle en demeura pétrifiée, puis se leva et se dirigea vers la porte sur la pointe des pieds ; un coup de vent fit siffler la flamme de sa chandelle. Le bruit avait disparu, à moins qu'il ne s'agît d'une dispute dans le lointain, ou d'un animal ?

Tout d'un coup, les grattements reprirent. Terrifiée, Rizpah n'osait bouger, et c'est alors qu'elle discerna un gémissement. La voix des morts. Tel un démon, la voix articulait son nom, doucement, à travers le bois de la porte. Tout en formulant d'ardentes prières au Tout-Puissant, Rizpah se dirigea vers la fenêtre les jambes flageolantes. Elle aperçut au-dehors un homme gisant face contre terre, ses mains grattant la porte.

Elle courut ouvrir et fit entrer Élie. Était-ce seulement lui ? C'étaient bien son visage, ses mains et son corps, pourtant elle le reconnaissait à peine. Sans doute était-il malade, car il tremblait de tous ses membres...

C'était son mari. La dernière fois qu'elle l'avait vu remontait à une quinzaine de jours, lorsqu'il s'était effondré devant elle dans le champ de maïs, la traitant de catin et de diablesse. Elle l'avait ramené à la maison mais, après quelques courtes heures de repos, il avait retrouvé cet étrange regard et s'était enfui en hurlant. Et plus personne ne l'avait revu.

Et voilà qu'il lui revenait, telle une apparition funeste. On aurait cru qu'il venait de voir les démons rôdant au fond des royaumes de la nuit que la lumière de Dieu elle-même n'atteignait pas. Et sa souffrance fit monter des larmes aux yeux de Rizpah.

Elle étendit Élie sur la couche, détacha ses sandales. Elle ne parvint cependant pas à lui faire avaler un verre d'eau ni un morceau de pain ou de viande. Il gardait les yeux grands ouverts, cependant il ne voyait rien. Il ne faisait que balbutier le nom de sa femme, comme s'il parlait dans son sommeil.

– Là, mon époux, murmura-t-elle pour ne pas réveiller les enfants, je suis là pour toi. Tu es en sécurité ici. M'entends-tu ?

Alors elle s'en voulut pour son égoïsme. Lorsqu'elle voyageait avec lui, jamais un tel incident ne s'était produit, car elle s'occupait de lui, le nourrissait, le protégeait des foules. Sa décision était prise : jamais plus elle ne le laisserait partir seul !

Elle veilla sur son époux jusqu'au petit matin, mais il ne cessa pas un instant de frissonner. Une fois de plus, elle se leva pour tremper dans l'eau froide le linge qu'elle lui posait sur le front. Brusquement, il lui saisit la main et elle en poussa un cri de douleur.

Dans son regard, elle lut qu'Élie avait recouvré ses esprits, que le démon qui le rongeait avait enfin lâché prise. Silencieuse, elle attendit qu'il parvînt à articuler un mot.

– Femme ?

Elle ne répondit pas.

– Rizpah ? Comment es-tu arrivée ici ?

– Nous sommes chez nous, Élie, à Tishbé de Galaad. Tu es revenu au milieu de la nuit. Le jour va bientôt se lever. Tu as de la fièvre.

Il tenta péniblement de s'appuyer sur ses coudes mais retomba vite en arrière.

– Est-elle passée ici ?

– Qui ?

– La prostituée idolâtre. La catin de Phénicie. L'as-tu vue par ici ?

– Jézabel ? Non. Elle n'est pas venue. Personne ne sait où elle est. Elle se manifeste soudain aux portes d'une ville...

– Je sais ! coupa-t-il brutalement. C'est le démon incarné. Elle apparaît et disparaît. Tu la crois ici et elle est là. Elle surgit dans un nuage de fumée et s'éclipse de même.

Il lui fallut reprendre des forces avant de continuer :

– Je te le dis, femme, si elle épouse Achab, l'Éternel se détournera à jamais d'Israël. Comme le peuple qui s'est moqué de Noé avant que les eaux n'envahissent la terre, comme les habitants de Sodome et Gomorrhe que leur immoralité a anéanti, elle sera balayée par les flots de la colère du Seigneur. Nous serons réduits en cendres par des flammes qui descendront du ciel, Dieu détournera Sa face de l'abomination commise par son peuple.

Rizpah blêmit de frayeur.

– Mais que faire ? balbutia-t-elle.

– Nous pouvons empêcher ce mariage maudit. Nous pouvons chasser les païens et les idolâtres hors de la terre de l'Éternel. Nous pouvons implorer Asa, le roi de Juda, d'envoyer une puissante armée contre Israël afin de nous débarrasser des blasphémateurs de la maison d'Omri. Nous pouvons...

Il retomba sur sa couche en toussant, le corps vidé de toute force. Rizpah le dévisageait avec inquiétude. Il secouait la tête en marmonnant des paroles incompréhensibles.

– Où étais-tu, Élie ? demanda-t-elle doucement. Tu es parti longtemps, je ne sais où. Je n'ai reçu aucune nouvelle de toi. Et voilà qu'il y a quinze jours, je te retrouve dans un champ d'orge où tu me traites de catin et de prostituée.

Il lui jeta un regard médusé.

– J'étais avec elle, la catin de Phénicie, j'étais l'ombre de son soleil. Où elle allait, je la suivais, caché au sommet d'une colline ou derrière un arbre, pour constater les pièges tissés par sa magie. Je l'ai suivie de Rosh Aniqrah à Akko, à Meguiddo et jusqu'à Jezréel...

De nouveau, il toussa.

– Elle est comme un animal nocturne, qui se repaît de la carcasse de notre peuple, qui festoie sur le cadavre d'Israël. Elle arrive dans les villes avant le couvre-feu. L'air s'emplit alors des parfums de son escorte de sodomites et de prostituées. Elle transgresse la loi du Très-Haut en sacrifiant des porcs sur notre terre sacrée. Mais ses danses et ses incantations fascinent le peuple, tel Adam tombé sous l'emprise de Lilith.

« Tu aurais dû la voir, Rizpah. C'est la femme la plus impudique, la plus dévergondée qu'il m'ait été donné de voir. Sa seule vue souille les yeux, sa trace profane les pieds si on marche dans ses pas. C'est la quintessence du mal. Le Seigneur m'a parlé. Il m'a demandé de conspuer sa présence dans tous les lieux publics d'Israël. Le Seigneur m'a ordonné... »

Il se remit à tousser et retomba sur sa couche, épuisé.

Une fois encore, sa femme tenta de lui donner à boire. Mais, le temps qu'elle porte la coupe à ses lèvres, il s'était endormi. Alors elle s'étendit auprès de lui et tâcha de trouver le sommeil à son tour. Cependant, elle ne trouva pas immédiatement le repos car son esprit errait comme un animal perdu.

Cette Jézabel était-elle donc si néfaste ? Pouvait-elle provoquer tant de mal ? Si elle était vraiment fille du démon, alors elle avait le pouvoir de détruire Israël. Pourtant son père Etbaal passait pour un homme juste, un roi bon et honnête, non un de ces despotes qui oppressaient les nations voisines. Dans ce cas, que pouvait pousser Jézabel à commettre de si terribles actions, à provoquer de tels dégâts ?

Rizpah avait entendu dire que Jézabel venait sans armée, simplement escortée d'un corps de gardes ainsi que de prêtres et de prêtresses. Et voici qu'Élie en parlait comme d'un ange exterminateur. Rizpah avait beau prier, elle ne trouvait pas de réponses.

Brusquement lui vint une idée si saugrenue qu'elle faillit en éclater de rire ; elle eut beau la chasser, cette pensée revint, aussi Rizpah finit-elle par la prendre en considération. Et plus elle y réfléchissait, plus le projet paraissait réalisable.

Elle irait en personne voir Jézabel lorsque celle-ci viendrait aux abords de Tishbé ou de quelque ville de Galaad. Naturellement, elle n'en soufflerait mot à Élie. Même si cela était déjà un péché.

*
**

Accoudée sur des coussins dans la tente royale, Jézabel écoutait avec un plaisir grandissant le rapport de l'espion. Jusque-là, elle n'avait adressé la parole à aucun Israélite, quand bien même le pays était à ses genoux, chaque ville la priant de lui faire la grâce de sa visite. La curiosité suscitée par sa personne et par les danses de ses prêtresses était telle que le roi Omri avait dû publier un édit : interdiction était faite aux Israélites de négliger leurs champs, et de voyager de ville en ville à la suite des Phéniciens.

– Et ce feu dans lequel je disparais, interrogea-t-elle. Qu'en disent-ils ? Ont-ils de tels feux en Israël ?

– Toute la nation ne parle que de ça, Madame. Le peuple d'Israël n'a jamais vu pareil spectacle. Il n'a jamais vu d'eau qui brûle. Il dit que vous accomplissez des miracles, ou que vous les obtenez de leur Dieu...

L'espion laissa la phrase inachevée.

– Et Achab ? Comment réagit mon futur époux ? Que dit-il de mes flâneries à travers mon futur pays ?

L'espion sourit mais n'eut pas le temps de répondre car Hattusas, dont l'admiration pour les nouveaux talents diplomatiques de la princesse ne cessait d'augmenter, intervint :

– Dis la vérité ! Tu n'es pas un courtisan de la princesse, elle ne recherche pas de flatteries mais des informations sur ce qui se passe dans ce pays. Alors, parle-nous d'Achab...

L'espion acquiesça de la tête et se retourna vers Jézabel :

– Grande Dame, il se dit qu'Achab ne sait plus comment agir. Un riche marchand m'a rapporté qu'au cours d'un banquet, voilà deux nuits, le prince s'est montré à la fois troublé et morose ; au début, le vin l'a égayé et, à l'apparition des danseuses du pays d'Ammon, il a applaudi et gratifié leur meneuse d'une bourse d'or. Mais, dès qu'un convive a fait remarquer : « J'étais dans la ville d'Afek, au bord de la mer du Kinnereth et j'ai vu danser Jézabel. Et croyez-moi, sa beauté, sa grâce et sa séduction sont infiniment supérieures à celles de ces Ammonites. C'est une vraie femme, plus belle que toutes les hétaïres que j'ai pu voir, et ce don qu'elle a pour mouvoir son corps... » Sur quoi le prince l'a brutalement interrompu en le menaçant de lui trancher la tête, à lui ou à tous ceux qui se permettraient de mentionner le nom maudit de Jézabel en sa présence.

La princesse éclata de rire puis s'enquit auprès d'Hattusas :

– Eh bien, qu'en penses-tu ?

– Ô Princesse, la même chose depuis que nous avons posé le pied dans ton nouveau pays. Ta première réponse à l'insulte délibérée d'Achab fut merveilleuse. Mais, j'estime que tu devrais agir maintenant avec plus de prudence. Ton futur époux n'est ni un marchand ni un soldat mais un prince ; à ce titre, il fait preuve d'autant de vanité que de puissance. Tu es parvenue à le surprendre. Lui qui escomptait te blesser dès ton arrivée afin de mieux te soumettre, se rend compte qu'il a échoué et que le peuple est tombé sous ton charme.

« Actuellement, il ne sait trop comment réagir. D'autre part, nous avons appris qu'Omri lui avait ordonné de faire la paix avec toi et qu'il s'était donc rendu à ta rencontre mais ne t'avait point trouvée ; en le fuyant, nous l'avons contrarié et rabaissé aux yeux du roi son père. Ne le pousse pas davantage, princesse, de peur de voir son trouble tourner à la haine. »

Jézabel entendit ce que lui disait le conseiller de son père et sourit.

– Hattusas, tes paroles sont sages, mais tu ne connais rien au cœur des hommes. Je sais comment réagissent Achab et ses semblables, pour en avoir assez compté parmi mes amants, parmi mes amis, parmi mes amoureux transis. Je sais comment le traiter.

Son mentor hocha tristement la tête.

– Grande Dame, ce prince n'est pas un jouet que tu peux jeter sans pitié. Tu n'es point ici pour ton seul plaisir mais pour remplir un contrat passé entre mon Seigneur, ton père, et le roi Omri afin de protéger les frontières sud de la Phénicie et d'en chasser aussi bien la Syrie que l'Assyrie. Je te conjure de ne pas laisser ton orgueil mettre en péril des vies phéniciennes.

Sur l'instant, cette réponse contraria la princesse et elle faillit s'emporter. Mais Hattusas l'avait assez fait sauter sur ses genoux quand elle était petite pour qu'elle accorde davantage de considération à son point de vue. Car il avait raison. Elle avait voulu inspirer de l'amour à Israël et obliger Achab à se traîner à ses genoux. Désormais, ce prince savait combien elle était puissante et brillante ; il ne chercherait plus à l'insulter. Le jour de leur mariage, elle se tiendrait en égale à ses côtés. Il était donc temps de prendre le chemin de Samarie et de faire son entrée à la cour d'Omri.

Elle se tourna vers le conseiller :

– Envoie un message au roi et à son fils, mon futur époux, pour leur dire que je désire être reçue à la cour d'Israël.

Demande-leur la permission de conduire mon escorte à Samarie. Implore le grand roi Omri de recevoir sa future bru.

Le conseiller sourit et lui baisa les pieds.

*
**

Pour la première fois depuis que Jézabel avait franchi la frontière nord d'Israël, Achab était rassuré. Il poussa un soupir de soulagement lorsque l'ambassadeur phénicien eut fini de parler. D'autant que son propre père, Omri, répondit solennellement :

– Transmets à la princesse que je la recevrai à bras ouverts et que Samarie lui réserve un accueil à nul autre pareil. Nous serons pour elle comme un père et une mère, nous serons le soleil de ses jours, la lune de ses nuits. Nous festoierons deux jours et deux nuits et sacrifierons dix bœufs et vingt moutons en son honneur. Va et rapporte-lui mes paroles.

Cependant, l'ambassadeur ne se leva pas, préférant s'adresser au fils du roi :

– Et vous, puissant Prince, accueillerez-vous la princesse lorsqu'elle se présentera ? Ou serez-vous encore trop retenu par les affaires du royaume ?

L'insulte était cuisante, mais Achab avait été sermonné par son père. Aussi répondit-il :

– Je serai là. Dis à ma future épouse qu'après notre nuit de noces, je la prierai de danser pour moi comme elle a dansé pour mon peuple.

L'ambassadeur sourit. C'était exactement la réaction qu'il espérait. Il se leva, salua le roi et le prince. Toute la cour le regarda s'éloigner avec sympathie, à l'exception d'Hazah, qui se croyait promise au prince. Il lui avait juré de l'épouser, de la faire reine, et voilà qu'il se détournait d'elle alors qu'elle occupait encore son lit, voilà qu'il se laissait captiver par cette Phénicienne adoratrice d'idoles.

Cachée derrière une colonne, Hazah se demandait comment regagner le cœur d'Achab.

Mais le prince ne pensait plus à elle, préoccupé qu'il était par l'attitude qu'il lui faudrait adopter face à sa nouvelle épouse. Israël tout entier lui rendait hommage, son nom était sur toutes les lèvres. Jézabel était une déesse, la plus belle femme jamais créée, une blanche reine de Saba ; elle allait ruiner Israël avec ses idoles et ses manières aguicheuses, elle allait faire le malheur des hommes en les poussant à délaisser leurs femmes, elle allait détourner le peuple du droit chemin. Jézabel par-ci... Jézabel par-là...

Pourtant, seul Achab connaîtrait la véritable Jézabel et cette perspective l'enchantait. Il l'avait gravement sous-estimée. Il avait voulu lui signifier qu'il serait son seigneur et maître, qu'elle ne serait reine qu'en titre, qu'elle n'aurait aucun pouvoir. Quelle erreur avait-il commise là ! Il fut tiré de ses réflexions par son père :

– Demain ou après-demain, dès que nous aurons été avertis de son arrivée, tu partiras à sa rencontre. Tu iras seul, sans garde du corps ; tu porteras la couronne du futur roi. Tu t'inclineras devant elle, lui offriras ta personne et ton futur royaume. Tu...

Achab l'interrompit :

– M'incliner ? s'exclama-t-il d'une voix que toute la cour put entendre. Tu veux que je m'incline devant ma future épouse ? Je ne m'incline devant personne à part toi, mon père.

Omri soupira. La journée lui avait semblé longue et il se sentait encore exténué par les dix-huit jours abominables de chamsin. La merveilleuse nouvelle apportée par l'ambassadeur de Jézabel s'estompait peu à peu derrière la stupidité de son héritier. Comment laisser ce pays aux mains d'un tel incapable ? Certes, c'était un vaillant guerrier et un grand meneur d'hommes ainsi qu'un vrai bâtisseur. Dans les villes de Sichem et de Jezréel, ses temples faisaient l'admiration de tous. Mais c'était aussi un être à la vision obtuse, incapable de percevoir les dangers qui l'entouraient.

Achab soutint le regard méprisant de son père.

– Elle a cédé, père. Elle vient à moi en tant que future épouse. J'ai gagné. Elle supplie maintenant que nous la recevions dans notre capitale. Et voilà que tu me conseilles d'aller à elle le genou ployé, et...

Omri leva la main, redoutant que le tapage de son fils ne fût rapporté aux Phéniciens.

– Je mets fin à cette audience. Ambassadeur, je te prie de transmettre notre amour indéfectible à la princesse Jézabel ainsi que notre ardent désir de l'accueillir en notre maison avec son entourage. Elle a déjà gagné les cœurs de notre peuple... Désormais, elle va conquérir sa famille royale. Pardonne-moi, mais je dois maintenant regagner mes appartements. Achab, voudrais-tu m'accompagner...

Omri se leva et quitta la salle du trône, suivi par ses courtisans et par son fils. Il attendit que les portes fussent refermées avant de crier avec colère :

– Tu n'es qu'un sot ! un incapable ! Fallait-il que l'Éternel m'en veuille pour me doter d'un tel fils ! Comment as-tu pu parler de Jézabel en ces termes devant son propre ambassadeur et tous ses espions éparpillés dans la salle du trône ?

Frappé par la véhémence de ces accusations, Achab recula d'un pas.

– Ainsi, tu crois avoir gagné ? poursuivit Omri. Tu crois que, parce qu'elle demande à venir à Samarie, nous pouvons crier victoire ? Malheureux fou ! Cette jeune femme pourrait parcourir Israël, Juda et même l'Égypte pendant dix ans, le peuple continuerait de la vénérer et elle finirait par me détrôner, ainsi que le roi Asa, s'il lui en venait la fantaisie. Cette victoire n'est pas celle d'Israël, Achab. Jézabel arrive à nous de son propre chef, à l'heure qui lui convient, de la manière qui lui convient. Nous sommes ses vassaux.

Le prince voulut protester mais son père ne lui en laissa pas le loisir :

– Tu t'inclineras devant elle ! Sans t'avoir jamais rencontré, elle est plus que ton égale aux yeux du peuple. Une jeune fille de dix-sept ans vient de l'emporter sur Israël sans livrer bataille, sans faire de victime si ce n'est toi. Es-tu à ce point aveugle que tu n'aies pas compris ce qu'elle a accompli en dix petits jours ? Elle règne sur ce pays avant même d'en avoir été couronnée reine. Pour la contempler, les cultivateurs abandonnent leurs champs, les potiers négligent d'entretenir le feu de leurs fours, les jardiniers de récolter leurs fruits parvenus à maturité. Les prêtres se plaignent déjà de ce que le peuple se détourne du Très-Haut pour adorer Baal et Astarté. Es-tu à ce point insensé que tu ne puisses voir où tout cela nous mène ?

« Je te l'ordonne : tu t'inclineras devant elle, la prendras dans tes bras, l'aimeras et lui souhaiteras la bienvenue dans son nouveau pays. Si elle t'insulte, tu lui demanderas quelle faute tu as commise ; si elle te déplaît, tu lui souriras et lui diras qu'elle est la plus belle créature de Dieu. Tu feras cela, Achab, non parce que je l'exige, mais parce que tu n'as pas le choix. »

Ces mots ne signifiaient que trop combien la maison d'Israël aspirait à la paix. Néanmoins, ils blessaient profondément Achab. Son père les avait prononcés pour s'assurer que personne n'entraverait la marche triomphale de Jézabel sur Samarie et qu'elle serait accueillie en reine. Après les plaintes que lui avait immanquablement adressées sa fille, le roi Etbaal devait absolument recevoir des rapports favorables de ses espions afin que le traité fût respecté à la lettre et qu'Etbaal ne fît pas revenir la princesse ; afin qu'Israël pût compter des frontières sûres au nord et afin que le roi Asa réfléchisse à deux fois avant d'envisager une attaque.

Cependant, ces mots blessaient encore le prince. Il sentait peser sur lui le mépris des courtisans et croyait les entendre rire dans son dos.

Alors l'image d'Hazah lui revint à l'esprit. Elle aussi était présente dans la salle du trône. Il l'imaginait postée de l'autre côté de la porte et, malgré la cloison qui les séparait, devinait sans peine ses yeux pleins de larmes.

*
**

Achab s'adossa au parapet à côté du capitaine des gardes. Le soleil atteignait son zénith. Pourtant, le prince patientait sur les remparts de Samarie depuis le petit matin et ses yeux lui brûlaient à force de scruter les montagnes à l'horizon.

Le capitaine lui avait dit que s'il désirait retrouver la tranquille fraîcheur du palais, il le ferait chercher dès l'arrivée du messager mais Achab préférait attendre la réponse. Enfin, un nuage de poussière dans le lointain annonça le retour du cavalier.

Épuisé, le visage luisant de transpiration, l'homme sauta de cheval devant la porte de Damas ; il ne s'était pas encore approché des remparts que le prince lui criait :

– Alors ? Qu'a-t-elle dit ?

Le messager leva un visage surpris et répartit :

– Qu'elle vous recevra volontiers...

Le prince lâcha un grand rire et s'éclipsa aussitôt.

Alors que le soleil entamait sa lente descente vers la mer Éternelle, Achab dépêchait son cheval vers Tirtsa. Éperonnant sa monture, il traçait son chemin au sud de Jezréel pour rencontrer Jézabel quelque part sur la route menant à Samarie. À regret, son père avait accepté d'envoyer un messager demander une audience. Achab était apaisé par la réponse de Jézabel : elle ne le couvrirait pas de ridicule, lui avait pardonné sa rebuffade et acceptait un geste de conciliation afin de vivre en harmonie avec lui. Quand elle l'apercevrait dans toute sa majesté, elle comprendrait que le futur roi ne pourrait tolérer une reine qui fût son égale.

Jamais il n'avait galopé si vite. Comme si son cheval ressentait l'urgence qui le poussait. Si bien qu'il arriva en avance à Tirtsa à la surprise des notables qui n'avaient pas eu le temps d'organiser un accueil royal. Cependant, il ne s'y attarda que le temps de changer de monture, de se laver, de manger de la viande et du pain, de boire un peu. Il ne parvint à la ville suivante qu'à la nuit tombée, ce qui ne l'empêcha pas de repartir dès le petit matin sur la route de Jezréel.

Quand le soleil fut à son zénith, il rejoignit les Phéniciens et comprit tout d'un coup l'excitation qui avait saisi le peuple d'Israël. Le cortège comptait bien un millier de gardes et d'esclaves, accompagnés d'au moins deux cents chevaux et de dizaines de chariots tirés par des bœufs, débordant de nourriture, de vin et de bière, de toiles de tentes et de vêtements. Comment cette armada avait-elle pu rester invisible dans le nord d'Israël ?

Lorsque Achab aperçut les femmes, il arrêta sa monture au sommet de la colline voisine. Les prêtresses protégeaient leur tête du soleil mais pas leurs seins. N'était-ce pas là une insulte à la décence exigée par le Seigneur ? À moins qu'il ne s'agît d'une coutume phénicienne ?

Son regard se porta à la tête du cortège où caracolait avec majesté une jeune femme radieuse, brune à la peau mate ; malgré la distance, il croyait déjà voir ses prunelles, les plus admirables du monde. Pourtant, c'était son corps qui le surprenait, drapé dans d'étincelants voiles qui semblaient danser dans les rayons du soleil.

Stupéfait, Achab ne pouvait détacher ses yeux de la silhouette lumineuse. Certes, il avait déjà vu des femmes plus belles, ne fût-ce que parmi les prostituées qu'il fréquentait, mais aucune ne possédait la royale assurance, l'aisance et la dignité de cette jeune fille sur son étalon blanc. Il avait envie de la toucher, de sentir son corps, de se fondre dans l'arc-en-ciel dont elle paraissait nimbée.

Brusquement, il se reprocha de ne porter rien d'autre que sa fruste tunique grise, prit conscience de la rudesse de ses mains, des mains de soldat souillées par la poussière, de sa barbe qu'il n'avait pas taillée depuis une semaine, de ses cheveux moites de sueur.

Il plissa les paupières pour mieux la voir alors qu'elle arrivait dans sa direction. L'avait-elle déjà remarqué sur sa monture, au sommet de la colline ? Elle n'en laissait rien paraître ; peut-être pourrait-il s'éclipser discrètement afin de gagner quelque village où il pourrait se laver et se parer d'atours dignes d'un prince héritier.

Mais il ne connaissait que trop cette région d'Israël, habitée par des fermiers qui n'avaient pas la moindre idée des raffinements d'une cour. Lui-même n'accordait que peu d'attention aux vêtements, préférant consacrer son temps à l'exercice militaire.

Il se prenait à regretter de n'avoir pas songé à soigner son apparence. Aux yeux de l'escorte élégante de Jézabel, il allait passer pour un simple paysan. Il imaginait déjà les sourires moqueurs et les observations qui risquaient de l'accueillir et cela le mit mal à l'aise. Mais il n'avait plus le choix.

À contrecœur, il éperonna son cheval, lui fit dévaler la colline et galopa en direction de la colonne. Un homme de haute taille, sans doute le capitaine des gardes, tira son épée et vint se placer devant Jézabel. Achab s'arrêta net.

– Je suis Achab, prince d'Israël.

Le capitaine s'immobilisa, interloqué, comme s'il se refusait à croire qu'un tel vaurien pût être de sang royal. Mais l'allure de son interlocuteur finit par lui imposer le respect et il rengaina son arme avant de s'effacer devant la princesse.

Notant l'air déçu de sa future épouse, Achab se rembrunit :

– Voilà deux jours que je chevauche pour te rejoindre, lança-t-il avec colère.

– Et voilà deux semaines que je voyage vers toi, rétorqua-t-elle.

Il s'irrita du manque de respect qu'elle lui témoignait. Elle venait chez lui et pourtant elle le traitait comme un inférieur.

– Préfèrerais-tu que je rentre à Samarie me préparer à ta venue ? Je ne suis pas ainsi. Je suis un soldat, un bâtisseur. Je n'ai pas de temps à consacrer aux parfums ni aux barbiers.

– Ni même à te laver ? Depuis deux semaines que je visite mon futur royaume ? Ni à tailler ta barbe ? La vie est-elle donc si trépidante en Israël ?

– Jézabel...

– Je suis princesse !

Furieuse de se voir traitée avec une telle désinvolture, elle n'avait pu s'empêcher de crier, malgré les recommandations d'Hattusas qu'elle sentait frémir derrière elle.

Achab n'en croyait pas ses oreilles. Il faillit faire tourner bride à son cheval lorsque les mots de son père lui revinrent à l'esprit. Alors il prit une longue inspiration et finit par lâcher :

– Princesse, je regrette mon attitude envers toi, je regrette de ne m'être pas apprêté pour te recevoir, mais j'avais tellement hâte de te rencontrer et de te conduire à notre capitale...

Un lourd silence plana dans l'air pesant de chaleur. Tous guettaient la réponse de Jézabel, à commencer par Hattusas qui priait son dieu de l'entendre articuler les mots qui s'imposaient.

– Prince, mon époux, nos deux pays ont beaucoup à apprendre l'un de l'autre. La Phénicie est une terre puissante et vaste et mon peuple comprend les besoins du corps. Nous prenons souvent des bains et, si nous sommes assez riches pour nous le permettre, nous utilisons des parfums, des baumes et des onguents afin que nos dieux apprécient la délicatesse de nos odeurs et le soin que nous mettons à les honorer.

« Israël aussi est une grande terre puissante dont je serai heureuse d'apprendre les coutumes. En attendant, nous ferons halte ici pour nous reposer jusqu'à demain. Tu pourras entrer dans nos tentes et, si tu le désires, nous te montrerons comment les femmes phéniciennes savent s'occuper des hommes. »

Sans lui laisser le temps de répondre, elle se détourna et vit alors le regard d'Hattusas posé sur elle, impassible. Seul un sourire en coin lui fit comprendre qu'il approuvait son attitude. Elle venait de remporter une nouvelle épreuve, de franchir un autre obstacle qui la séparait du trône de cet étrange pays.

CHAPITRE 9

Le prince Achab s'efforça de garder son calme. Ouvertement bafoué devant la troupe phénicienne, désavantagé par son apparence, il tâchait cependant de respecter les promesses faites à son père afin de ne pas voir briser le traité. Dès lors, il se laissa rafraîchir par les jeunes Phéniciennes qui le conduisirent sous une tente et l'installèrent sur des coussins.

Pourtant... Pourtant quelque chose le fascinait chez ces femmes. Jamais, il n'avait connu de Phénicienne. Il avait eu des Moabites, des Édomites, des Égyptiennes et des Assyriennes, sans compter d'innombrables Israélites. Mais ces prêtresses mettaient une telle sensualité dans chacun de leurs mouvements... Il parvint tout d'un coup à déterminer en quoi elles se différenciaient des autres : elles paraissaient vraiment prendre du plaisir à ce qu'elles faisaient, de la plus jeune à la plus âgée.

Sa vie durant, il avait respiré toutes sortes de parfums, sur les femmes de riches marchands ou les prostituées orientales, mais jamais il n'avait senti de telles fragrances. Comme s'il redécouvrait l'essence de fleurs nocturnes, la délicatesse de pétales tout juste cueillis, l'exquise fraîcheur d'herbes vertes, les senteurs érotiques d'épices tropicales. Il reconnaissait la rose, l'hysope, le jasmin et le laurier-rose mais aussi l'arôme séduisant des bulbes de figues lourds de rosée à l'aurore.

Et ces mets ! En avait-il goûté de délicieux au cours des banquets de Samarie et de toutes les capitales qu'il avait traversées ! Mais jamais, il n'avait savouré aucune viande, aucune sauce, aucun pain comparables à ceux-ci. À chaque bouchée, il ne pouvait s'empêcher de demander :

– Qu'est ceci ? De quoi est-ce fait ? Comment avez-vous pu préparer aussi rapidement un tel festin ?

Car c'était là ce qui l'étonnait le plus. Dans son palais de Samarie, il fallait une journée entière aux cuisiniers pour abattre les animaux, les dépouiller, les saler, y mêler sauces et aromates, les découper, les cuire, préparer les douceurs et les pâtisseries, filtrer la bière et les vins pour enivrer les hôtes. Et il n'avait fallu aux servantes de Jézabel que le court délai nécessaire à ériger les tentes pour qu'une esclave vînt annoncer que le banquet était prêt.

La princesse ne bougea pas, attendant un signe de son futur époux. Aussi demeurèrent-ils sous la tente de Jézabel, Achab affalé sur les coussins les plus moelleux que son corps eût jamais éprouvés ; il crut défaillir en humant les odeurs alléchantes qui flottaient autour de lui et la princesse sourit à le voir ainsi s'extasier devant le luxe phénicien. Enivré de ces succulents effluves, il ne tarda pas à dire qu'il avait faim.

Entre le moment où il l'avait rencontrée sur la route poussiéreuse et l'instant où elle l'entraîna dans la tente du banquet, Jézabel s'était métamorphosée. Il ne voyait plus en elle une princesse outragée mais une jeune fiancée qui attendait humblement son bon vouloir, plus une femme altière mais une gracieuse hôtesse. Subtils changements qu'Achab appréciait, devinant qu'elle jouait avec lui sans qu'il connût les règles du jeu.

Ils pénétrèrent dans une tente beaucoup plus grande que la précédente, animée d'une agitation frénétique mais, à peine en franchirent-ils le seuil que tout sembla se figer. Achab remarqua une longue table couverte de fleurs, entourée de couches et de coussins, mais rien d'autre ! Pas l'ombre d'un plat ou d'une amphore.

La princesse sourit de nouveau devant la mine déconfite de son hôte et son saisissement lorsqu'il vit entrer les mets et les vins portés par des prêtresses à demi nues.

Il lui demanda comment elle avait pu obtenir une réception d'une telle magnificence alors qu'une heure auparavant, cette caravane de plus de mille personnes progressait sur la route brûlante de midi. Jézabel esquiva adroitement la question en mentionnant les nombreux sortilèges phéniciens qu'elle pourrait enseigner à Israël et lui conseilla plutôt de goûter aux fruits du labeur de son peuple.

Il ignorait bien sûr que trois chariots chargés de victuailles attendaient son arrivée, que les cuisiniers y travaillaient en secret depuis l'aube, non sans se plaindre des conditions dans lesquelles il leur fallait préparer ces agapes.

Et Achab se délecta de leurs prouesses, tirant avec du pain un morceau d'agneau plus savoureux que tout ce qu'il eût jamais goûté, si exactement épicé que la viande semblait pétiller dans sa bouche. Il s'essuya les doigts au linge qu'on lui avait remis avant de saisir sa coupe.

– Princesse, je dois te présenter mes excuses pour l'irrévérence dont j'ai pu faire preuve à ton endroit lorsque tu es arrivée dans mon pays. Je...

Hattusas jeta un regard en coin à sa voisine mais sourit intérieurement en l'entendant répondre :

– Tu es un homme important, je le sais et je n'en ai pas été offensée. Mais, cher futur époux, plutôt que te déranger, j'ai préféré joindre mes efforts aux tiens pour divertir notre peuple. C'est pourquoi j'ai voulu visiter mon nouveau pays, ainsi qu'il est de coutume pour une future reine. Et c'est à moi d'implorer ta bienveillance.

Ce qui pouvait subsister d'animosité entre eux disparut à cet instant.

– Quant à la tunique que je portais en arrivant vers toi, reprit-il, comprends qu'il n'était pas dans mes intentions de t'insulter mais, en Israël nous n'accordons pas beaucoup d'importance à l'habillement. Notre Dieu nous ordonne d'observer une tenue modeste car, pour Lui, la vanité est péché ; aussi demande-t-Il que nous nous consacrions à la prière plutôt qu'aux parures.

Jézabel se rembrunit.

– Alors, quand vous autorise-t-il à vous réjouir ? Si vous ne faites que prier, quand chantez-vous, quand dansez-vous, quand aimez-vous ?

Il voulut répondre mais elle enchaîna :

– Nos dieux approuvent notre désir de nous parer pour nos conjoints et d'y prendre du plaisir. Ils exigent sacrifices et prières mais nous encouragent à rire, à jouer et à profiter du soleil. Votre Adonaï me semble un dieu irascible et coléreux. Il lui faudrait une déesse pour lui tenir compagnie dans les cieux.

Achab ne put cacher son étonnement.

– Nos grands prêtres soutiennent qu'il n'existe qu'un seul Dieu.

– Oui. C'est ce que m'ont rapporté mes ambassadeurs. Il paraît que vous ne décorez pas vos palais, que vous ne laissez pas vos femmes se peindre le visage ou s'orner le corps de tatouages et qu'il vous est interdit d'accomplir tant de ces choses qui donnent du bonheur aux Phéniciens. Voilà un sujet, mon cher futur époux, dont il nous faudra discuter si je dois partager le trône avec toi...

Il posa sur elle un regard inquiet. Sans doute devrait-il lui expliquer qu'une reine était censée avant tout partager la couche du roi et lui donner des enfants, que Jézabel aurait un trône mais qu'elle ne *partagerait* sûrement pas le sien... Cependant, il préféra se conformer aux recommandations de son père et ne répliqua pas, s'abandonnant au plaisir du festin. De nombreux points restaient à éclaircir s'il ne voulait pas que ce mariage devînt le fléau de sa vie. Il s'en occuperait dès leur arrivée à Samarie. Là-bas, c'était lui qui commandait.

– Cher prince, goûte ces figues qui ont macéré dans le vin. Nous les mangeons avec du yaourt, une espèce de lait aigre qui les adoucit et permet de mieux les digérer.

Il mordit dans la peau violette. Il avait déjà grignoté des figues sèches avec son armée, un jour qu'ils manquaient de vivres ; c'était un plat de paysans, de pauvres. Aussi fut-il surpris d'apprendre que les Phéniciens les considéraient comme une friandise. Toutefois, elles lui parurent délicieuses, sans doute à cause de cette crème un peu aigre que la princesse appelait yaourt et qui ressemblait à du lait de brebis fermenté au soleil.

De nouveau, elle sourit en constatant qu'il appréciait cette découverte.

– Le yaourt provient d'une terre lointaine. On dit qu'il a été apporté par les anciens Hittites du grand Désert qui le fabriquent avec du lait de chèvre. Quant à nous, nous mêlons celui de brebis à celui de vache pour amoindrir l'amertume.

Il écoutait ses paroles bouche bée, tel un enfant, et elle aima cette innocence qui contrastait avec son allure virile. Jézabel appréciait ses jambes longues et fortes, elle qui aimait être prisonnière de l'étau des jambes d'un homme et lutter pour s'en libérer... Et puis elle le trouvait beau. Il suffirait d'un rien pour en faire le plus séduisant des hommes, capable de combler son regard et ses sens.

Achab sentait peser sur lui ces yeux indiscrets et en éprouva une indicible gêne. Sous ses allures de courtisane avec son audace et ses parfums capiteux, il devinait une sagesse de femme mûre, une compréhension profonde des hommes, de leurs désirs et leurs pensées. Il se sentait transpercé par ses prunelles claires, tel un lapin sous l'emprise d'un serpent ou plutôt un insecte prêt à se jeter dans la toile parfumée d'une araignée.

– Es-tu rassasié, mon époux ?

– Époux ?

– Mon futur époux. Mon futur amant. Mon seigneur et maître. Comment faut-il que je t'appelle ? Seigneur ? Achab ? Prince des princes ? Ou mon époux préfèrera-t-il que je l'appelle d'un nom connu de nous seuls et qui ne franchira jamais le seuil de notre chambre ?

Elle s'exprimait maintenant d'une voix douce, penchée vers lui pour se faire entendre.

– Lorsque nous serons seuls, Achab, tu me parleras de notre

future chambre. Je suis sûre que nous y passerons beaucoup de temps, sauf lorsque tu travailleras, bien sûr.

Le prince frémit de désir. Elle était merveilleuse. Tout ce qu'il avait toujours recherché dans une femme... Épouse et amante à la fois. Quel ravissement de la contempler, avec ses cheveux lisses et noirs qu'elle faisait briller à l'aide de quelque onguent parfumé, et sa peau lumineuse comme la surface de la mer au clair de lune. Elle savait exactement comment mouvoir son corps souple et désirable. Sans doute, saurait-elle aussi comment le contenter.

Percevant son trouble, Jézabel lui jeta un regard en coin. Il s'alanguissait sur les coussins de soie ; elle aimait cette douce matière dont les femmes de pays reculés tiraient des étoffes et des tapis. Elle connaissait son effet érotique sur les hommes.

– Mon prince serait-il tenté par une femme ? demanda-t-elle innocemment. J'ai pour toi nombre de prêtresses et de courtisanes qui seraient honorées de satisfaire un homme de ta... stature.

Achab en fut abasourdi. Comment une princesse pouvait-elle s'exprimer avec une telle ingénuité, surtout à l'intention de son futur seigneur et maître. Cette Jézabel n'était qu'une débauchée immorale. Peut-être Élie avait-il raison.

D'un air parfaitement candide, elle continua.

– Achab, mes ambassadeurs m'ont appris que dans ton pays, on ne parlait pas ouvertement de l'amour. Je sais que vous n'entretenez pas de prostituées dans vos temples, que les femmes qui mettent leur corps au service des hommes sont mal considérées, et que vous n'aimez pas autant que nous les plaisirs charnels.

« Sache que dans mon pays, nous sommes heureux de voir des hommes satisfaire des femmes, que nous, les femmes, aimons regarder les hommes avec admiration et les combler pour autant que cela ne provoque pas de sentiments de colère ou de jalousie dans leur entourage. Cela ne fait pas de nous un peuple immoral et nous ne méritons pas le mépris de ton prophète Élie. Pourquoi qualifier nos prostituées de corrompues ? Parce qu'elles consacrent leur vie au plaisir des hommes et à l'instruction des jeunes gens ? En Phénicie, nous avons aussi des prostitués masculins chargés de rassasier les veuves et les femmes dont les époux sont au loin, marins, guerriers ou marchands. Préférerais-tu que ces femmes souffrent en silence des désirs de leurs corps inassouvis ? À moins qu'elles n'aillent trouver un voisin, quitte à le séparer de son épouse ? Est-ce cela que souhaite ton peuple ? Est-ce à cela qu'Élie et vos autres prêtres veulent condamner Israël ? À une vie de frustration ? »

Achab ne savait que répondre. Il approuvait chacune de ses paroles même si celles-ci allaient à l'encontre de tout ce qu'on lui avait appris depuis sa tendre enfance. Malgré tout, le prince ne pouvait s'empêcher de souscrire au raisonnement de Jézabel. Lorsque le désir se faisait sentir, il avait toujours trois ou quatre femmes vers lesquelles se tourner. Omri, son père, avait sept épouses, une pour chaque jour de la semaine, plaisantait-il. On prétendait que le grand roi Salomon avait eu mille femmes dans son palais de Jérusalem, sept cents épouses et trois cents concubines.

Mais qu'en était-il des fermiers, des artisans et des gens du peuple qui ne pouvaient entretenir qu'une seule épouse ? Que faisaient-ils tous les mois lorsque celle-ci se détournait d'eux ?

– Achab, lorsque tu auras terminé ton repas, veux-tu que je te présente une de mes servantes, ou une prêtresse ? Laisse-moi t'expliquer ce qu'elles vont te faire.

Jézabel faillit éclater de rire devant le regard gourmand qu'il lui renvoya.

– Elles vont apporter de l'eau tiède, adoucie à la sève de jonc, elles laveront ton visage et ton corps ; puis ma coiffeuse te taillera la barbe et les cheveux avec une lame si fine que tu ne sentiras rien. Ensuite, des servantes prendront tes vêtements pour les laver au ruisseau qui court dans la vallée. Tu seras nu, mon prince. Alors, nous pourrons oindre ton corps d'huiles et des parfums les plus précieux des rives du lac d'Urmia, en Mésopotamie.

« Elles frictionneront ton corps avec des soies fabriquées au plus loin de l'Orient pour former des étoffes si douces que ta peau deviendra lisse comme celle d'un nouveau-né. Deux femmes, mon maître, te couvriront le torse de leurs voiles suaves et promèneront leur poitrine tiède sur ton cœur, tandis que deux autres femmes, mon seigneur et maître, te caresseront jusqu'à ce que tu sois prêt aux délices de l'amour ; alors deux autres prêtresses, les plus belles et les plus expérimentées de ma suite, viendront l'une après l'autre. Et elles te chevaucheront, mon prince, jusqu'à ce que le lait des dieux jaillisse de ton corps comme d'un volcan. Puis tu geindras de plaisir, ces femmes te couvriront la face de baisers et béniront ta virilité. Elles viendront témoigner devant mon peuple qu'elles portent encore en elles le lait de ton corps, le laisseront couler vers le sol et Israël et la Phénicie s'inclineront devant ta puissance car la terre arrosée de ta semence deviendra fertile et, l'année prochaine, il y poussera de l'herbe qui nourrira des animaux, des fruits et du grain promis à une récolte abondante. »

Le souffle court, les lèvres sèches, Achab s'était laissé emporter dans l'extase de cette évocation. En se mordillant les lèvres, Jézabel regarda Hattusas qui avait, lui aussi, les yeux agités au souvenir de certaines béatitudes passées.

– Mon prince, reprit-elle, me laisseras-tu t'offrir ce cadeau. Mon cher futur époux ?

Il ne put répondre ; aussi se contenta-t-il d'un mouvement de la tête. C'était toute la force qui lui restait.

*
**

Elle s'était entendu traiter de catin, de prostituée, de fille du démon. Son propre époux lui avait dit qu'elle n'était qu'une dévergondée. Certes, elle savait que seule sa bouche s'exprimait, non son cœur, qu'il n'était que le porte-parole du Seigneur.

Rizpah ne comprenait pas les reproches du Très-Haut. Elle qui avait élevé deux beaux enfants à la vue de Dieu ; elle qui en avait enterré trois autres et rendu leurs âmes au Tout-Puissant, elle qui avait abandonné des années durant ses deux derniers enfants pour suivre son époux au service de l'Éternel ; elle qui avait voyagé de ville en ville, récoltant du grain pour nourrir son mari, de la paille pour lui permettre de se reposer la nuit ; elle qui s'était levée chaque jour avant l'aube afin de lui préparer un repas qui lui donne la force de reprendre la route et de guider le peuple par les paroles que le Saint, béni soit-Il, mettait dans sa bouche ; elle qui avait su rassembler les foules afin qu'Élie eût une audience pour répandre Ses paroles.

Néanmoins, le Seigneur l'avait traitée de catin. Depuis que cette Jézabel était entrée sur la terre d'Israël, Il avait posé sur Rizpah son regard réprobateur. Elle était pourtant restée honnête, même si son corps se languissait parfois de celui de son époux, même s'il lui arrivait de poser de furtifs regards sur les jeunes hommes qu'elle croisait sur les chemins. Elle chassait vite ces pensées impures et priait pour les éloigner de son esprit. Jamais, au grand jamais, elle ne s'était écartée de la voie prescrite par le Seigneur.

Pour cette raison, elle prendrait le risque d'offusquer son époux. Rizpah irait vers Jézabel, cette prostituée phénicienne, saisir enfin ce qui la rendait si néfaste, comprendre pourquoi le Très-Haut avait mis de telles paroles dans la bouche d'Élie.

– Ta cousine Sharaz ? s'étonna-t-il. Mais comment sais-tu qu'elle est souffrante ?

Il buvait sa boisson préférée, composée de feuilles de camomille écrasées avec des baies de genièvre rouge dans un jus de raisin frais. Elle s'était levée encore plus tôt qu'à l'accoutumée pour lui préparer le pain qu'il aimait – farine de blé, levain, miel et raisins, dans l'espoir de l'amadouer un peu.

– Je l'ai vue cette nuit. Elle m'appelait de sa maison de Samarie. Elle disait : « Rizpah, viens veiller sur moi pendant que je suis malade. » Je dois y aller, je ne peux pas l'abandonner.

– Notre ancêtre, Joseph, avait lui aussi de ces songes mais c'était le Tout-Puissant qui parlait à son esprit. L'Éternel t'a parlé ?

– Non ! Je fais souvent des rêves. Je te vois, je sais où tu es lorsque tu t'éloignes de moi, je rêve des enfants quand ils jouent près de la rivière. Ce ne sont que des songes sans importance. Mais cet appel de Sharaz m'a troublée. C'est la première fois que je rêve d'elle.

– Beaucoup feront de tels songes tant que la prostituée de Tyr et de Sidon sera parmi nous. C'était sans doute un appel venu de l'Éternel, pour te dire qu'Israël était souffrant et qu'il était de ton devoir de prier pour le départ ou la mort de Jézabel.

– Le Tout-Puissant ne m'appelle pas ! protesta Rizpah. Une femme comme moi n'est pas bénie ainsi que tu l'es. Le visage que j'ai vu était bien celui de ma cousine, qui souffre. Je dois aller lui rendre visite.

Élie finit par accepter. Rizpah s'en voulait ; au moins résiderait-elle chez sa cousine à Samarie. Mais il lui fallait à tout prix rencontrer Jézabel. D'ailleurs n'était-ce pas ce qu'Élie lui-même lui avait dit un jour ? « Le seul moyen de vaincre les ennemis du Seigneur est de les connaître. »

Ainsi allait-elle connaître son ennemie.

Le voyage vers Samarie, capitale du royaume d'Israël, dura sept longs jours de marche épuisante. Lorsqu'elle partait en compagnie d'Élie, elle travaillait dur, mais cela ne l'empêchait pas d'apprécier les paysages ; de plus, elle accompagnait son époux et cela leur permettait de converser sereinement. Alors que, seule sur les chemins, elle éprouvait une tristesse et une peur jusque-là inconnues.

Elle se souvenait de ces contrées extraordinaires, de ces insolites formations rocheuses, de ces animaux étranges, de ces caravanes conduites par des hommes noirs. Jusqu'à son mariage avec Élie, elle avait rêvé de contrées exotiques et lointaines, mais la vie à Tishbé avait le même effet que la boisson tirée du pavot, elle engourdissait l'esprit au point d'en oublier toutes les promesses de la vie. Elle avait épousé Élie, était devenue femme et mère ; toute pensée de voyage l'avait alors quittée ; jusqu'à ce que la voix du Très-Haut ordonnât à Son prophète de partir sur les chemins et de prêcher ; alors elle avait dû quitter ses enfants pour le suivre et l'assister dans sa mission.

Au matin du troisième jour, elle s'éveilla la tête lourde d'avoir dormi à même le sol, non sans appréhension. Avec Élie, elle n'avait jamais craint les mauvaises rencontres car elle savait que Dieu les protégeait. Mais il semblait désormais qu'Il eût détourné la face de Sa servante. Aussi tremblait-elle chaque fois qu'elle voyait un homme approcher ; elle guettait chaque bruit, surveillait chaque anfractuosité dans les rochers, de peur qu'elle ne cèle quelque voleur ou brigand. Car Rizpah avait menti à son époux et tremblait que le Très-Haut ne la punît.

Élie avait prié pour elle avant son départ, pour lui attacher la protection du Tout-Puissant. Mais il ignorait les mots que Dieu avait prononcés par sa bouche, il ignorait que l'Éternel ne voyait en son épouse qu'un rebut d'Israël, une femme maudite !

Et Rizpah poursuivait son chemin en tremblant, se mêlant aux groupes de voyageurs chaque fois qu'elle le pouvait, parlant de son mari, de ses enfants, mais la conversation finissait toujours par s'orienter sur Jézabel : « L'avez-vous vue ? Savez-vous où elle se trouve en ce moment ? Savez-vous que le prince Achab ne quitte plus sa tente car elle l'a ensorcelé ? Savez-vous qu'elle adore les démons du fin fond de l'enfer et disparaît toutes les nuits sous la forme d'un grand corbeau qui survole Israël et arrache les bébés à leurs berceaux ? » Chacune de ces rumeurs effrayait davantage Rizpah, mais n'entamait en rien sa détermination.

C'était l'après-midi du quatrième jour ; elle venait de traverser le Jourdain et sa fatigue était telle qu'elle dut s'asseoir pour ne pas s'effondrer. Elle escaladait la rive occidentale de la vallée, en direction de Tirtsa, lorsque le doute la saisit. Pourquoi se jetait-elle à la rencontre du mal, elle, épouse et mère de famille ? C'était aux hommes de partir sur les routes, de faire la guerre et de veiller à la morale.

Même les matriarches d'Israël – Sarah, Rébecca, Rachel et Léa – toutes grandes qu'elles eussent été, étaient avant tout des épouses, des compagnes. Dieu les avait rendues mères ; Dieu leur faisait porter des enfants pour assurer la postérité de Son peuple, Il ne leur demandait pas de parcourir le pays pour rétablir l'ordre. Alors pourquoi elle, Rizpah, femme du prophète Élie, se rendait-elle dans la capitale d'Israël pour régler la marche du monde ?

Autour d'elle, le paysage semblait vibrer dans la chaleur de l'après-midi. Elle voulut boire à sa gourde, mais l'eau avait un goût amer et elle vomit dans les buissons. Affalée au bord du chemin surplombant les abrupts contreforts de la vallée, elle tourna le dos à son pays de Galaad et reprit peu à peu son souffle. Elle envisagea de retourner chez elle, de rebrousser chemin pour revenir auprès d'Élie. Elle se leva et contempla le soleil flamboyant. Elle devrait avouer son mensonge. Ou continuer sa route, pénétrer dans le royaume du Mal et affronter son ennemie.

Elle allait repartir vers Galaad lorsque ses pas se figèrent. Comme si un fil invisible la retenait sur cette rive. Indécise, elle restait là, immobile, et aperçut soudain un vieillard qui progressait à grand peine dans sa direction. À chaque pas, il s'appuyait sur un grossier bâton de bois. Une sorte de bonté émanait de sa personne, jusque dans son regard souriant qui rappelait à Rizpah celui de son grand-père. Mais son grand-père n'avait jamais quitté son village natal alors que toute l'expérience du monde semblait imprégner le visage tanné par le soleil de cet inconnu.

Elle l'attendit, prête à l'aider s'il le lui demandait et, lorsqu'il parvint à sa hauteur, il s'arrêta, s'appuyant sur son bâton pour reprendre son souffle.

– Tu es d'Israël ? interrogea-t-il d'une voix cassée.

– Non, de Galaad. Je vais à Samarie.

– Alors, pourquoi marchais-tu vers l'est ?

– Je ne sais pas. J'aimerais retourner chez moi, mais je dois continuer. Mon esprit est troublé.

Hochant la tête, il la pria de s'asseoir auprès de lui. Il lui dit s'appeler Absalon, pêcheur sur la mer Éternelle, qui rentrait du mariage de sa fille avec un marchand de pierres précieuses du pays d'Ammon. Rizpah lui apprit qui elle était, et à qui elle avait le privilège d'être mariée. Absalon la considéra avec intérêt.

– J'ai entendu Élie prêcher, à Ashdod, il y a plusieurs années. Il interpellait la foule sur un marché et disait des choses effrayantes. Nous étions nombreux à trembler. Pourtant, après son départ, les gens ont repris leur mode de vie habituel.

Il sortit du pain de son baluchon et en mangea un peu après en avoir offert à Rizpah ; à son tour, celle-ci lui servit de la bière qu'elle avait apportée. Absalon lui demanda les raisons de son voyage à Samarie. Elle allait répondre qu'elle rendait visite à sa cousine quand, presque malgré elle, la vérité sortit de sa bouche ; elle ne pouvait s'en empêcher, comme si elle s'adressait à l'Éternel Lui-même, qui savait tout et qui entendait tout. Sans savoir pourquoi, auprès de ce vieillard, elle se sentait incapable de réitérer le mensonge qu'elle avait fait à son mari.

– Ah ! Jézabel. Elle est splendide, dit-on. Je ne l'ai pas vue, mais, un jour, si Dieu le veut, j'irai l'admirer. Il paraît qu'elle danse comme Lilith.

Il s'esclaffa.

– Cela ne te fait pas peur ? demanda Rizpah.

– Non, pourquoi ?

– Si elle danse comme Lilith et encourage le Satan à entrer en Israël, il n'apportera que mort et destruction.

Le vieillard eut une quinte de toux qu'il ne put calmer qu'en reprenant la gourde de bière. Il en but une longue rasade avant de répondre :

– Et tu crois que mort et destruction ne sont pas déjà à l'œuvre en Israël ? Et en Juda, et en Phénicie, et partout autour de nous ? Est-ce vraiment l'œuvre de Lilith ? Ne serait-ce pas plutôt celle du Seigneur pour éprouver notre foi ?

« Je ne suis pas prêtre, ni prophète comme ton époux. Je ne parle pas à Dieu et Lui ne me parle pas non plus. Je passe mes journées sur la mer, ballotté de-ci de-là au gré du vent et des vagues. Parfois, le vent change de direction et il m'est difficile de rentrer chez moi ; il me faut alors naviguer longtemps avant de revoir le port.

« Certains pêcheurs attribuent les caprices de la mer aux dieux. Quand ils font naufrage, les Israélites disent que Dieu l'a voulu. Les Philistins et les Phéniciens prétendent que c'est Yamm ou Baal. »

Rizpah se demandait où il voulait en venir.

– Sans doute, poursuivit-il, sont-ils des faux dieux. Je ne sais pas. Tout ce que je sais c'est que, lorsque je prie ardemment le Tout-Puissant de m'accorder une pêche fructueuse, je rentre aussi souvent mes filets vides que pleins ; quand je Le prie de m'envoyer un vent favorable, Il m'envoie souvent un vent contraire. J'ai passé bien du temps à prier l'Éternel et cependant, je suis toujours aussi pauvre et fatigué.

– Le Très-Haut n'entend nos paroles que si nous sommes sincères et nous repentons de nos fautes, riposta Rizpah en citant Élie.

– J'ai certainement commis plus de péchés que la plupart des hommes. Pourtant, ma seule faiblesse est le plaisir de la chair. Aujourd'hui, mes yeux sont trop vieux pour contempler la beauté des jeunes femmes et mon corps trop faible pour satisfaire leurs exigences. Même si je voulais fauter, je ne le pourrais pas. Je ne vole pas, je ne tue pas. Pour quelle raison Dieu voudrait-Il châtier un vieil homme tel que moi ? Et pourquoi fait-Il souffrir des enfants innocents ? Comment un enfant qui vient de naître et qui perd ses parents peut-il avoir fauté ? Pourquoi Dieu punit-Il les innocents ?

Rizpah écoutait sans mot dire. Élie connaissait certainement la réponse à toutes ces questions, mais pas elle.

– Quant à Jézabel, poursuivait le vieillard, peut-être est-ce la réincarnation de Lilith, mais je préfère admirer ses seins que d'affronter une tempête.

Il se leva lentement.

– Je dois poursuivre ma route.

Déjà, Rizpah avait décidé de continuer son chemin vers Samarie. Ce vieil homme avait raison. Jézabel n'avait que dix-sept ans. Qui pouvait craindre une jeune fille ? Rizpah ne rentrerait chez elle que lorsqu'elle aurait accompli la mission qu'elle s'était assignée. Tout comme le vieux pêcheur, elle désirait voir cette Lilith.

– Je vous accompagne, dit-elle en se levant à son tour.

Ensemble, ils reprirent le chemin vers Samarie et la mer Éternelle, tournant le dos à Galaad.

*
**

Elle avait été un modèle de pudeur et de féminité entre Megiddo et Taanac, modeste et généreuse entre les hauteurs du mont Carmel et la ville basse de Dothan. Maintenant qu'ils arrivaient en vue de Samarie, Achab était l'esclave de Jézabel.

Bien qu'elle ne lui eût pas donné son corps, disant qu'elle attendait le mariage pour satisfaire ses désirs, elle s'assura qu'il fut comblé par ses prêtresses. Elle accédait à ses moindres volontés, riait à ses plaisanteries, passait de longues heures en sa compagnie devant les feux de camp, à discuter du pouvoir et du rôle des rois et, quand il en exprimait le désir, elle dansait pour lui.

Lorsqu'ils différaient sur certains points, elle poussait Hattusas à développer les doctrines du roi Etbaal. Jamais Achab n'avait entendu ces conseils dans la bouche de son père. Il leur arrivait également de se disputer lorsqu'il soutenait que le Seigneur était le seul Dieu ou lorsqu'il affirmait qu'Israël et l'Égypte allaient conclure une alliance éternelle. Tous deux écoutaient attentivement les théories d'Hattusas sur l'agriculture, quand il préconisait de répartir les cultures année après année afin de mieux susciter l'intérêt des dieux.

À mesure qu'il la connaissait mieux, Achab s'émerveillait de Jézabel, cette femme aussi brûlante que fascinante. Elle comprenait tout, elle dansait mieux qu'un oiseau. Son corps semblait être fait d'eau de mer et ondulait par vagues dans ses robes de soie aux couleurs exotiques. De ses longs doigts, elle lui caressait la tête et le torse comme si elle tissait de la dentelle. Mais s'il s'aventurait à la toucher, elle reculait d'un bond, avec un grand rire et s'échappait tel un poisson des mains du pêcheur. Alors, comme par magie, apparaissaient ses servantes qui conduisaient le prince sous sa tente afin de satisfaire ses désirs.

Au matin, Jézabel, en simple tunique blanche, venait lui apporter de l'eau de rose et des gâteaux accompagnés de yaourt légèrement acide, sucré de miel et de raisins. Parfois, elle le nourrissait comme si c'était un nouveau-né, ou bien elle s'installait au pied de sa couche et le regardait en souriant.

En vue des remparts de Samarie, Achab ne se dissimulait plus qu'il était amoureux. Son amour avait éclos à l'instant où elle avait levé vers lui son regard adorateur, et avait grandi jour après jour. Le voyage s'était déroulé comme dans un rêve, n'eussent été les danses qu'elle dispensait à l'entrée des villes qu'ils traversaient. Car alors, elle n'était plus complètement sienne. Il lui demanda de ne pas se donner ainsi en spectacle devant les petites gens, mais elle réagit violemment, lui rappelant qu'elle était leur future reine et qu'elle entendait se faire aimer d'eux.

Lentement, laborieusement, la lourde caravane entreprit l'escalade de la colline où était bâtie la capitale d'Israël. Jézabel ne cacha pas sa surprise en découvrant cette ville si différente des métropoles de Phénicie, les grandes et magnifiques cités de Tyr et de Sidon, aux anciennes demeures ornées des splendides couleurs de la terre, des champs et du ciel. Les maisons de Samarie étaient jaunes comme le sable du désert, dénuées de toute décoration, de tout éclat. Elles ressemblaient aux logis les plus ordinaires des villages de paysans, certes pas à des résidences dignes d'une capitale. La princesse en eut le cœur serré.

La porte de Damas ne fut pas pour la rassurer. Certes, l'arche en était immense, plus que nulle part ailleurs, mais elle n'était faite que de bois sombre, sans doute de cèdre du Liban, et ne comportait pas la moindre sculpture, pas le moindre motif pour l'égayer, pas de statues de dieux menaçants pour effrayer les visiteurs malintentionnés. Un simple assemblage de planches réunies par des attaches de fer et d'énormes clous. Jézabel s'efforça de ne pas laisser paraître le mépris que lui inspirait ce royaume sans gloire.

– Quelle est la hauteur de cette porte ? s'enquit-elle auprès de son futur époux.

– Quinze coudées.

Elle n'avait jamais entendu parler de cette unité de mesure et demanda à quoi elle correspondait.

– Une coudée est la distance qui sépare le coude du bout des doigts, expliqua Achab.

– Pourtant, si l'homme est un nain ou un géant, cette distance ne sera pas la même.

Le prince n'avait jamais envisagé cette considération et se promit qu'à l'occasion, il interrogerait l'architecte de la ville.

Ils franchirent la porte et dix trompettes, cinq harpes et quatre tambours et cymbales les accueillirent en fanfare. Le cortège s'engagea entre les maisons, dans les étroites et austères ruelles, pour déboucher sur une place. Le peuple s'y était rassemblé, impatient d'examiner cette fameuse princesse et de juger si elle était ou non la réincarnation de Lilith. Nul n'applaudit, ne cria, ne lança de pétales ou ne dansa devant les nouveaux arrivants ; les trompettes elles-mêmes semblaient jouer une marche funèbre plutôt qu'un chant triomphal en l'honneur de la future reine.

Celle-ci fut encore plus affectée en découvrant le palais royal, le temple et la place du marché. Elle se serait crue dans un minuscule bourg du fin fond de la Phénicie, non dans la capitale d'une grande nation. Plus elle avançait, plus elle en voulait à son père de l'avoir forcée à quitter les raffinements de son royaume pour habiter cet hideux édifice qui n'avait de palais que le nom.

Son humeur ne s'améliora pas quand elle prit conscience de la joie d'Achab à chevaucher en sa compagnie, à lui faire découvrir avec fierté chaque bâtisse, à répondre aux signes d'amis qu'il reconnaissait dans la foule silencieuse. Deux enfants leur envoyèrent des guirlandes avec une telle maladresse que le cheval de la princesse en prit peur. Elle dut le maintenir jusqu'à la disgracieuse demeure qui allait être la sienne, et mit pied à terre dans une humeur massacrante. Toute la belle diplomatie que, sur l'ordre de son père, elle avait déployée ces derniers jours pour plaire à son futur époux, s'envola quand elle constata la rudesse, la rusticité du peuple sur lequel elle allait régner, loin de sa flamboyante Phénicie.

Sentant grandir l'exaspération de sa protégée, Hattusas descendit à son tour de cheval.

– N'oublie pas le traité, lui glissa-t-il hâtivement à l'oreille. Souviens-toi que cette terre attend les lumières de Phénicie, et non les éclats de sa princesse. Souviens-toi des instructions de ton père...

Elle leva sur lui des prunelles étincelantes de colère mais ne rencontra qu'un regard impassible dans lequel elle crut soudain se voir, seule et sans défense au milieu de ce pays hostile.

Sans attendre Achab, qui répondait aux acclamations de son peuple et de sa garde, elle grimpa vivement les marches du palais où venait d'apparaître un vieil homme qui portait une couronne sur sa tête chauve. Il lui tendit les bras :

– Jézabel, princesse de Tyr et de Sidon, future reine d'Israël, ma future belle-fille ! Moi, Omri, roi d'Israël, je t'accueille au nom du peuple.

Il l'attira contre lui, tel un père attentionné et, après les témoignages qu'il avait reçus sur la grâce et l'amabilité de la princesse, il fut surpris de la dureté avec laquelle elle répondit en se raidissant :

– Moi, Jézabel, princesse de Tyr et de Sidon, j'adresse à Omri, roi d'Israël, les hommages de mon père, le roi Etbaal de Phénicie.

Là-dessus, elle se retourna pour toiser l'assemblée mais la plupart des gens réunis sur cette place venaient de son escorte ; seul un petit nombre de Samaritains avaient suivi leur future reine jusqu'au pied du palais. L'insulte était palpable et elle ne l'en ressentit que plus profondément. Blême de rage, elle s'écria :

– Et toi, mon futur peuple, le roi, mon père, te salue également ! Mes futurs sujets, je vous traiterai avec la même générosité et le même amour que vous avez montrés à mon égard.

Tout ce que vous avez semé devant moi, vous le récolterez dans les années à venir. Portez ce message à ceux sur qui je règnerai bientôt... Dites-leur que Jézabel est venue ; que Jézabel a entendu la voix d'Israël ; que Jézabel a écouté votre prophète, votre roi et votre prince. Dites-leur que Jézabel a entendu comment Élie l'a traitée à son entrée sur la terre d'Israël et que, quand je serai reine, je le traiterai comme n'importe quel prêtre de Phénicie. Il me comprendra. Va, peuple d'Israël, sache que la Phénicie se rappellera ton accueil.

Elle tourna les talons et pénétra dans le palais sans plus dire un mot.

Le roi Omri en resta coi ; le conseiller Hattusas écarquilla les yeux de surprise. Il avait craint une tirade furieuse, mais n'avait perçu qu'une imprécation qu'il faudrait peut-être une semaine aux Israélites pour traduire. Perdue dans la foule, Rizpah, femme du prophète Élie, comprit la menace qui planait sur son époux. Elle s'évanouit au milieu de la place.

CHAPITRE 10

La fureur d'Omri menaçait de l'étouffer. Jamais il n'avait été insulté de la sorte, et ce, devant la population d'Israël, par une femme, ou pire, une toute jeune fille qui allait un jour accéder au trône parce que son père était puissant.

Jézabel méritait un châtiment. Le roi allait lui apprendre quelle était sa place. Ses conseillers l'avaient supplié de ne pas la renvoyer chez elle au risque de réduire à néant le traité, il avait donc décidé de la reclure jusqu'à ce qu'elle vînt à genoux implorer son pardon, devant toute la population de Samarie. Alors elle comprendrait la gravité de son affront et il daignerait alors l'informer de ce qu'il avait décidé d'annuler toute réception solennelle afin de ne pas irriter les prêtres du temple et particulièrement Élie.

Si elle ne s'était pas montrée aussi véhémente, il lui eût exposé paisiblement les faits en l'emmenant dans ses appartements. Mais elle avait eu l'audace de lui tourner le dos, de l'abandonner comme un fiancé éconduit. Aussi ne lui expliquerait-il jamais ce qu'il avait eu l'intention de lui expliquer ; ainsi ne saurait-elle jamais comment appréhender Israël. Elle l'apprendrait elle-même, à force d'expériences plus douloureuses les unes que les autres.

Dans son appartement dénudé, qu'en Phénicie elle eût jugé à peine digne de ses servantes, Jézabel, princesse de Tyr et de Sidon, future reine d'Israël, ne voyait pas les événements du même œil. Plus les heures passaient, plus elle enrageait, tournant en rond comme un fauve en cage. Dès qu'elle serait libérée, elle exigerait de son père qu'il attaquât Israël et détruisît ce misérable palais jusqu'à la dernière pierre.

Elle avait été écartée de la salle du trône puis informée que la réception en son honneur avait été reportée par le roi en personne qui la prétendait fragile et indisposée après un éprouvant voyage. Aussi avait-elle ordonné à ses conseillers ainsi qu'à ses capitaines de refuser toute coopération avec les Israélites tant qu'elle n'aurait pas été reçue par Omri et que celui-ci lui présentât officiellement des excuses pour cet inqualifiable accueil. Elle savait que les habitants de Samarie avaient hâte de la voir, même s'ils avaient reçu de leur roi l'ordre de réprimer leur joie à son arrivée. Les gens des campagnes l'aimaient, leur enthousiasme quand elle dansait pour eux en était la preuve. Il ne pouvait en être autrement dans la capitale, désormais déçue par la faute de l'intransigeance de son roi. Pour ajouter à l'outrage, ses prêtres et prêtresses n'avaient pas été invités à pénétrer dans le palais et certains avaient été refoulés de la ville. En ce moment, une grande partie de son escorte devait camper de l'autre côté des remparts.

Prêt à entreprendre des pourparlers pour apaiser la situation, Hattusas s'était empressé d'en informer le roi Etbaal et espérait sa réponse. Il avait également sollicité une entrevue avec Omri, mais avait dû se contenter jusque-là d'attendre patiemment le bon vouloir de ce dernier.

Tandis que la princesse était confinée dans ses appartements, son capitaine des gardes rongeait son frein, ne cessant d'interpeller les officiers du palais pour obtenir des explications, menaçant de faire envoyer une armée depuis la Phénicie afin de la délivrer.

Après avoir laissé passer le temps qu'il estimait nécessaire à cette jeune fille pour comprendre la leçon, le roi Omri finit par recevoir Hattusas, de peur de finir par provoquer un incident diplomatique.

Quand le vieux conseiller fut introduit dans la salle du trône, le roi l'accueillit comme si de rien n'était. Omri le connaissait bien ; il se rappelait que son interlocuteur avait été élevé en Égypte où il avait appris la médecine, que c'était un homme de grande sagesse qui influençait depuis longtemps les affaires politiques de Phénicie. Cependant, Omri avait peine à pardonner son incartade à sa future belle-fille.

– Alors ? demanda-t-il abruptement.

Hattusas ne se laissa pas intimider par un roi qui vivait dans un palais aussi ordinaire, dans une ville aussi ordinaire et dépendait désespérément d'une alliance avec la Phénicie. Négligeant les flagorneries habituelles, il déclara sans ambages :

– Comprends que si Jézabel retourne en Phénicie sans époux, son père, mon roi, te déclarera la guerre. On ne rompt pas impunément un pacte avec Etbaal.

– Et toi, rétorqua Omri, comprends qu'on ne m'insulte pas impunément sur les marches de mon palais, devant mon peuple ; comprends que nul ne menace de mort un prophète de Dieu, princesse ou non, traité ou non.

Peu impressionné par la royale fureur, Hattusas reprit :

– Si quiconque touche à un cheveu de Jézabel, Israël disparaîtra. La Phénicie et l'Assyrie s'uniront pour anéantir ton royaume, saler tes champs, empoisonner tes cours d'eau et tes puits, éparpiller au vent le grain stocké dans tes greniers, réduire tes villes en cendres, emmener ton peuple en esclavage. Votre dieu n'aura plus personne pour l'adorer. J'ajoute que Samarie sera la première ville à subir ce sort.

Les deux hommes se défièrent du regard. Le vieux conseiller se permettait d'invectiver Omri car il le tenait en son pouvoir. Non qu'Israël n'eût pas les moyens de soutenir une guerre mais cela eût été le meilleur moyen de le conduire à une ruine rapide. Sans ses différents traités avec les pays voisins, les caisses du trésor seraient vides pour plusieurs générations et les os des jeunes soldats blanchiraient au soleil. D'autant que la menace de l'Égypte se faisait plus pressante.

– Écoute-moi bien, Hattusas. J'exige des excuses. Sinon, ce sera la guerre.

– Tu dois comprendre, grand roi, que Jézabel ne s'excusera

pas. Les insultes proférées dès son arrivée par le prophète Élie étaient déjà outrageantes, mais nous lui avons conseillé de passer outre afin de ne s'occuper que du peuple, de le rencontrer dans un esprit d'amour et de compréhension. Aussi, dix jours durant, a-t-elle charmé tes sujets...

– Ensorcelé, coupa le roi.

– Peut-être. Mais nos relations avec nos dieux sont telles que ce que tu appelles sorcellerie devient chez nous une grâce. Et n'oublie pas que nous avons reçu le prince, ton propre fils, comme s'il était déjà roi. Tous les soirs, il a festoyé et partagé nos fêtes. Aujourd'hui, il se languit d'épouser Jézabel.

« Nous te conduisions une princesse, la future reine de ce pays, et nous avons été reçus comme une caravane de marchands... Ne vois-tu pas l'insulte envers la Phénicie ? »

Le roi Omri secoua la tête. Puis il finit par murmurer :

– Vous connaissez pourtant tous les exigences de mon Dieu et de Ses prêtres. Je ne pouvais réserver d'autre accueil à Jézabel que celui-ci. Nous sommes tenus par notre Dieu, de ne point adorer les idoles ni de faire d'images d'aucun être vivant. Nos prêtres et prophètes nous ont transmis la parole de l'Éternel : Son culte ne tolère pas les danses et autres spectacles lascifs comme cela se pratique dans les pays voisins. La princesse Jézabel en a certainement été informée avant d'atteindre les portes de Samarie. Sinon, c'est que tu l'as bien mal servie, Hattusas.

Les deux hommes se turent de nouveau, chacun ressassant ses erreurs de jugement. Mais, en ce moment, c'était Omri qui se trouvait dans une situation des plus épineuses. Il se refusait néanmoins à l'admettre publiquement. Les conséquences en seraient trop lourdes pour son peuple. Ses conseillers l'avaient mal inspiré, ils en seraient punis. Il eut soudain une idée qu'il jugea fort diplomatique :

– Je ne comprends pas, commença-t-il doucement, pourquoi les Phéniciens se sentent à ce point outragés. La princesse s'imaginerait-elle que cet accueil à la porte de Damas serait la seule réception officielle que je lui consacre ?

Hattusas ne cacha pas sa surprise :

– Oui... oui.

Le silence retomba sur la salle et, brusquement, le roi éclata de rire :

– Quelle sottise ! Ceci n'était que notre accueil traditionnellement réservé aux voyageurs fatigués. Lorsqu'une caravane a fait une si longue route, nous savons que ses voyageurs aspirent au repos avant toute cérémonie officielle. Nous sommes nous-mêmes un ancien peuple de nomades, nous avons erré dans le désert pendant quarante ans avant d'atteindre la Terre promise par le Seigneur. Dans le désert, la nourriture et l'eau sont plus réjouissantes qu'aucune cérémonie.

« Tu n'es qu'un sot, Hattusas, si tu crois que nous ne réservions pas d'autre réception à Jézabel que cet accueil aux portes de Samarie. Je t'ordonne de dire à la princesse que la réception officielle aura lieu ce soir ; un banquet sera donné en son honneur, au cours duquel les courtisans lui accorderont tous les droits et privilèges dus à son sang royal et l'encenseront comme elle le mérite. Son escorte l'accompagnera, la famille royale d'Israël sera présente au grand complet, sans prêtres ni prophètes qui ont trop à faire avec le service du Seigneur ! Avant d'entrer dans la salle du banquet, elle pourra se montrer au peuple de Samarie et expliquer qu'elle a mal compris nos rites d'accueil puis présentera ses excuses... Est-ce bien compris ? »

Hattusas hésitait à accepter un tel compromis.

– Dans ce cas, pourquoi Jézabel et ses servantes sont-elles gardées prisonnières dans...

– Prisonnières ? Allons donc ! Nous lui adjoignons un peu de repos jusqu'à la réception de ce soir.

Le roi se pencha vers Hattusas en pesant soigneusement ses mots :

– Dis à la princesse qu'avant le festin, elle devra courber l'échine et présenter ses excuses pour avoir mal interprété nos intentions à son arrivée.

Là-dessus, il se détourna pour saisir un parchemin envoyé par le roi de Moab. L'entretien était terminé.

Jézabel courba si bien l'échine avant d'entrer dans la salle des banquets, de même que ses servantes, que le peuple de Samarie l'acclama. Elle ne prononça pas un mot, mais tous acceptèrent ses excuses implicites.

Selon l'ordre du roi, les prêtres et prêtresses de Baal et d'Astarté ne furent pas conviés à la cérémonie mais, malgré les protestations amères de la princesse, Hattusas parvint à la convaincre de céder en tout ce qui lui avait été demandé, pour son bien autant que pour sauvegarder le traité entre Israël et la Phénicie.

Elle s'approcha de l'immense table où siégeaient déjà de nombreux invités ; en principe, seule la famille royale assistait à ce festin, mais nombre de dignitaires étaient parvenus à se faire convier, ainsi que quelques riches marchands qui désiraient à tout prix contempler la mystérieuse Jézabel. Si bien que cette cérémonie prenait des allures de grande présentation officielle à toute la cour.

Au centre de la table, le roi présidait parmi des coussins rouges et bleus, sur un trône surélevé. À sa gauche s'alignaient ses épouses, par ordre d'importance. Jézabel avait été informée par ses espions qu'au contraire de sa mère et de quelques autres épouses d'Etbaal, ces femmes ne possédaient à peu près aucun pouvoir. À la droite du roi venaient ses enfants, à commencer par Achab, le prince héritier. Celui-ci arborait une expression de joie exultante. Son père lui avait interdit de voir Jézabel, et tous les messages que le prince avait tenté de lui envoyer furent interceptés par les gardes. Voilà trois jours qu'il désespérait de jamais pouvoir lui répéter son amour, de lui promettre de tout faire pour tenter d'infléchir les désastreuses décisions d'Omri. Demeurée sans nouvelles de son futur époux, la princesse, quant à elle, en avait conclu qu'il pouvait aussi bien avoir cessé d'exister. Elle avait pris son silence pour un rejet mais, maintenant qu'elle voyait son expression exaltée, son regard de chien fidèle, elle comprenait qu'elle s'était trompée, au moins sur ce point. Achab se leva pour l'accueillir mais son père lui souffla sèchement de n'en rien faire. Il obtempéra aussitôt.

Jézabel poursuivit lentement son chemin jusqu'au trône du roi d'Israël. C'était la première fois qu'elle revoyait Omri depuis qu'elle lui avait tourné le dos sur les marches du palais. Il lui parut moins vieux qu'à ce moment-là ; sa physionomie semblait plus douce, presque paternelle. Comment avait-elle pu le juger si hostile, si méchant ?

Elle s'inclina pour le saluer, ainsi que le lui avait préconisé Hattusas, et attendit qu'il la priât de se redresser :

– Lève-toi, princesse Jézabel, et reçois le salut du peuple d'Israël.

Le silence pesant céda enfin devant les acclamations de l'assistance et la voix encore plus vibrante du prince Achab.

Jézabel attendit que le calme fût revenu pour répondre :

– Grand roi, je t'apporte l'amour et les salutations de ton ami, le roi de Phénicie, mon père, Etbaal. Ce mariage entre ton fils et moi symbolisera le mariage entre nos deux royaumes et scellera l'alliance qui nous garantira à jamais de toute invasion ou agression. Suis-je digne de ton fils ?

Le roi se dressa pour prononcer la réponse soigneusement élaborée entre ses conseillers et ceux de Jézabel :

– Plus avenante que la rose, plus belle qu'un paon des Indes, oui, Jézabel, sois reçue ici comme la future reine d'Israël.

De nouveau, la foule applaudit. Cette fois, Achab se leva et tendit les bras vers Jézabel qui se tenait de l'autre côté de la table. Elle sourit et lui prit les mains par-dessus les plats de fruits et de viandes inentamés. Sur ce le roi s'écria :

– Ainsi seront unis Israël et la Phénicie !

Hattusas se permit enfin de sourire. Jézabel avait magnifiquement joué son rôle. Au matin, il redoutait encore les menaces qui planaient sur le traité et avait cru frôler le désespoir lorsqu'il lui avait fallu transmettre à la princesse les exigences du roi ; elle s'était mise dans une violente colère, menaçant d'en appeler à ses gardes, de s'évader de cet horrible palais. Il avait eu toutes les peines du monde à la calmer puis à la raisonner, en lui expliquant que ses hommes seraient massacrés et qu'elle servirait d'otage pour prémunir Israël de toute invasion de troupes phéniciennes.

Peu à peu, elle s'était rendue à ses arguments. Et voici qu'elle se présentait à ce festin, jouant à la perfection son rôle de future reine, sceau du mariage entre les deux royaumes. Le conseiller poussa un soupir, car ce n'était là que le début des difficultés qu'il allait lui falloir aplanir. Comment rapporter à Etbaal l'entrée de l'escorte de Phénicie en Israël ? Il lui avait déjà fait part du traitement douteux réservé par Omri à sa future belle-fille, de la façon dont il avait voulu la garder prisonnière dans ses appartements. Comment expliquer maintenant qu'elle ait accepté de s'abaisser ainsi pour sauver le traité ? Il serait dangereux de n'en rien dire puisque proliféraient partout des espions qui avaient déjà dû répéter au roi toutes ces choses et davantage encore... Si Hattusas venait confirmer leurs dires, Etbaal se mettrait immanquablement dans une rage susceptible de briser le traité. Malgré l'harmonie un peu artificielle qui régnait en ce moment sur la salle de banquet, l'affront avait été commis. La Phénicie avait été retenue captive trois jours dans ce palais. Ses prêtres et prêtresses, ainsi que la plus grande partie de la garde d'honneur, restaient en dehors de la ville. Comment Hattusas allait-il pouvoir écrire toutes ces vérités au roi, comment allait-il tourner sa lettre pour que l'insulte ne le marquât pas au fer rouge ? Allons, mieux valait laisser passer la nuit et rédiger cette délicate missive le lendemain matin.

Amaigrie, la peau brûlée par le soleil, totalement rompue Rizpah marchait vers Tishbé. Elle n'en comprenait que mieux pourquoi Élie s'effondrait parfois à peine franchi le seuil de leur demeure, pourquoi son jeune visage s'était plus creusé que celui d'un vieillard. Lorsqu'ils cheminaient ensemble, la route paraissait plus courte, la chaleur moins forte, car la femme se souciait de son époux et lui, de temps à autre, s'assurait qu'elle fut assez nourrie ; comme ils parlaient sans cesse, les distances semblaient s'effacer. Mais ce voyage de retour de Samarie lui fut plus pénible que tout ce qu'elle avait jamais connu, d'autant qu'elle apportait de si terribles nouvelles.

En apercevant la vallée où se blottissaient les maisons, le torrent de Gishon qui traversait le village en son milieu, elle éclata en sanglots. À genoux, elle remercia le Très-Haut de lui avoir permis de revenir à son époux et à ses deux beaux enfants. Jamais plus elle ne quitterait sa région, jamais plus elle n'escaladerait les collines ou ne dormirait dans les champs ; elle ne voulait plus sentir la soif des chemins poussiéreux ; elle ne mangerait plus que ses propres plats, issus de ses garde-manger emplis de grains, d'huiles, de fruits et de viandes, cuits dans le four qu'elle aurait alimenté de son propre bois.

Mais, plus que tout, elle ne voulait jamais revoir Samarie. Pas seulement cette femme peinte qui avait menacé de mettre à mort Élie, son époux ; pas seulement les poitrines dénudées de ces idolâtres qui se disaient prêtresses ; pas seulement ces soi-disant prêtres de Baal avec leurs corps écœurants, nus et enduits d'onguents, leurs manières de s'embrasser entre hommes... Non, tout ça n'était encore rien.

Si elle se jurait de ne jamais remettre les pieds dans cette cité abominable, c'était parce qu'elle la trouvait bruyante et agressive comme un nid de guêpes. Elle s'y était sentie étrangère, mal à l'aise jusque dans la maison de sa cousine Sharaz. Elle avait visité d'autres grandes villes en compagnie de son époux mais, cette fois, elle s'était sentie observée, jaugée, sans doute moquée pour ses rudes habits de campagnarde. Elle n'avait cessé de s'étonner des riches étoffes arborées par tous ces gens, de la magnificence de leurs maisons ; quant au palais, il l'avait laissée sans voix, presque autant que ce gigantesque temple au cœur de la ville. Même la place du marché l'avait effrayée par ses dimensions, aussi larges que celle d'un champ où ne pousserait pourtant jamais aucune moisson... Là, elle avait vu plus de marchands et plus de clients que nulle part ailleurs dans sa vie, et cela lui faisait peur.

Et puis elle avait aperçu le roi, sa famille et sa cour. Omri l'avait impressionnée par son autorité, par la puissance qui émanait de toute sa personne. Sa seule présence avait suffi à lui donner une terrible impression de sa propre faiblesse.

Aussi lorsque cette prostituée, cette dépravée de Phénicie avait grimpé les marches et tourné le dos au roi en proférant ces menaces à propos d'Élie, Rizpah avait-elle perdu le peu de forces qui lui restaient pour s'affaler dans les bras du mari de sa cousine. Sans vraiment comprendre les paroles de Jézabel, elle sentait que celle-ci abhorrait Élie.

Et voici qu'enfin elle arrivait chez elle ; de loin, elle aperçut ses enfants dans la maison, qui préparaient le repas du soir ; elle aperçut Élie, plongé dans la lecture d'un manuscrit dont il marmonnait parfois les paroles et parfois les déclamait. Soudain, il leva les yeux, vit sa femme dans le lointain. Il cria son nom et se leva. Ses enfants sortirent et tous se précipitèrent dans sa direction.

Lorsqu'ils se furent assez étreints et embrassés, lorsque Élie eut recommandé aux enfants de ne pas bombarder leur mère de questions, il insista pour que tous ensemble, ils prient pour remercier le Tout-Puissant d'avoir protégé leur chère Rizpah.

Après le dîner, elle entraîna son époux dans un champ voisin afin de lui rapporter ce qu'elle avait vu et entendu à Samarie.

– Répète-moi exactement ses paroles, insista-t-il. Aussi sûrement que tu peux te les rappeler.

Elle répéta, mot à mot, comme si leur sens pouvait paraître plus limpide si elles étaient entendues trois ou quatre fois.

– Mais, quand Jézabel a déclaré qu'elle me traiterait comme n'importe quel prêtre de Phénicie, qu'a répondu Omri ? A-t-il compris cette imprécation ?

– Je ne sais pas. J'ai l'impression qu'il en a d'abord été choqué mais il n'a rien répondu ; il l'a seulement regardée d'un œil sombre tandis qu'elle lui tournait le dos pour entrer seule dans le palais. Personne n'osait bouger ni proférer un mot. C'est alors que je me suis évanouie. Quand je suis revenue à moi, nous sommes retournés à la maison de Sharaz et j'ai pu me reposer. Le lendemain, sur la place du marché, tout le monde disséquait ce que Jézabel alléguait par ces paroles. Mais j'ai entendu tellement d'interprétations différentes que je ne savais que penser. Alors, j'ai décidé de repartir pour te laisser seul juge.

– Je vais t'expliquer, femme, le sens de ces mots. En Phénicie, ainsi qu'en de nombreux autres pays, on adore des idoles. Jézabel prétend que je finirais par reconnaître ces faux dieux, que je me prosternerais devant Moloch, Baal et Astarté pour qu'Israël constate ainsi ma faiblesse et la laisse me tuer. Tu avais raison d'y entendre une condamnation à mort. L'ennemie de l'Éternel a parlé, la guerre est déclarée.

« Demain, j'enverrai des missives aux prêtres et prophètes à travers les terres d'Israël et de Juda. Je leur ferai part de ces événements. Je leur dirai que je vais bientôt reprendre la route de Samarie afin d'y voir de mes yeux ce qui s'y passe. Tu m'as apporté de nouvelles informations. Jusqu'ici, je considérais Omri et Achab comme mes seuls ennemis. Ils ont détourné leur face du Seigneur et l'Éternel a mis Ses paroles dans ma bouche afin que je les prévienne de leurs erreurs.

« Mais maintenant, mes ennemis sont mes amis car Israël a un ennemi plus périlleux encore. L'arrivée de Jézabel m'oblige à me redresser pour accomplir la volonté du Saint, béni soit-Il. »

Il se leva, prit sa femme par le bras et la conduisit vers la maison.

– Je ne comprends pas, Rizpah. Je croyais Sharaz souffrante. Pourtant, elle était à côté de toi sur la place lorsque tu t'es évanouie.

Rizpah avait oublié son mensonge et rougit.

– Elle allait mieux quand je suis arrivée...

– Bien. Sans doute l'Éternel aura-t-Il voulu t'attirer à Samarie pour que tu entendes ce que Jézabel avait à dire à mon propos. Sans doute sommes-nous tous deux devenus les porte-parole du Tout-Puissant.

*
**

La révolution commença en douceur. Il n'y eut pas de flèches, pas de catapultes, pas de siège autour des remparts, pas de hurlements, pas de voisin pour tuer son voisin. Mais la population se pressait afin d'examiner ce qui se construisait, non sans perplexité, et les commentaires sillonnaient la ville.

La première construction fut édifiée au vu et au su des gardes postés sur les murs de Samarie. Ils observèrent la jeune femme et les deux hommes qui l'aidaient apparemment à planter des légumes ou à ériger quelque enclos pour y garder des animaux. L'un des gardes finit par descendre de son poste et passa la porte de Jérusalem pour examiner de plus près ce bosquet au milieu duquel travaillaient les trois Phéniciens. À vrai dire, il était surtout attiré par la tenue de la femme qui, sous la chaleur, avait ôté sa tunique et travaillait les seins nus.

Elle se redressa pour faire face au soldat et sourit. Un joli sourire. Elle lui fit signe d'entrer sous les arbres.

– Je suis Isha-babel, prêtresse d'Astarté, servante de Jézabel. Sois le bienvenu.

Le garde ne se fit pas prier. Rares étaient ceux qui lui adressaient la parole, à part ses chefs et son épouse. Il passait sa vie dans le silence, à observer de sa tour les caravanes qui allaient et venaient autour de Samarie. Il ne sut que répondre à la jeune femme qui le dévisageait comme s'il était simple d'esprit.

– Veux-tu me poser une question ? insista-t-elle.

– Non. Je me demandais ce que tu faisais.

Elle s'approcha, le prit par la main et le conduisit au milieu du bosquet, sous un amas de branches qui formaient comme un toit et un entrelacs de feuillages qui figuraient des murs. Le sol avait été extirpé de toute racine, de toute herbe pour faire place à des nattes tressées d'une sorte de roseau.

Tout de suite il remarqua, au milieu de la cabanc, un large pieu solidement planté dans le sol et lui-même orné de nattes de différentes couleurs.

Isha-babel présenta le garde israélite à ses compagnons, tous deux prêtres de Baal.

– Que faites-vous ici ? leur demanda-t-il.

– Nous adorons la déesse Astarté. Ceci est son mât sacré, coupé dans un arbre de deux ans choisi pour son tronc parfait, loin de tout terrier animal. Nous le dressons ainsi pour qu'il relie le ciel et la terre et l'ornons d'une plaque d'or qui porte nos messages à la déesse afin qu'elle voie notre dévotion et entende nos prières.

Le garde ne comprenait pas.

– Mais il n'y a qu'un seul Dieu dans les cieux. Nous l'appelons Adonaï mais aussi El Shaddaï, le Tout-Puissant. Il a des noms secrets qui ne sont connus que de notre grand prêtre de Jérusalem. Nul à part lui ne sait prononcer le vrai nom de Dieu et il le fait une fois par an, en secret. Ainsi Dieu sait-Il que nous L'appelons et entend-Il nos prières.

– Nos dieux n'ont pas de secrets pour nous, répliqua Isha-babel. Ils entendent nos pensées et nos prières. Ils dominent le ciel, la terre et la mer. S'il arrive un malheur, une tempête ou un incendie, c'est que les dieux sont en colère contre nous ou qu'ils se battent entre eux. C'est pourquoi nous venons dans ce bosquet nous assurer qu'Astarté écoute ce que nous avons à lui dire et accède à nos requêtes.

Le soldat hocha la tête. Il trouvait ces idées des plus plausibles, lui qui s'était souvent interrogé, dans le silence de ses nuits de gardes, sur l'existence d'un seul Dieu quand il se passait tant de choses différentes en tant d'endroits différents. Un jour, il avait demandé à un prêtre comment l'Éternel pouvait être en même temps à Samarie et à Jérusalem et s'était fait réprimander pour sa stupidité. Le prêtre avait répondu que Dieu était omniprésent et, lorsque son interlocuteur avait avoué qu'il ignorait le sens de ce mot, le prêtre l'avait toisé avec dédain. Néanmoins, le soldat ne comprenait toujours pas. Comment Dieu pouvait-Il être ici... et là, en même temps ? Était-Il si colossal ? Et s'Il était si colossal, pourquoi ne pouvait-on Le voir ?

La prêtresse sortit une statuette d'un linge et la plaça dans la corniche creusée à même le tronc d'arbre.

– Voici Astarté, expliqua-t-elle, la déesse que j'adore.

– Et que fait-elle ?

Surprise par cette question pour le moins directe, Isha-babel répondit :

– Ma déesse est la compagne de Baal. Ensemble, ils règnent sur le monde et dans les cieux. Il existe beaucoup d'autres dieux, par exemple El et Mot, mais je préfère Astarté parce qu'elle gouverne nos amours, nos amitiés autant que nos haines.

Elle lui fit signe de s'approcher d'elle... puis elle s'assit et le fit asseoir.

– Au début des temps, reprit-elle, quand Astarté est arrivée sur terre, nous la considérions comme un morceau de bois informe. C'est pourquoi nous l'appelons ainsi. Son nom veut dire « droite ». Elle-même était dure comme le bois, elle exigeait beaucoup de nous. Nous ne pouvions nous unir à un homme en dehors du mariage, nous ne pouvions rire trop fort ni prendre du plaisir. Mais Baal, son fils, a compris combien le peuple de la terre était malheureux, aussi a-t-il séduit Astarté et elle a pris tant de plaisir à l'amour qu'elle nous encourage maintenant à l'imiter.

« Aujourd'hui, nous glorifions Astarté par ces mâts que nous dressons en son honneur dans les bosquets auxquels nous donnons le nom de notre déesse. Nous la dessinons nue, chevauchant un lion sacré ou, parfois un cheval, et brandissant des lys et des serpents. »

Le garde était satisfait. Il comprenait.

– En outre, Astarté veille sur nous et nous protège quand nous mettons nos enfants au monde ; elle est la force de vie qui anime nos troupeaux et qui nourrit les arbres.

– Alors, pourquoi existe-t-il des périodes de sécheresse ? Comment une si bonne déesse peut-elle permettre que ses animaux meurent de soif ?

– Nous savons ainsi que nous avons offensé Astarté et Baal et qu'il nous faut leur offrir encore plus de sacrifices.

Le garde fronça les sourcils. Il avait entendu parler de ces peuples étrangers qui adoraient des idoles et leur sacrifiaient des bébés ; il n'avait pas oublié le nom du plus terrible de leurs dieux, Moloch. Il exprima rudement ses pensées sur ces procédés barbares.

– Nous ne tuons pas les gens ! s'esclaffa-t-elle. Nos sacrifices consistent à consacrer des garçons et des filles au service de Baal et d'Astarté. Ils offrent leur virginité au roi ou à la reine. Ensuite, la semence est répandue sur le sol afin que la terre l'absorbe et fertilise les animaux et les plantes. Pourquoi tuerions-nous des humains ? Baal et Astarté aiment les hommes, ils ne veulent pas les voir mourir.

Très gêné, le garde se détourna.

– Je dois regagner mon poste.

Mais elle le retenait par la main.

– Reste encore un peu avec moi. Ceci n'est que le premier bois sacré. Nous en vouerons beaucoup d'autres à travers Israël, pour le plaisir des nouveaux sujets de Jézabel. Veux-tu rester avec moi tandis que nous allons procéder à la première consécration ?

– Qu'est-ce qu'une consécration ?

À mesure qu'elle le lui expliquait, il écarquillait les yeux et accepta bientôt d'être le premier à fertiliser le sol d'Israël en cet endroit béni.

Il ne regagna son poste que beaucoup plus tard, presque à la fin de son tour de garde. Le capitaine le réprimanda brutalement, mais le soldat parut ne rien entendre et ne murmura que de maigres excuses. D'abord stupéfait de l'audace de son subordonné, le capitaine supposa que le soleil lui avait tourné la tête et lui demanda où il était parti au lieu de tenir son poste. Quand il eut obtenu sa réponse, l'officier voulut aussitôt descendre vers le bosquet ; mais la prêtresse qui avait donné son corps si librement au garde avait déjà regagné le palais. Impatient, le capitaine accepta cependant d'attendre le petit matin avant de pouvoir à son tour honorer la déesse et sa belle prêtresse.

La nouvelle de ces pratiques se répandit vite à travers toute la ville et, à mesure que de nouveaux bosquets étaient consacrés, les Samaritains s'y précipitaient pour célébrer les dieux et les déesses de Phénicie.

Achab apprit ce qui se passait et quel rôle Jézabel jouait dans la montée de ces coutumes immorales. Certains courtisans en furent scandalisés et tentèrent d'y mettre un terme, d'autres s'y lancèrent avec enthousiasme. Omri fut informé de l'usage de ces bois et voulut y mettre fin pour ne pas irriter les prêtres et les prophètes d'Israël. Mais ses conseillers lui assurèrent que les habitants de Samarie se fatigueraient vite de ces nouveautés, qu'il valait mieux ne pas offenser Jézabel maintenant que toute la cour se mettait à l'aimer. Aussi Omri décida-t-il de fermer les yeux sur ces bosquets sacrés.

Cependant, il reçut rapidement la visite du grand prêtre de Samarie, Hazarmaveth, indigné :

– Sais-tu à quelles turpitudes on se livre aux portes de ta ville ? Sais-tu que les gardes abandonnent leurs postes pour profaner le sol sacré d'Israël avec des prostituées et des faux dieux ? Sais-tu que...

Omri lui coupa la parole :

– Je sais, je sais, Hazarmaveth. Crois-tu que je n'entends ni ne vois rien ?

– Alors, pourquoi laisses-tu faire ?

– Pour les mêmes raisons qui me font négliger les idoles que le peuple adore dans le secret de ses maisons. Rien de tout cela n'affecte la sécurité d'Israël ; mes sujets sont heureux, ils ont besoin d'être distraits de la sécheresse qui sévit en ce moment, de leur pauvreté et de leur misère...

Les yeux du prêtre lancèrent des éclairs de mépris.

– Le Très-Haut te punira pour ton indulgence idolâtre, Omri !

– S'Il aimait un peu plus Son peuple, Il ferait cesser cette sécheresse.

– Il ne t'appartient pas de juger Ses desseins !

Soudain, Omri se leva. Tout au long de son règne, les prêtres n'avaient cessé de le harceler, à commencer par Jonathan et le prophète Élie. Et voici que le successeur de Jonathan, Hazarmaveth, prenait la relève avec la même ardeur. Le roi avait fait tout ce qui était en son pouvoir pour les apaiser... construit des temples, interdit le culte des idoles, maintenu sa capitale dans une austère rigueur comparée à celles des pays voisins... Mais, maintenant que Jézabel était là, il devait prendre le traité en considération et, si le peuple désirait embrasser des idoles et folâtrer avec des prêtresses dénudées... Quel mal y avait-il à cela ? Seuls les prêtres s'en plaignaient.

– Je t'avertis, Omri. Nous ramènerons le peuple au culte du Dieu unique. Ne te dresse pas contre nous car le Seigneur te frappera, toi et ta famille, et vous ne serez plus que poussière sur les chemins d'Israël.

Omri réfléchissait. Il ne pouvait rien contre Hazarmaveth, à moins de vouloir provoquer une insurrection ; car les Samaritains se révolteraient si leur temple était menacé. Sans doute s'amusaient-ils avec ces Phéniciennes et leurs idoles mais le Tout-Puissant occupait encore une large place dans leurs cœurs.

– Écoute-moi, prêtre ! Cette fascination pour Astarté est semblable à la rosée du matin. Lorsque la lumière du Seigneur brillera sur Israël, le charme s'évanouira et le peuple reviendra au temple, plus fidèle que jamais. En attendant, nous pourrions bâtir, près du temple, une demeure qui vous soit spécialement réservée, à toi et à tes prêtres, afin que vous puissiez y prier en paix...

Triomphal, Hazarmaveth retourna auprès de ses confrères mais ceux-ci ne cessèrent de s'indigner de l'inconséquence des hommes – et des femmes, de plus en plus nombreuses – qui sollicitaient les serviteurs de Baal et d'Astarté. Leur audace prenait parfois des allures de révolte. Ils décrétaient de faire cesser au plus vite ces débordements, d'abattre ces idoles adorées ouvertement en pleine nature, que les hommes retournent à leurs épouses pour les plaisirs de la chair, ainsi que l'avait prescrit Moïse, notre Maître.

Élie fut bientôt averti des scandales de Samarie. Il n'avait pas fini de lire la lettre qu'il éclatait en imprécations. Rizpah vit son époux sortir en hurlant et crut qu'il était à nouveau possédé de Dieu. Mais la rage qu'elle lut dans son regard lui confirma que seul un humain avait pu le mettre dans cet état.

– Elle ne cherche pas à me tuer ! cria-t-il à son épouse.

– Pardon ? demanda-t-elle effrayée.

– La débauchée de Sidon, la tentatrice de Tyr. Elle ne cherche pas à me tuer. Elle détourne du Seigneur le peuple d'Israël. Ils adorent des idoles dans les bois, aux abords des remparts de Samarie et cette abomination se répand à travers tout le royaume.

Rizpah ne comprenait pas la soudaine fureur de son époux. Le peuple d'Israël avait souvent adoré d'autres dieux. Même la mère d'Asa, roi de Juda, une femme appelée Maaca, avait publiquement vénéré Astarté. Dans les campagnes, beaucoup possédaient de petits autels pour y installer leurs idoles.

Et ce fut ce qu'elle dit à son époux.

– Cette fois, rétorqua Élie, c'est différent. Cette fois, elle s'oppose au Temple de Jérusalem. Cette fois, elle amène cinq cents prêtres et prêtresses, une véritable armée. Je l'ai su dès que je les ai vus pénétrer sur notre terre sainte. Je me tenais au bord du précipice de Rosh Aniqrah et je leur criais, à elle et à ses mignons, de retourner dans leur maudit pays avec leurs dieux païens et leurs orgies. Je le savais, mais je croyais que Dieu trouverait un moyen d'empêcher cette infamie. Le Tout-Puissant a placé Sa confiance en moi, son humble serviteur, afin que je fasse cesser ces usages démoniaques. Sa voix retentira en moi cette nuit ou demain. Alors je saurai quoi faire. Mais je suis sûr désormais que j'ai pour mission de contenir Jézabel et ses légions de damnés, et de ramener les enfants d'Israël sur le chemin de la terre que Dieu leur a promise.

CHAPITRE 11

Rizpah considérait son époux d'un air épouvanté. Comment pouvait-il lui demander une chose pareille ?

– Il le faut, insista-t-il. Tu dois le faire ! C'est la volonté du Seigneur !

Il parlait d'une voix cassante, comme s'il donnait un ordre à ses enfants. Il ne se radoucit pas en voyant l'expression horrifiée de sa femme ; au contraire, il semblait que la détresse de Rizpah ne fît que le conforter dans sa décision.

– Je suis trop malade pour voyager seul, ajouta-t-il. Ceci n'est pas seulement un ordre de ton époux, mais de Dieu.

– Je ne me suis pas encore remise de mon voyage à Samarie, j'ai besoin de me reposer. Je ne suis ici que depuis peu. Comment pourrais-je quitter nos enfants pour retourner à Samarie ? Ce voyage me tuera. Tu m'as promis, l'année dernière, que je ne devrais plus jamais t'accompagner. Tu disais que le Seigneur me pardonnerait et que...

– Tu vois bien que je ne puis voyager seul. Mes membres sont trop faibles, je suis trop accablé pour courir les routes sans ma femme auprès de moi. Nous devons partir aujourd'hui même, tout de suite ou il sera trop tard. Nous ne pouvons demeurer ici une minute de plus. La voix du Seigneur est de plus en plus forte en moi, je la sens qui gronde dans mon esprit, bientôt je distinguerai Ses paroles et je devrai obéir. Le Tout-Puissant exige que je m'oppose à l'immoralité de cette

Jézabel et de ses adeptes avant qu'il ne soit trop tard pour Israël.

« J'aurais dû partir dès que j'ai reçu la lettre de Hazarmaveth, le grand prêtre. J'en suis bien puni : me voici la moitié d'un homme, obligé de demander à ma femme de m'accompagner, de m'appuyer sur elle et de compter sur ses jambes. »

Celle-ci ne pouvait cependant se résoudre à lui obéir.

– Mais tu n'as pas la santé pour voyager ! Le Seigneur Tout-Puissant ne t'en demande certainement pas tant ! Il y a d'autres hommes ailleurs qui peuvent élever la voix contre...

Il voulut s'asseoir, mais tremblait trop pour ne pas retomber sur sa couche. Il trouva néanmoins la force de crier :

– Comment oses-tu discuter la parole du Seigneur ?

Elle comprit qu'elle était allée trop loin.

– Non, mon époux ! protesta-t-elle. Je ne discute pas. Mais que ferais-je si tu perdais le reste de tes forces au cours du voyage ? Si tu venais à mourir ? Est-ce là ce que demande l'Éternel ? Comment un Dieu clément pourrait-Il vouloir la mort de Son plus fidèle serviteur ?

– L'Éternel me fera mourir quand mon heure sera venue. Je ne mourrai pas tant que cette prostituée n'aura pas été chassée d'Israël, et ses idoles avec elle.

Il avait articulé ces dernières phrases à grand peine, comme accablé par la souffrance.

– Rizpah, ajouta-t-il tristement, pourquoi doutes-tu du Seigneur ? Tu ne crois donc pas que je puisse guérir pendant ce voyage et devenir plus fort que jamais et projeter ma voix plus loin encore à travers le pays ? Te sens-tu capable de prédire les desseins du Seigneur ? Moi pas. Je ne suis que Son porte-parole, l'instrument dont Il se sert pour accomplir Sa volonté. Mais je suis certain d'une chose : Sa voix en moi me dit de me lever et de partir, dès aujourd'hui. Je ne puis rester davantage au lit, malgré ma faiblesse. Je crois que cette maladie est une malédiction de Jézabel, afin de m'empêcher de révéler au peuple d'Israël pourquoi elle souille la terre de Dieu.

« Femme, il me faut partir. Je n'ai pas le choix. Je dois abattre ces bosquets sacrés, comme ils les appellent, ces bois où se déroulent leurs turpitudes ; je dois faire cesser ce culte impie. Moïse est mort avant d'atteindre notre pays. Il est resté dans les montagnes de Moab et il a dû avoir le cœur brisé de se trouver si près de la Terre Sainte sans avoir pu en fouler le sol. Et pourquoi n'a-t-il pu entrer ? Parce qu'il s'était mis en colère. Parce qu'un court instant, il s'était détourné du Seigneur. Je ne suis pas Moïse, mais je suis moi aussi un prophète de Dieu. Il a douté de la parole du Seigneur, toutefois moi, je suivrai chacun de Ses ordres, dussé-je en mourir.

« Et cette Jézabel, cette Lilith, pousse ouvertement le peuple à vénérer Astarté. Sais-tu ce que représente cette abomination ? »

Emporté par son indignation, il parlait de plus en plus fort et se mit soudain à tousser violemment. Rizpah voulut lui donner de l'eau, mais il reprenait déjà :

– Ils l'appellent la femme de Dieu ! Quelle insupportable arrogance ! Cette... cette idole sacrilège... cet objet de terre cuite, la compagne de l'Invisible, du Seigneur Tout-Puissant !

De nouveau, il fut pris d'une impressionnante quinte de toux. Cette fois, Rizpah parvint à le faire boire un peu.

– Comme Moïse, continua-t-il, je suis prophète et porte-parole de l'Éternel. Comme lui, j'arracherai mon peuple à ces idoles, à l'esclavage où les a entraînés cette Jézabel, pour le conduire vers une terre Promise où l'amour du Saint, béni soit-Il, sera notre force et notre souffle.

Il toussa encore et retomba sur sa couche, épuisé. Rizpah le scrutait, terrifiée. Malgré sa fatigue, malgré l'état de son époux, elle allait devoir le suivre, repartir sur les chemins, loin de ses enfants bien-aimés, vers le soleil couchant de Samarie.

Elle ne voulait pas revoir la capitale d'Israël. N'avait-elle pas supplié le Seigneur de lui épargner un nouveau voyage dans cette ville affreuse ?

Et voici qu'elle se retrouvait au milieu de la place du marché de Samarie. Où qu'elle portât ses regards, elle ne voyait que la foule, agitée, vêtue d'habits extravagants. Elle-même n'en changeait jamais, sauf pour le Sabbat où elle quittait sa tunique noire pour une blanche, symbole de pureté, et se rendait dans les champs avec son époux, tournés vers Jérusalem ; alors tous deux priaient comme s'ils se trouvaient dans la cité de David. Rizpah n'était jamais allée dans le temple de Salomon, mais elle en connaissait chaque mur, chaque voûte, chaque pilier tant son mari les lui avait décrits. Elle savait que ses pierres dorées brillaient d'un éclat différent suivant la hauteur du soleil dans le ciel, elle connaissait les portes réservées aux descendants d'Aaron, et celles de Lévi, et celles des autres tribus d'Israël. Aussi, quand elle levait la tête et voyait l'imitation qu'en avait édifiée Omri, afin que le peuple d'Israël pût prier comme ses frères de la nation de Juda à Jérusalem, elle en avait mal au cœur. C'était une profanation à la vue du Seigneur, une bauge énorme, lourde, hideuse, emplie de gens qui allaient et venaient comme s'ils se croyaient dans un marché, et c'était une abomination.

Elle allait suivre Élie qui disparaissait déjà dans une ruelle adjacente quand elle s'arrêta net, saisie par ce qu'elle venait de voir en haut des marches du temple : des hommes en tuniques blanches, tellement courtes qu'on distinguait leurs jambes, portaient sur leurs épaules l'immense statue d'une femme à cheval. Et celle-ci brandissait un serpent si près de sa bouche qu'elle semblait l'embrasser.

Une idole dans le temple du Seigneur ! Rizpah crut qu'elle allait s'évanouir encore sur cette place du marché. Cependant, elle parvint à se détourner de l'abominable représentation et suivit son époux.

Jamais elle n'avait tant souffert au cours d'un voyage, jamais elle n'avait eu tant de peine à quitter ses enfants, comme si elle n'allait jamais les revoir. Son cœur lui disait que c'était la dernière fois qu'elle quittait le chemin des champs de Tishbé. Elle avait vu Jézabel, l'ennemie du peuple d'Israël, et cette princesse phénicienne était infiniment plus redoutable qu'elle, pauvre campagnarde, bien qu'elle fût l'épouse d'un prophète. Il lui avait tant fallu soutenir son mari qu'elle n'avait guère eu le temps d'y repenser jusque-là ; d'autant que, le soir venu, elle devait encore trouver du bois et de la nourriture pour préparer le repas tandis qu'Élie gisait à terre, tâchant de maîtriser la toux qui le secouait et de recouvrer un peu de forces.

Elle se demandait encore comment elle était parvenue à l'épauler durant la traversée du Jourdain, à porter leurs paquets quand il fallait grimper les collines, mais chaque pas la fatiguait au-delà de ce qu'elle croyait pouvoir endurer. Pourtant, ainsi que le Seigneur l'avait décidé, ils finirent par apercevoir l'enceinte de Samarie et, en passant les portes des remparts, Élie allongea le pas, pressé de rejoindre la maison de Sharaz où l'attendait un toit pour dormir.

Rassemblant ses effets, Rizpah reprit son chemin en courant pour tenter de le rejoindre et se rendit compte qu'elle était seule.

– C'est inimaginable ! s'écria le roi Omri.

– On ne peut la renvoyer, rétorqua le Phénicien Hattusas sur le même ton. L'insulte serait trop grande. Elle fait partie de la dot de Jézabel.

– Je ne veux pas d'idoles dans le temple. Il n'y a que cinq années que j'ai réussi à l'en purifier afin d'apaiser les prêtres du Très-Haut. Je ne saurais accepter ce gigantesque cheval et sa déesse ; ce serait une catastrophe. Élie m'a prévenu de ce qui se passerait si je laissais les idoles revenir dans le temple. J'ai vu ce qui était arrivé à Jérusalem, à mon frère, le roi. Si je tolère cette infamie, le peuple se révoltera.

– Ainsi, objecta le conseiller, tu laisses les prêtres et les prophètes gouverner ton pays ?

– Prends garde, vieillard présomptueux ! gronda Omri. C'est moi qui gouverne Israël. Ma parole fait loi. Mais tu es ici sur la terre du Tout-Puissant et Ses prêtres sont les héritiers de Sa parole. De leurs bouches, nous entendons les chroniques de nos ancêtres, nous apprenons la sagesse des anciens. Dieu exige beaucoup de nous, mais Il a choisi le peuple d'Israël entre tous pour recevoir Sa parole et nous avons le devoir sacré de l'apprendre, de la suivre et de la protéger des étrangers. Non, Hattusas, les prêtres et les prophètes ne gouvernent pas ce pays, mais ils sont plus puissants que mes soldats, c'est pourquoi j'écoute leurs conseils.

Le Phénicien s'inclina :

– Je comprends tes difficultés, ô grand roi ! Mais il se passe d'étranges choses sur la terre d'Israël, en dépit de tes prêtres et de tes prophètes. Le peuple se tourne vers Astarté et apprend à l'aimer.

– Elle n'entrera pas dans ma cité !

– Personne n'y peut plus rien, grand roi. Elle fait partie du contrat de mariage.

– Jamais il n'a été question d'une gigantesque idole !

– Il y est question des *« ... possessions appropriées pour une princesse de Phénicie... »* Cette statue fait partie de ses possessions.

– J'avais dit à Etbaal que je n'accepterais aucune idole à Samarie.

– C'est une possession... insista le conseiller.

Le roi leva les yeux au ciel. Depuis un mois qu'il s'entretenait régulièrement avec Hattusas, il estimait sa vaste culture, son intelligence, sa pertinence et sa vivacité. Ensemble, ils avaient aplani d'innombrables difficultés durant le transport des biens de la princesse Jézabel depuis Tyr et Sidon jusqu'à sa nouvelle résidence de Samarie ; et c'était Hattusas qui avait empêché chaque querelle de tourner au désastre et même d'engendrer une guerre. Mais la question de la dot menaçait maintenant de réduire à néant le traité tout entier. Le roi Etbaal en personne lui avait écrit à ce sujet, et Omri savait parfaitement que c'était à la demande impérieuse de sa propre fille.

– Hattusas, reprit-il, ma parole fait loi. Astarté n'entrera pas dans le temple.

– Seigneur, dans ton royaume, peut-être, mais cela dépasse les frontières d'Israël. La parole de mon roi est absolue. L'idole pénétrera dans le temple. De peur que l'insulte ne pousse la Phénicie à révoquer le contrat, ce qui aboutirait à la guerre.

Omri poussa un profond soupir. Il était bien placé pour connaître les difficultés inhérentes à son statut royal ; il possédait un droit de vie et de mort sur chacun de ses sujets, un pouvoir redoutable certes. Mais la moindre erreur pouvait plonger le pays dans le malheur et, s'il venait à perdre, c'était toute sa famille qui serait massacrée, son peuple emmené en esclavage. Ces éventuelles conséquences lui pesaient de plus en plus chaque fois qu'il devait prendre une décision. Comment répliquer à Hattusas, donc à Etbaal, donc à la diabolique Jézabel qu'il voyait désormais comme un monstre manipulateur et roué dont il redoutait l'ascendant sur son fils ?

D'un côté, s'il cédait à Etbaal et intégrait Astarté dans l'enceinte du temple, les rois voisins prendraient cette concession comme un signe de faiblesse et les nuages ne tarderaient pas à s'accumuler sur ses frontières. De l'autre côté, comment bannir cette idole hors de sa ville, désormais encerclée de bosquets sacrés où ses sujets s'adonnaient à des cultes lascifs qui les détournaient de leurs champs et de leurs familles. Autant déclarer la guerre à Etbaal.

Il se massa les tempes et finit par répondre :

– L'idole de la déesse Astarté sera installée dans l'enceinte du temple mais pas dans le temple lui-même où seul réside le Dieu unique. Le peuple pourra vénérer l'idole s'il le désire mais dans la cour du temple. Telle est ma décision. Transmets-la à Etbaal afin qu'il puisse répéter mes paroles à sa fille Jézabel.

Hattusas s'apprêtait à répondre quand Omri l'arrêta d'un geste :

– Telle est ma décision, Phénicien. Va, maintenant !

Le conseiller s'éloigna du trône et sortit en redoutant que cette parole ne fut pas juste, que cette décision ne fut pas appropriée.

Achab lui rapporta la nouvelle alors qu'elle chevauchait à travers champs. Elle venait de visiter trois bosquets et s'apprêtait à inspecter le dernier, situé au début de la route du nord, qui menait en Phénicie. Accompagnée de dix prêtresses, Jézabel progressait paisiblement, profitant de la douceur de la campagne après la pestilence de la ville. Elle en souffrait particulièrement dans ses appartements attribués sur ordre du roi et situés au-dessus des cuisines. Soir et matin, elle devait supporter les odeurs de fermentation des cuves où l'on préparait les vins et les bières, le remugle des viandes pourries, des poissons avariés et des légumes blets jetés dans la cour avant que les esclaves chargés du nettoyage ne viennent les récupérer. Naguère, dans le splendide palais de Sidon, sa chambre donnait sur la mer d'où elle percevait les cris des mouettes et le claquement des vagues sur les rochers. Elle avait grandi dans cette atmosphère de fraîcheur et de liberté et c'était ce qui lui manquait le plus sur l'aride colline où se dressait le palais de Samarie. Son mécontentement s'était encore accentué lorsque malgré ses suppliques et vitupérations, Omri avait refusé de lui allouer de nouveaux appartements.

Elle sortait donc respirer l'air pur des hauteurs pour calmer sa colère. Elle aimait aussi rencontrer le peuple qu'elle appréciait au contraire des courtisans et des dignitaires du palais, et plus encore de la famille royale qui la considérait comme une dévergondée. Les hommes, les fils, les frères et les cousins du roi, la dévisageaient d'un œil malveillant quand elle passait devant eux ou les croisait ; les femmes plissaient le nez et la traitaient ouvertement de catin. Alors que Jézabel apportait satisfaction et réjouissance à ses futurs sujets par l'intermédiaire de ses prêtresses. Achab lui avait expliqué qu'autrefois on avait longtemps associé une compagne au Tout-Puissant mais qu'elle avait été exclue du culte à la suite des imprécations d'hommes comme Samuel, Saül et Sadoc et maintenant Élie. Ils avaient demandé qu'on bannisse tous les autres dieux et déesses ; et ils avaient soulevé le peuple contre ce qu'ils appelaient les faux dieux. Ceux qui adoraient ces dieux furent obligés de le faire en secret – de creuser des niches dans les murs pour y placer leurs idoles et de s'assurer que, quand ils les adoraient, ni leurs amis ni leurs voisins pouvaient le savoir.

Mais qu'un futur membre de la famille royale soutienne ouvertement le culte de la déesse Astarté, et que des prêtres phéniciens édifient leurs enceintes pour le culte de Baal, irritent le souverain mais aussi les marchands et les courtisans, furieux que le peuple se précipitât ainsi pour adorer ces dieux.

Arrivée à hauteur du bosquet, sur la route de Damas, Jézabel se retourna au bruit des cavaliers. Elle vit Achab et l'un de ses gardes qui arrivaient à bride abattue. Elle s'arrêta et attendit, retenant sa monture qui hennissait en frémissant puis tendait le cou pour brouter l'herbe au bord du chemin. Elle serra les mollets pour l'empêcher de se pencher davantage au risque de la déséquilibrer.

– Jézabel ! cria Achab. Mon père a accepté la présence de la déesse dans le temple. Nos ennuis sont terminés. L'idole a déjà pris sa place. Nous pourrons l'y adorer dès ce soir.

Il se posta devant elle, rouge d'avoir si longtemps galopé. Le regard de Jézabel s'illumina de plaisir.

– Il a cédé ? demanda-t-elle.

Intérieurement, elle ne pouvait s'empêcher d'en douter, de craindre que sa déesse fût encore loin d'avoir trouvé un lieu digne de sa grandeur.

– Il a accepté la statue d'Astarté dans l'enceinte du temple, assura Achab. Tout le monde la verra en entrant. Elle est à la gauche des piliers du portail.

Jézabel se rembrunit aussitôt :

– Est-elle à l'intérieur ou à l'extérieur ?

– Dans l'enceinte du temple. Nous pourrons y installer un bosquet, encercler le sol de roseaux ; nous trouverons les plus beaux arbres de deux ans et nous créerons ensemble un bois sacré digne de ta grande déesse. Et tous les hommes et les femmes d'Israël tomberont à genoux pour l'adorer.

Une sourde colère s'empara d'elle. Sa déesse en dehors de la maison d'Adonaï, comme une vulgaire servante ! Elle dit à son futur époux ce qu'elle avait sur le cœur mais Achab lui opposa un regard amer :

– Tu ne peux en exiger davantage de mon père. C'est un homme puissant et fier. Il a tué pour moins que ça. Des milliers d'esclaves et de soldats témoignent de sa puissance. Je t'avertis, Jézabel, tu en as déjà obtenu infiniment plus que n'importe quelle autre femme. Si le traité avec la Phénicie n'était pas si important, tu n'aurais pas franchi le seuil du palais le jour de ton arrivée. Tu as mis sa patience à rude épreuve, ne le pousse pas dans ses retranchements. Astarté est dans le temple, c'est déjà beaucoup.

Jamais il ne lui avait parlé sur ce ton. Depuis qu'ils se connaissaient, elle croyait l'avoir dompté et le mener où elle voulait. Il semblait se contenter du miel et de la pâte d'amandes que ses prêtresses répandaient entre leurs jambes et desquels il dînait chaque soir. Tel un jeune marié durant une trop longue cérémonie, il la dévorait des yeux, impatient de vivre enfin leur nuit de noces. Pourtant, le mariage ne pouvait être conclu avant que tous les aspects du traité n'eussent été négociés et ratifiés. Il était contrarié, mais, bientôt, il saurait le goût de sa peau et comprendrait pourquoi il n'avait jamais à ce point désiré une femme.

Pour le moment, elle préférait réprimer la rage qui la prenait, impressionnée par la subite autorité du prince guerrier.

– J'irai saluer le roi, agréa-t-elle, et je le remercierai de l'honneur qu'il me fait, à moi et à mon futur peuple.

Achab sourit, satisfait de l'étonnante victoire qu'il venait de remporter.

– Viens, mon prince, mon futur époux. Suis-moi dans le bosquet du nord. Une prêtresse est là-bas, qui attend ton plaisir.

Au lieu d'obtempérer, il la retint et se rapprocha si près que les flancs de leurs chevaux se touchèrent.

– Non, ordonna-t-il. Aujourd'hui, je ne veux pas une prêtresse, mais toi.

Elle allait refuser, comme elle l'avait toujours fait depuis leur rencontre sur la route de Samarie mais le regard avide qu'il lui opposa la convainquit qu'il était temps de céder un peu de terrain.

Céder ? Elle se demanda pourquoi elle avait seulement songé à un tel mot. Car elle le désirait autant qu'il la désirait. Voilà des semaines qu'elle n'avait connu d'homme. Des semaines qu'elle observait son futur époux s'abandonner aux caresses de ses prêtresses, qu'elle sentait son corps se tendre vers lui avec plus d'ardeur chaque soir.

*
**

Au cours de la cérémonie, les cadeaux se succédèrent, envoyés d'Égypte, d'Anatolie, de Macédoine, de Samarie, d'Assyrie, de Juda, d'Akkad, de Moab et de la plupart des autres royaumes et principautés voisins. Tour à tour, les ambassadeurs présentaient qui des animaux d'Afrique, qui des épices d'Orient, qui des métaux précieux ou des pierres aux couleurs étonnantes.

Mais le jeune couple guettait avant tout les présents que leur réservaient leurs pères. À voir l'expression du visage d'Etbaal, il avait certainement trouvé un objet des plus extraordinaires, si extraordinaire que le roi Omri, qui était allé l'accueillir à Megiddo, au sud de la vallée de Jezréel, pour l'escorter jusqu'à Samarie, commençait à s'inquiéter. Durant le trajet, ils abordèrent de nombreux sujets, parfois en tête à tête, loin de leurs conseillers, si bien que les deux hommes en vinrent à s'admirer mutuellement. N'était-ce ce fâcheux problème d'idole dans la maison de l'Éternel, Omri eût volontiers partagé la plupart des opinions d'Etbaal.

Maintenant, les deux rois encadraient le couple des jeunes mariés. Ainsi que le voulait la coutume, Achab était assis aux côtés d'Etbaal et Jézabel aux côtés d'Omri en signe d'appartenance à leur nouvelle famille. Ce dernier espérait que le cadeau de son hôte ne serait pas grandiose au point d'en être humiliant. À sa grande surprise, deux esclaves phéniciens entrèrent, portant une énorme jarre richement décorée. Derrière venait l'ambassadeur phénicien. L'assistance se tut, intriguée. Le père de la mariée offrait une jarre d'eau ? Certainement pas ! Omri fut saisi d'appréhension.

Même Jézabel, qui devait se douter de quoi il s'agissait, ne disait rien, comme si elle ignorait ce que contenait cette jarre. Hattusas vint se placer devant les mariés et annonça solennellement :

– Lorsque mon roi m'a remis le cadeau destiné aux futurs souverains d'Israël, je l'ai supplié à genoux de le présenter lui-même. Mais il m'a ordonné, moi, humble ambassadeur de Phénicie, de vous offrir cette jarre.

Les esclaves la posèrent sur son socle, aux pieds des jeunes mariés et Hattusas en souleva le couvercle. Achab s'attendait à voir jaillir un serpent mais rien ne fusa. Accompagné de Jézabel, il descendit alors rejoindre l'ambassadeur pour regarder dans la jarre et tous deux se redressèrent en écarquillant les yeux. À son tour, Omri se leva et, comprenant de quel liquide il s'agissait, ne put réprimer un cri de surprise. Le coût de ce cadeau était incalculable. La valeur d'un royaume. Même le plus petit vase était sans prix, alors cette amphore gigantesque...

Avec emphase, l'ambassadeur reprit :

– Une jarre d'essence de murex, de pure teinture de pourpre recueillie par mon roi et son bien-aimé peuple de Phénicie à l'occasion de votre mariage et de l'union éternelle de nos deux royaumes. Depuis l'annonce de vos fiançailles, le peuple a rassemblé tous les coquillages de murex qu'il a pu trouver sur les quelques plages où ils viennent se réfugier. Comme vous le savez, cette teinture est si rare et si précieuse que les vêtements pourpres ne sont à la portée que des plus riches et des plus nobles familles de Phénicie et beaucoup de nos concitoyens vivent du seul commerce de cette bénédiction des dieux.

« En ajoutant ce cadeau à la dot de sa fille, mon roi veut montrer à Israël l'amour qui unit nos deux nations et l'éternel lien d'amitié qui scellera ce mariage béni. »

Il s'inclina et toute la salle éclata en ovations. Les ambassadeurs d'Égypte, de Moab et des autres pays frémirent de colère de voir leurs cadeaux dédaignés devant le fabuleux présent du roi Etbaal.

Conscient de ce péril et furieux qu'Etbaal eût délibérément provoqué toutes les nations voisines avec cet hommage inégalable et téméraire, Omri prit la parole :

– Je remercie le roi Etbaal du plaisir qu'il fait à nos enfants avec ce magnifique cadeau. Je me réserve le plaisir d'en reparler plus tard avec lui et de lui montrer les présents de nos frères les rois des autres pays qui se réjouissent de ce mariage car il doit apporter mille années de paix à notre région.

Omri sentit les ambassadeurs remarquer la rebuffade qu'il venait d'adresser à Etbaal. Cependant, il lui restait à s'entretenir avec chacun d'eux, en privé, afin de flatter les rois dont il dépendait pour que l'insulte d'Etbaal quittât enfin leurs esprits. Omri poussa un soupir. Lui qui avait eu tant de mal avec la fille, fallait-il encore qu'il affrontât le père !

Rizpah sourit au vieil homme qu'elle venait d'apercevoir de l'autre côté de la place du marché. Il la dévisageait comme s'il se demandait où il l'avait déjà rencontrée. Cependant, il se détourna car les ans commençaient à voiler ses yeux et il ne pouvait reconnaître ses traits. Elle fendit la foule et vint le retrouver.

– Je suis Rizpah. Nous avons fait la route ensemble entre le Jourdain et Samarie. Mon époux est Élie, le prophète.

Le vieux pêcheur lui sourit.

– Oui, maintenant, je me souviens de toi. Mon âge me vole ma mémoire et mes yeux se brouillent à ta vue. Mais dès que tu m'as dit qui tu étais, je t'ai reconnue ; je n'ai pas oublié nos conversations. Es-tu venue ici pour le mariage ? Moi, je voulais voir les cadeaux.

Il désigna le centre de la place :

– As-tu jamais vu pareil animal ? Moi, non.

Rizpah s'approcha de la cage devant laquelle la foule se pressait et tenta de distinguer quelque chose dans la semi-obscurité. Elle aperçut alors l'animal le plus massif, le plus gris, le plus laid qu'elle eût rencontré. Beaucoup plus long qu'un homme, mais moins haut, il possédait un nez gigantesque, monstrueux. Un cauchemar vivant.

Le pêcheur, dont elle avait oublié le nom, commenta :

– Des voyageurs m'ont dit qu'il ne s'agissait pas d'un éléphant, selon eux beaucoup plus grand. Ce serait là une sorte de cheval qui vivrait dans la boue des fleuves. Les Égyptiens l'appellent hippopotame. Moi qui ai vu des chevaux, je ne trouve pas qu'il leur ressemble beaucoup. Ce doit être encore un miracle du Seigneur ! Vois-tu, on ne peut le garder ici, car il mourrait. Si le roi veut le maintenir en vie, il devra faire bâtir un enclos et y creuser un lac pour qu'il puisse s'y plonger.

Rizpah ne pouvait détacher ses yeux de l'énorme bête qui grondait et remuait rageusement pour tenter de sortir de sa cage.

– Un cheval qui vit dans la boue ? À quoi cela sert-il ?

– Qui sait, avec les dieux égyptiens ? Peut-être les montent-ils ? À moins qu'eux-mêmes n'habitent dans les fleuves et n'y trouvent là leurs montures.

Tout d'un coup, elle se souvint de son nom. Il s'appelait Absalon.

– À côté du cheval des fleuves, les autres cadeaux paraissent plus...

Elle chercha le mot et ajouta :

– ... ordinaires.

Absalon sourit.

– On dit que dans le palais se trouve un cadeau plus précieux que les trésors de tous les rois de la terre. Il a été offert à Jézabel et à Achab par le roi Etbaal de Phénicie.

Il lui répéta ce que le secrétaire du roi avait annoncé à la foule sur la jarre de pourpre qui servait à teindre les ourlets et les manches des vêtements des dignitaires ; il lui rapporta également comment cette couleur procurait presque toute sa richesse à la Phénicie. Et pourquoi une jarre de pourpre constituait un si magnifique cadeau de mariage.

– Mais comment des coquillages peuvent-ils avoir tant de valeur ? Je n'ai qu'à en ramasser sur une plage et...

– On ne les trouve pas partout. Juste sur une étroite bande de terre en Phénicie. C'est pour cela qu'ils valent tant d'argent. Sans eux, la pourpre n'existerait que parfois dans le ciel, au soleil couchant.

– Comment une créature que nous donne le Tout-Puissant peut-elle être aussi rare ? S'Il a créé la terre, pourquoi n'a-t-Il pas tout mis... partout... ?

– Écoute. As-tu jamais assaisonné ta viande avec le safran tiré de la fleur de crocus qui pousse aux Indes ? As-tu jamais goûté le miel des abeilles sauvages des montagnes de Chypre ? As-tu jamais savouré l'insolite pollen du pavot des Hittites ? As-tu éprouvé ce bois noir dur comme le fer qui provient des montagnes des Étrusques ? As-tu dégusté la farine du blé noir qui pousse sur les hauts plateaux d'Anatolie ?

Rizpah ne comprenait plus un mot de ce qu'il disait. Jamais elle n'avait entendu parler de tous ces mets.

– Je t'ai dit, le jour où nous avons fait connaissance, que j'étais pêcheur. C'est vrai. Mais j'ai vécu presque toute ma vie en Phénicie, dans le pays où est née la princesse qui va épouser Achab. Quand j'étais enfant, je rêvais de l'au-delà de l'horizon, alors j'ai voyagé à travers la mer Éternelle et j'ai contemplé des contrées dont tu n'as pas idée. Je suis monté au sommet de la plus haute montagne du monde, où la neige subsiste toute l'année. J'ai descendu le Nil et j'ai vu ces pyramides construites par une race de géants qui n'existe plus sur terre. J'ai connu des pays dont tu ne soupçonnes pas l'existence.

À son regard perdu, il vit qu'elle ne comprenait pas pourquoi il lui disait tout cela.

– Tu ouvres les yeux sur un cheval des fleuves d'Égypte et tu t'étonnes ? Pourtant, si tu allais en Égypte, ses habitants s'étonneraient de te voir ainsi surprise. Tu es frappée de ce que la pourpre coûte si cher que certains hommes sont capables de tuer pour s'en procurer ? Pourtant, si tu étais fortunée, tu donnerais beaucoup d'argent afin de posséder un simple manteau de pourpre. Tu ne comprends pas, mais un riche ne peut comprendre ton étonnement. Pourtant, vous êtes tous deux très heureux de savoir ce que vous savez.

Rizpah détourna les yeux des magnifiques cadeaux de mariage, de la foule des curieux, des gardes altiers dont les éclatantes tenues indiquaient les pays dont ils provenaient.

– Pourquoi me dis-tu cela ? Je suis une femme simple. Je ne comprends pas de quoi tu veux parler. Pourquoi ne parles-tu pas à mon époux, Élie ? Il est avisé et connaît beaucoup de choses. Il rapporte la parole du Seigneur. Tu perds ton temps avec moi.

– Non, Rizpah, et nous nous reverrons. Un jour au marché ou au-delà des portes de cette ville. Mais je n'ai aucune raison de m'entretenir avec ton mari car même si nous parlons des mêmes réalités, nous ne parlons pas la même langue.

Il tourna les talons et s'éloigna, laissant Rizpah sans voix.

On entendait la musique du mariage à travers tout Samarie. De tout le pays d'Israël, on s'était déplacé pour participer au spectacle de cette ville en fête. Danseurs, musiciens, acrobates, jongleurs et chanteurs s'installaient sur les toits proches du palais et jouaient du matin au soir. Les rues grouillaient de curieux venus fouiller dans les échoppes, entendre les conteurs et s'extasier devant l'habileté des acrobates qui formaient des colonnes humaines et sautaient sur les épaules de leurs compagnons pour en descendre. Les chanteurs, accompagnés de tambours et de cymbales, arpentaient les ruelles et encourageaient garçons et filles à chanter avec eux.

Au palais, les festivités commencèrent dès la cérémonie du mariage achevée. Un prêtre avait lié les mains des mariés avec une cordelette sacrée qu'il avait ensuite coupée pour symboliser la fragilité de la présence de l'homme sur la terre. Puis Jézabel s'était prosternée devant son futur époux pour lui jurer son respect. Achab lui avait passé au poignet un bracelet et elle lui avait offert une couronne afin d'attester qu'il était plus grand roi qu'elle n'était reine de leur couple. Tandis qu'elle plaçait la couronne sur la tête de son époux, toute l'assemblée, y compris les rois Omri et Etbaal, leurs épouses et leurs enfants, avaient joyeusement applaudi. Achab et Jézabel ne formaient désormais plus qu'un, mariés et, par là même, leurs royaumes s'unissaient également !

Les musiciens avaient entamé leurs chants et l'assistance commença à quitter la salle du trône pour se rendre dans la salle des festins où chacun prit place devant des tables emplies de victuailles ; ils dégustèrent les mets préparés par les nombreux cuisiniers envoyés par chaque roi. Quand il eut bien bu et bien mangé, Omri s'allongea sur sa couche et redressa le coussin où il appuyait son bras. Il observait avec plaisir le spectacle qui s'offrait à ses yeux bien qu'il fut légèrement incommodé, sans doute par la faute d'un morceau d'agneau trop fortement épicé à son goût. Il avait été troublé par une altercation qui avait eu lieu à l'entrée de la salle entre des prêtres du temple et des gardes. Le roi Etbaal avait lui aussi été alerté par le bruit. Il s'avéra que quelqu'un était entré sans autorisation, se joignant aux prêtres. Un garde fit appel à son capitaine pour lui demander de résoudre cet incident qui vint s'ajouter aux nombreuses petites contrariétés consécutives à ce mariage.

Omri était parvenu à apaiser le mécontentement des autres ambassadeurs, mais il avait passé presque toute la nuit à leur assurer qu'il n'avait pas exposé, à dessein, la jarre sur la place du marché afin que leur cadeau ne parût pas insignifiant à côté de celui du roi Etbaal. Il avait également dû expliquer à ce dernier pourquoi il estimait ce cadeau trop précieux pour être montré par les rues de la ville et qu'il valait mieux le garder dans la salle du trône. Cela lui avait coûté des trésors de diplomatie, mais, en fin de compte, tout le monde parut content.

Tout allait donc pour le mieux. Omri se réjouissait de l'amour manifeste qui unissait Achab et Jézabel. Même Hazah semblait avoir accepté la venue de la princesse et avait pris place parmi les épouses royales. L'attention d'Omri fut de nouveau attirée par un remue-ménage du côté de l'entrée ; il y avait placé les prêtres du temple afin qu'ils ne dérangent pas les ambassadeurs et les souverains des autres pays avec leurs prières. La musique retentissait ; les danseuses dansaient. Omri observait la scène avec satisfaction. Le traité avait été entériné par la Phénicie ; désormais ses frontières du Nord étaient sûres. Les rois des nations voisines avaient dépêché de superbes cadeaux et d'importants ambassadeurs pour glorifier le mariage. Oui, tout allait pour le mieux et, dès que les cérémonies s'achèveraient, il pourrait entreprendre de nouvelles constructions, aménager les terres qui séparaient Samarie du Jourdain afin d'y bâtir une ville fortifiée.

C'est alors que, couvrant la musique et les conversations, l'agitation à la table des prêtres augmenta tellement que toute la salle en fut alertée. Furieux de ce nouvel incident, Omri allait se lever quand il entendit une voix qui lui glaça les sangs. Une voix qui hurlait par-dessus le bourdonnement ambiant, une voix qu'on entendait habituellement sur les places de marchés, sur les toits et dans les tours des remparts, et qui criait :

– Omri, tu as dressé des idoles dans le temple ! Maintenant, tu bois du vin avec des idolâtres ! Tu viens de placer une vipère sur la poitrine d'Israël. Malheur à toi, Omri. C'est la mort qui t'attend !

Ainsi, le Tishbite avait quitté Galaad pour revenir en Israël. Omri aurait dû s'en douter et ordonner aux soldats de se tenir sur leurs gardes. Pourtant, ses espions lui avaient dit qu'Élie était malade, incapable de voyager.

Et voici que tous les invités du banquet venaient d'entendre avec effroi ces paroles qui interrompaient les festivités. Les musiciens firent taire leurs instruments, les danseurs s'immobilisèrent. Et la voix du petit homme au bâton de bois se répercutait comme un écho à travers l'étendue de la salle. Il avait surgi de la place discrète où l'avait introduit le grand prêtre Hazarmaveth, pour se dresser dans l'encadrement de la porte, l'air sombre et démoniaque.

Élie tendit son bâton en direction de la table royale où s'étaient mêlées les familles d'Israël et de Phénicie.

– Je l'ai vue ! vociféra-t-il. Je me suis rendu au temple du Seigneur et j'ai vu l'abomination que ta main a placée dans Sa maison. Ma vue a été souillée par cette idole putride et lubrique que vous appelez Astarté. J'ai vu son corps démoniaque chevauchant un animal et se souillant lui-même avec un serpent, la bête dont nos ancêtres nous ont dit qu'elle avait apporté la corruption au monde en séduisant Ève. Omri, il ne t'a donc pas suffi de bâtir cette mascarade de temple sur cette terre sainte, de l'emplir de chérubins, de taureaux ailés et de bœufs dorés, maudit homme que tu es ?

« Mais il a fallu que tu ajoutes une déesse prostituée et dissolue dans la cour même où le peuple vient adorer le seul vrai Dieu ! Omri, tu es pire que tous ceux qui ont foulé ce sol avant toi. Quand tu rejoindras tes ancêtres, tu les feras pleurer dans les cieux sur les péchés et les tourments que tu as infligés à Israël. »

Etbaal observait Omri d'un regard étonné. Quiconque lui eût parlé sur ce ton eût été aussitôt mis à mort. En Phénicie, le premier garde venu se fût avancé pour décapiter cet insensé dont la tête eût roulé à ses pieds. Cependant, Omri ne réagissait pas.

– Et cette Jézabel. Notre future reine. Cette prostituée, cette catin qui vient d'un pays...

Etbaal ne put en tolérer davantage. C'était une chose que de laisser insulter le roi d'Israël, c'en était une autre que de voir ce dément s'en prendre à la Phénicie. Il se leva en poussant un rugissement et sortit son épée. Aussitôt, ses gardes se précipitèrent vers la porte, l'arme au poing. Les soldats israélites en firent autant car ils croyaient que la famille royale allait être massacrée. Les femmes poussèrent des clameurs de terreur.

Omri se dressa d'un bond en s'exclamant :

– Arrêtez ! Nul ne touchera au prophète de l'Éternel. Mort à celui qui lève la main contre le Seigneur.

Les gardes israélites formaient maintenant une ligne face aux Phéniciens.

Derrière ses hommes, Etbaal se tourna vers Omri et tempêta à travers toute la salle :

– Cet homme doit mourir à cause de l'injure qu'il a faite à ma fille !

– Ces injures s'adressent à Israël, rétorqua Omri. C'est un prophète d'Israël qui doit être jugé selon les lois d'Israël. Quiconque s'attaque à un prophète du Seigneur encourt la mort. Les prophètes du Seigneur sont sacrés. L'Éternel parle par leurs bouches. Élie n'est pas ton ennemi, Etbaal. C'est le Seigneur qui est l'ennemi de tes dieux.

Le roi phénicien regardait autour de lui. Tous retenaient leur respiration dans l'attente de ce qui allait suivre. S'il faisait tuer ce prophète, ce serait la guerre ; s'il défiait Omri, ce serait la guerre ; s'il retournait s'asseoir sans rien dire, il perdrait la face devant tous les ambassadeurs et fragiliserait son royaume.

L'injure faite à Jézabel exigeait réparation, sinon il serait le premier à en payer les conséquences. Au passage, il jeta un regard méprisant au prince Achab qui s'était levé mais ne bougeait pas. Quel époux était-il pour laisser ainsi insulter sa femme ?

Le roi Omri exigea que toutes les épées fussent rentrées mais il n'articula que quelques mots car les suivants devinrent inintelligibles. Tous les regards se tournèrent vers lui tandis qu'il portait les mains à sa poitrine et tanguait tel un homme ivre. Etbaal tentait de comprendre cc qu'il marmonnait mais sa face sembla se décomposer. C'était comme s'il venait de plonger dans la jarre de teinture offerte par le Phénicien. Il laissa tomber son épée, les doigts crispés contre son cœur. Jézabel poussa un cri en le voyant s'écrouler sur la table, la tête dans une carcasse d'agneau. Achab aussi cria et se rua vers son père. D'un seul coup, les femmes de la cour d'Israël comprirent que leur roi allait mourir et se mirent à gémir. Les gardes s'interpellaient pour faire venir le médecin égyptien.

Achab retourna doucement son père, mais celui-ci avait le visage bleu et ouvrait et refermait la bouche comme un poisson échoué sur le rivage. Le temps que le médecin égyptien arrivât et commençât à lui prodiguer ses soins, Omri, roi d'Israël, avait cessé de vivre.

Comprenant la catastrophe, les femmes de la cour se mirent à pleurer. Achab se prit la tête dans les mains. Quant aux épouses d'Omri, elles entamèrent les lamentations des morts.

Seul Élie souriait en marmonnant ses remerciements au Seigneur qui avait encore montré la route à Ses enfants d'Israël. L'Éternel était grand, car à la face du monde entier, Il avait frappé Omri et abaissé sa maison maudite. Grand et bon était le Seigneur des armées. Élie rejoignit tranquillement la table des prêtres et s'assit.

CHAPITRE 12

Le grand prêtre de Baal fut le premier à envisager, au milieu des pleurs et des gémissements, que la mort subite d'Omri, roi d'Israël, pouvait représenter une chance pour la Phénicie. Rompu à l'art des intrigues de palais après son passage à la cour d'Égypte comme ambassadeur, il savait qu'il fallait saisir cette occasion sur-le-champ, de peur de voir s'écouler des mois, sinon des années avant qu'une telle conjoncture ne se représente.

Il se glissa furtivement derrière le médecin égyptien pour s'approcher de la princesse Jézabel qui regardait pensive le corps de son beau-père encore affalé parmi les victuailles. Il fit le tour de la table et s'arrêta discrètement derrière la jeune femme.

– Entends-moi, Jézabel, princesse de Phénicie et désormais reine d'Israël. Il est temps de te lever et de revendiquer ta couronne. Ainsi tu porteras un coup fatal aux adorateurs d'Adonaï qui ont assassiné le père de ton époux et tu établiras le culte d'Astarté sur le sol de ce pays.

Surprise, Jézabel fit volte-face et le dévisagea. Il poursuivit d'une voix pressante :

– Va chercher la couronne d'Israël tombée à terre ; apporte-la solennellement à ton époux Achab et place-la sur son front en prononçant ces mots...

Elle secoua la tête, guère convaincue du bien-fondé d'une telle action. Toutefois, les jambes flageolantes, elle finit par se lever et s'approcha de l'endroit où avait roulé la couronne d'Omri, la ramassa, la souleva par-dessus sa tête et se dirigea d'un pas souple vers la masse prostrée d'Achab qui pleurait la mort de son père.

L'agitation s'apaisa soudain. Tous les regards étaient maintenant posés sur elle. Les femmes ne réagirent pas tout de suite, certaines sanglotant doucement tandis qu'Achab détachait peu à peu ses mains de son visage, comme s'il avait senti, lui aussi, un subtil changement d'atmosphère.

Les épouses d'Omri s'interrogeaient du regard ; les plus perspicaces, qui comprirent à cet instant que leur vie de faste et de pouvoir était achevée, lancèrent des coups d'œil venimeux vers Jézabel. Les gardes du palais avaient tourné les yeux vers leur capitaine : fallait-il empêcher cette Phénicienne de toucher la couronne ? Mais quelque chose dans l'allure de la princesse incita le capitaine à s'abstenir de tout mouvement.

Jézabel poursuivait son chemin vers Achab qui s'était redressé un instant pour aussitôt se laisser tomber sur sa couche, encore brisé de chagrin.

– Ô Achab, roi d'Israël, lança-t-elle d'une voix forte, lève-toi devant ton peuple !

Le jeune homme parut émerger de sa torpeur pour découvrir son épouse devant lui, la couronne du défunt roi entre les mains.

Alors il comprit quelle charge venait de lui échoir sur les épaules. Il se leva tandis qu'un lourd silence tombait sur toute la salle à la vue extraordinaire du nouveau roi d'Israël sur le point d'être couronné, non par un prophète mais par une étrangère, adoratrice de faux dieux. Même Etbaal, qui n'avait pas lâché son épée, parut saisi par l'attitude de sa propre fille.

Malgré son angoisse d'être lui-même frappé, malgré ses doutes sur la valeur du traité, Etbaal écarta soudain toute idée de revanche et se réjouit à la vue de sa merveilleuse fille qui levait les bras pour couronner le roi d'un autre pays. Jamais les ambassadeurs des nations voisines n'oublieraient la portée symbolique d'une telle action. Le roi phénicien se promit de la récompenser d'une jarre de pourpre supplémentaire dès qu'il retournerait à Tyr.

À la stupéfaction des ambassadeurs et de la famille royale d'Israël, ainsi que des dignitaires des deux royaumes, Achab plia lentement les genoux et se prosterna devant son épouse. La couronne descendit sur sa tête.

– Au nom d'Astarté, déesse protectrice de toute vie, au nom de Baal, dieu de toute chose, au nom d'El, dieu de toute chose et au nom d'Adonaï, Dieu d'Israël, je te couronne et te nomme roi d'Israël.

Aussi lentement qu'il s'était incliné, Achab se redressa pour recevoir la couronne, sa royauté et son pouvoir. Au fond de la salle, les prêtres du temple s'étaient levés comme un seul homme et poussèrent des exclamations de fureur devant l'usurpation de Jézabel. Mais Etbaal s'avança dans leur direction, l'épée levée, en grondant :

– Puisque vous avez tué un roi, un autre se lève qui vous écrasera, vous et vos affidés, comme les insectes que vous êtes. Prêtres d'Adonaï, avec Élie, vous avez tué votre roi : vos jours sont comptés. Désormais, un nouveau roi règne sur Israël, ainsi qu'une nouvelle reine, et de nouveaux dieux. Préparez-vous, prêtres, à affronter votre fin.

Les interpellés considéraient le roi phénicien, ses hommes d'armes, puis ceux d'Israël, tous prêts... mais à quoi ? Avant la mort d'Omri, ces derniers se seraient précipités pour défendre les prêtres, mais ces lueurs dans leurs yeux, ces lueurs de colère et de haine, suffirent à leur faire comprendre que l'Éternel ne comptait plus d'amis dans cette salle. Ils se turent. À l'autre bout de la salle, dans l'ombre de Jézabel et d'Achab, le grand prêtre phénicien retenait mal sa jubilation.

Encore pâle et tremblante, Jézabel plaça la couronne sur la tête d'Achab et recula pour laisser Israël contempler son roi. Celui-ci se releva et marcha vers Omri pour l'embrasser sur le front. Puis le nouveau roi se retourna et fit face à son peuple pour la première fois. Jézabel, reine d'Israël, fit de même.

– Levez-vous et acclamez votre nouveau roi ! proclamat-elle. Un roi est mort, un autre roi naît à sa suite. Longue vie à Achab, roi d'Israël !

Aucun cri de joie ne lui répondit. Le capitaine de la garde avança jusqu'au milieu de la salle et s'agenouilla. Bientôt, ce fut toute la garde du palais qui le suivit et l'imita.

Achab reçut leur hommage avec satisfaction et déclara :

– Debout, valeureux soldats d'Israël ! Entendez le premier ordre de votre roi : amenez-moi Élie.

Il avait parlé d'une voix douce, à peine audible. Nul ne bougea. Achab sentit qu'il venait d'atteindre un instant crucial et s'écria :

– Amenez-moi le prophète du Seigneur. Amenez-moi l'homme qui a voulu anéantir la maison d'Omri. Amenez-moi Élie, qu'il voie son œuvre, que ses yeux voient le roi d'Israël décédé. Que la dépouille d'Omri soit la dernière chose que ses yeux auront vue.

« Amenez-moi l'homme qui a tué mon père et qui mourra aujourd'hui même ! » hurla-t-il enfin.

Etbaal lui posa une main sur l'épaule et lui souffla à l'oreille :

– Je pleure la mort de mon frère Omri. C'était un roi remarquable. Mais tu souilleras sa mémoire si tu tues ce prophète sur le corps encore tiède de ton père. Comment réagira ton peuple s'il apprend que tu as cédé à la vengeance avant d'obéir à la coutume de l'enterrement et du deuil ? Lorsque tu en auras fini de rendre hommage à ton père, tu pourras tuer ce prophète assassin.

Achab dévisagea son beau-père comme s'il le voyait pour la première fois.

– Quelle coutume ? Cet homme assaille mon père et sa trahison l'en fait mourir. À cause de la haine qu'il a exprimée au sein de la maison d'Omri, ce prophète doit périr. Tel sera mon premier geste de roi.

– Je comprends ton chagrin, répliqua le Phénicien, mais le devoir d'un roi est de régner par la sagesse autant que par le courage. Alors le peuple te suivra. Si tu te laisses guider par ta peur ou si tu montres à tes sujets que tu ne sais te maîtriser, tu seras renversé en quelques mois.

Comme si la voix d'Etbaal ne provenait que de la foule qui continuait de geindre autour de lui, Achab ne répondit pas. Son beau-père secoua tristement la tête et se tourna vers ses gardes :

– Trouvez Élie et amenez-le devant Achab, roi d'Israël.

Soudain, la salle s'anima d'une intense effervescence. Le capitaine de la garde d'Israël ordonna à ses hommes de se relever et de se lancer eux aussi à la poursuite d'Élie. Aussitôt ils se précipitèrent vers la table où s'était assis le prophète, et les prêtres du temple bondirent de leurs places pour courir vers la sortie ; les ambassadeurs, éprouvés par le drame, se rappelèrent subitement leurs devoirs et quittèrent la salle du banquet pour expédier des messagers à leurs souverains ; les serviteurs se hâtèrent de débarrasser les plats et les invités entreprirent de regagner leurs demeures afin d'y prendre le deuil du défunt roi.

Des gardes s'approchèrent de la table royale pour soulever le cadavre et l'emporter dans ses appartements où il serait paré puis exposé à la vue du peuple jusqu'au lendemain soir.

Cependant, Élie était introuvable. Les troupes investirent la place du marché, interrogèrent les marchands et les passants. Certains croyaient l'avoir vu passer et leurs renseignements menèrent les gardes jusqu'au temple.

En vain. On eût dit qu'il avait été soustrait à leurs enquêtes par des mains invisibles. Les soldats apprirent rapidement que la logeuse d'Élie à Samarie était une dénommée Sharaz que l'on disait cousine de sa femme. Elle vivait dans le quartier des ferronniers, non loin du rempart sud. Quand les hommes entrèrent chez elle l'épée à la main, deux femmes poussèrent des cris d'effroi. L'une était Sharaz, épouse du ferronnier, qui tomba au sol en se cachant le visage tandis qu'une phalange de gardes fouillait la pièce ; l'autre était Rizpah, qui sanglotait de terreur et finit par reconnaître, sous les coups, qu'elle était l'épouse du prophète. Leur proie ne se trouvait pas là et, à les en croire, aucune des deux femmes n'avait revu Élie depuis qu'il était parti au palais se plaindre de la présence des idoles dans le temple.

Ayant reçu l'ordre d'escorter Rizpah jusqu'à la demeure royale afin de l'y interroger, un jeune garde lui attacha les mains et lui entrava les chevilles. En chemin, elle trébucha souvent et tomba plusieurs fois. Elle eut beau pleurer, il ne s'émut pas : il avait le cœur rempli de haine. Tandis qu'il la menait par les rues à la pointe de son épée, elle défaillit soudain, ses jambes se dérobèrent sous elle et elle s'effondra sur le sol. Il lui donna un autre coup de pied pour la presser de se relever mais elle ne réagissait plus. Il crut qu'elle était morte.

*
**

Quand Rizpah rouvrit les yeux, elle gisait sur un lit inconnu. Ses tempes cognaient comme si mille démons lui battaient la tête de l'intérieur. Elle se trouvait dans une vaste pièce, d'une beauté qu'elle n'avait jamais contemplée auparavant. Elle tenta de se redresser mais les démons l'alourdissaient et elle se sentit plaquée contre le lit.

L'ayant vue se mouvoir, une jeune femme s'approcha d'elle. Rizpah la reconnut et crut vivre un nouveau cauchemar.

– Où est ton mari, le meurtrier du roi ? tonna l'apparition.

Rizpah gémit.

La créature de débauche réitéra sa question :

– Où est ton mari, le prophète Élie ?

– Je l'ignore, articula-t-elle d'une voix cassée.

Froide comme un serpent, Jézabel vint lui murmurer à l'oreille :

– Je sais que tu t'appelles Rizpah. Je sais que tu as laissé tes enfants dans un village du nom de Tishbé, à Galaad. Je sais que tu loges chez ta cousine Sharaz. Je sais également qu'à moins que tu ne me révèles où se cache ton mari pour que je puisse le tuer, c'est toi que je tuerai. Alors tes enfants seront orphelins, je les vendrai comme esclaves et ils seront envoyés en Égypte pour travailler dans d'étouffantes mines de cuivre jusqu'à en mourir, seuls. Ta famille n'aura pas de descendance et le nom d'Élie disparaîtra à jamais. Alors...

Mais elle parlait toute seule, car Rizpah s'était encore évanouie.

Une jeune prêtresse posa un linge froid sur le front de Rizpah. L'eau fraîche la soulagea un instant. La femme lui souleva la tête et posa une coupe sur ses lèvres – du vin au miel. C'était délicieux.

Rizpah leva un regard douloureux sur la jeune femme. Elle l'avait déjà vue. Doucement, elle reposa sa tête sur la couche.

– Pourquoi t'es-tu évanouie ?

Rizpah voulut parler mais la prêtresse l'interrompit :

– Attends. Ne dis rien. Ma maîtresse, Jézabel, m'a ordonné d'aller la chercher quand tu t'éveillerais.

Là-dessus, elle se leva et courut légèrement vers la porte, laissant Rizpah seule, l'esprit encore embrumé ; peu à peu, le voile de l'oubli se leva et elle se remémora par bribes les derniers événements en date. Les cris, les soldats à la porte, les armes, l'épée sur sa gorge, la corde sur ses poignets et cet homme qui la poussait rudement devant lui, les coups de pied quand elle tombait. Et puis lui revint le plus abominable de ses souvenirs... Jézabel l'idolâtre, qui avait menacé ses enfants.

Maintenant, son esprit était clair comme l'eau du Jourdain. Jézabel entra brusquement dans la pièce, pleine d'impatience et de colère.

– Ainsi te voilà réveillée ! Tu as si vite perdu connaissance que mes médecins t'ont crue morte. Sais-tu pourquoi tu es là ?

Rizpah hocha la tête et en éprouva aussitôt une violente douleur.

– Bien. Alors, où est-il ?

– Qui ?

– Sotte ! siffla-t-elle. Lui ! L'assassin d'Omri ! Ton maudit époux, Élie.

– Je... je ne sais pas.

– Ainsi tes enfants seront orphelins et mourront seuls.

La nouvelle reine d'Israël se releva et fit mine de partir.

– Attends ! lança Rizpah. Je t'en prie, attends ! Pourquoi me châties-tu ? Pourquoi t'acharner sur mes enfants ? Ils sont innocents.

Jézabel se retourna et déclara sèchement :

– C'est la progéniture de ton époux. Quand même il vient innocent au nid, l'œuf du serpent n'engendre qu'un serpent. Vous êtes coupables, toi et les tiens, de régicide et de trahison et vous en mourrez.

Avant que la reine eût franchi le seuil de la pièce, la force et le courage d'Élie envahirent Rizpah un court instant qui s'écria :

– Fais-moi périr et tu périras avec moi !

Jézabel fit volte-face.

– Tu dis ?

– Fais un martyr de mon époux et un autre prophète se lèvera qui marchera sur ses pas. Car l'Éternel l'a voulu ainsi. Mais tue-moi, tue mes enfants, et tu n'auras plus de royaume. Le peuple se soulèvera pour mettre fin à ton règne avant même qu'il n'ait commencé.

Rizpah s'entendait articuler ces paroles mais n'en connaissait pas la provenance, comme si ce n'était pas elle qui parlait mais, à travers elle le... le... *Non !* Elle ne pouvait croire que l'Éternel la fît ainsi formuler des mots qu'elle n'avait jamais employés. Pas elle !

Jézabel la dévisageait d'un air interloqué. Aucune femme ne s'était adressée à elle sur ce ton. Elle demeura un long moment immobile, à se demander que faire. À l'encontre d'Élie et de sa famille, l'intimidation ne servirait à rien : ils subiraient allégrement leur sort pour plaire à leur dieu et, si elle leur infligeait le martyre, elle seule sortirait vaincue de l'affrontement. Hattusas ne le lui avait-il pas soufflé ? *« Fais-toi aimer du peuple et le clergé sera tien... »*

Elle revint vers le divan où gisait Rizpah.

– Mes conseillers me recommandent de ne point te tourmenter : selon eux, tu parleras sans que j'aie besoin de te menacer de mort. Le seul effroi de te trouver là devrait suffire à te desceller les lèvres. Est-ce vrai ?

Rizpah se demanda ce que cette mauvaise femme avait derrière la tête. Contre toute attente, la reine lui fit boire une autre gorgée de ce merveilleux vin au miel.

– Tu te sens très mal.

Rizpah hocha la tête.

– C'est parce que tu t'es heurté la tête en tombant. Et je suppose que le garde t'a battue. Tu dois beaucoup souffrir.

– Oui, hoqueta Rizpah. Affreusement.

– Alors, ne parle plus. Quand tu auras dormi, tu répondras à mes questions. Rizpah, je te laisserai la vie si tu me dis où se trouve Élie. Comprends que sa vie est déjà compromise ; il est en fuite mais déjà mort aux yeux d'Israël. Cependant, je ne veux pas vous causer de mal, à toi et à tes enfants. Que, grâce à toi, ils n'aient pas à payer pour les crimes de leur père.

Doucement, la jeune femme reposa la tête de Rizpah sur le coussin et disparut. Comment était-ce possible ? Jézabel, celle-là même qui l'avait menacée des pires tourments, tentait à présent de la soulager et s'adressait à elle comme à un ambassadeur.

Rizpah espérait la convaincre qu'Élie n'avait pas commis de crime, qu'il ne faisait qu'obéir aux ordres du Tout-Puissant, cependant elle était si épuisée qu'elle sombra dans un profond sommeil et rêva d'anges évoluant dans un ciel bleu, de salles immenses, d'enfants courant sur le sommet d'une colline.

Lorsqu'elle s'éveilla, la pièce était plongée dans une semi-obscurité et sa tête ne la faisait plus souffrir. Elle vit alors trois jeunes femmes. L'une d'elles se leva aussitôt et courut vers la porte. Lentement, Rizpah se dressa et s'assit au bord du lit ; aurait-elle la force de se lever ?

Jézabel surgit dans la pièce avec la grâce d'une antilope. Sans doute était-ce sa plus terrible ennemie, songea Rizpah, mais elle était si jeune ! Et puis elle affichait ce sourire si tendre, quasi affectueux...

– Te sens-tu mieux ? demanda-t-elle. Tu as dormi tout l'après-midi. Tu dois avoir faim et soif.

Elle ordonna qu'on apportât de la nourriture et du vin.

– Veux-tu que je rappelle le médecin égyptien ? Il est déjà

venu t'examiner pendant que tu dormais. Il nous a dit que tu avais besoin de teinture de tiges de bleuet pour apaiser tes yeux et de ce qu'il appelle *balanos* pour ta faiblesse et ton teint pâle. Hormis cela, tu es en bonne santé. Il dit aussi que tu ne t'es pas remise de la naissance de ton dernier enfant, et que tes sécrétions empestent, ce qu'il peut soigner à l'aide d'essence de pin, de baie de genièvre et de chanvre.

Lorsque Rizpah comprit que son interlocutrice évoquait là son intimité, elle ouvrit des yeux horrifiés. Ainsi, pendant son sommeil, un médecin avait exploré des parties que même son mari n'avait pas le droit de voir.

Jézabel comprit aussitôt quelles pouvaient être son angoisse et sa colère.

– Tu nous en veux de t'avoir laissée examiner ? Tu as tort. Nous ne songions qu'à ton bien-être. Tu es restée longtemps sans connaissance. Il fallait que le médecin te voie. Mais n'aies crainte : c'est un eunuque.

Rizpah fut indignée que cette femme parlât aussi librement de tels sujets. De plus, elle ignorait ce qu'était un eunuque.

Néanmoins, Jézabel respirait une franchise qui lui donnait envie de se confier à elle... Se confier ? Comment une telle pensée pouvait-elle avoir traversé son esprit ? Elle était gardée prisonnière dans le palais d'une créature maléfique acharnée à renverser le royaume du Saint, béni soit-Il, et voici que cette étrangère lui prodiguait les égards qu'une mère eût attendu de sa fille.

– Pourquoi ton mari me hait-il ? demanda Jézabel.

– Il dit que tu es le démon, une catin idolâtre, que tu es le mal incarné ! Tu es l'instrument qui précipitera la perte d'Israël.

Les yeux de la reine étincelèrent de courroux. Rizpah vit son expression furieuse et se détourna, comprenant soudain l'impact que les paroles de son époux pouvaient avoir sur cette jeune personne. Mais, presque aussi vite que la colère était montée en elle, la raison prit le dessus et c'est le visage apaisé que Jézabel s'assit à côté de Rizpah.

– Je pourrais te faire arracher la langue pour m'avoir dit de telles choses. Tu sais ce qu'il en coûte à quiconque insulte un membre de la maison royale ? Pourquoi ton mari et toi bravez-vous la mort de la sorte ?

Subitement muette, Rizpah jouait avec ses mains ; Élie connaissait la réponse à cette question mais, quand elle voyageait avec lui à travers Israël et Juda, elle se reposait tant sur lui qu'elle ne prêtait guère attention à ses propos. Et voici qu'en se réveillant dans ce palais, l'Éternel plaçait ces discours dans sa bouche ! Pourquoi, alors qu'elle en avait tant besoin, ne parlait-Il plus à travers elle ?

Elle finit par pousser un soupir et souffler :

– Je ne sais pas. Je ne comprends pas.

Jézabel la contempla encore et s'avisa qu'elle avait devant elle non une fanatique servante d'Adonaï, non une félonne aveuglée par son désir d'accomplir la volonté divine, mais une fragile petite femme qui lui rappelait sa propre mère. Soudain, la princesse phénicienne, désormais reine d'Israël, comprenait exactement ce qu'il lui restait à faire.

– Rizpah, me hais-tu ?

– Oui.

– Parce que je veux faire mettre à mort ton époux ?

– Non, parce que tu désires détruire Israël. Parce que tu t'opposes au Seigneur, mon Dieu.

– Pourquoi ne peut-il y avoir d'autres dieux ?

– Parce que l'Éternel est le seul vrai Dieu, ainsi qu'Il nous l'a enseigné.

– Ce pays n'est-il donc pas assez grand pour abriter plusieurs dieux ? Si Adonaï est bel et bien aussi puissant qu'il le prétend, pourquoi craint-il la présence d'autres divinités sur cette terre ?

– Il n'y a pas d'autre Dieu que l'Éternel.

Jézabel s'esclaffa.

– Sornettes que voilà ! Crois-tu qu'il peut dominer les mers au même instant où il domine le ciel ? Peut-il à la fois veiller à la fertilité des champs et à celle des femmes quand elles s'unissent à leur mari ? Comment un dieu, n'importe quel dieu, peut-il être si adroit ?

– Je ne sais pas. C'est ce qu'Élie m'a dit. Et je le crois.

Jézabel lui sourit. Cet échange était digne des débats qu'entretenaient les prêtres et les conseillers de la cour. Comment cette villageoise inculte pouvait-elle seulement comprendre la portée de ce qu'elle disait ? Pourtant, son regard vibrait de peur.

– Ainsi, tu crains que je ne sois l'instrument de la destruction d'Israël ?

La réponse fusa aussitôt :

– Oui.

Néanmoins, devant le beau visage rayonnant de jeunesse, Rizpah se renferma et murmura :

– Je ne sais pas.

– Je ne comprends pas comment ton époux a pu...

Jézabel n'eut pas le temps d'achever car ses servantes apportaient le plateau qu'elle avait réclamé. Rizpah mourait de faim aussi, à l'invitation de la reine qui entama une première bouchée, ne se fit-elle pas prier pour boire et manger sans retenue.

Rizpah savait que ces chairs lui étaient défendues mais elle se sentait au bord de défaillir et, de plus, craignait d'offenser la reine. Jamais elle n'avait goûté de tels mets. Elle apprit ainsi qu'elle aimait le daim et certains oiseaux dont elle ignorait l'existence. Au centre du plateau trônait un gigot de mouton entier et autour des viandes s'alignaient des paniers débordant de pains de toutes sortes, certains contenant des fruits cuits, ainsi que de petits bols emplis de sauces et de poudres aux couleurs extraordinaires dans lesquelles elle vit Jézabel tremper sa nourriture. Rizpah fit de même et fut tellement surprise par leur goût qu'elle se mit à tousser.

La reine jeta sur elle un regard inquiet mais sa voisine leva une main pour la rassurer avant de boire un peu de vin au miel dans une coupe dorée.

Elles continuèrent à se sustenter en silence, jusqu'à ce que Jézabel reprenne la parole :

– Je ne parviens pas à m'expliquer pourquoi ton époux me hait tant alors qu'il ne m'a jamais vue. Pourquoi me traite-t-il de démon, de catin ? J'aime le corps des hommes, soit, mais comme toutes les femmes de mon pays. Cela fait-il de moi une catin ? Croit-il que la Phénicie n'est peuplée que de catins ?

Sans laisser à Rizpah le temps de réagir, elle continua :

– Et pourquoi Adonaï serait-il un dieu si différent des autres ? Pourquoi le peuple d'Israël le croit-il tellement plus puissant que Baal ou qu'El ou que tous ceux que nous adorons ?

Mâchonnant son pain fourré de dattes et de figues, Rizpah chercha une réponse et se trouva fort stupide de rester sans voix. Elle reprit une aile rôtie qu'elle trempa dans une pâte rouge au goût de noix et de baies épicées, la mangea et s'aperçut qu'après les avoir léchés, ses doigts gardaient la couleur de la pâte, comme certaines femmes riches quand elles se peignaient les ongles et les mains.

– J'adore Astarté, expliquait Jézabel, comme toutes les femmes de Phénicie, d'Assyrie et de Babylonie et de bien d'autres pays. Je te rappelle que c'était déjà le cas de nombreux hommes et femmes d'Israël et de Juda avant que je n'arrive ici et que je ne dresse mes bosquets sacrés. Qu'y a-t-il de mal à cela ? J'adore mes dieux. Tu adores ton Dieu. En quoi les idolâtres sont-ils tellement pervers ? J'avoue que je suis perplexe.

Rizpah s'apprêtait à prendre la parole mais, de nouveau, Jézabel s'emporta :

– Mon époux Achab enrage contre Élie. Il veut le tuer de ses mains. Et moi aussi, à cause des injures dont il n'a cessé de m'agonir. Un jour, un homme de la famille royale de Phénicie a dit au roi, mon père, que je donnais trop facilement mon corps et que je le faisais en dehors du culte d'Astarté. Mon père l'a aussitôt mis à mort. Mais, avant de tuer ton mari, je veux savoir pourquoi il me hait tant.

Cette fois, Rizpah était prête à répondre mais Jézabel persistait sur sa lancée, comme si elle était seule dans cette pièce :

– Je sais qu'il y en a, à la cour d'Israël, qui ne m'aiment point. Si je comprends pourquoi, alors je comprendrai pourquoi les autres épouses d'Omri et les frères et sœurs d'Achab me détestent. Certes, aujourd'hui je suis reine, il me serait facile de m'en débarrasser, ainsi que cela se fait en Égypte, mais Achab dit que ces pratiques n'ont pas cours en Israël, que je m'aliénerais le peuple si je m'y osais.

Rizpah poussa un soupir. Elle avait l'impression de se trouver en compagnie d'une jeune fille de son village de Tishbé, une jeune fille étonnée de ne pouvoir adresser la parole à un garçon dont elle était éprise sous peine d'attiser le courroux de son père. Cette reine se montrait généreuse en partageant son repas avec elle, mais cela ne l'empêchait pas de vouloir occire son époux et toute la famille royale d'Israël. Était-elle monstrueuse ou inconsciente ? Rizpah la dévisagea encore et ne put s'empêcher d'admirer sa face qui respirait l'innocence.

– Il te hait parce qu'il redoute ce que tu pourrais faire à notre Dieu.

– Mais si ce Dieu est si puissant que tu le dis, pourquoi Élie s'effaroucherait-il de l'action d'une jeune femme ? À moins que ton Dieu ne soit si faible... En Phénicie, nous croyons que le roi de nos dieux, El, a gagné sa place au-dessus de tous parce qu'il a combattu et soumis Baal, Mot et Yam. Cela s'est produit pendant la création de la terre ; leur mêlée a fait lever la poussière de la terre informe et, en partant vers le ciel, celle-ci a donné les étoiles.

« El l'a emporté, ce qui n'empêche pas nos prêtres d'adorer les autres dieux tout en considérant El comme le plus puissant. Le ciel est infini. Pourquoi ton Adonaï ne peut-il y cohabiter avec nos dieux ? »

Muette, Rizpah reprit de la viande qu'elle trempa dans une autre sauce, jaune, cette fois, et la goûta lentement pour en apprécier la saveur. Elle huma des parfums qui lui rappelaient ceux de certaines femmes de la cour, ou encore la fragrance d'une fleur qui s'ouvre à l'aurore. Elle s'aperçut alors que Jézabel attendait patiemment sa réponse.

– Et si tu t'adressais à mon époux plutôt qu'à moi ?

La reine haussa un sourcil étonné ; cette villageoise étaitelle si sotte qu'elle n'entendait pas qu'Élie devait mourir ?

Mais Rizpah de poursuivre :

– Élie saura répondre à toutes tes questions. Moi, je n'ai pas les idées très claires. J'obéis à la voix de mon époux. Je sais que tu as tort car il n'existe qu'un seul Dieu, et ton Baal et tous ceux dont tu parles ne sont rien. Tâche de t'entretenir avec mon époux, il saura t'expliquer tout cela.

Cette fois, Jézabel s'emporta :

– Parler à Élie ? Mais je veux sa mort ! Quelles sottises pourrait-il me raconter si par extraordinaire je venais à l'écouter ? Qu'Adonaï est le seul Dieu ? Balivernes que cela ! D'après toi, qui nous envoie la sécheresse, stérilise la terre et nous fait mourir quand notre heure est venue ? Mot, bien sûr !

« Et qui est, selon toi le Seigneur de la Terre, l'Éternel de toute Génération, le Seigneur des cieux, Celui qui chevauche les nuages ? Baal !

« Et qui réside dans les contrées les plus reculées, qui commande sur tout et tous y compris les autres dieux, si ce n'est El ? Comment peux-tu prétendre qu'Adonaï est unique lorsque les dieux ont tant de choses à diriger ?

« Comment ton époux et ton peuple peuvent-ils croire qu'un seul Dieu soit capable de cela ? Et si Adonaï est seul, alors qu'est-il arrivé à tous les autres dieux ? »

Rizpah commençait à s'agacer de ce flot de questions, dont les réponses, soufflées par le Très-Haut, appartenaient à Élie. En désespoir de cause, elle finit par déclarer :

– Pourquoi désires-tu tuer mon époux ? Il ne t'expliquera rien de la tombe !

– Mais c'est évident ! Il a causé la perte de notre roi et m'a outragée. Mes gardes l'ont cherché partout, en vain. Je veux qu'on le conduise jusqu'à moi, qu'on le jette à mes pieds. Je veux éprouver le plaisir de le voir humilié et prostré, obligé d'implorer ma clémence ; je veux surtout voir l'expression de son visage lorsque je refuserais d'accéder à sa demande. Ma colère est telle que j'aimerais le tuer de mes propres mains. L'étrangler, le poignarder au cœur ou le décapiter à l'aide d'une épée. Mais, en prenant la fuite, il m'a privée de cette joie. Pour l'instant. C'est à toi, Rizpah, qu'il incombe de me révéler où il se terre... afin que j'aie le bonheur de le tuer de mes mains...

Cette fois, la captive de Jézabel ne s'évanouit pas. Elle préféra renverser le plateau de victuailles sur le sol de marbre.

***

Il frissonnait dans le lit de la rivière à sec. La nuit était chaude et pourtant il ne cessait de trembler d'une fièvre étrange. Grelottant, secoué de convulsions, il marchait malgré l'obscurité afin d'épuiser l'affliction nerveuse dont souffrait son corps.

Il n'était parvenu à s'échapper que par miracle et, par dix fois, il avait hurlé ses remerciements au Tout-Puissant pour l'avoir délivré de ses ennemis. Sans les fidèles du temple du Seigneur, il n'aurait jamais quitté Samarie vivant.

En voyant le visage d'Omri virer pourpre comme la teinture des vêtements dont se paraient les prostituées et ceux qui s'élevaient contre le Seigneur, Élie avait su que c'était la main de Dieu qui arrachait la vie du corps de cet homme mauvais. Il avait vu Sa divine lumière baigner le roi maudit tandis que l'Éternel reprenait son âme et l'envoyait au plus profond de la géhenne.

Devant Omri titubant, s'écroulant sur la table, Élie s'était senti plus que jamais investi d'une mission sacrée. Il était l'instrument de Dieu et pouvait frapper Ses ennemis et les fracasser contre le roc de Sa colère. Il avait déjà tué un roi. Bientôt, le Très-Haut lui accorderait une telle puissance que, tout comme Abraham, il pourrait briser les idoles et, comme pour Moïse, son bâton se transformerait en serpent.

Il était tombé à genoux pour adresser son action de grâces au Saint, béni soit-Il, qui avait délivré Israël du tyran idolâtre. Soudain, des mains invisibles l'avaient saisi par les épaules et tiré en arrière ; des voix pressantes lui avaient murmuré à l'oreille de quitter au plus vite le palais.

Alors il s'était levé et avait traversé en toute hâte corridors et portails, dévalé les marches de ce maudit édifice, cette maison de mort où la lignée d'Omri venait de perdre toute son influence. Israël avait contemplé la puissance de l'Éternel : le traité serait forcément dénoncé et la catin phénicienne retournerait d'où elle était venue avec ses servantes dénudées, ses idoles et ses fornicateurs de prêtres et prêtresses. Le faible Achab règnerait sur Israël, ainsi Élie pourrait-il retourner le voir et lui transmettre les ordres du Tout-Puissant.

Poussé par les rues de Samarie, Élie s'était remis à proclamer ses remerciements au Seigneur mais une autre main lui avait fermé la bouche et un chuchotement lui intima de garder le silence. Les mains qui le tiraient par son manteau et guidaient son corps, aussi vigoureuses que rassurantes, l'emmenèrent à travers la place du marché où les gens riaient encore et applaudissaient aux offrandes désormais superflues de rois et de princes idolâtres ; des gens qui allaient bientôt apprendre la mort de leur souverain.

Les mains le conduisirent jusqu'aux portes du temple. Alors qu'il traversait la cour, il vit la monstruosité qui profanait la Maison du Seigneur. Le mât de bois dans le bosquet, la statue de femme sur un cheval, un serpent lui effleurant la cuisse ; ce monument à la corruption, cet ignoble accessoire de profanation... Il s'arrêta pour lui montrer le poing : que cette déesse mensongère descende donc de son piédestal pour lui faire face ! Mais les prêtres qui s'efforçaient de l'entraîner loin de la ville lui crièrent qu'il n'avait pas le temps, qu'il devait se presser s'il tenait à la vie.

C'est alors qu'Élie prit conscience des dangers de sa situation. Mais comment cela pouvait-il être ? La fin d'Omri marquait son triomphe. La maison du mal n'était plus. Le mariage d'Achab avec sa créature phénicienne l'avait considérablement fragilisé aux yeux de ses sujets : nul doute que le Seigneur pousserait le peuple à se révolter contre lui. Alors viendrait un roi d'Israël digne de ce nom, un homme de Dieu, qui ferait alliance avec le roi Asa, dans sa trente-huitième année de règne sur Juda, et la terre que l'Éternel avait donnée en héritage aux descendants d'Abraham, d'Isaac et de Jacob serait réunie. Ainsi s'accomplirait la prophétie selon laquelle les nations du monde entier viendraient s'incliner devant la Grandeur du Très-Haut.

Et contre toute logique, les prêtres le suppliaient de quitter Samarie sans délai. Folie ! Lui, le serviteur de Dieu, lui sur qui Il avait étendu Sa main pour défaire ses ennemis, qui avait reçu Sa parole pour prédire l'avenir d'Israël, en danger ?

Affublé de la tunique d'un marchand, il avait escaladé une fenêtre pour échapper à la vue des gardes et il avait fui par les rues qui menaient à la porte de Jaffa. Là, trois hommes qui assistaient les prêtres du temple, l'avaient conduit jusqu'au croisement des routes menant à la vallée du Jourdain, où vivaient ceux qui haïssaient le roi d'Israël et ses idoles. Mais la nuit l'avait surpris et il avait été forcé de se cacher en attendant l'aube pour reprendre son chemin. Et voici qu'il se retrouvait, tremblant de froid, dans le lit d'une rivière à sec.

Bientôt le jour allait se lever. Bientôt la lumière bénie du Seigneur allait briller sur lui et il sortirait de sa cachette pour chercher les adorateurs du Très-Haut, les disciples de Sa Loi. Chez eux, il trouverait de la nourriture et de l'eau, afin de se sustenter en vue des combats à venir.

Mais un combat nécessitait un adversaire. Et qui, désormais, oserait le braver ? Omri mort, la catin de Phénicie retournerait auprès des siens de peur d'une révolte. Ce sot d'Achab, mené par ses instincts lubriques, n'avait pas l'étoffe d'un roi. Il serait vite supplanté par un homme issu d'une autre lignée, qui recevrait l'onction. Contre quel ennemi, alors, faudrait-il lutter ?

La réponse lui apparut tandis qu'il faisait les cent pas dans le lit de la rivière. Jézabel ! Elle était le mal incarné avec son visage peint, ses idoles et ses impudiques prêtresses ! Ne lui avait-il pas déjà ordonné de rentrer en Phénicie ? Et pourtant elle persistait, l'insolente, à demeurer dans le royaume d'Israël, à caresser ses funestes desseins : rompre avec le royaume de Juda, au sud, où siégeait le Temple de Salomon, afin de nouer une alliance indestructible avec les divinités phéniciennes.

Seul sous la voûte céleste, il voyait enfin clair. Omri et Achab n'avaient pas réellement représenté de menace, quand bien même, à Dieu ne plaise, ce dernier vînt à être couronné. Non, c'était Jézabel qu'il fallait craindre. Jézabel qui entretiendrait la division des royaumes de Juda et d'Israël. Jézabel sur qui Élie devait désormais orienter la lumière aveuglante du Seigneur afin de l'anéantir.

*
**

Depuis sa plus tendre enfance, Jézabel rêvait de courtisans se prosternant à ses pieds, d'ambassadeurs revêtus de leurs plus beaux atours, accompagnés de leurs escortes aux tenues bariolées, s'agenouillant et lui prêtant allégeance comme ils l'avaient fait devant son père Etbaal, de sujets chargés de présents, venant à elle dans l'espoir qu'elle arbitrerait les querelles en leur faveur. Même son désir enfantin de devenir prêtresse n'avait eu d'autre visée que de voir les hommes s'incliner devant elle !

Et voici que son rêve prenait vie. Elle s'installait désormais dans la salle du trône, reine d'un royaume qui lui revenait, même si cette terre était aride, même si ses villes étaient ternes et austères. Il s'agissait tout de même, à en croire Hattusas, d'une contrée à la situation stratégique, à l'entrée de la mer Éternelle, porte de toutes les routes marchandes. Si bien que les plus grands rois afflueraient jusqu'à elle, lui rendraient hommage afin de gagner ses faveurs. Et cette perspective lui plaisait infiniment.

Elle jeta un coup d'œil vers son époux, Achab, encore en proie au chagrin et à la rage. À mesure que les jours s'écoulaient depuis la disparition d'Élie, malgré l'armée qu'il avait lâchée à sa poursuite, la colère du nouveau roi ne faisait que grandir.

Les funérailles d'Omri avaient eu lieu la veille. Tout Israël était là, des foules comme Jézabel n'en avait jamais vu, des cohortes de miséreux qui se pressaient au pied de la colline pour gémir et déchirer leurs vêtements, les lamentations des femmes qui s'élevaient dans le ciel comme les plaintes de millions de démons. Elles s'étaient assemblées dès le matin autour de la colline où s'élevait Samarie, revêtues des voiles du deuil, le front maculé de cendre.

C'étaient leurs chants qui l'avaient éveillée. Elle avait tiré Achab de son sommeil pour lui dire de constater, à la fenêtre, le spectacle extraordinaire de son peuple affligé.

Mais, maintenant qu'elle était reine, maintenant que les membres de la cour s'inclinaient devant elle, il fallait à Jézabel autre chose que ces quelques marques de déférence. Israël pleurait Omri et se détournait d'elle pour ne plus contempler que le trou béant qu'il allait désormais occuper.

Elle les avait entendus parler, ses valeureux sujets, ses nouveaux hommes liges, ses fidèles serviteurs. Dans les corridors du palais, dans les ruelles de la ville, s'espérant à l'abri des oreilles indésirables, ils exprimaient leurs doutes à haute voix :

« Achab est-il apte à régner sur le royaume ? »

« Quand la Phénicie va-t-elle attaquer ? »

« Qu'allons-nous devenir maintenant qu'Omri n'est plus ? »

Et ce qui se disait sur son compte !

« Jézabel est responsable de sa mort. »

« Élie n'aurait jamais perdu son calme si Jézabel n'était pas entrée en Israël avec ses prêtresses nues. »

« Achab est falot. C'est elle qui dirigera le royaume. »

Cruelles paroles. Prononcées par les cousins de son époux et leurs mères, leurs sœurs et leurs frères, la famille dans laquelle elle venait d'entrer. Mais elles provenaient aussi des petites gens dans les rues de la ville. Nul ne la vilipendait ainsi quand elle vivait en Phénicie. Terre ingrate et détestable !

Qu'ils parlent donc ! Son heure était venue. Israël se tournait vers Achab pour le diriger, Achab se tournait vers Jézabel pour se consoler. Elle se leva de son trône et déclara d'une voix claire :

– L'ambassadeur de Moab est ici pour s'entretenir avec le roi d'Israël d'un traité qui lui permettra d'échanger le bois de nos forêts contre le cuivre de ses mines. Recevons l'ambassadeur et entendons ses paroles !

Toute l'assemblée porta un regard étonné sur Jézabel. Jamais encore une reine ne s'était ainsi adressée à la cour. Un silence de plomb fit écho à sa déclaration.

– Introduisez l'ambassadeur auprès de votre roi et de votre reine ! ordonna-t-elle.

D'un seul coup, son conseiller Hattusas fit signe à un garde d'obéir à sa reine. Jézabel se rassit et attendit l'arrivée de l'ambassadeur. Cette fois, c'en était fait ! Elle était reine d'Israël.

Lorsque le traité fut conclu, Jézabel, épuisée, demeura sur son trône. Achab n'avait pour ainsi dire pas prononcé un mot. Hattusas et elle avaient mené l'essentiel des débats. Achab tourna la tête vers son épouse. Elle occupait un siège plus bas et en retrait du sien, ainsi qu'il était de mise. Elle s'inquiéta cependant de son regard. Lui en voulait-il d'avoir pris la direction des négociations ? Il comprenait, n'est-ce pas, qu'elle cherchait à le préserver tant qu'il n'aurait pas surmonté sa douleur ? Elle lui prit la main pour le réconforter.

Tous les soirs depuis leurs noces, il pleurait sur son sein, et tous les soirs, elle le consolait de la seule façon qu'elle connût... elle l'embrassait, le cajolait, le caressait et, sans un mot, lui offrait son corps. Mais après l'apaisement de la nuit, l'inquiétude revenait avec les premières couleurs de l'aurore. Et puis le chagrin et la colère. Tout en partageant avec lui le repas du matin, composé de fruits, de yaourt et de fromages, Jézabel écoutait Achab réciter la litanie des crimes qu'Élie avait commis et maudissait la faiblesse de son père qui ne l'avait pas fait taire. À présent qu'il était roi, les choses ne se passeraient pas ainsi, tonnait-il. Ni prêtre ni prophète ne pourraient plus s'en prendre à la maison d'Omri. Jézabel approuvait cette sage décision.

Il s'habillait alors et sortait s'occuper des affaires du royaume ; Jézabel se vêtait à son tour puis s'en allait chercher Rizpah dans sa prison dorée – l'appartement d'un prince en voyage, qu'elle faisait garder par des membres de son escorte. Ce matin encore, leur entretien n'avait pas différé des autres :

– Mon époux, le roi, affirme que ton époux, le prophète, a ensorcelé Omri avec sa magie. Qu'il n'y a pas d'autre explication au fait qu'un souverain aussi puissant que lui ne l'ait pas mis à mort dès ses premières manifestations d'hostilité.

Rizpah réfléchit un instant puis secoua la tête :

– Mon époux croit en un seul Dieu. Comment pourrait-il avoir recours à la sorcellerie qui ne provient que des faux dieux, alors que nous prétendons qu'il n'existe pas d'autres dieux ? La magie se pratique en Égypte et le peuple hébreu a quitté l'Égypte il y a cinq cents ans. Certains prétendent que nous avons emporté ces usages avec nous et qu'ils ont subsisté depuis l'édification du veau d'or dans le désert. Pour ma part, je n'en sais rien.

– Achab dit qu'Élie mérite la mort pour avoir élevé la voix contre Omri. Pour quelle raison devrait-on lui épargner le sort que d'autres ont connu avant lui ? Pourquoi les prophètes mériteraient-ils un traitement de faveur ?

– Parce qu'à travers sa bouche parle le Tout-Puissant. En le tuant, vous tueriez un envoyé du Seigneur, ce qui est impossible. L'instrument du Tout-Puissant ne peut être ni tué ni brisé.

– Peut-être qu'Adonaï n'est pas mortel, mais Élie l'est. Et je compte bien t'en donner la preuve moi-même.

– Dans ce cas, tu mourras, s'écria Rizpah. Quiconque s'en prend à l'Éternel sera frappé par l'Éternel. Même si tu parvenais à tuer mon époux, Dieu ouvrirait la bouche d'un autre. Tue Élie et tu souffriras de tous les maux de la terre. Dieu t'enverra un autre Élie. Tu n'échapperas pas à ton châtiment.

Jézabel commençait à se fatiguer de l'entendre rabâcher les mêmes idées. Elle avait cru que Rizpah lui servirait d'appât, mais cette tactique n'avait pas porté ses fruits. Contre toute attente, au fil de leurs conversations, Rizpah l'avait aidée à mieux comprendre ses sujets. Jézabel avait ainsi saisi la véritable relation que Yahvé semblait entretenir avec le temple, et, à travers les prêtres, avec le peuple. Grâce à Rizpah, elle avait appris nombre des coutumes des Israélites, leur histoire, leurs usages, leur mode de vie. Or depuis quelques jours,

Jézabel n'apprenait plus rien de nouveau et Rizpah, craintive et servile au début, s'était enhardie ; les mots avaient fini par s'écouler comme du fiel. Il était temps que Rizpah prît la mesure du pouvoir d'une reine.

– Et toi, femme, tu ne pourras échapper au châtiment de la maison d'Achab !

Son interlocutrice la considéra d'un air surpris. Que voulait dire Jézabel ?

– Je compte annoncer que tu seras mise à mort dans une semaine, pour trahison. Tu seras menée aux remparts de la ville et jetée dans le précipice, comme il est de coutume dans ton peuple. Une seule chose pourrait te sauver : qu'Élie prenne ta place.

La reine tourna les talons et quitta la pièce, satisfaite d'être enfin parvenue à faire taire cette femme.

CHAPITRE 13

Il y avait deux années que la voix d'Élie n'avait plus retenti en Israël. Malgré les efforts de ses soldats et de ses espions, Jézabel n'avait pu retrouver sa trace. Aussi n'avait-elle plus considéré le prophète d'Adonaï que comme un souvenir désagréable, un embarras mineur qu'elle n'aurait pas de mal à écarter s'il venait à se présenter de nouveau. Car Achab et elle avaient trop à faire pour se préoccuper de l'absence de leur ennemi. Et, à mesure que la puissance de la voix d'Élie diminuait à travers le pays, les prêtres du temple voyaient leur influence décliner, incapables de détourner le peuple de son amour grandissant pour les dieux de Phénicie.

Il y avait donc deux années que Jézabel régnait sur son royaume quand elle entreprit de grandes réformes. Au cours de sa première année de règne, elle avait aidé son époux à établir son autorité sur ses sujets, épaulée pour les questions diplomatiques par Hattusas, son loyal conseiller.

Jamais celui-ci n'était plus écouté que quand Achab recevait les doléances du temple. Quelques jours auparavant, le grand prêtre de Samarie, Hazarmaveth, était encore venu le voir en menaçant :

– Le Seigneur cessera de maudire cette terre lorsque Élie sera autorisé à revenir prêcher la parole de Dieu...

D'un ton placide, Jézabel l'interrompit :

– Ton Dieu demande-t-il à Israël de porter un serpent sur son cœur ?

– Arrogante ! s'exclama Hazarmaveth. Les faux dieux que tu as apportés avec toi de Phénicie sont des serpents !

– Et les serpents sont néfastes ?

– Oui, ils sont néfastes et doivent être décimés !

La reine opina, puis avança tranquillement :

– Ton Dieu n'a-t-il pourtant pas créé toute vie sur terre ?

– Dieu est tout. Il a créé les cieux, la terre, les mers et les plantes et tous les animaux qui y vivent.

– Dans ce cas, pourquoi a-t-il créé les serpents ? Quel est ce dieu qui crée des créatures néfastes ?

Le grand prêtre était tombé dans le piège d'Hattusas. Il se retourna et vit les prêtres et prêtresses de Baal, d'Astarté et d'El s'esclaffer. Furieux, il quitta le palais avec sa suite sans autre forme de procès.

Achab prit la main de son épouse :

– Méfie-toi, ma reine. Ne maltraite pas trop ces gens. Ils sont puissants dans les campagnes.

– Aujourd'hui... Mais, demain, nous les vaincrons et tout Israël se réjouira.

Les prêtres du temple n'étaient pas les seuls à détester la puissance des Phéniciens. Les conseillers israélites du roi Achab se voyaient écartés du pouvoir qu'ils avaient autrefois partagé avec le roi Omri : on ne les appelait que de loin en loin pour discuter un point de protocole ou la rédaction d'une lettre officielle.

Le nom de Jézabel devint davantage une injure qu'un compliment au sein de la famille royale d'Israël. Elle savait quelle haine et quelle jalousie elle suscitait parmi les parents d'Achab aussi bien que chez les marchands les plus puissants et chez les dignitaires qui, du temps d'Omri, avaient leurs entrées dans le palais. Désormais, les corridors étaient plutôt animés par les tuniques phéniciennes chamarrées ou la blanche tenue des prêtres et prêtresses de Baal et d'Astarté.

Non que le peuple de Samarie ou des autres villes d'Israël vît grand-chose des intrigues qui se nouaient au palais. Pour lui, la sécheresse perdurait, les réserves diminuaient, la vie devenait plus pénible. Omri de son temps eût redouté une insurrection. Mais maintenant qu'Achab et Jézabel régnaient à sa place et que le peuple se réjouissait d'adorer Baal et Astarté, les critiques se faisaient plus rares.

Cette année-là, Jézabel passa beaucoup de temps à voyager à travers Israël, pour y rencontrer ses sujets, leur distribuer du grain, de l'huile et des vins extraits des greniers royaux, ce qui lui valait la reconnaissance et l'admiration des miséreux – et les réprimandes des sénéchaux de son époux, qui lui répétaient qu'à force de largesse et si la pluie ne se décidait pas à tomber, le palais n'aurait plus rien à manger. À quoi elle répliquait invariablement que son père, le roi de Phénicie, leur viendrait en aide.

Elle aménagea de nombreux bosquets sacrés à la sortie des villes. Son époux lui avait en revanche interdit d'entreprendre aucune construction durant l'année de deuil qui avait suivi le décès de son beau-père, le roi Omri. Elle n'avait pas insisté, estimant que, tant qu'elle n'était pas assez connue ni aimée du peuple, elle préférait ne pas se lancer dans des travaux qui pourraient mener la population à se révolter contre elle.

En accord avec Hattusas, elle avait décidé de se présenter aux yeux de tous comme une jeune femme pudique, afin de gagner les cœurs. Ensuite seulement, elle envisagerait de transformer le pays. Elle embellirait les maisons de chaque cité, les enduirait de teintes vives, en agrémenterait les façades. Et les bâtiments appartenant à la famille royale brilleraient d'un nouvel éclat : plafonds transformés en ciels de nuit, les murs ornés de motifs alambiqués, de fresques, de sculptures et de couleurs inspirées des plus belles nuances que recèle la nature. Bientôt, les riches marchands des provinces éloignées suivraient leur exemple et tout Israël, à l'exception de Samarie, sa capitale, où Jézabel n'avait pas le droit d'œuvrer, se parerait de magnificence.

Et puis elle offrirait d'abaisser les impôts de ceux qui pratiqueraient le culte de Baal, d'Astarté, d'El et de Mot, et d'augmenter les taxes de ceux qui voulaient continuer à honorer Adonaï. Ainsi, estimait Hattusas, parviendrait-elle assez vite à miner l'importance des prêtres en place, qu'elle remplacerait très vite par des gens de confiance.

Ce n'était qu'une question de temps.

Au cours de sa première année de règne, Jézabel avait recueilli de nombreux succès, et au premier chef dans les rangs des paysans, qui se tournèrent volontiers vers les divinités qu'elle chérissait tant. Un nouveau commerce s'engagea entre sa Phénicie natale et son royaume d'adoption : l'importation d'idoles ; les habitants d'Israël les installaient chez eux, dans des niches creusées à même les murs à la place de bougies ou de lampes. Les prêtres et les prêtresses d'Astarté élaborèrent de nouvelles prières et les enseignaient sur les marchés.

Mais ce furent les visites de la reine Jézabel à travers tout le pays qui suscitèrent le plus vif enthousiasme. Son armée de prêtres et de prêtresses formait une procession qu'elle menait de cité en cité, juchée sur son étalon moabite. Quand elle entrait dans une nouvelle ville, un banquet était organisé en son honneur, toujours accompagné par les chants de ses poètes et, jusque tard dans la nuit, ses danseurs et acrobates se succédaient pour divertir les convives. Après la morne année de deuil, le peuple se gorgeait de musique et de faste.

Durant la deuxième année de son règne, elle put affirmer que seuls les prêtres d'Adonaï, réduits au silence, et la maison d'Omri la détestaient encore. Sa clémence envers la femme d'Élie, qu'elle avait graciée quelques instants avant son exécution, ne lui avait pas valu leur indulgence. Au moment où Rizpah était montée sur le promontoir d'où on allait la précipiter dans le vide, Jézabel avait ordonné qu'on la sauvât. Les habitants de Samarie avaient poussé des acclamations de soulagement et jeté des fleurs sur le chemin de Jézabel mais les prêtres étaient demeurés inflexibles, comme indifférents au sort de Rizpah.

Sans doute leur attitude leur valut-elle le dédain du peuple qui se détournait du Seigneur ; à moins que ce ne fût le culte d'Astarté qui leur paraissait plus gai ? Astarté qui encourageait les hommes et les femmes à s'accoupler avec des partenaires auxquels ils n'étaient pas mariés.

Les prêtres du temple ne purent que constater combien d'orgies se déroulaient dans les bosquets sacrés. Certains d'entre eux, parmi les plus braves, tentèrent d'intervenir mais les villageois s'opposèrent à eux, allant parfois jusqu'à les menacer de leurs armes ou à les lapider à mort.

Alors, ils se cloîtrèrent dans leurs temples sans plus savoir que faire. Comment s'élever contre le roi et la reine ? Contre le peuple presque dans son entier ? Sans Élie à leur tête, ils manquaient de courage. Leur autorité leur venait du Seigneur mais si le peuple d'Israël ne L'adorait plus, cette autorité ne valait rien. Chacun savait désormais ce que risquait un prêtre qui oserait s'opposer au culte des idoles ; la reine elle-même avait ordonné de les chasser et de les tuer.

Achab entendait les plaintes des prêtres mais ses oreilles demeuraient fermées. Il ne connaissait que trop les dangers d'une révolte en pleine sécheresse ; et il savait que le charme exercé par Jézabel sur le peuple l'aidait à se tenir tranquille, de même que cette dévotion toute neuve envers Baal et Astarté qui leur en demandaient infiniment moins que le Très-Haut. Son cœur écoutait cette épouse qu'il aimait plus que tout au monde, même si chacune de ses paroles lui était soufflée par Hattusas qui servait avant tout la Phénicie.

Jézabel estima le temps venu de convaincre son époux que Samarie n'était qu'une triste cité sans gloire à côté de la splendeur de Babylone, de Tyr ou de Sidon. Il lui avait fallu deux longues années pour lui faire comprendre que les Samaritains se conformaient trop aux directives des prêtres juifs. S'il la laissait les réprimer sans pitié à travers tout le pays, il lui interdisait encore formellement de s'en prendre à ceux du temple de Samarie. Car c'eût été déclarer la guerre à Juda. Certes, il ne les écoutait plus guère mais il n'ignorait pas leur aptitude à fomenter une entente avec le vieux roi Asa.

Ainsi les paysans étaient-ils contents de leur sort et adoraient-ils de concert l'Éternel, Baal et Astarté tandis qu'Achab se persuadait d'avoir repris la main sur tout son peuple ; cependant, si Samarie et les grandes villes du royaume en venaient à se détourner elles aussi du Très-Haut, il risquait d'avoir à affronter plus que la colère des prêtres. D'un autre côté, il recevait sans cesse des rapports qui lui confirmaient le bonheur de ses sujets, si bien qu'il était de plus en plus enclin à céder aux suppliques de Jézabel.

– C'est un bâtiment triste et ennuyeux, sans aucune décoration sur ses façades ni à l'intérieur pour réjouir le peuple.

– Mais nos prêtres n'autorisent pas de telles choses. Ils nous accordent quelques couleurs, guère plus : Dieu s'oppose à toute représentation d'êtres humains ou d'animaux, qu'Il assimile à de l'idolâtrie.

Avec un soupir d'exaspération, elle prit une tranche de melon glacé dans l'eau de source qu'on lui apportait chaque jour du mont Hermon.

– Achab, j'ai dressé des idoles d'Astarté à travers tout le pays et le peuple semble l'aimer. Pourquoi ne pourrions-nous faire quelque chose de plus avenant, de mieux décoré à Samarie, particulièrement dans le temple ? Comment Adonaï peut-il supporter que son culte se déroule dans un environnement aussi sinistre ? Pourquoi ne pouvons-nous orner le palais de motifs ?

– Parce que Samarie est la capitale de ce royaume ! Parce qu'elle a été construite par mon père afin d'offrir aux fidèles qui ne peuvent se rendre à Jérusalem un lieu pour venir adorer l'Éternel ; afin que le roi Asa de Juda ne soit plus tenté de nous attaquer puisque notre culte est le même que celui pratiqué au Temple de Salomon. Et parce que le Seigneur ne nous laisse pas adorer d'idoles ni peindre ou graver des images sur nos murs.

Il posa le regard sur sa belle jeune femme et s'attendrit. Elle désirait tellement permettre au peuple d'adorer Astarté !

– Peut-être, murmura-t-il, que quelques motifs sur les façades des bâtiments ne tireront pas à conséquence ; par exemple des lignes et des cercles rouges verts et jaunes que mon ambassadeur m'a décrits quand il a visité le palais de ton père à Sidon, il y a quelques années... Mais pas d'idoles...

Elle lui décocha un sourire radieux et, du bout des lèvres, lui glissa un morceau de melon glacé dans la bouche.

CHAPITRE 14

17:17 Quelque temps après, le fils de cette femme, de la maîtresse du logis, tomba malade, et sa maladie s'aggrava au point qu'il ne lui resta plus de souffle.
17:18 La mère dit à Élie : « Qu'avons-nous à démêler ensemble, homme de Dieu ? Tu es venu chez moi pour réveiller le souvenir de mes fautes et causer la mort de mon fils ! »
17:19 Il lui répondit : « Donne-moi ton fils. » Et il le prit d'entre ses bras, le porta dans la chambre haute où il logeait, le coucha sur son propre lit.
17:20 et invoqua l'Éternel en disant : « Seigneur, mon Dieu ! Quoi ! même envers cette veuve, dont je suis l'hôte, tu userais de rigueur, en faisant mourir son fils ! »
17:21 Alors il s'étendit sur l'enfant par trois fois et invoqua l'Éternel en disant : « Seigneur, mon Dieu ! permets que la vie revienne au cœur de cet enfant ! »

Premier Livre des Rois 17:17-21

Pour la première fois de sa vie, il se dit qu'il n'allait pas en réchapper. Jamais il n'avait dû affronter un soleil qui lui brûlait la peau dès le matin, un soleil sans merci, bien loin de celui qui se déversait sur les vergers et les champs de Galaad, un ennemi implacable destiné à consumer la nature. Il ne brillait pas, il battait, assommait cette terre desséchée, dénuée de toute couleur et de toute vie. C'était là un soleil vengeur, un soleil de mort.

De même, pour la première fois de sa vie, le prophète Élie en vint-il à douter de la mission que lui avait confiée le Tout-Puissant, ce Dieu inexorable qui ne comprenait pas la faiblesse des hommes et ne pardonnait pas leur fragilité. Si bien qu'Élie s'efforçait de chasser de son cerveau toute tentation de réconfort et de démission. Même au beau milieu de la journée, lorsqu'il lui arrivait d'évoquer le refuge de sa maison, l'eau pure de la source voisine et les vents frais qui soufflaient les nuits d'hiver, il éloignait ces images trop émollientes.

Mais ces dernières semaines, ces pensées ne le quittaient plus, malgré ses prières, malgré la méthode éprouvée qu'il utilisait habituellement pour se purifier l'esprit en se mordant les lèvres ou en se frappant le front avec un caillou. Nulle douleur ne parvenait plus à combattre ces évocations que les démons lui envoyaient pour l'inciter à tourner les talons.

Sa vie était tellement dure ! Pour ne pas mourir de froid, la nuit, il s'enveloppait dans une mince couverture qu'un adorateur de l'Éternel lui avait donnée alors qu'il cherchait un abri après avoir fui Samarie. Il s'y recroquevillait et tâchait d'oublier le froid. Mais c'était un froid mordant, destiné à vider les êtres vivants de leurs forces afin que, le matin venu, lorsque le soleil se mettait à briller férocement, il ne leur en restât rien pour résister.

Le froid brutal de la nuit du désert venait tout d'abord comme une bénédiction mais le soulagement qu'il procurait fut de courte durée et, dès que les étoiles commencèrent à briller, il se mit à piquer, mordre, étriller le prophète jusqu'aux os.

Tout espoir de se réchauffer avec cette misérable couverture disparut et il ne lui resta, jusqu'aux heures du lever du soleil par-delà les lointaines montagnes de Moab, que ce froid agressif qui lui dévorait la chair. Dès l'aurore, aussi vite que le gel s'était insinué entre chacun de ses membres, l'astre du jour revint qui chassa ces lames glacées et le réchauffa enfin. Jusqu'à devenir insupportable.

Il en avait été ainsi la veille et l'avant-veille, depuis qu'il avait échappé à l'abjecte Jézabel et ses idoles putrides. Au début, il avait vécu dans le ravin de Kirith, sur la rive orientale du Jourdain, où la terre était douce, la brise tiède et la vie aimable. Mais les patrouilles n'avaient pas tardé à infester la vallée et il avait dû fuir Israël pour se réfugier au royaume de Juda, dans le désert des basses terres, au-delà de Jéricho. De là, il était reparti pour le nord.

Certains savaient qu'il se trouvait là. Une veuve dénommée Rachel lui apportait de temps en temps à manger. Elle arrivait, tout de noir vêtue, ainsi que s'habillaient les peuples du désert, les manches et les jupes pleines de nourriture et lui demandait de la bénir, ainsi que son fils ; ce qu'Élie faisait de grand cœur. Rachel finit par l'implorer de la suivre chez elle afin qu'elle pût le servir plus commodément. Elle savait que cet homme était un prophète du Seigneur et que sa présence dans sa maison lui apporterait un grand honneur et peut-être même de la chance.

Cependant, bien que l'offre eût été sincère et bienvenue, il avait refusé jusque-là, tant pour sa sécurité que pour faire pénitence. Sans doute, cette femme était-elle pieuse et juste mais qui disait qu'Élie pourrait se fier à ses voisins ? Qui pouvait lui garantir que personne n'était à la solde d'Asa, roi de Juda, ou d'Achab, roi d'Israël, ou d'Etbaal, roi de Phénicie ?

Voilà deux années qu'Élie se terrait. Certes, dès qu'il estimait que le peuple l'avait quelque peu oublié, il se manifestait inopinément, tel un tourbillon du désert, provoquant un esclandre dans une ville ou dans une autre en prêchant contre la barbarie des deux pays ; puis il disparaissait, sans plus laisser de traces qu'un mirage.

Depuis qu'il avait dû fuir Israël après que le Seigneur eut repris la vie d'Omri, il se réfugiait souvent dans des abris abandonnés, des grottes et des forêts d'Israël ou de Juda, au sommet des collines, au creux des vallées. Ces derniers temps, il préférait le désert mais son corps et son esprit s'en ressentaient car il commençait à perdre tout espoir de jamais revenir chez lui ni de revoir ceux qu'il aimait. Il en venait à se demander si le Seigneur ne l'avait pas abandonné.

Malgré son désir de prendre des nouvelles de Rizpah et des enfants, il savait que les espions du roi Achab le cherchaient partout sur l'ordre de la cruelle Jézabel.

Il lui était aussi arrivé de se faire accompagner dans des abris sûrs ou de prêcher dans des maisons ou sur des collines loin de tout espion, de tout soldat ; quand il en avait fini, il était évacué par ceux dont le cœur était avec Dieu et caché jusqu'à ce qu'il pût ressortir en toute sécurité de la ville pour aller se réfugier dans le secret des grandes solitudes.

Maintenant, il se préparait à affronter la chaleur de midi. Habitué à s'abriter sous sa couverture contre la chaleur du soleil, il se dressa une petite tente avec un bâton et s'assit en tailleur sur le sol jusqu'à ce que son souffle s'apaisât. C'est alors qu'il entendit un pas derrière lui, un pas lourd qui dérangeait les cailloux et les faisait rouler jusque dans la vallée.

– Saint homme, appela la femme. Élie ! Es-tu là ?

C'était la voix de Rachel, la veuve, qui lui apportait de la nourriture. Élie rabattit sa couverture. Il avait faim et soif. Il n'avait mangé que du pain et des olives qu'elle lui avait remis trois jours auparavant et, hormis les olives, il n'avait rien consommé d'humide depuis la rosée du matin qu'il recueillait sous la tige d'un cactus.

Il se leva, prêt à l'accueillir lorsqu'il s'aperçut qu'elle n'apportait ni nourriture ni boisson. Son cœur se serra. Ne comprenait-elle pas qu'il risquait de mourir de faim sans son aide ? Et si c'était là la volonté du Tout-Puissant ? Et si Élie avait péché à son insu ?

– Maître, il faut venir très vite. Mon fils Zacharie est tombé dans un profond sommeil et ne veut plus se réveiller. Il a été mordu par un serpent dans les champs et, quoi que je fasse, il ne cesse de saigner. Il est pâle comme la mort. Viens, Maître !

Elle était si pressante qu'elle ne lui laissait pas la possibilité de refuser. Quoiqu'il n'en eût pas l'intention s'il s'agissait de la vie d'un enfant.

Le soleil était haut dans le ciel, par-dessus les montagnes de Moab, lorsqu'ils atteignirent la maison de la veuve. Alors qu'ils s'en approchaient, Élie sut que c'état une maison bénie par le Seigneur. Le silence régnait dans la vallée, une atmosphère de paix qui disait que les hommes de guerre étaient loin, que la malveillance et les intrigues de la ville n'arrivaient pas jusque-là.

Élie entra dans la maison et huma aussitôt l'odeur rance de cuisine qui s'était installée dans les tissus et les paillasses. Il y faisait sombre, du moins jusqu'à ce que son œil s'habituât à la lueur de la bougie et distinguât une forme blottie dans un coin, pas plus épaisse qu'un tas de linge. Il s'en approcha et découvrit l'enfant trempé de sueur mais, en lui touchant le front et la gorge, il sentit qu'il était froid comme une pierre du désert avant l'aube.

Rachel sut que son fils était mort et s'agenouilla devant lui, lui posa la main sur la tête et se mit à pousser des gémissements.

– J'aurais dû rester auprès de lui, se lamenta-t-elle. Je n'aurais pas dû venir te chercher. Dieu m'a punie d'avoir abandonné mon fils quand il avait besoin de moi.

Malgré son chagrin, elle entonna bientôt le chant des morts. Mais Élie lui cria :

– Femme, le Seigneur avait une raison de t'envoyer à moi. Sèche tes larmes et place ta foi en Dieu.

Il prit l'enfant dans ses bras et le porta hors de la maison vers le soleil, lumière bénie du Tout-Puissant. Il l'étendit sur le sol et dit à la mère :

– As-tu des fleurs de pavot ?

Tandis qu'elle y réfléchissait, Élie chercha sur la jambe de l'enfant la trace de la morsure du serpent. Il la trouva, juste au-dessus de la cheville. Une profonde morsure qui l'avait pénétré jusqu'à l'os. Mais il n'en portait aucune pustule, le sang s'étant largement écoulé, et c'était bon signe.

– Il y a des coquelicots dans la vallée, dit Rachel qui pleurait encore.

De son époux et de ses cinq enfants, il ne lui restait que ce fils et elle ne pouvait comprendre comment il fallait qu'elle se débrouillât encore seule. Qui voudrait d'elle, désormais, qui la protègerait ? Tous les frères de son mari étaient morts et, de toute façon, comme elle avait eu des enfants, elle ne pouvait prétendre au lévirat.

Elle observait attentivement les faits et gestes du prophète de Dieu, penché sur son enfant mort, comme s'il tentait de rendre à sa bouche le souffle de vie. Prise d'un brusque espoir, elle sortit lui chercher des coquelicots.

Élie expirait toujours dans la bouche de l'enfant aux lèvres froides mais encore humides. S'il était mort, cela ne remontait pas à longtemps et peut-être l'Éternel voudrait-Il lui restituer son âme. Plus Élie soufflait dans sa bouche, plus le corps de l'enfant semblait répondre ; soudain, le prophète eût pu jurer sentir un peu de chaleur revenir sous sa main. N'était-ce que le soleil ? À moins que le Seigneur n'eût ordonné à la vie de regagner ce corps...

Élie entendit la mère revenir, aussi vite que le lui permettaient ses jambes. Elle tomba à genoux et déploya sa jupe devant sa maison où s'éparpillèrent douze coquelicots. Élie réclama une grosse pierre, elle la lui apporta et il y écrasa les fleurs pour en tirer la sève blanche. Il en prit un peu, l'étala sur la morsure, frotta doucement et le sang parut rejaillir de la blessure tandis qu'il ôtait les croûtes qui s'étaient formées. Rachel le regardait faire avec angoisse.

– Il faut que le mauvais sang coule. Le poison du serpent doit quitter le corps de l'enfant, si tu veux qu'il vive.

Il se remit à souffler dans sa bouche tout en réchauffant son corps inerte.

Peu à peu, les paupières du jeune garçon frémirent. Sa mère ne s'en aperçut pas qui ne voyait que la morsure où le sang coulait à travers l'onguent blanc. Elle se remit à gémir :

– Je sais qu'il est mort.

Élie sourit et ouvrit les mains.

– Répète après moi : Dieu Tout-Puissant...

La femme fit ce qu'il disait :

– *Dieu Tout-Puissant, rends la vie à cet enfant, afin qu'il puisse passer le restant de ses jours à T'honorer.*

À l'instant où sa mère achevait sa prière, l'enfant geignit.

– L'Éternel a rendu à ton fils son âme et son esprit, articula Élie.

Et Rachel s'évanouit.

Il s'éveilla, émerveillé. Voilà des mois qu'il n'avait couché dans un lit, sous un toit. Il avait bien dormi, longtemps, dans le plus grand confort. Soudain les rumeurs alentour différaient du rugissement des lions du désert ou du hurlement des hyènes auxquels ses oreilles s'étaient accoutumées. Cette rumeur semblait différente, menaçante... la rumeur du peuple.

Elle avait d'abord envahi son esprit. Il se trouvait alors au milieu d'une claire étendue d'eau bleue, une lumière céleste descendait et le soulevait de terre. Et il avait vu le Saint, béni soit-Il, assis sur un trône d'or, et la foule des Hébreux qui entourait son Dieu, parmi laquelle il reconnut son père et sa mère et d'autres qu'il avait connus et qui n'étaient plus vivants. Et ils ouvraient la bouche mais leurs voix n'étaient que murmures, une cacophonie à laquelle il ne comprenait rien. Alors il était bousculé par un grand tremblement de terre.

Il ouvrit les yeux. Rachel le secouait.

– Élie ! Des gens sont venus te voir. Ils veulent que tu les guérisses. Tu accomplis des miracles. Tu es un prophète. Tu es l'envoyé de l'Éternel.

L'esprit ensommeillé, il n'y entendait pas grand-chose. Mais il s'aperçut vite que Rachel et lui n'étaient pas seuls dans la maison ; à la porte, aux fenêtres et où qu'il portât ses regards, les curieux se massaient et prononçaient son nom.

Il s'assit, stupéfait, et poussa un cri. Les gens reculèrent d'effroi en voyant son expression horrifiée. Une femme osa s'approcher pour demander :

– Touche mon bras. Il porte des plaies qui ne veulent pas guérir. Touche-moi, oins-moi, homme de Dieu !

Elle fut bousculée par un homme au pied bot :

– Je suis infirme. Guéris-moi d'abord, que je puisse marcher.

Les cris et les appels se firent plus forts ; il les entendait énoncer leurs maux – douleurs, os brisés, plaies, cécité, surdité, crampes...

Élie se leva d'un bond, épouvanté, se tourna vers Rachel :

– Qu'as-tu fait, femme ? balbutia-t-il, l'effroi hachant son discours. Nul ne doit me voir. Les espions d'Achab. Jézabel.

– Pardonne-moi, dit-elle par-dessus la clameur. J'ai raconté à la mère d'un ami de mon fils que tu l'avais ramené d'entre les morts et la nouvelle s'est répandue comme le vent du désert. Les gens n'ont cessé de venir depuis ce matin.

– Mais je ne suis pas le lion de Dieu ! Je ne suis qu'un prophète. Le reste est blasphème, idolâtrie. Nul ne doit me vénérer.

– Mon fils était mort et tu l'as ramené à la vie. C'est là un signe de l'Éternel.

Rachel l'implorait du regard et elle ajouta d'une voix insistante :

– Ces gens sont mes voisins, beaucoup sont malades. Ne peux-tu les guérir comme tu as guéri mon fils ?

Élie était furieux et son cœur battait à tout rompre.

– Je n'ai pas guéri ton fils, je ne l'ai pas ramené d'entre les morts ! C'est Dieu qui l'a guéri. Je n'ai fait que transmettre Son souffle dans ses poumons. Je ne suis rien, je ne vaux rien ! Je ne puis guérir ces gens !

Il rassembla ses maigres possessions et se fraya un chemin vers la porte ; surpris, les gens s'écartèrent non sans parfois tendre la main vers lui, le toucher, attraper son manteau.

Au-dehors, Élie traversa le village comme un fuyard. Dans sa confusion, au lieu de retourner dans le désert, il prit le chemin opposé. Il en était certain, la nouvelle de la guérison miraculeuse du garçon parviendrait à Jézabel et, dès le lendemain, ses troupes investiraient le village.

Il courut, puis marcha, puis courut de nouveau pour quitter la région aussi vite que possible. Et quand il fut épuisé et que ses jambes ne le portèrent plus, il s'assit sur un rocher et regarda le ciel. Il se sentait mal, il avait chaud et froid tout à la fois. Il n'avait rien mangé depuis la veille au soir, lorsque, l'enfant endormi, Rachel lui avait préparé du pain imbibé d'huile d'olive. Soudain, pris de nausées, il manqua tomber de son rocher. Son rêve lui revint et une lumière brilla dans le ciel d'une intensité si aveuglante qu'il ne put en soutenir l'éclat. Et voilà que, pour la première fois depuis deux ans, il entendit la voix du Seigneur.

L'Éternel lui parla au sommet de la colline qui dominait la vallée de Moab. Dieu lui dit que son ennemie était Jézabel. Dieu lui dit qu'elle le faisait rechercher et voulait le mettre à mort. Dieu lui commanda de connaître son ennemie afin de la vaincre, elle, ses funestes prêtres et prêtresses et les dieux et les déesses qu'elle avait apportés en Israël. Dieu lui ordonna de s'installer en Phénicie, terre scélérate, car ce serait le dernier endroit où Jézabel songerait à le chercher. Là, il devrait étudier les faux dieux afin de les vaincre dès son retour au royaume d'Israël.

La lumière disparut et Élie partit pour Sarepta, près de Sidon, où les hommes adoraient Baal, et il s'y cacha.

Sa voie était désormais toute tracée.

*
**

Elle venait de passer deux années de souffrance, de vide et de lutte. Le jour, elle ne pouvait cacher sa tristesse à ses enfants, la nuit, elle ne pouvait s'empêcher de pleurer de solitude et d'angoisse en se demandant si elle était encore épouse ou déjà veuve.

Élie était parti durant l'été aride de la grande sécheresse, deux ans auparavant. Elle avait passé seule l'hiver qui avait suivi, puis l'été, puis un nouvel hiver et voilà que l'été revenait. Elle avait vu se coucher les soleils rouges de l'automne, supporté le froid sec de l'hiver et oublié les couleurs tendres du printemps, seule du début à la fin du jour avec des enfants qui se reposaient sur elle pour les aider et les guider ; elle les élevait, les chérissait, les soignait, les nourrissait... mais ils grandissaient sans père. Ils avaient tellement grandi en deux ans, Élie serait si fier d'eux ! Mais lorsqu'il reviendrait – s'il revenait – les reconnaîtrait-il seulement ? Serait-il satisfait ? Lui reprocherait-il de ne pas les avoir instruits selon ses vœux ?

Autrefois, tous quatre allaient ensemble saluer l'arrivée d'une nouvelle saison dans les champs ou sur les collines alentour par des prières d'action de grâces et des cantiques. Mais, depuis huit saisons, elle ne prenait plus cette peine et se demandait même si elle n'avait pas oublié les chants.

Rizpah se souvenait en revanche que sa saison préférée était le printemps, lorsque Élie prononçait la bénédiction sur les arbres en fleurs et baisait la terre où bourgeonnaient déjà les premières plantes. Les enfants préféraient le début de l'été car leur mère emportait un grand panier de fruits auxquels ils n'avaient pas encore touché de l'année ; ensuite, Élie conduisait sa famille au milieu d'un champ où s'élevait un taillis, loin de toute culture, à l'abri des regards. Malgré l'impatience des enfants, Rizpah refusait d'ouvrir le panier avant qu'Élie eût achevé de remercier l'Éternel de les avoir menés sains et saufs jusqu'à la saison d'abondance.

Elle s'efforça de se rappeler ce qu'il disait et, soudain, ses paroles lui revinrent :

– Sois béni, ô Seigneur notre Dieu, d'avoir amené Ton peuple d'Israël en ce lieu et en ce temps où Ta générosité se manifeste encore dans la plénitude du monde pour nous et pour Ta terre sainte afin que le soleil nous envoie ses rayons et nous offre la saison de la nourriture et du vin.

Alors, une fois qu'elle eut répété avec les enfants cette action de grâces qu'elle ne comprenait pas complètement, Rizpah étalait la couverture et y disposait, hors de portée des fourmis, le pain au raisin qu'elle avait préparé la veille. Ensuite, elle extirpait les fruits un par un du panier, les coupait en quartiers pour que toute la famille pût goûter leurs différentes saveurs. Ainsi, chaque année, ajoutait-elle un fruit spécialement choisi auprès de quelque marchand de passage que les enfants ne connaissaient pas. Et puis elle demandait à Élie de leur raconter des histoires sur la contrée d'origine du fruit, et les enfants écoutaient avec émerveillement.

Quand ils avaient mangé et bu leur content, elle dansait avec Élie à la lumière du soleil couchant, accompagnée par les enfants qui frappaient dans leurs mains.

C'étaient là des moments bénis, connus d'eux seuls, dont ils n'avaient jamais parlé à leurs voisins ni à leurs amis, des moments qu'aujourd'hui, après deux années passées dans cette maison à guetter le moindre signe de vie de son époux, elle regrettait comme seule pouvait les regretter une veuve.

Lorsque les enfants partaient dans les champs chercher de la nourriture ou du bois, ou quand ils s'asseyaient aux pieds du maître d'école, elle repensait à ces moments bénis de joie et de béatitude et sa souffrance en était décuplée. Son chagrin ne s'altérait pas avec le temps. Plus les jours passaient, plus elle pleurait, et, dans sa détresse, elle reconnaissait qu'elle se lamentait avant tout non sur le sort d'Élie mais sur sa propre solitude.

Le troisième jour après le sabbat, alors qu'elle venait de nourrir les enfants et de les envoyer chez le maître et s'était allongée sur sa couche, la porte de sa maison s'ouvrit brusquement.

Elle poussa un cri et se redressa en serrant machinalement sa tunique. Devant elle se tenait un homme de haute taille, un soldat portant l'armure des gardes du palais de Samarie. Elle cria de nouveau et l'homme entra en mugissant :

– Silence !

S'accrochant à son lit, elle se tut, l'esprit en ébullition.

– Tu es la femme d'Élie ?

À sa voix brisée, elle comprit que cet homme avait voyagé d'une traite dans la poussière et la nuit.

– Je suis Rizpah, murmura-t-elle, femme d'Élie, le prophète de l'Éternel notre Dieu.

Alors elle comprit qu'il allait la tuer. Sinon, pourquoi la reine Jézabel l'eût-elle envoyé jusqu'à Tishbé ? Celle qui l'avait épargnée quand elle était sa prisonnière avait dû se raviser : elle l'aurait donc sauvée du précipice pour lui faire couper la gorge.

Pitié, mon Dieu ! songea-t-elle. *Que mes enfants restent sous la protection du maître jusqu'à ce que cet homme ait achevé sa besogne et soit reparti pour Samarie... Pitié, Dieu Tout-Puissant, laisse vivre mes enfants...*

– Debout ! ordonna le soldat. Tu dois revenir avec moi à Samarie pour agréer à Jézabel, reine d'Israël.

Pétrifiée, Rizpah ne bougea pas de son lit. Le garde comprit alors qu'elle était trop dénudée pour se lever devant lui.

– Je vais t'attendre dehors. Prépare en toute hâte ce que tu veux emporter. Tu sais monter à cheval ? La reine en a envoyé un pour toi.

Ainsi, il n'allait pas la tuer tout de suite. S'enfuir ? Mais, d'un regard à la fenêtre, elle vit que cet espoir était inutile, car d'autres soldats l'attendaient. Que faire ?

– Sais-tu monter à cheval ? répéta le garde d'un ton impatient. Es-tu sotte, femme d'Israël ? Ne comprends-tu pas ce que je te dis ?

– Un cheval ? Que ferais-je d'un cheval ? bredouilla-t-elle.

Le garde ne répondit pas et sortit en refermant la porte derrière lui. Rizpah demeurait immobile sur son lit, incapable de bouger.

– Et mes enfants ? hurla-t-elle soudain.

Aussitôt elle le regretta car ces gens ignoraient peut-être qu'elle avait des enfants. Mais le soldat répondit à travers la porte :

– J'ai des chevaux pour tes enfants aussi. La reine te soigne.

Ce qui signifiait au moins qu'elle ne voulait pas sa mort, sinon pourquoi lui eût-elle envoyé ces chevaux, valant au moins la rançon d'un roi ? Mais à quoi bon la conduire au palais ? C'était son époux qui intéressait cette débauchée. Pas elle, ni ses enfants.

Elle se leva lentement. Elle avait déjà servi d'appât pour attirer Élie. Et voilà que cela recommençait... Fallait-il en conclure qu'il était vivant ?

Rizpah se surprit à sourire. Élie était donc vivant ! Soit ! Elle tiendrait lieu d'otage, mais elle aurait la vie sauve. Dans ce palais étrange, elle savourerait de nouveau ces plats exquis, ces sauces surprenantes. Et elle verrait ces colosses à demi nus qui traversaient les couloirs à grands pas.

Alors Rizpah eut honte et s'efforça d'oublier la nourriture et les hommes pour se souvenir qu'elle serait à la merci d'une jeune femme cruelle qui fléchissait le genou devant des idoles.

Rizpah n'aimait pas voyager. Quand elle se traînait à pied par les collines et les vallées, elle avait mal aux jambes, des courbatures dans le dos et les épaules. Quand elle montait à cheval des journées entières, elle avait l'impression de ne plus sentir ses membres ni ses os.

Avec leurs corps jeunes et leurs jambes vigoureuses, ses enfants prirent infiniment de plaisir à cette randonnée de Tishbé à Samarie. Terrifiés au début par la hauteur de leurs montures, bientôt, ils ne firent plus qu'un avec elles, les talonnant sans pitié pour filer sur la route et disparaître derrière une colline ou dans un champ. La première fois qu'ils firent cela, le capitaine des gardes crut à une tentative de fuite, envoya ses hommes à leur poursuite pour les ramener, admonesta les petits et les menaça des pires châtiments. Mais, quelques heures plus tard, ils recommencèrent, tant ils s'ennuyaient d'avancer au pas ; et maintenant que le voyage s'achevait, ils s'en allaient de plus en plus longtemps, dévalant les collines, pataugeant dans les ruisseaux, traversant des villages en trombe et revenaient toujours quand il le fallait, c'est-à-dire lorsque les repas étaient servis.

Chaque soir, ils descendaient de cheval et Rizpah s'écroulait de fatigue. Le premier jour, elle était tombée en gémissant et un soldat s'était précipité vers elle pour lui proposer de la masser, ce qu'elle avait refusé avec la dernière énergie. Mais la souffrance devenait insupportable et le jeune soldat insista, lui assurant qu'il ne lui voulait aucun mal mais seulement la soulager. Malgré elle, malgré la honte qu'elle attirait sur elle-même et sur toutes les femmes d'Israël, elle finit par se laisser faire et accepta de sentir ces mains habiles qui lui détendaient les muscles et la reposaient des fatigues du voyage.

Le deuxième soir, l'homme lui proposa de nouveau de l'aider et n'eut pas à insister longtemps. Le troisième soir, elle ne se fit plus prier : elle avait attendu toute la journée qu'il lui procure ce répit.

Mais qu'importait, au fond ? L'Éternel comprenait certainement qu'elle pût s'abandonner ainsi à cette douce et innocente intimité avec un inconnu. Même du fond de sa geôle, ces souvenirs ne la quitteraient pas : la cavalcade, ces chevaux de haute taille qui les avaient transportés, ce beau jeune homme qui lui caressait le corps tous les soirs... toutes choses qu'Élie eût condamnées. Mais si elle était coupable, pourquoi le Tout-Puissant ne l'avait-Il pas foudroyée sur-le-champ ?

Lorsqu'ils atteignirent les remparts de Samarie, ils passèrent par la porte de Babylone et le capitaine salua les sentinelles de faction. Rizpah croisa les regards médusés de ses enfants qui n'avaient jamais franchi les limites de Galaad. Quant à elle, plus rien ne pouvait l'étonner dans cette ville bruyante et grouillant de monde. Au moins n'étaient-ils pas effrayés comme elle l'avait été deux ans plus tôt. Ils restaient là, bouche bée, devant ces merveilles, enfin assagis après ce périple turbulent.

Au pied du palais, ils descendirent de cheval et le capitaine leur fit grimper les marches et les introduisit dans la première antichambre. Un coup de cymbales, un appel de trompettes les firent tressaillir et les enfants entrèrent en se bouchant les oreilles.

Les grandes portes de la salle du trône s'entrouvrirent comme mues par une force invisible. Vingt hommes noirs de haute taille, portant des peaux de bêtes sauvages, furent les premiers à apparaître. Puis arrivèrent cinquante gardes du palais dans leurs brillantes armures. Les enfants fermèrent les yeux en poussant des cris d'effroi. D'une voix de tonnerre, un huissier annonça à la ronde :

– Apprêtez-vous ! Voici venir la reine Jézabel ! À genoux devant la bien-aimée de tous les dieux !

La porte s'ouvrit et Jézabel surgit, entourée de dix serviteurs, cinq femmes et cinq hommes. Rizpah tomba à genoux en tremblant. Ce n'était pas la Jézabel qu'elle avait connue deux ans auparavant, tout juste mariée et si généreuse avec elle. L'ingénue avait fait place à une femme totalement différente, raffinée, fardée, éblouissante. Une femme sûre d'elle, qui tenait le monde au creux de sa main.

Elle semblait presque avoir grandi, en stature comme en importance, la beauté incarnée, altière, sereine. Elle ouvrit les bras pour accueillir Rizpah.

– Lève-toi. Tu ne te prosterneras pas devant moi. Accueille ta reine debout !

Rizpah obéit. Jézabel l'examina comme si elle détaillait les changements qui avaient pu s'opérer en deux ans. Rizpah savait qu'elle avait l'air harassée ; elle avait vu son reflet dans la rivière et avait été frappée par le poids du temps sur sa chevelure, sa peau et ses yeux.

Pourtant, Jézabel s'assit en souriant.

– Tu m'as manqué. Nos discussions d'autrefois me plaisaient beaucoup. Tu m'as beaucoup appris sur le peuple d'Israël. Je t'ai fait revenir afin que nous reprenions notre dialogue.

Rizpah ne put contenir la question qui lui brûlait les lèvres :

– Ma reine, vas-tu me faire mourir ?

Plus qu'interloquée, Jézabel parut outrée par cette idée.

– Quelle étrange idée ! se récria-t-elle.

– Alors, pourquoi m'as-tu fait quérir ?

– Ton époux passe désormais pour un faiseur de miracles. On dit qu'il relève les malades d'entre les morts. J'ignore s'il a vraiment accompli ce qu'on prétend mais il semblerait qu'il soit devenu une sorte de dieu.

– Ainsi, Élie est vivant ?

Sans répondre, Jézabel se tourna vers les enfants.

– Ce sont les tiens ?

Tous deux se cachaient le visage dans les mains tant ils étaient impressionnés par toutes les splendeurs qu'ils découvraient. Jézabel se mit à rire.

– Dites-moi, mes enfants, aimeriez-vous vous baigner dans la rivière ?

Ils osèrent enfin la regarder et la fillette hocha la tête.

– J'ai une rivière et un bassin dans mon palais. Voulez-vous vous y baigner tout de suite ? Par cette chaleur, l'eau est si fraîche !

Ils répondirent ensemble du même mouvement de la tête.

Rizpah ne comprenait pas. Pourquoi la reine d'Israël se donnait-elle cette peine ? Comment tous pouvaient-ils se laisser ainsi fasciner par les artifices de cette fille du démon ?

CHAPITRE 15

Le ciel bleu et le soleil qui avaient présidé aux premiers jours du règne d'Achab se fondaient dans le crépuscule quand le roi commença enfin à comprendre les réalités du royaume d'Israël et les responsabilités qui lui incombaient.

Les rois des nations voisines avaient comploté de le détrôner car ils convoitaient les cités portuaires de Gaza, d'Ascalon, d'Ashdod et de Jaffa, ainsi que des fortunes que les habitants amassaient grâce aux caravanes qui sillonnaient ce carrefour du monde. Ces monarques rêvaient de conquête ou, à tout le moins, de traités et d'alliances susceptibles de miner la tranquillité d'Achab ; ils envisageaient de soulever le peuple, d'acheter les chefs des armées afin de mener la révolte contre lui. Certains allèrent jusqu'à rencontrer le roi de Phénicie pour lui demander son aide. Ce rusé Etbaal n'avait-il point été le premier à reconnaître la valeur d'une alliance avec Israël lorsque Omri s'était rapproché de lui et lui avait, pour son fils, demandé la main de sa fille ? Or les rois voisins ne considéraient les mariages que comme des ententes temporaires qui pouvaient être défaites, de même que les traités. Ces proclamations d'amitié éternelle étaient aussi éphémères que la rosée du matin.

Nul ne le savait mieux que le roi de Moab, frère éternel des Israélites et néanmoins toujours désireux d'étendre son royaume désertique et de conquérir les terres qui lui octroieraient un accès à la mer. Car son royaume se trouvait à l'est du Jourdain entre la mer Morte et les sables du désert, et qu'il lui manquait des pâturages pour pouvoir faire commerce de menu bétail.

Mais, maintenant qu'Israël et la Phénicie avaient signé ce traité, il serait plus difficile de le briser. Le roi de Moab envoya des délégations privées au roi de Phénicie afin de sceller un accord entre leurs deux royaumes et de saper celui qui existait avec Israël. Il y apportait de solides arguments : le jeune roi Achab n'était pas assez fort pour offrir la protection dont la Phénicie avait besoin contre les Philistins, entre autres nations du Sud ; Israël était déchiré par le culte de différents dieux ; les prêtres d'Israël soulevaient des dissensions qui pourraient aboutir à la destruction de la maison d'Omri ; un nouveau roi pourrait alors prendre la place d'Achab et former une alliance avec les Égyptiens, ce qui représenterait un véritable désastre pour les autres royaumes du Croissant Fertile... Mais aucun de ces arguments n'impressionna Etbaal qui renvoya les ambassadeurs de Moab bredouilles.

Alors le roi de Moab reprit ses complots ailleurs et attaqua de plus petits royaumes à l'est. Mais il n'oublia jamais le grand dessein qui l'occupait et que ses prédécesseurs caressaient depuis la nuit des temps.

Rizpah s'était méprise sur les motivations de Jézabel. Elle qui s'était crue otage de la reine recevait les égards dus à une dame de compagnie, comme si la Phénicienne aimait à se réfugier auprès d'elle lorsqu'elle se sentait trop seule. Elle prétendait vouloir tout connaître de sa vie avec Élie, s'il avait déjà accompli des miracles à Tishbé.

Rizpah n'en croyait rien. La prison était certes dorée mais ce n'en était pas moins une prison. Elle se méfiait de la reine et cherchait sans cesse le moyen de s'échapper avec ses enfants. Mais elle était suivie, nuit et jour d'hommes et de femmes que Jézabel appelait « compagnons » et ni elle ni ses enfants ne pouvaient quitter les appartements privés de la reine.

Elle n'osait s'en plaindre, aussi joua-t-elle bel et bien le rôle de l'amie discrète, toujours disposée à expliquer patiemment les coutumes de son pays, les exigences de l'Éternel envers Son peuple.

Elle n'était au palais que depuis quelques jours lorsque la reine l'informa, sans autre forme de procès, de son statut de captive. Rizpah était venue lui demander si elle était autorisée à quitter le palais pour visiter la ville. Elle apprit ainsi qu'elle pouvait voir ses enfants autant qu'elle le voulait mais ne devait pas sortir en leur compagnie. De même, nul ne les empêcherait d'aller découvrir les merveilles de Samarie avec une servante mais ils n'avaient pas le droit d'emmener leur mère dans leurs promenades. En outre, si celle-ci habitait les appartements privés de la reine et partageait une chambre avec quatre servantes, ses enfants dormaient dans une pièce située au-dessus des cuisines. Un jour, Rizpah l'avait visitée. C'était un endroit plein d'odeurs exotiques ; Jézabel avait montré aux enfants un raccourci qui menait directement de leur couloir aux arrière-cuisines. Le soir où ils s'y installèrent, la reine vint les voir en fin de soirée et leur raconta comment elle-même avait vécu dans cette pièce les premiers jours après son arrivée de Phénicie. Puis elle leur avait montré comment chaparder du lait, de la crème et de la viande sans crainte de se faire prendre. Les enfants l'adulaient et Rizpah savait qu'elle devrait les empêcher de briser aussi allègrement l'un des commandements de Moïse, mais son cœur de mère se réjouissait de leur bonheur apparent.

Le temps s'écoula, parfois long, parfois pesant, et ainsi s'établit une nouvelle routine. Voilà si longtemps que Rizpah était retenue à Samarie qu'elle ne comptait plus les jours. Il arrivait qu'elle fût interrogée sur Élie, sur ses cachettes éventuelles mais le calme retombait aussi vite. Elle en venait presque à aimer cette existence douce qui l'attachait à ce palais. Au moins était-elle certaine que rien ne forcerait son époux à sortir de sa retraite et sûrement pas l'emprisonnement de sa femme et de ses enfants. Il ne répondait qu'aux appels du Seigneur et la mort des siens, quoique cruelle, n'y changerait rien. Si bien que Rizpah finit par se résigner à son sort.

Comme un coup de tonnerre, la confrontation avec le puissant royaume d'Assyrie éclata. L'Assyrie tentait déjà d'éprouver la solidité de ses frontières et il sembla qu'au palais, l'imminence d'une guerre bousculait les habitudes, pressait le pas des courtisans, occupait toutes les discussions. Rizpah en eut vite le vertige, au point d'occulter son propre statut de captive. Terrifiée par les cris et les ordres qui se répercutaient à travers les murs du palais, elle courut chercher ses enfants pour tâcher de les soustraire à la violence qui se déployait autour d'eux et faillit provoquer un esclandre lorsqu'elle reçut l'ordre de regagner sa chambre.

Jézabel et Achab assurèrent à leurs domestiques et à leurs amis qu'Israël n'était pas envahi mais que l'armée se préparait simplement à cette éventualité.

Rizpah avait déjà connu des guerres, mais seulement de loin. Celles qui avaient eu lieu de son vivant avaient toujours épargné Galaad et son village de Tishbé. Néanmoins, la mémoire des anciens était pleine des récits des innombrables assauts qui avaient balayé la région – les Hittites qui venaient du nord-est, les Égyptiens, du sud-ouest, mais aussi Moab, Édom et Ammon.

Aujourd'hui, il ne s'agissait pas de récits. Même si la guerre n'était pas déclarée, à en croire Hattusas, qui venait parfois bavarder avec elle lorsqu'il attendait d'être reçu par la reine, l'Assyrie n'avait encore rien dit ni rien fait.

– Alors pourquoi, demanda Rizpah, tout le monde s'agite-t-il soudain ?

– Imagine un champ de coquelicots, répondit le conseiller. Ils poussent gaiement au soleil ; et un beau jour, un vigoureux chardon apparaît de l'autre côté du champ. Le fermier estime qu'il n'a nul besoin de s'en préoccuper, qu'il suffit de le laisser flétrir. Mais, le lendemain, le chardon s'est propagé, et le fermier ne peut plus le détruire car les pousses sont trop nombreuses. À la longue, tous les coquelicots ont disparu, étouffés par les chardons. Voilà pourquoi nous nous rassemblons aux frontières de l'Assyrie, afin de montrer à ce puissant chardon que nous sommes prêts à le repousser s'il venait à marcher contre nous.

Avec lui, tout devenait si clair qu'elle comprenait même les événements de sa vie passée qui lui avaient échappé lorsqu'elle n'était que l'épouse du prophète. En Hattusas elle trouvait le réconfort d'un ami, ce qui le rendait si différent d'Élie, qui parlait souvent une langue incompréhensible. Or, Hattusas était phénicien, donc à en croire les siens, malfaisant et indigne de sa confiance. Pourtant, lui seul savait rassurer Rizpah alors qu'autour d'elle tout n'était que folie. Le palais pouvait passer en un instant de la tranquille routine des courtisans et des serviteurs qui se croisaient en riant et en s'interpellant, à l'agitation suscitée par l'arrivée de délégations ; et c'était alors une véritable bataille qui se livrait à l'intérieur de ses murs.

Ce matin-là, Jézabel avait convoqué son barbier pour qu'il enseignât à Rizpah comment peigner et coiffer la chevelure royale mais, lorsque cette dernière apparut dans la chambre de la reine, une servante lui déclara qu'elle n'était plus attendue : Jézabel avait été appelée auprès de son époux.

Rizpah se mit à errer parmi les couloirs. La journée passa lentement. Une sorte de torpeur semblait s'être abattue sur le palais.

Le lendemain, elle ne vit pas la reine. Ni le jour suivant, aussi alla-t-elle aux cuisines puis dans la salle des festins, la plus grande pièce qu'elle eût jamais vue, avec plus de colonnes qu'il n'y avait d'arbres dans une forêt ; ensuite elle entra dans l'antichambre, où l'avait reçue la reine à son retour de Tishbé, et poussa les lourdes portes de la salle du trône, passa la tête dans l'entrebâillement. Elle la découvrait pour la première fois et fut aussitôt saisie par la majesté des lieux.

Au fond, elle découvrit avec stupeur le roi et la reine assis sur leurs trônes, qui s'entretenaient avec un groupe d'hommes revêtus des habits chamarrés de quelque lointaine contrée. Un garde s'aperçut que la porte était entrouverte et d'un geste irrité repoussa Rizpah. Apeurée, elle courut rejoindre sa chambre.

Le tumulte attira l'attention du roi Achab vers l'antichambre de la salle des festins. Un garde venait de refermer la porte sur un intrus qu'il avait chassé.

Le roi en conçut aussitôt une nouvelle contrariété. Le peuple ne comprenait-il donc pas que ses agents de Damas lui apportaient des informations sur l'expédition du grand sarkin Assournasirpal, qui avait déjà franchi les limites de la ville de Pethor et se dirigeait vers Alep ? Comment contester qu'il songeât à autre chose qu'à la guerre ? C'était la troisième fois qu'Achab, et son père Omri avant lui, apprenaient que ce roi faisait mouvement vers le sud. Comme si, chaque année, le roi d'Assyrie entreprenait de conquérir les royaumes qui s'y trouvaient sans pour autant provoquer de guerre. Cette fois, il semblait que les choses en iraient autrement.

La dernière année de son règne, Omri avait envoyé une armée de mille chars vers la frontière septentrionale d'Israël avec la Phénicie. Le roi Etbaal savait, évidemment, que ce n'était là qu'une démonstration de force que les espions assyriens allaient s'empresser de rapporter à leur maître. Pour prouver que de telles tentatives ne pouvaient aboutir qu'à un désastre, Etbaal avait à son tour dépêché son armée vers les rives du fleuve frontalier de l'Oronte. Devant un tel déploiement, alors que la crue du Nil était imminente et qu'arrivait la menace de pluies torrentielles, le roi d'Assyrie avait rebroussé chemin pour se tourner finalement vers la région de Bit Adani, conquise dans un bain de sang. Il y demeura ensuite pour regrouper ses troupes et ourdir ses futures conquêtes.

Et voici qu'il était de nouveau en mouvement. Depuis deux jours, Achab entendait les demandes de diverses délégations, des ambassadeurs de Damas, de Tyr, de Juda et d'Edom, tous craignant que si la Phénicie et Israël venaient à tomber, rien ne sût plus prévenir l'empire assyrien d'engloutir leurs territoires comme un fauve dévore sa proie.

Assailli d'informations sur le nombre des soldats, de prévisions alarmistes des ambassadeurs fébriles, Achab finit par lever la main et s'écria :

– Quelle sorte d'homme est donc le sarkin Assournasirpal ? Parlez-moi de lui, non de ses conquêtes.

L'ambassadeur de Damas ne paraissait pas s'attendre à cette question : il lui semblait inutile de connaître le caractère d'un roi pour appréhender la taille de son armée.

– C'est un redoutable monarque, cruel et sans loi. Mais le peuple chante aussi les fêtes qu'il donne pour célébrer ses victoires, les festins qu'il offre réputés magnifiques. Ils évoquent ainsi un banquet offert à soixante-dix mille hommes qu'il paya après avoir écrasé une tribu des montagnes du Nord. Il voulait inviter autant de convives qu'il avait tué d'ennemis ou vendu d'esclaves.

Achab sentit la main de Jézabel lui presser la sienne. Il se tourna pour la rassurer d'un sourire.

– Et si j'envoie mon armée se joindre à celles de Damas, de la Syrie et de la Phénicie, à combien d'hommes nos colonnes s'élèveront-elles ?

– Ô roi, répliqua l'ambassadeur, combien d'étoiles y a-t-il dans le ciel ?

C'était une réponse diplomatique. Les effectifs annoncés correspondaient rarement à la réalité. L'expérience avait appris à chaque monarque que, s'il massait le plus gros de ses troupes en un lieu précis, un pays voisin, voyant quelques provinces privées de défense, attaquerait aussitôt dans l'espoir que l'armée serait entre-temps décimée et qu'il pourrait conquérir quelques villes. Nul roi ne pouvait donc se permettre une telle légèreté, aussi n'envoyait-il habituellement pas plus de la moitié de son armée à la guerre.

Cette fois, cependant, les choses semblaient différentes. Aucun roi d'Assyrie n'avait produit une telle frayeur auprès de ses voisins depuis Assourdan, aussi célèbre que l'avaient été David et Salomon. Il passait pour l'un des chefs militaires les plus habiles de son temps et les conteurs frémissaient encore en relatant ses exploits. Achab savait tout d'Assourdan II d'Assyrie, roi de légende dont le pays était oppressé par les Araméens ; il envoya une armée contre eux mais ceux-ci disparurent dans les montagnes et les déserts de Mésopotamie.

À plusieurs reprises, ils éprouvèrent la détermination d'Assourdan à leurs dépens. Quand ils attaquèrent un village frontalier, celui-ci les attendait : il avait secrètement déployé son armée et, à l'instant où il fut informé de leur incursion, il envoya un groupe d'élite fondre sur eux sans leur laisser le temps de s'échapper. Les Assyriens torturèrent une centaine d'assaillants, jusqu'à ce qu'ils eussent appris dans quelles montagnes se cachait leur citadelle. Puis ils forcèrent les soldats araméens à les y mener et y perpétrèrent, ainsi que dans les villages environnants, le plus terrible des massacres, tuant dix Araméens pour tout mort assyrien. Les femmes furent emmenées en captivité et soumises aux volontés les plus viles de ceux qui désiraient en abuser, fussent-ils mendiants ; les enfants furent enfermés dans des paniers suspendus au-dessus des marchés des villes d'Assyrie où ils périrent de faim et de soif. Oui, c'était là un puissant roi.

Et voici qu'un autre se révélait à son image. Le sarkin Assournasirpal était sans pitié. Des ambassadeurs avaient relaté un événement qui tout d'abord laissa Achab perplexe puis l'épouvanta. Il tenait à clarifier ce point avant d'engager ses chars et son armée.

– Ambassadeur, hier tu m'as fait part des rapports de vos espions qui avaient assisté à la bataille d'Haran, à la frontière de la Mésopotamie.

– Oui, mon roi.

– Raconte-moi encore comment elle s'est achevée ; quelle fut la cruauté d'Assournasirpal envers ceux qu'il a vaincus ?

Le diplomate s'éclaircit la gorge. Ce n'était pas la première fois qu'il aurait à reprendre les détails d'un rapport d'espion pour en informer la cour, mais rarement un roi lui faisait une telle demande pour lui-même.

– Seigneur, le roi d'Assyrie s'est montré habile et fourbe. Les ennemis qui l'avaient combattu à Haran ont chèrement payé le prix de la défaite. Certains furent empalés, d'autres écorchés vifs au point que leur corps ne présentait plus que du sang et des os ; la plupart furent décapités. On les a alignés sur la place du marché et des escouades d'hommes parcouraient leurs rangs pour leur couper la tête d'un coup d'épée.

« Mais les talents du roi vont plus loin que cela car il sait qu'en tuant des guerriers, il en fait des héros. Alors il détruit le pays en rassemblant la moitié des hommes, femmes et enfants qui restent pour les déporter à travers son empire. À leur place, il installe des gens venus de ses grandes villes pour repeupler les régions qu'il a dévastées. Il n'y a plus de complot possible puisque les vaincus sont éparpillés dans différentes contrées et, naturellement, traités en esclaves et en adversaires où qu'ils aillent. Oui, grand roi, le sarkin Assournasirpal est... »

Achab l'interrompit :

– Raconte-moi maintenant comment il mène une guerre.

L'ambassadeur comprit aussitôt qu'Achab voulait l'entendre parler des cavaliers.

– Il a des troupes à cheval qui combattent avec des arcs et des javelots ; ils sont armés de boucliers et fondent sur les armées ennemies en...

– Comment ces hommes peuvent-ils combattre sur le dos d'un cheval ? s'étonna la reine Jézabel.

Depuis deux jours que l'ambassadeur s'entretenait avec le roi, son épouse intervenait de temps à autre. Son maître, à Damas, serait fort intéressé d'apprendre qu'une femme, même une reine, partageât le trône avec le roi Achab et posât des questions. Jamais une telle chose ne s'était produite, si ce n'était dans l'incestueuse et scélérate Égypte où les sœurs d'anciens pharaons passaient pour avoir régné avec la même autorité.

Mortifié de l'intervention d'une femme, fût-elle reine, l'ambassadeur émit sa réponse en regardant seulement le roi :

– Ils s'assoient sur d'épaisses couvertures qui les empêchent de glisser le long des flancs de leurs chevaux. Ces couvertures sont attachées à l'aide de cordes sous le ventre de l'animal.

Irritée par la grossièreté de l'ambassadeur, la reine insista :

– Oui, mais comment peuvent-ils l'emporter sur deux ou trois hommes dans un char ? C'est à n'y rien comprendre !

Cette fois, il ne pouvait plus faire l'économie de lui répondre directement :

– Ô reine, un char est tiré par deux chevaux. Cela le rend rapide mais peu maniable. Il ne peut s'arrêter net ni tourner aisément. Contre des soldats à pied, il constitue certes une arme redoutable et il a provoqué la mort d'innombrables soldats. Ce sont les Hittites qui en ont instauré l'utilisation et cette puissance terrible leur a donné un instant le pouvoir. Mais leurs armes étaient de bronze et, l'étain dont était tiré ce métal se faisant rare, ils ne pouvaient former qu'une petite escouade.

« Aujourd'hui, ô reine, nos meilleurs équipements sont de fer et nos armées sont beaucoup plus importantes car nous pouvons équiper tous nos hommes avec des épées, des javelots et des arcs ; ils sont si nombreux que cela oblige à sélectionner le terrain sur lequel se déroulera la bataille. Le roi d'Assyrie le sait et préfère choisir un environnement de collines qui lui permet de se placer sur une hauteur. Les chariots ne peuvent grimper les pentes tandis que lui lance ses cavaliers à l'assaut. Mes espions ont vu le résultat de ces attaques. Les chars s'y comportent comme du bétail en pleine sécheresse. Ils ne servent plus à rien tandis que les archers à cheval déciment leurs rangs. Les lanciers et les archers en char ont beau répliquer, le temps qu'ils sortent une nouvelle flèche ou un nouveau javelot, les cavaliers ne sont plus à portée de leur tir. »

L'ambassadeur se tut, car la cour tout entière était suspendue à ses lèvres. Achab avait blêmi, la reine paraissait affolée.

Rizpah guettait Jézabel à la sortie du conseil et s'alarma en découvrant son regard sombre. Elle se garda bien de l'interpeller mais, peu après, une servante vint la chercher en courant. Elle se précipita et, comme il était de coutume, se jeta au sol jusqu'à ce que la reine lui ordonnât de se relever. Elle attendait son invitation à venir prendre place auprès d'elle afin de l'entretenir des traditions d'Israël. Mais, cette fois, elle n'entendit qu'un ordre sec :

– Rizpah, tu prétends ignorer où se trouve ton mari. Je sais que tu mens. Prends contact avec lui par quelque moyen et transmets-lui le message suivant : dis-lui qu'Israël est en guerre contre l'Assyrie et qu'il doit maintenant cesser de prêcher contre la maison d'Achab et contre moi.

« Dis-lui de laisser en paix mon époux. L'heure est grave, nous sommes en danger. Si Élie suscite la révolte, alors mon époux sera renversé et toi et tes enfants serez les premiers à mourir.

« Au nom d'Adonaï, que tu prétends aimer, au nom du pays d'Adonaï, fais savoir à Élie qu'il ne doit plus ordonner à ses prêtres qu'ils maudissent et combattent Achab. La maison d'Achab doit désormais être soutenue par toute la population. Va, et n'oublie pas ce que tu dois lui annoncer. Ta vie et celle de tes enfants sont suspendues à la prochaine imprécation que les prêtres pourraient lancer contre moi ou contre mon époux. »

Paralysée de terreur, Rizpah ne bougea pas jusqu'à ce qu'une servante vînt la soulever par les aisselles pour l'aider à sortir de la chambre de la reine.

*
**

Élie n'avait plus connu une telle liberté depuis son enfance dans les collines de Galaad. Jamais il ne s'était senti plus heureux depuis. Pas même en jouant avec ses enfants ou lors d'un jour de fête, ni en mangeant de merveilleux fruits sous un arbre au milieu d'un champ ; parce que la voix du Tout-Puissant était toujours dans son esprit. Son père s'était-il douté dès la naissance d'Élie que celui-ci deviendrait l'instrument de Dieu ? Lorsque sa mère chantait en le baignant dans la rivière, connaissait-elle sa destinée ? Ou la voix de Dieu ne s'adressait-elle qu'à Élie et à lui seul ? Pourtant, son père qui savait tout, savait sûrement cela aussi... sinon, pourquoi eût-il appelé son fils Élie, « l'Éternel est mon Dieu » ?

Depuis son adolescence, Dieu ne l'avait pas quitté. Élie se souvenait de son enfance insouciante et surtout du jour où le Tout-Puissant lui avait parlé pour la première fois. Il rentrait de l'école en compagnie d'autres garçons. Au lieu de se rendre directement à la maison, ils décidèrent de passer par les orangeraies dans l'espoir de trouver un fruit mûr tombé à terre : la loi disait que si un fruit était tombé à distance de la hauteur d'un homme du tronc d'un arbre, il appartenait à celui qui le ramassait ; s'il était tombé dans l'ombre de l'arbre, il appartenait au cultivateur si toutefois la peau n'avait pas été crevée par la chute ou entamée par les insectes auquel cas le cultivateur devait le laisser retourner à la terre.

Tous quatre parcouraient ainsi le verger. Il faisait chaud – Élie s'en souvenait parfaitement – et il avait soif mais la rivière était trop loin aussi cherchait-il une orange mûre ou même une grenade à se mettre sous la dent. C'est alors qu'il aperçut un fruit bien rond, de belle couleur, au pied d'un oranger et se précipita en espérant qu'il ne serait pas lézardé de blanc, ce qui lui interdirait d'y toucher.

Les autres garçons ne l'avaient pas vu et Élie courut vers l'arbre qui l'intéressait tout en espérant que le fruit était tombé assez loin du tronc. Bien qu'il ne fût pas aussi grand qu'un homme, la loi ne lui interdisait pas d'utiliser sa propre taille en guise de mesure. Il plaça donc son pied sur le tronc et s'allongea en priant pour que l'orange ne fût pas trop près de sa tête. Mais non. Il dut même tendre le bras pour l'atteindre. Il pouvait donc la manger, la partager avec ses amis. C'est alors qu'une voix l'interpella :

– Ramasse ce fruit, Élie, ainsi qu'un jour tu ramasseras les fruits d'Israël.

Il s'était redressé brutalement et avait regardé autour de lui. À part ses amis, qui fouillaient d'autres parties de l'orangeraie, il n'y avait personne. Il était terrifié. Il avait entendu la voix aussi clairement que si son père lui avait parlé de l'arbre voisin.

Il décida de n'en parler à personne et se mit en devoir d'éplucher son orange dont il dévora plusieurs quartiers en chassant quelques fourmis qui s'étaient glissées sur ses bras.

Il appela ses camarades qui arrivèrent en courant. Avaient-ils entendu quelqu'un ? Ils répliquèrent que non en le dévisageant avec curiosité, aussi n'ajouta-t-il rien.

La voix ne résonna pas plusieurs années durant et il finit par l'oublier. Jusqu'au soir où il achevait sa première journée de travail au côté de son père qui venait d'entamer les semailles. Il resta en arrière tandis que son père rentrait procéder à quelques réparations et ce fut alors que Dieu parla de nouveau à Élie. Le jeune homme venait d'en finir avec son premier sillon et décidait de rentrer à son tour et la voix lui dit :

– Tout comme tu as jadis ramassé le fruit tombé, tu sèmes maintenant le grain d'où renaîtra Mon peuple, Israël.

Pris de peur, Élie tomba à genoux et se cacha la face contre terre. Mais la voix continuait dans sa tête :

– Pourquoi te caches-tu de Moi, Élie ? Ne sais-tu pas qui Je suis ?

– Non.

– Je suis Celui qui est, tonna la voix.

Élie garda le silence, interdit.

– Je suis qui Je serai !

– Qui es-tu donc ? geignit Élie.

Et la voix de répondre :

– Ainsi que je l'ai révélé à mon serviteur Moïse lorsqu'il m'a demandé comment m'introduire auprès des enfants d'Israël, je te le dis à toi aussi : je suis celui qui s'appelle « Je suis ».

À l'instant où ces mots pénétraient l'esprit d'Élie, une aveuglante lumière envahit ses yeux clos et il entendit chanter à ses oreilles le chœur des anges, suivi d'un flot violent, tel le reflux d'une vague. Alors Élie comprit que, comme l'Éternel avait autrefois parlé à Moïse, Dieu lui parlait à présent, en son for intérieur.

Cela remontait à vingt ans et, depuis, Dieu ne l'avait jamais abandonné. Pas même lorsque, craignant pour sa vie dans son implacable combat contre Jézabel et Achab, il avait compris que le seul endroit où ceux-ci ne viendraient jamais le chercher était la terre natale de Jézabel. Aussi avait-il traversé la frontière là où il avait rencontré pour la première fois Jézabel, deux ans plus tôt, pour pénétrer dans le pays de Baal, d'Astarté et d'El.

Au cours de cette première année, il avait arpenté les routes de Phénicie sous différents noms, séjourné un mois dans un village, un mois dans un autre, tantôt au bord de la mer, tantôt à courte distance des villes de Tyr et de Sidon, tantôt dans les collines orientales, et accompli de menus travaux en échange d'un toit et d'un repas. La nuit, quand il s'était restauré, il écrivait aux prêtres de Samarie, de Jérusalem, d'Ascalon et de Gabaon pour leur transmettre ses instructions. De temps en temps, un messager le tenait informé des nouvelles du royaume.

Nul ne lui apprit que sa femme et ses enfants étaient enfermés au palais car les prêtres eux-mêmes l'ignoraient. Quant aux quelques missives qu'il avait envoyées à Tishbé, elles étaient évidemment restées sans réponse.

Au cours de la seconde année de son séjour en Phénicie, des voyageurs lui rapportèrent d'effrayants récits selon lesquels la terrible Jézabel avait érigé deux temples idolâtres à Samarie, l'un à la gloire de Baal et l'autre à la gloire d'Astarté. Et la corruption avait dépassé les frontières d'Israël et gagnait le saint peuple de Juda, qui désormais se détournait de l'Éternel pour adorer les dieux phéniciens. La rumeur courait que le prince Josaphat, fils et héritier présomptif du roi Asa de Juda, possédait une idole d'Astarté dans sa chambre et se livrait toutes les nuits à des orgies au sein du palais de Jérusalem, celui-là même construit par Salomon.

Élie sélectionnait avec soin ses émissaires. Il commençait par inspecter les caravanes lorsqu'elles faisaient halte dans un village pour s'y ravitailler en eau, ou il se rendait dans un caravansérail à l'est du pays. Chaque convoi pouvait compter jusqu'à quarante ou cinquante voyageurs. Mais Élie n'en cherchait qu'un : celui qui, descendant de sa monture, s'agenouillait aussitôt pour remercier le Seigneur tourné vers Jérusalem, celui qui marmonnait des prières de gratitude pour être arrivé sain et sauf. Celui-là seul intéressait le prophète.

Il engageait alors la conversation avec l'homme qu'il venait de repérer, lui demandait où il allait. La réponse était invariablement Jérusalem. Cependant, Élie ne lui donnait pas encore sa lettre. Car les espions de Jézabel étaient assez malins pour prévoir ce genre d'artifice. Il commençait par lui dire adieu et faire mine de s'en aller ; puis il observait l'homme de loin. Enfin, lorsqu'il était certain de pouvoir l'épier à son insu, il attendait de le voir adresser d'autres dévotions au Seigneur. Par exemple, si le voyageur disait une prière avant d'entamer son repas, Élie pouvait alors être certain qu'il s'agissait d'un homme de Dieu. Et à ce moment-là, le Tout-Puissant lui ordonnait de demander à ce pieux voyageur de porter sa lettre à l'un des prêtres du temple.

Élie éprouva une sorte d'exultation en Phénicie, comme si un énorme poids avait été retiré de ses épaules. Car, bien que le Tout-Puissant lui parlât chaque jour et l'avertît du danger qu'il y avait à rester à proximité d'un bosquet sacré, Il ne lui commandait pas de convertir les habitants du cru. Il n'incombait pas à Élie de les effrayer, ni de les détourner de leurs abominations. C'était un peuple perdu, incapable de vivre dans la lumière bénie du Tout-Puissant ; aussi n'avait-il pas besoin d'escalader des tours, de se tenir au bord d'un précipice pour crier sa colère à la foule qui se tenait à ses pieds. Au lieu de tout cela, Élie pouvait prier tout son soûl et s'apitoyer sur ces malheureux qui allaient connaître la damnation éternelle pour prix de leur dépravation.

Ainsi en était-il depuis qu'il avait quitté la terre d'Israël sous son déguisement de simple journalier. Semaine après semaine, il menait l'existence de ses congénères. Et cette vie lui plaisait. Il ne s'était pas rendu compte à quel point sa vie lui avait été pénible tant qu'il lui fallait prêcher la parole de Dieu.

Et c'est alors que les temps devinrent difficiles ; on parlait d'un prochain conflit avec l'Assyrie. Les hommes qui marchaient d'un pas tranquille d'ordinaire se mirent à courir, les enfants disparurent des chemins et des places ; les femmes ployaient sous le faix de grands sacs de grains qu'elles voulaient entreposer chez elles en vue d'un éventuel siège. Jamais encore Élie n'avait vu les préparatifs d'une bataille et c'était comme si l'atmosphère s'emplissait de peur et de consternation.

Soudain les routes se couvrirent de chariots et d'hommes de guerre, de cavaliers qui transportaient des messages urgents et les soldats rentrés chez eux furent éveillés au milieu de la nuit car ils étaient attendus dans la capitale. Du jour au lendemain, alors que la nouvelle se répandait de part et d'autre de la Phénicie, de la mer aux montagnes, l'effroi gagnait les esprits.

Ce furent les enfants qui en souffrirent le plus ; leurs jeux bruyants, leurs rires innocents s'éteignirent dès l'instant où leurs parents leur ordonnèrent d'une voix tremblante de ne plus quitter la maison ; les hommes s'empressèrent de moissonner leurs champs et de cueillir les fruits de leurs vergers ; on arracha les raisins pas encore mûrs à la vigne pour en faire du vin afin qu'aucun envahisseur ne tentât de s'en emparer ; on confina le bétail dans des enclos proches de la demeure des éleveurs ; on sortit des greniers le grain et les autres récoltes de chaque cultivateur pour les entreposer dans des réserves communautaires afin que les villages puissent résister à une invasion ou à un siège ; on emplit des jarres d'eau qu'on enterra ensuite sous les maisons pour le cas où les soldats ennemis viendraient à saler ou à empoisonner les puits ; les personnes âgées, toujours les premières à être abattues car elles ne rapportaient rien au marché des esclaves, furent envoyées dans la montagne, loin des routes empruntées par les armées assyriennes ; et la vie paisible d'Élie en Phénicie cessa subitement.

Il contemplait la terre de son point d'observation au sommet d'une colline qui donnait sur la ville de Tyr et la mer dans le lointain. Il regardait les vergers, les vignes et les champs qui lui semblaient soudain vidés de l'abondance dont ils éclataient quelques jours auparavant. Ce fut alors qu'il décida de regagner Israël, tandis que l'armée d'Achab quittait le pays pour combattre les Assyriens. Il profiterait de l'absence du roi pour attaquer la reine Jézabel en un affrontement direct et pour soulever le peuple contre elle. Il devait avertir les gens du danger que leur faisait courir l'Assyrie tant que l'idolâtre phénicienne occupait le trône d'Achab.

Il se leva et entama son long voyage vers la terre que Dieu avait donnée à ses ancêtres, vers Rizpah et sa famille. Au contraire des Phéniciens et des enfants d'Israël qui regardaient avec angoisse leurs armées marcher vers le nord, Élie prit en souriant la route du sud.

*
**

Jézabel avait changé. L'affabilité dont elle avait fait preuve à l'égard de Rizpah avait cédé la place à une acrimonie grandissante. Il en était ainsi à l'égard de tous ceux qui l'entouraient : elle avait perdu toute obligeance envers ceux qui l'avaient accompagnée depuis la Phénicie. Elle se sentait seule, abandonnée, le soleil de son jeune règne assombri par les nuages qui s'accumulaient au nord. Le roi d'Assyrie projetait son ombre féroce sur le pays ; même les messages qu'elle recevait de son père Etbaal étaient abrupts, dépourvus de ces petites touches affectueuses qu'elle aimait tant.

Alors que naguère elle recevait Rizpah avec chaleur, si ce n'était une réelle affection, elle dressait maintenant un véritable mur de rejet entre elles. Il s'agissait maintenant, pour la femme du prophète, de répondre sans circonvolutions aux véritables interrogatoires auxquels elle était soumise. Et si Jézabel avait jamais tenu compte des avis de Rizpah sur sa façon de traiter le peuple d'Israël, ce temps était révolu, car la reine prêtait désormais l'oreille à bien d'autres conseils.

– J'ai appris que ton mari venait de passer la frontière de Phénicie. Il a prêché dans la ville d'Akko. Malgré mes instructions, l'officier de guet ne l'a pas arrêté. Cela vaudra à ce soldat d'être fouetté et lapidé. Élie a été acclamé par les prêtres d'Adonaï qui lui ont donné de la nourriture et du vin afin de pouvoir poursuivre son voyage. Ces prêtres seront bannis.

« Dis-moi, Rizpah, et ne mens pas ou tu le paieras de ta vie, savais-tu cela ? Savais-tu que ton mari revenait en Israël ? Savais-tu qu'il se trouvait dans mon royaume ? »

Sans attendre de réponse, elle poursuivit avec hargne :

– Aurais-tu désobéi à mes ordres ? As-tu prévenu ton mari de ce qui se passait ici ? Dis-moi la vérité ou tes enfants et toi subirez des supplices que tu ne peux imaginer.

Rizpah venait de passer des semaines de terreur à craindre chaque minute pour sa vie. Subitement incapable de supporter davantage cette tension, elle laissa exploser le torrent de ses larmes, se cacha le visage dans ses mains et sanglota :

– Non, ma reine ! J'ignore où se trouve Élie ! Pourquoi me tourmentes-tu ainsi ? Pourquoi me hais-tu de la sorte ? Pitié, ma reine, aide-moi ! Je ne suis qu'une pauvre femme sans appui. Je n'ai ni ami ni époux. Aide-moi ! J'ai tellement peur !

Prenant ce cri de désespoir pour un aveu, la reine ordonna à ses gardes de remettre cette femme debout devant le trône. Soulevée par d'irrésistibles poignes, Rizpah sentit qu'on lui tirait les cheveux pour la tenir droite aux pieds de sa reine. Elle ravala ses larmes, croyant qu'on allait lui couper la gorge.

– Dis-moi maintenant, reprit Jézabel d'une voix glaciale, sais-tu où se trouve Élie ? Es-tu en contact avec lui ? As-tu reçu des lettres de lui ? Que compte-t-il faire ? Va-t-il encore prêcher contre moi et me traiter de catin et d'usurpatrice ? Israël est assailli d'ennemis, menacé de guerre ! Achab ne saurait permettre que son royaume se laisse affaiblir par les paroles de ton époux !

– Je ne sais pas où il est, hoqueta Rizpah Je n'ai pas entendu parler de lui depuis près de quatre ans. Je ne savais pas qu'il était vivant avant que tu m'aies appris qu'il se trouvait à Akko. Aie foi en mes paroles, ma reine ! Je jure par le Seigneur Tout-Puissant que je ne connais pas la réponse à tes questions. Aide-moi, Jézabel, je t'en conjure.

Elle se remit à pleurer. La reine la toisait ave mépris. On lui avait inculqué la maîtrise de soi, sans laquelle il était inutile de vouloir commander au monde. Et voilà que cette femme, qui aurait pu être sa mère, se traînait à ses pieds en geignant.

Une onde d'amertume s'empara d'elle. Elle avait considéré cette femme comme une amie. Elle l'avait guérie, lui avait tendu la main ; là où son père Etbaal l'eût torturée et mise à mort, Jézabel n'avait fait preuve que de tendresse et de compassion. Certes, elle avait bien dû la menacer de temps à autre, mais elle n'avait jamais eu l'intention de mettre ses menaces à exécution, et Rizpah devait bien s'en douter. Lorsqu'elle avait été amenée de son village comme otage pour faire revenir Élie, la reine n'avait-elle pas fait preuve d'une générosité qui n'avait cours qu'entre amies de souche royale ?

Et voilà que cette villageoise gisait aux pieds de la femme la plus puissante du pays, à pleurer, geindre et grincer des dents comme une femme en couches. Déçue de voir repoussée cette main qu'elle lui avait si longtemps tendue, Jézabel n'éprouvait désormais que du dégoût.

– Emmenez-la. Jetez-la dans un donjon. Nourrissez-la de pain sec et de sel. Ne lui donnez pas d'eau. Faites de même avec ses enfants. Quand elle sera prête à avouer où se trouve son époux, le faux prophète d'Adonaï, ramenez-la-moi dans ses chaînes afin qu'elle implore mon pardon.

CHAPITRE 16

De son char, le roi Achab d'Israël observait la scène qui se déroulait à ses pieds. Dans la plaine du nord de la Syrie s'étendaient les armées rangées en lignes parallèles selon la nationalité des combattants. Ces hommes s'apprêtaient à livrer une guerre qui n'avait pas encore été déclarée, une bataille qui n'aurait peut-être jamais lieu.

Grâce à leurs uniformes distincts, il était simple de déterminer quel pays représentait chaque soldat. De même que les rois qui entouraient Achab sur cette colline. Il en connaissait certains de vue et identifiait les autres en fonction de leur accoutrement – cuir ou soie, ou manteaux.

En tant que pourvoyeur de l'armée la plus importante après celle du roi de Babylonie, Achab se tenait près de celui-ci, dont le pays vassal de Bit Adani, qui lui rapportait l'essentiel de sa richesse, avait été arraché à sa domination par la progression du roi d'Assyrie. Le sarkin Assournasirpal entendait marcher ensuite sur le sud, vers la Syrie, puis la Phénicie, puis Israël, Juda, la terre des Philistins et enfin l'Égypte.

Derrière les rois d'Israël et de Babylonie, se tenait Etbaal, roi de Phénicie, dont le contingent, plus modeste, décevait les attentes de ses alliés ; puis arrivaient les rois de Syrie, de Moab, de Juda, d'Ammon et du pays des Philistins. Pour l'occasion, ces rois s'étaient juré une fraternité éternelle. Hier encore, ils tentaient de se déposséder les uns les autres.

L'intention de leur ennemi commun, le sarkin Assournasirpal d'Assyrie, était manifeste. Il comptait assujettir les royaumes du Sud afin de s'accaparer la route des Rois, le carrefour du monde entre le Sud, le Nord, l'Est et l'Ouest. C'était pour Israël et la Phénicie une importante source de richesses ; mais les autres royaumes s'étaient joints à ceux-ci car tous savaient qu'Assournasirpal ne se contenterait pas de conquérir ces deux territoires. À partir de là, le roi d'Assyrie pourrait étendre sa domination sur les richesses d'Éthiopie et les terres noires d'Égypte et d'Afrique.

Il était donc plus que temps de l'arrêter. Car si le sarkin passait les limites d'Aleppo et parvenait à la mer, les rois unis qui se tenaient fièrement derrière leurs hommes pourraient prendre peur et regagner leur pays afin d'en organiser la défense. Ce qui signifiait la défaite de chacun à plus ou moins long terme.

Sur le signe de son roi, un trompette babylonien entonna un long appel, bientôt relayé par d'autres installés sur des collines voisines, puis par les musiciens rassemblés à la tête de chaque armée. Quelques instants plus tard, le vacarme qui avait envahi la vallée fit place au silence.

Le roi de Babylonie devait prendre la parole devant ces quelque trente mille hommes, accompagnés de leurs huit mille chevaux, de leurs trois mille chars, de leurs deux énormes catapultes, de leurs dix béliers, de leurs chars à bœufs emplis d'arcs, de flèches, de dagues, de frondes, de pierres, de bois, de nourriture, de vin, de bière et de tout ce qui était nécessaire à une armée en manœuvre.

Le roi s'éclaircit la gorge et se mit à parler d'une voix forte. Des hommes, placés sur les flancs des collines avoisinantes répercutaient ses paroles que transmettaient ensuite les généraux de chaque armée afin qu'elles fussent entendues de tous. Si bien que, lorsque le roi eut achevé, ceux des soldats qui se trouvaient à l'arrière de l'armée, à peine perceptibles à ses yeux, commençaient tout juste à entendre son discours.

– Nous sommes rassemblés ici pour former la plus puissante, la plus terrifiante armée qui ait été levée depuis que les dieux ont créé le monde, afin d'arrêter l'expansion de l'homme le plus néfaste que la terre ait porté. Le sarkin Assournasirpal est le produit de la plus infâme et la plus monstrueuse des unions entre une lionne, qu'il a fait allaiter par une chèvre, et un mendiant lépreux travesti en voyageur qui a ensuite séduit l'ancienne reine et lui a fait porter ses enfants. Guerriers de toutes les nations, tel est l'homme que vous allez combattre, mais ce n'est pas là l'objet de votre lutte.

« Vous connaissez tous l'armée du sarkin Assournasirpal. Ses hommes sont le rebut de la terre – des bandits, des voleurs, des violeurs. Chacun est choisi par ce roi infâme pour avoir tué un nourrisson. Si nous laissons cette troupe dépravée nous surpasser, songez que vos mères, vos sœurs, vos femmes et vos filles subiront les interminables tourments du déshonneur, de l'esclavage et de la cruauté.

« Si vous êtes des hommes, si vous êtes des soldats, si vous aimez vos mères, vos femmes, vos sœurs et vos filles, vous mourrez plutôt que de laisser passer un seul de ces envahisseurs. Dès que nous sortirons de cette plaine pour marcher sur Alep, songez que nous formons une armée qui plaît à nos dieux, que nous sommes invincibles, que nous sommes bénis de tous ceux qui connaissent une vie prospère. Combattez et vous serez récompensés par une paix éternelle.

« Mais si vous reculez, si vous faites retraite devant ceux qui marchent sur vous, si vous montrez un signe de faiblesse ou de couardise, ou pis, si vous prenez pitié de vos ennemis, ces violeurs, ces bandits qui vous font face, sachez qu'alors les généraux de votre armée vous feront avancer à coups d'épée dans les reins. Le moindre signe de faiblesse sera considéré comme un forfait puni de mort. Il n'y aura pas de juge pour vous juger. Vous ne serez pas amenés devant moi ou devant aucun autre roi. Vous mourrez en lâches, vos corps seront abandonnés sur le champ de bataille aux vautours et vous serez exclus de la félicité des morts et ne pourrez siéger en héros aux pieds des dieux.

« Allez, maintenant, et battez-vous en hommes. Vainquez votre ennemi, tuez-le, détruisez-le. Arrachez son cœur et sa langue et jetez-les aux oiseaux pour qu'ils les dévorent comme de la charogne. Que votre force et votre virilité fassent en sorte que le nom d'Assyrie ne retentissent jamais sur les marchés et sur les places publiques de nos nations. Salez ses champs et empoisonnez son eau et emmenez l'ennemi, lui, ses femmes et ses enfants en esclavage, afin de montrer au monde, du Nil à l'Euphrate, que nos armées sont les plus grandes de l'histoire et que nous sommes bénis des dieux. »

Une immense clameur accueillit progressivement ces paroles, qui se répercuta jusqu'au fond de la plaine jusqu'à ce que toute l'armée criât et tambourinât le dos de son voisin avec enthousiasme.

Satisfait, le roi de Babylonie fit faire demi-tour à son cheval et considéra les rois, ses frères, sur leurs chars. Il se tenait plus haut qu'eux sur sa monture et toisait tant ses amis que ses ennemis soudain ralliés à cette improbable union contre un agresseur commun.

– Alors ? demanda-t-il.

– Les hommes sont heureux, dit Achab. Mais quelles chances avons-nous contre le sarkin Assournasirpal ? Son armée compte deux fois plus de soldats que la nôtre. Maintenant qu'il a incorporé les troupes de Bit Adani aux siennes, pourrons-nous lui résister ?

Le roi de Babylonie sourit.

– Cette nuit, en regagnant ma tente, j'ai reçu un de mes espions de retour de Bit Adani. Il m'a confirmé avoir offert assez d'argent à ces troupes pour qu'elles se révoltent contre le sarkin Assournasirpal en pleine bataille. Elles changeront de camp au beau milieu de la rencontre pour se joindre à nos forces. Elles ne sont pas très nombreuses mais l'effet sera assez démoralisateur pour démobiliser les soldats de l'Assyrien. À l'instant où ce chien prendra part à la bataille, une partie de ses troupes se retournera contre lui. Voilà qui devrait nous permettre de le mettre en déroute.

Les autres rois le considérèrent avec une reconnaissance non dissimulée. Cependant, il n'avait pas fini de parler :

– Cette machination m'a coûté cher et vous devrez m'en

dédommager. Mes secrétaires vous en présenteront le coût avant notre départ d'ici.

Nul ne se hasarda à lui opposer la moindre objection.

Après avoir passé deux journées à faire manœuvrer les huit armées afin de les rassembler en une seule dans la plaine d'Hamath, et quatre journées supplémentaires à voyager vers le sud d'Alep, les rois laissèrent le commandement des troupes à leurs généraux. Car les monarques devaient participer au grand Conseil de guerre. Si bien qu'ils ne revinrent que le lendemain inspecter les préparatifs. Tous les soirs, des jeux étaient organisés au cours desquels les champions de chaque nation se mesuraient aux courses de chevaux et de chars, au combat à l'épée, à l'adresse à la fronde, à la lutte et au javelot. Ensuite, chaque roi offrait à son tour un banquet dans l'espoir de surpasser en splendeur celui de la veille. Les repas commençaient au couchant pour durer toute la nuit, si bien que rois et courtisans étaient trop épuisés pour regagner leurs tentes et s'endormaient sur place.

Les compétitions entre champions tendaient à faire le moins de victimes possible, au contraire des luttes entre esclaves qui réjouissaient les monarques. Durant les jeux, il s'agissait avant tout d'éprouver la vaillance et le courage des participants et nul ne désirait sacrifier un champion durement entraîné, ce qui n'eût eu pour effet que de démoraliser les troupes. Aussi les combats d'épée s'achevaient-ils avant qu'aucune blessure grave ne fût infligée ; le lancer de dague s'exerçait non sur des cibles vivantes mais sur des troncs d'arbres et les frondes ne visaient que des oiseaux remis en liberté pour l'occasion.

Machar le Moabite surclassait tous les champions de fronde. Il visait avec une incroyable sûreté, comme s'il possédait l'œil d'un dieu et laissait l'oiseau prendre son envol vers les nuages avant de lancer une pierre, puis une autre, avec les gestes les plus fluides, comme s'il défiait les yeux des spectateurs qui ne parvenaient pas à comprendre comment il pouvait recharger si vite son arme. Néanmoins, le volatile finissait toujours par tomber au pied de sa cage dans un tourbillon de plumes et de sang, accompagné par l'énorme clameur des soldats.

Le quatrième soir depuis le rassemblement de l'armée sur la plaine d'Hamath, Achab parvint à s'entretenir seul avec Basar, roi de Babylonie.

– Que sais-tu du sarkin Assournasirpal ? Quelle sorte de roi est-il ? As-tu reçu ses ambassadeurs ? Il m'a envoyé un émissaire il y a deux ans pour lui verser un tribut mais j'ai refusé. Il m'a menacé de me faire la guerre mais, ensuite, je n'ai plus entendu parler de lui. A-t-il effectué la même démarche auprès de toi ?

Basar lécha ses doigts encore maculés de fromage de chèvre et but une coupe de vin, éructa puis poussa un long soupir. Durant ce voyage, il avait appris à connaître Achab et à l'apprécier. Il avait eu d'excellents rapports avec son père, Omri, bien que tous deux se fussent craints. Il avait pris ce jeune homme, durant le début de son règne, pour un impétueux imbécile qui allait précipiter Israël vers la ruine ; cependant, son mariage avec Jézabel, malgré les réserves d'Omri, semblait bien fonctionner. La nation était riche et prospère et paraissait tenir Juda en respect. Le commerce avec la Phénicie avait augmenté et chacun des deux pays s'enrichissait. Ces courtes années de pouvoir devaient avoir assagi le jeune monarque qui se révélait plus réfléchi et avait accompli certains exploits remarquables.

Aussi Basar se dit-il qu'il était sans doute temps de se rapprocher d'Israël ; peut-être même de négocier un traité d'amitié éternelle avec le jeune roi qui s'abandonnerait ainsi à un sentiment de sécurité susceptible de laisser Basar entrer à Moab ou à Edom, ou même chez les Philistins, et ensuite le frapper dans le dos pour prendre possession de son territoire. Oui, Israël ne tarderait sans doute pas à lui tomber dans les mains comme un fruit mûr... Quel qu'en pût être l'aboutissement, il serait bon, en effet, de nouer avec Israël un lien qui lui permît à plus ou moins long terme, de satisfaire ses ambitions sur toute la région.

– Laisse-moi te dire, Achab – mais que ceci demeure entre nous : le sarkin Assournasirpal ne nous attaquera pas. Nous arriverons à Alep et nous n'y trouverons pas son armée.

Achab écarquilla les yeux :

– Mais... alors, que faisons-nous ici... ?

Le roi lui prit la main et poursuivit son discours à voix basse afin de n'être entendu que de lui, même si les autres monarques avaient quitté la tente des banquets pour assister aux joutes.

– Des tribus montagnardes ont investi Ninive, la grande cité assyrienne, il y a deux mois. Assournasirpal se trouvait alors à Alep et il a dû partir à marche forcée vers le nord afin de sauver sa ville. Il paraît que la rage d'être ainsi attaqué lui a fait perdre la tête et il aurait envoyé cent mille hommes en armes jusqu'au lointain lac de Van, en Médie orientale. Il veut mettre à mort chacun de ces assaillants, détruire leurs villages, raser leur pays ; il ne parle même pas de les emmener comme esclaves mais de joncher tout le pays de leurs cadavres.

– Alors, insista Achab médusé, pourquoi marchons-nous vers le nord ?

– À cause de la menace d'Assournasirpal, nous sommes tous en danger. Pas aujourd'hui, ni demain, mais l'an prochain ou le suivant. Si Ninive apprend qu'une coalition des plus grandes nations du Croissant Fertile se masse au sud de ses frontières, l'Assyrien ne saura plus que faire. Devra-t-il nous envoyer la moitié de son armée et continuer à massacrer les tribus du Nord ? Ou devra-t-il mettre toutes ses forces pour répondre à notre défi, laissant ainsi les montagnards attaquer Ninive et sa région ?

« C'est alors que nous enverrons un émissaire conseillant à ce monarque hautain, au nom de la paix dans son pays comme dans le reste du monde, de signer un traité d'harmonie et d'amitié contre sa renonciation à Bit Adani qu'il devra me rendre, ainsi qu'un tribut de dédommagement pour m'avoir spolié de cette terre.

« Lorsqu'il aura accepté, ce dont je ne doute pas, nous solliciterons la paix, car il sera au comble de la faiblesse et de l'indécision. Et c'est ce secret que je te demande de garder car je me méfie des autres rois. »

Achab approuva de la tête. Lui non plus n'avait pas confiance. En Basar moins qu'en personne. Car il savait désormais ce qui se tramait et pourquoi Babylone s'était jointe à cette coalition. Certes, elle désirait signer un traité avec l'Assyrie, et c'était exactement ce qu'Etbaal, son beau-père, le roi de Phénicie, lui avait susurré à l'oreille lorsqu'ils se rendaient ensemble à Tyr ; car avec ce traité scélérat, les deux rois de Babylonie et d'Assyrie se partageraient les contrées du Tigre à l'Euphrate jusqu'au Nil. Et il savait par Hattusas que, bientôt, Babylone allait proposer un traité à Israël afin d'assurer ses frontières du Sud. Mais le conseiller de Jézabel avait ajouté que ce traité serait brisé en moins d'un an et qu'Israël ne devait donc pas l'accepter.

Au cours de ses premières années de règne, Achab avait beaucoup appris en matière de diplomatie et avant tout ce qu'il fallait entendre lorsqu'il était question d'amitié. Après avoir rassemblé ses armées au sud d'Alep, la Babylonie allait brusquement se joindre à celle de l'Assyrien et prendre au piège les nations du Croissant Fertile. Encerclées, elles seraient vite décimées et toute la région devrait faire allégeance à l'Assyrie au nord, à la Babylonie au sud. Ensuite, l'Assyrie réclamerait et obtiendrait pour elle Hamath, Aram, Damas, Tyr et Sidon ; quant à la Babylonie, elle prendrait Israël et Juda et toutes les terres du Sud et de l'Est.

Tout d'un coup, Achab comprenait qu'Etbaal de Phénicie avait vu juste depuis le début. Qu'avec les autres rois, ils avaient été entraînés vers le nord, non en conquérants mais en futurs captifs des Babyloniens, retenus par le fil d'une amitié fallacieuse qui allait les livrer pieds et poings liés aux deux seuls vrais alliés du Nord, l'Assyrie et la Babylonie. Le plan ne manquait pas d'audace.

Qui sait si, avant même de voir l'armée assyrienne, le roi de Babylonie n'allait pas faire prisonniers les autres rois, les menacer de mort afin d'obliger leurs troupes à jeter les armes ? Qui sait s'il n'envisageait pas d'attaquer ces bataillons pendant la nuit, alors que les soldats dormaient du sommeil de l'ivresse ? Qui pouvait dire ce qui se passait dans l'esprit d'un adversaire aussi fourbe ?

Quoi que ce roi eût comploté, une chose était certaine : Achab devait alerter ses généraux, retirer son armée et ses équipements avant l'aube et regagner Israël après avoir rapporté cette conversation à Etbaal. Il se sentait comme une mouche, prise dans la toile d'une araignée retorse.

L'armée d'Israël venait de se coucher pour la nuit lorsque éclata une querelle qui s'envenima. Quatre soldats israélites ivres s'étant accidentellement aventurés dans le camp des Philistins avaient été reçus par des sarcasmes. Mais l'un des soldats d'Achab fit une réponse qui dut offenser son interlocuteur car celui-ci se leva et les deux hommes se défièrent ouvertement.

Chacun refusant de reculer, ils en vinrent aux mains. Les Israélites appelèrent à l'aide leurs compatriotes et ce furent bientôt des dizaines d'hommes qui, sortant dagues, boucliers et épées s'entretuèrent.

Le chef de l'armée israélite, un jeune homme à la fière allure, du nom de Jéhu, fut tiré de son sommeil par un capitaine.

– Général, éveille-toi, un conflit vient d'éclater...

Jéhu se leva d'un bond, croyant que l'armée était attaquée par les Assyriens. Mais à la lumière des feux de camp, il comprit immédiatement ce qui se passait. Une cinquantaine d'Israélites avaient franchi les limites du camp philistin pour se livrer à un assaut meurtrier auquel répondaient de plus en plus de Philistins qui sortaient de leurs tentes pour riposter. S'il n'y mettait pas immédiatement fin, le pugilat allait se généraliser à l'armée tout entière.

– Qu'on m'amène un char ! ordonna-t-il.

À l'instant, on exauça sa prière.

– Vite, cria Jéhu en sautant derrière lui. Conduis-moi au milieu de l'affrontement.

L'homme obéit et enfonça les rangs des combattants. Ceux-ci s'arrêtèrent, interloqués, certains ayant manqué d'être écrasés. Alors Jéhu cria :

– Assez ! Déposez les armes !

Les premiers qui obtempérèrent furent aussitôt assaillis par ceux qui voulaient encore en découdre ; mais la lutte cessa bientôt et tous tournèrent les yeux vers le général.

À ce moment surgit une délégation philistine conduite par son général. Les deux chefs se connaissaient et ne s'aimaient guère. Le Philistin interpella Jéhu :

– Ce sont tes hommes qui ont commencé. Ils sont entrés dans notre camp avec de mauvaises intentions. Mes hommes n'ont fait que se défendre contre votre agression.

– Tu as l'œil vif, général. Tu vois ce que personne n'a vu et sais ce que personne ne sait. À moins que tu ne sois un fou et un menteur. Que dois-je croire ?

L'insulte tournait au défi. Autour d'eux, un vide se fit. Tout assaut avait cessé entre les soldats. Jéhu descendit de son char, le général philistin chercha de l'aide autour de lui mais personne ne bougea... C'était à lui de défendre son honneur.

– Alors, reprit Jéhu, voici encore Israël confronté aux Philistins, comme David et Goliath ; tu sais que, comme toujours, David finira par vaincre. Mais ce David-là ne se battra pas avec une fronde comme le fit notre grand roi. Je prendrai une épée et une dague.

Là-dessus, il sortit une dague de sa ceinture et tira l'épée de son fourreau puis s'avança vers le général philistin.

Jéhu passait pour un combattant hors pair. Il avait tué de nombreux ennemis au cours des batailles qu'il avait livrées et son adversaire savait qu'il risquait sa vie à vouloir l'affronter seul. En se mêlant de ce conflit, il ne s'attendait pas à ce que Jéhu le défiât en combat singulier. Or il ne pouvait reculer, car il y eût perdu son commandement. Son expression apeurée n'échappa point à Jéhu qui comprit qu'il l'avait déjà emporté. Aussi s'avérait-il inutile de le tuer, au risque d'aggraver la tension entre leurs deux pays. Le général philistin sortit ses armes et s'avança, prêt à affronter la mort, mais Jéhu l'arrêta :

– Bien entendu, nous pourrions toujours régler ce différend en voyant lequel de nos champions parviendra à ingurgiter la plus grande quantité de vin.

Une clameur d'enthousiasme accueillit cette proposition et le général philistin poussa un soupir de soulagement. Les meilleurs buveurs furent amenés au milieu du camp tandis qu'on emportait les blessés et les morts, et la tension entre Israélites et Philistins retomba aussitôt.

Élie sentit l'arrivée de l'armée israélite en retraite avant même de la voir. Il était allongé sur le sol à proximité d'Akko, non loin de la frontière septentrionale d'Israël, lorsque de petits cailloux délogés de leur place tombèrent du rocher qui l'abritait du soleil. Il chassa la poussière de ses vêtements et se leva, ne perçut pas un souffle de vent en ce milieu de journée et craignit un instant qu'il ne s'agît du mouvement d'une bête sauvage en maraude.

C'est alors qu'il entendit les roues des chariots de guerre et vit les nuages de poussière soulevés par les chevaux. Le prophète du Seigneur chercha où se cacher mais il se trouvait devant une muraille abrupte et savait déjà qu'il avait sûrement été repéré par les éclaireurs. S'il courait maintenant se cacher dans les buissons, on le prendrait pour un ennemi et il se ferait aussitôt rattraper par un cavalier. Aussi préféra-t-il demeurer immobile, s'écartant juste ce qu'il fallait pour laisser passer le convoi.

Le sol vibra sous le poids des engins de guerre. Élie regarda les cavaliers, des Israélites, les mêmes, en fait, qu'il avait vus prendre la direction d'Alep deux semaines plus tôt. L'un d'entre eux le toisa du haut de sa monture.

– Avez-vous gagné la guerre ? lui lança Élie.

– Il n'y a pas eu de guerre. Nous nous sommes retirés sur l'ordre du roi avant de livrer bataille aux Assyriens. Nous retournons chez nous pour protéger nos femmes et nos enfants.

Pas de guerre ? Comment était-ce possible ? Après avoir vu passer les convois d'artillerie, il s'aperçut que les fantassins allaient s'arrêter au sommet de la colline pour la nuit et ils l'invitèrent à se joindre à eux.

Élie les vit tomber au sol de fatigue pour la plupart, tandis que certains se précipitaient à la recherche de bois pour préparer des feux. Les chariots d'approvisionnement firent halte à la fin de la colonne. Au loin, l'artillerie et l'élite, qui voyageaient séparément des simples fantassins, poursuivaient leur progression sur Samarie qu'ils atteindraient sans tarder. Selon un soldat originaire de Megiddo avec qui Élie s'était entretenu, un dénommé Hazakel, cette marche forcée les avait tous exténués. Ils avaient traversé la Phénicie en quatre petits jours et ceux qui ne s'étaient pas effondrés sur place tentaient de panser leurs pieds endoloris.

Élie s'efforçait de ne pas trop répondre de peur que sa voix si facile à reconnaître ne fût entendue par un quelconque officier. Mais le crépuscule arriva et la nourriture fut mise à cuire sur les brasiers, du mouton accompagné de navets et de maïs. Cette fois, Élie se sentit obligé de parler un peu.

Tranquillement, il demanda aux hommes qui lampaient leur vin en se plaignant de leur fatigue :

– Croyez-vous au seul vrai Dieu, le Seigneur Tout-Puissant ?

Hazakel lui jeta un regard interloqué.

– Je crois, répondit-il, et en Lui seul, depuis toujours. C'est le Dieu d'Israël et de Juda.

– Moi aussi, dit un autre.

La plupart des soldats autour du feu attestèrent leur foi.

– Adorez-vous les dieux de Phénicie que la nouvelle reine d'Israël, Jézabel, a introduits dans notre pays ? Les dieux Baal et Astarté ? Ces dieux reçoivent-ils également vos prières ?

Hazakel fit non de la tête.

– J'ai prié Astarté une fois, mais c'est tout. Et jamais Baal.

Soulagé, Élie enchaîna :

– En ce cas, ne devrions-nous pas remercier le Saint, béni soit-Il, de vous avoir ramenés sains et saufs d'un conflit qui aurait pu vous conduire à la mort, d'avoir soufflé la sagesse dans l'esprit et dans le cœur des hommes qui vous commandent et de vous permettre de goûter ce repas de viande et de fruits issus de l'abondance de votre terre nourricière ?

Tous se regardèrent. Habituellement, une armée ne disait de prière qu'au moment de livrer bataille. Si celle-ci s'achevait par une grande victoire, ainsi que cela s'était produit du temps du roi Omri quand il avait vaincu les Moabites, alors ils récitaient aussi des prières après la bataille. Mais jamais personne n'y eût songé avant un repas. Ils avaient alors trop faim, ils étaient trop fatigués. Deux soldats haussèrent les épaules. Ce fut Hazakel qui répondit à l'inconnu :

– Récite une prière si tel est ton désir.

Alors Élie pria. Il remercia le Dieu Tout-Puissant d'une voix douce, à peine audible, qui s'enfla peu à peu lorsque l'esprit du Seigneur descendit sur lui, jusqu'à hurler ses remerciements au Très Saint, Lui rendant grâces pour Sa bonté et Sa protection. Hazakel et ses voisins inclinèrent la tête car ils venaient de comprendre qu'ils se trouvaient en compagnie d'un homme de Dieu, peut-être d'un prêtre, même s'il n'arborait pas les riches étoffes de ceux du temple de Samarie. D'autres soldats s'arrêtèrent de converser pour écouter celui qui invoquait les noms de Dieu. Puis vinrent d'autres groupes assemblés auprès d'autres feux, qui, malgré leur fatigue, se levèrent et vinrent entendre Élie implorer le Très-Haut de descendre sur Son peuple afin qu'il retrouvât le droit chemin.

Bientôt, toute la troupe s'avisa qu'elle n'avait pas affaire à l'un de ces journaliers qu'elle croisait habituellement, ni à un marchand, car aucun de ceux-là ne parlait ainsi du Seigneur. Ce fut Hazakel qui perçut le premier que cet homme était plus qu'un prêtre, peut-être un prophète du Tout-Puissant. Et ce fut lui qui tomba à genoux pour saluer l'étrange envoyé du Ciel.

Mais il fallut un homme de l'arrière, Téma le Sichémite, qui avait assisté aux prêches d'Élie au bord du Jourdain, pour comprendre à qui ils avaient vraiment affaire. C'est lui qui révéla à ses voisins que le grand Élie, prophète de l'Éternel, se trouvait parmi eux et l'information se répandit à travers le camp, jusqu'à ce que tous les fantassins se retrouvent à genoux, pour la plus grande surprise de leur chef, Jéhu.

Celui-ci était revenu en arrière après avoir établi le campement des chars et des artilleurs pour s'assurer que ses fantassins se trouvaient en sécurité. Lui qui croyait tomber sur des hommes avachis de sommeil ou ivres les découvrit à genoux par milliers devant la silhouette menue d'un vagabond hirsute. Il descendit de cheval et se fraya un chemin parmi ses soldats, en s'arrangeant pour que le prêcheur ne le vît pas. Celui-ci semblait d'ailleurs fixer sans la voir la route qui menait à la mer Éternelle, ou plutôt les cieux par-dessus la mer et la terre.

Jéhu écouta un instant les paroles qui semblaient captiver son armée. L'homme parlait du royaume des Cieux et du danger d'adorer des idoles, mais se livrait également à d'inadmissibles critiques envers le roi Achab, le maître des armées ; et ce qu'il disait de la reine Jézabel eût pu suffire à le faire condamner à mort.

Malgré tout, Jéhu, lui aussi, était suspendu à ses lèvres. Il se rapprocha de l'homme et, à mesure qu'il marchait, il se sentait purifié par l'eau claire de ses paroles. Jamais il n'avait entendu parler ainsi de la justice du Très-Haut, de la bienveillance qu'Il témoignerait envers ceux qui Lui restaient fidèles, du mal qu'il y avait à seulement porter son regard sur des statues d'argile comme si elles étaient le corps et l'esprit d'un dieu capable d'avoir créé les cieux et la terre et toutes les créatures qui y résidaient. Alors la vie de Jéhu se déroula devant lui, car, bien qu'il eût été toujours fidèle au Seigneur, il n'avait pas encore compris l'essentiel : que Dieu était Dieu et que le reste n'était que poussière.

Submergé par la puissance de ces paroles, Jéhu à son tour tomba à genoux puis s'effondra sur la terre et ne bougea plus. Ses hommes se précipitèrent pour lui porter secours, mais il restait là, immobile. Ce ne fut que lorsque Élie descendit du rocher où il s'était juché et vint placer les mains sur sa tête que le jeune homme remua.

– Lève-toi, Israël ! ordonna-t-il d'une voix forte.

Et Jéhu se leva lentement. Il était plus grand qu'Élie et beaucoup plus large d'épaules. Le prophète contempla sa belle face et cria à toute l'assemblée :

– Ouvre les yeux, armée d'Israël, et vois la terre qui s'étend devant toi.

Il fit tourner le jeune homme vers Samarie et Jérusalem.

– Vois la terre d'Israël et au-delà, la terre de Juda. Une

terre devenue duelle, divisée par la faute d'Israël qui s'est détourné de la face du Seigneur et se cache la tête dans la poitrine odorante des débauchées des temples idolâtres.

Jéhu avait rouvert les yeux et regardait à ses pieds. Le soleil descendait dans la mer Éternelle et ses derniers rayons enflammaient les sommets des montagnes, baignant le monde d'une lueur aussi rose que la joue d'une femme. Comme si le Très-Haut avait étendu Son manteau sur les collines blanches pour les rendre phosphorescentes. Ce fut alors que Jéhu comprit qu'à travers Élie parlait la voix du Seigneur. Et que sa voie était désormais toute tracée.

Dès cet instant, Jéhu ne quitta plus l'horizon du Tout-Puissant que le prêcheur venait de tracer dans son esprit. La majesté d'Achab et de Jézabel s'effaçait en comparaison de la majesté éternelle du seul véritable Dieu. Il s'avança au bord du promontoire en compagnie d'Élie et tomba de nouveau à genoux devant le prophète qui lui avait été désigné comme ennemi, qu'il avait juré au roi et à la reine de tuer. Et il s'écria :

– Alléluia !

Et Jéhu pria le Seigneur par la bouche d'Élie.

*
**

Jézabel réagit avec une joie enfantine, battant des mains comme une petite fille quand elle apprit que Baal et Astarté avaient sauvé son époux et qu'il lui revenait sain et sauf avec toute son armée.

Le messager se demanda s'il devait lui annoncer tout ce qu'il avait à lui annoncer car la jeune reine avait l'air si ravie qu'elle semblait sur le point de sauter de son trône pour venir l'embrasser. Il consulta du regard le conseiller qui se tenait en retrait et celui-ci lui fit signe de poursuivre.

– Ô ma reine, Achab vous prie d'envoyer à toutes les villes, à tous les villages d'Israël l'ordre de se préparer à une guerre prochaine avec l'Assyrie qui pourrait bien se dérouler sur notre terre sacrée. Votre père, le roi Etbaal de Phénicie, va faire parvenir le même message aux gouverneurs de ses provinces.

Je suis également chargé de vous dire que les silos doivent être emplis de grains et de victuailles et que vous devez rédiger et diffuser un édit au nom du roi Achab stipulant qu'aucune maison d'Israël ne peut emmagasiner aucune nourriture autre que du pain et de l'huile, que toutes les autres nourritures devront être remisées dans l'entrepôt commun, sous peine de mort.

La jubilation de la reine s'altéra subitement.

– Mais, je croyais qu'il rentrait de la guerre !

Hattusas se pencha à son oreille :

– Écoute-moi attentivement, ô reine ! Mes craintes étaient fondées. Une guerre qui s'achève en quelques jours ne peut être une victoire... pas contre un adversaire aussi puissant que l'Assyrie.

Le messager surprit en partie ses paroles et approuva d'un signe de tête. Il expliqua ce qui se passait à la reine qui, cette fois, l'écouta attentivement. Sa joie venait de faire place au sérieux qu'exigeait la gravité de ses responsabilités en de telles circonstances. Quand il eut fini d'exposer la trahison du roi de Babylonie, elle pria Hattusas de mander son secrétaire et ce fut le conseiller qui édicta la proclamation à faire lire par tous les gouverneurs à travers le pays. Une atmosphère lourde régnait maintenant dans la salle du trône. Jézabel se leva et se retira dans ses appartements où l'attendait sa femme de chambre.

– Envoie-moi chercher Rizpah et ses enfants à la prison.

Le soleil n'était pas couché quand Rizpah pénétra dans l'alcôve de la reine. Elle paraissait infiniment plus vieille et harassée qu'à la suite de son enlèvement.

– À genoux devant ta reine ! ordonna Jézabel.

Rizpah tomba à genoux.

– Voilà trois semaines que tu es en prison ; et ton mari continue de prêcher contre moi. J'ai même reçu des rapports disant qu'il s'était adressé aux soldats de l'armée. J'ai aussi appris que, tout le temps qu'il a passé en Phénicie, il s'était déguisé comme le ferait un espion. Que peux-tu me dire là-dessus ?

Rizpah savait qu'elle allait mourir, ainsi que ses enfants. Bientôt, ils seraient tous délivrés de ce sort affreux pour rejoindre le soleil éternel du Seigneur. Aussi répondit-elle sans aménité :

– Comment pourrais-je le savoir ? Tu m'as tenue emprisonnée tout ce temps. Nous n'avons été nourris que de pain sec et de sel qui nous a donné une soif inextinguible ; cependant, tes gardes ne nous ont fait boire qu'une coupe d'eau par jour. Mes enfants sont malades et ont attrapé des poux et des boutons.

Il fut un temps où elle eût éclaté en sanglots mais, désormais, elle était folle de rage. La mort qui serait bientôt sa compagne avait tari ses larmes pour ne lui laisser que haine et amertume. Jézabel allait répondre quand Rizpah l'interrompit :

– Ne t'étonne pas que mon époux crie sur tes méfaits, Jézabel. Tu es fille de Lilith. Tu nous a fait tant de mal à mes enfants et à moi quand nous n'avions pas une fois élevé la voix contre toi ! La première fois que tu nous as ramenés à la pointe de l'épée, tu as laissé mes enfants se baigner, tu nous as nourris, tu étais bonne. Aujourd'hui, tu es cruelle et méchante.

Elle voulut en dire davantage car la reine allait s'impatienter et la faire tuer et c'en serait fait de ses maux, mais Jézabel parut reculer, comme frappée de douleur. Alors, Rizpah se tut ; elle ne s'attendait pas à cette réaction et le regard de cette jeune femme lui révéla une chose à laquelle elle n'aurait jamais songé... La détresse.

– Je ne suis pas mauvaise, articula-t-elle si bas que Rizpah l'entendit à peine.

D'un seul coup, la colère de cette dernière s'évanouit. Elle n'oublierait jamais son long et terrible séjour en prison mais, en ce moment, elle n'avait devant elle, au-delà de la reine altière et sûre d'elle qu'elle connaissait depuis quelque temps, qu'une petite fille que sa mère venait de gronder. À sa grande surprise, elle vit la reine rougir de honte.

Voilà une semaine que Rizpah avait été tirée de sa prison quand Jézabel revint à l'état d'esprit qui était le sien lorsqu'elle l'avait fait enlever de Tishbé. C'était de nouveau une reine, ferme et intrépide, mais aussi une amie qui accueillait avec chaleur ses enfants. Elle n'oublierait cependant pas que, durant le conflit avec l'Assyrie, Jézabel s'était brusquement montrée sous un jour cruel.

Depuis sa sortie de prison, on l'avait installée dans une chambre qu'elle partageait avec ses petits, mais on leur avait servi une nourriture abondante et saine et un médecin leur avait rendu visite qui leur avait ordonné du sodium et du baume d'acacia pour chasser les poux.

De temps à autre, Jézabel envoyait une douceur pour les enfants et Rizpah comprit qu'elle voulait faire la paix. La reine d'Israël qui, non seulement se laissait réprimander par une villageoise mais qui, en outre, la faisait traiter avec respect par ses gardes et ses servantes !

Rizpah avait déjà surpris cette expression sur le visage d'une épouse de Tishbé admonestée en public par sa mère pour avoir jeté un regard inconvenant sur un voyageur. Tous ses voisins avaient assisté à l'algarade et, bien qu'elle fût mère de sept enfants, la femme avait rougi comme une petite fille. Et voilà que Rizpah venait d'infliger la même humiliation à la reine ; elle n'eût pas cru que les reines étaient capables de telles gaucheries mais en conclut qu'une jeune femme était toujours une jeune femme, quelle que fût sa couronne.

Quand la servante ouvrit la porte pour la prier de se présenter devant la reine, Rizpah n'eut plus peur. Elle savait qu'elle n'allait pas mourir, qu'une nouvelle chance de vivre lui était offerte. Mais, à l'instant où elle pénétra dans les appartements de la reine, elle comprit qu'elle allait apprendre de mauvaises nouvelles. De nouveau, elle en éprouva de l'effroi, non pour elle-même, mais pour sa reine... et demeura silencieuse.

– Je viens de recevoir un autre message de mon époux. Il est maintenant certain que nous aurons la guerre, que le roi d'Assyrie le suit avec une formidable armée et que personne ne sera à l'abri. Mon époux le roi, est près d'arriver à Samarie car il rentre du champ de bataille sans avoir combattu le sarkin Assournasirpal. J'ignore pourquoi ils ne se sont pas encore affrontés, car ses lettres ne sont pas très précises sur ce point, mais il demande qu'Israël soit mis en état de défense. Mon père, le roi, en fait de même pour la Phénicie.

Rizpah comprit que, dans sa solitude, la reine revenait chercher refuge auprès de celle, peut-être la seule, qui osât lui parler sans détour. De même qu'elle écoutait les conseils du sage Hattusas, elle voulait Rizpah auprès d'elle pour garder le sens des réalités en ces périodes troublées.

– En temps de guerre, reprit Jézabel, l'endroit le plus dangereux est la capitale d'un pays. Malgré nos puissants remparts, nous devons nous préparer au pire, sans doute à un siège qui amènera la maladie et la colère parmi la population. Tu as été honnête avec moi, tu as dit que j'étais cruelle et méchante. C'est faux, mais je me rends compte maintenant que tu n'as jamais su où se trouvait Élie. Même si je hais ton mari, je ne puis te haïr. Je t'autorise donc à renvoyer tes enfants chez eux, de l'autre côté du Jourdain. Il y a peu de chances pour que l'armée des Assyriens passe à proximité de ton village. Ils y seront en sécurité.

– Et, moi, ma reine ?

– Tu resteras à mon côté, car j'ai besoin de toi.

Rizpah prit un air triste et Jézabel la dévisagea de nouveau. Cette femme avait-elle seulement l'âge de sa mère ? Peut-être à peine dix ans de plus qu'elle, quinze tout au plus ? Elle devait être plus jeune que certains demi-frères et demi-sœurs avec qui elle avait partagé sa vie dans les palais de Tyr et de Sidon. Et la plupart de ses frères et sœurs, les enfants des nombreuses épouses d'Etbaal, étaient devenus ses pires ennemis, jaloux de l'amour que son père, le roi, lui témoignait ; jaloux que, pendant qu'ils festoyaient avec les ambassadeurs et les rois voisins, ce fût toujours à Jézabel qu'Etbaal demandât de chanter et de danser ; furieux qu'elle disposât du palais tout entier quand ils devaient se contenter des appartements de leurs mères ; n'avaient-ils pas tenté de saboter ses relations avec son père chaque fois qu'ils en avaient l'opportunité ? N'eût été la détermination de sa propre mère, l'épouse favorite du roi, Jézabel eût été écrasée par ses frères et sœurs tel un cafard dans les cuisines royales.

Rizpah ne ressemblait à aucun de ses frères et sœurs. Cette rude villageoise lui témoignait l'honnêteté qu'elle avait toujours cherchée chez les autres, y compris sa mère. Même lorsque la reine l'avait libérée, avec ses enfants, Rizpah n'avait fait preuve que de peu de ressentiment, préférant s'abandonner à sa joie d'être libre et de voir ses enfants en bonne santé.

– J'aimerais sortir me baigner dans mon bassin, annonça Jézabel. Maintenant qu'Achab revient, je voudrais pouvoir me rafraîchir.

La reine semblait capable d'oublier un temps l'angoisse que lui causait cette guerre à venir.

– Amène-moi tes enfants, ajouta-t-elle, afin qu'ils se baignent eux aussi avant de retourner dans leur désert. Je suis sûre que cela leur fera plaisir et je serai contente de profiter encore un peu de leur présence. J'ai besoin d'entendre de jeunes voix insouciantes qui me rappelleront mon enfance en Phénicie.

La reine se baignait souvent au pied des murailles du palais mais c'était une affaire des plus privées et chacun savait que l'endroit était exclusivement réservé au roi et à la reine qui aimaient à s'y retirer après une longue journée. On y entendait souvent des éclats de rires. Lorsque le calme revenait, les serviteurs riaient sous cape car ils savaient que la reine était sortie de l'eau et qu'elle rejoignait le roi sur un divan. Aussi faisait-elle un grand honneur aux enfants de Rizpah en les invitant à se baigner avec elle. Elle se retira pour que ses femmes l'aident à se dévêtir et à passer une tunique de gaze légère tandis qu'un esclave nubien allait chercher les enfants. Rizpah attendit de longs moments avant d'entendre les pas de ses petits, Nehama et Samuel. L'esclave entra dans la chambre, suivi des deux enfants terrorisés mais leur mère les rassura d'un sourire en leur soufflant que tout allait bien.

Quand ils l'aperçurent, leurs visages s'illuminèrent et ils s'écrièrent :

– Imma !

Ensemble, ils se précipitèrent vers elle et cachèrent leurs visages dans les plis de son caftan de lin. Elle les étreignit, leur caressa la tête, les épaules et le dos en leur répétant que tout allait bien, qu'ils venaient ici pour jouer. Elle s'aperçut que Nehama pleurait, le corps secoué de sanglots dans les jupes de sa mère.

– L'homme va venir nous tuer, gémissait-elle.

Rizpah se pencha sur les petits :

– Non, nous ne risquons rien. Vous allez retourner à la maison.

– Tu viens avec nous ?

Rizpah ravala ses larmes.

– Non, je dois rester avec la reine, mais Rebecca s'occupera bien de vous...

Jézabel s'approcha des enfants :

– Suivez-moi. Comment vous appelez-vous déjà ? J'ai oublié.

Rizpah lui répéta leurs noms.

– Ah oui ! Venez vous baigner avec moi. Vous avez passé trop de temps enfermés dans cette chambre, la chaleur du soleil va vous faire du bien.

Sans un autre mot, la reine passa les portes de son appartement et descendit les marches qui menaient directement au bassin aménagé au pied de la colline de Samarie. Rizpah n'avait reçu qu'une fois l'autorisation d'y descendre, lorsque la reine y avait oublié son miroir de bronze. La villageoise avait été stupéfaite par le luxe de cette oasis à l'intérieur du palais. Le petit bassin brillait de ses eaux bleues au soleil et, tout autour, des divans offraient sous les palmiers le repos aux nageurs.

Maintenant, elle suivait la reine en tâchant de rassurer ses enfants encore inquiets dans l'escalier de marbre des appartements privés. Nehama semblait avoir retrouvé sa confiance tandis que son frère, Samuel, qui devait attendre encore deux ans avant d'entrer dans l'âge adulte selon les coutumes d'Israël, semblait avoir écarté toute frayeur pour se réjouir de ce qui les attendait.

Le bassin se trouvait au pied du palais mais ils n'avaient pas encore atteint ce niveau qu'ils entendaient déjà la musique de l'eau clapotant avant de tomber de la hauteur d'un homme comme un torrent dans l'oasis privée. Arrivée à la dernière marche, Jézabel se dirigea vers un des divans au soleil et, sans qu'elle ait eu à prononcer une parole, un grand esclave nubien, à la peau particulièrement noire, vint lui ôter sa tunique de gaze.

Jézabel se retourna et accueillit ses invités. Rizpah écarquilla les yeux d'horreur en découvrant qu'elle était complètement nue. Instinctivement, elle couvrit les visages de ses enfants dans les plis de son caftan cependant que la reine, sans la moindre gêne, s'approchait d'elle et tentait de prendre les enfants par la main.

Rizpah s'interposa, furieuse :

– N'as-tu point honte, Jézabel ? Ne vois-tu pas que tu es nue ?

Surprise, la reine lui répondit :

– Bien sûr que je suis nue ! Pourquoi voudrais-tu que j'en aie honte ?

– Mais tu es nue ! Devant mes enfants ! Tu leur montres ce qu'aucun homme ne devrait voir à part ton mari.

Jézabel éclata de rire. La pudibonderie des femmes israélites ne laissait pas de l'étonner. Au palais, elle était entourée de ses propres courtisans qui venaient tous de Phénicie et n'avaient pas honte de leur corps. Quant à ses esclaves, ils évoluaient nus ou vêtus d'un simple pagne.

Elle savait qu'elle devrait imposer le silence à Rizpah mais la nouvelle du retour de son époux l'avait mise de bonne humeur et elle n'avait pas l'intention de gâcher ce bon moment.

– Sotte ! répliqua-t-elle. Tu es aussi bornée que les autres femmes de ton pays qui ne savent pas s'aimer, ni elles ni le monde qui les entoure. Viens, donne-moi tes enfants.

Elle les arracha aux mains de leur mère et leur fit ouvrir les yeux sur sa nudité.

– Suis-je si laide ? demanda-t-elle à Samuel.

Le garçon ne dit rien mais ne put détacher son regard de ce corps féminin qu'il découvrait pour la première fois.

– Alors ? insista-t-elle en se tournant vers Nehama. Te semble-t-il si terrible de se déshabiller pour mieux profiter des rayons du soleil ?

La jeune fille paraissait ne voir que ses petits seins qui pointaient avec insolence.

Jézabel posa une main sur leur tête et les entraîna doucement mais Rizpah ne pouvait permettre de les voir ainsi entraînés par cette femme lascive. Que dirait Élie s'il apprenait une chose pareille ? Il fallait qu'une femme israélite eût commis l'adultère pour se retrouver ainsi dénudée devant d'autres que son mari, et cela constituait le châtiment de sa faute ; son mari pouvait alors lui jeter la première des pierres qui allaient la mettre à mort.

Une servante la retint d'intervenir davantage. C'était une amie de Rizpah et elle lui souffla à l'oreille :

– Arrête ou Jézabel te fera fouetter. Laisse tes enfants s'amuser et c'est toi qui l'emporteras. Ne crains rien, il ne leur sera fait aucun mal.

Jézabel conduisit Samuel et Nehama vers les divans et là, devant les yeux accablés de leur mère, elle les fit quitter leurs tuniques et ils se retrouvèrent bientôt aussi nus que la reine. Rizpah se crut sur le point de s'évanouir. Tout cela allait à l'encontre des paroles du Tout-Puissant qui avait recommandé la pudeur à Son peuple ; les enfants de Noé n'étaient-ils pas bénis entre tous pour avoir couvert la nudité de leur père et s'être retirés de sa tente afin de le laisser seul dissiper son ivresse ? Et voici que les propres enfants de Rizpah étaient nus devant la reine d'Israël et qu'elle ne pouvait intervenir de peur d'être châtiée.

Nehama poussa un petit cri en sentant la fraîcheur du bassin et, paralysée d'effroi, Rizpah crut entendre la voix d'Élie dans sa tête : *« Femme, éloigne mes enfants de ce lieu d'iniquité et de dépravation...* » Samuel disparut sous l'eau pour reparaître quelques instants plus tard ; lui aussi poussait des exclamations de délice en sentant la fraîcheur du torrent sur sa peau nue.

La servante relâcha son étreinte tandis que Jézabel à son tour pénétrait dans l'eau et nageait tranquillement, loin des enfants, là où l'eau s'agitait davantage avant de tomber en cascade dans la rivière qui courait à travers la ville et son marché où les gens la buvaient et y trempaient leurs pieds fatigués.

La reine flottait à la surface tout en agitant doucement ses bras et ses jambes. Rizpah avait le vertige devant tant d'immoralité. Elle tâcha de se souvenir si les fils de Noé avaient souffert de voir la nudité de leur père ou en avaient éprouvé quelque bonheur. Et voici que cette infortune arrivait à ses enfants et que ses propres yeux étaient souillés par la débauche de la reine d'Israël. Elle implora le Seigneur à haute voix et remonta en courant vers le palais.

CHAPITRE 17

Jéhu, le commandant en chef des armées, tombé sous la coupe du prophète, ne s'éloignait plus d'Élie. Les deux hommes voyagèrent de concert depuis la frontière nord de Phénicie, progressant lentement au rythme de leur char à bœufs. Élie vitupérait contre la maison d'Omri à chaque tour de roue et si Jéhu intervenait de temps à autre, c'était avant tout pour poser des questions auxquelles son nouvel ami lui répondait de bonne grâce.

Arrivé au cœur d'Israël, Jéhu était profondément convaincu qu'il lui fallait convaincre Achab d'obliger la reine à renoncer au culte des dieux phéniciens. L'entraînement de son armée l'avait tant accaparé qu'il avait occulté les métamorphoses qu'avait subies la cour. Cependant, auprès du saint homme, il prenait conscience de sa négligence et de sa légèreté.

Il avait honte d'avoir ainsi dédaigné le Seigneur, mais aussi sa famille restée fidèle au Très-Haut, ses frères qui n'auraient jamais dû s'en détourner, ainsi que lui-même – serviteur de Dieu, que l'Éternel avait protégé au cours de tant de batailles contre les Moabites.

– Élie, je comprends aujourd'hui qu'il est temps pour moi de rembourser ma dette au Saint, béni soit-Il. J'ai consacré toute mon ardeur à me forger un corps puissant, au point de me laisser dévorer le cœur par un ver phénicien. Tandis que je m'employais à sauver Israël de ses voisins, je ne songeais pas à combler le fossé qui scinde la terre que le Seigneur nous a donnée. Je souhaite devenir le remède qui refermera cette blessure.

Élie cria sa gratitude au Très-Haut, si fort que les soldats alentour se retournèrent, surpris.

Jéhu avait le cœur lourd quand il pensait à son insouciance passée. En partant combattre les Assyriens à la tête de l'armée du roi Achab, il n'ignorait rien du culte que la reine vouait à Baal et Astarté mais il considérait que c'était là l'affaire des prêtres du temple. Si les enfants d'Israël voulaient adorer des dieux étrangers, libre à eux, tant qu'ils n'essayaient pas d'empêcher Jéhu de vénérer l'Éternel. Il s'était fourvoyé.

Toutes ses pensées en avaient été bouleversées et, maintenant qu'il voyageait avec lui, il était convaincu qu'Élie disait vrai et que Dieu s'exprimait à travers lui. Jéhu avait soudain l'impression de voir clair, comme si ses yeux s'étaient dessillés en chemin.

Lorsqu'il s'était prosterné aux pieds du prophète, il avait senti ses paroles le transpercer telle une lance à la pointe embrasée. Sa force, son habileté de soldat allaient servir à défendre le Seigneur contre les fausses divinités, y compris celles qui infestaient déjà le royaume d'Achab. Au cours de la semaine suivante, il n'avait cessé de réfléchir, d'élaborer des plans et des tactiques afin de convaincre son roi de rejeter les désirs et les blasphèmes de sa jeune épouse et de débarrasser le temple de ces abominations.

Il avait mis son armée au repos dans l'attente de l'assaut que n'allaient pas tarder à leur livrer les armées assyrienne et babylonienne réunies. Il s'était adressé à ses soldats pour les rassurer et leur donner du courage tout en les emplissant de l'amour du Seigneur. Aussi fut-il consterné d'apprendre que nombre d'entre eux reconnaissaient prier par ailleurs les dieux phéniciens El, Haldi, Baal, Astarté ou même Kothar. Il faillit instaurer une série de châtiments pour ceux qui seraient trouvés en possession d'une idole mais, lorsqu'il consulta ses généraux, ceux-ci l'en dissuadèrent.

L'un des plus anciens, Jérémie, s'en expliqua ainsi :

– Ces hommes sont simples mais honnêtes. Quand ils vont à la bataille, ils ont besoin de se sentir protégés par les dieux. Nous préfèrerions tous qu'ils continuent d'invoquer l'Éternel, mais s'ils doivent mieux se battre sous le regard d'un autre, tu ne feras qu'amoindrir leur détermination en le leur interdisant et cela finira par affaiblir toute l'armée.

Jéhu tint compte de ce raisonnement mais, pour apaiser Élie, il ordonna qu'on creusât un puits. Il l'appela puits d'Abraham en souvenir du patriarche qui avait brisé les idoles de son père, Tharé et il invita tous les soldats qui voulaient prouver leur loyauté envers l'Éternel à y précipiter leurs idoles. Certains acceptèrent, d'autres se récrièrent et beaucoup en furent mécontents, mais Élie prêcha de nouveau pour leur expliquer la suprématie du Très-Haut sur ces misérables figurines d'argile dont ils venaient de se départir. Cela ne suffit pourtant pas à convaincre les plus récalcitrants. Aussi Élie, impatient, somma Jéhu de leur faire jurer fidélité à Dieu. Le chef lui rapporta alors les réserves de ses généraux et le prophète s'emporta alors contre l'idée que le culte de l'Éternel pût affaiblir la nation. Si bien que l'armée finit par se diviser et qu'un malaise s'établit entre ceux qui professaient que l'Éternel est Un et ceux qui L'adoraient parmi d'autres. Au cours du voyage, l'anxiété des hommes privés de leurs statuettes commença cependant à s'apaiser ; chaque soir et chaque matin, Élie parlait à l'armée de l'amour du Seigneur et des grandes choses qu'Il accomplirait pour Son peuple.

Le prophète souffrait de ce long voyage ; il n'en pouvait plus d'entendre ses compagnons de route mentionner sans arrêt les noms d'idoles impies ; ce char à bœufs l'incommodait depuis le début. Il préférait marcher, ainsi qu'il l'avait fait toute sa vie. Et puis, lui qui avait été si solitaire s'acclimatait mal de la foule. Seule la compagnie de Jéhu et des repentants lui apportait du réconfort.

– Ne crains-tu point, lui demanda-t-il un jour, que l'un de tes guerriers idolâtres te dénonce pour avoir cheminé avec un homme tel que moi, honni par la reine qui ne désire rien tant que mettre fin à mes jours ? Ne mets-tu point ta vie en danger en me parlant si ouvertement ?

– Puisque l'occasion m'est donnée de choisir, répondit le valeureux soldat, entre me voir lapidé pour trahison contre la reine ou me détourner de la face de Dieu et souffrir à jamais le tourment d'avoir laissé mon pays sombrer dans l'idolâtrie, j'ai fait mon choix. Si je me détourne du Seigneur, alors la lumière divine me désertera. Notre père Moïse n'a-t-il pas maudit Israël pour avoir fabriqué un veau d'or dans le désert et fléchi le genou devant cette idole ? Et nos conteurs et nos prêtres ne nous disent-ils pas que cette génération de pécheurs fut alors condamnée par le Seigneur à errer quarante ans dans le désert sans pouvoir pénétrer en Terre Sainte ?

Élie fut impressionné par la connaissance dont faisait preuve ce jeune général sur l'histoire de son peuple.

– Tu es un homme droit, Jéhu. Sache que j'ai parcouru chaque recoin d'Israël et que j'ai été frappé de voir à quel point notre peuple ignorait ses origines et ce que nous devons au Tout-Puissant.

Jéhu agita son fouet pour réveiller les bœufs engourdis.

– La plupart de nos frères, poursuivit Élie, ne savent rien des luttes qu'ont livrées nos ancêtres. Ils se rendent rarement au temple où ils pourraient apprendre ces choses des prêtres. Oh ! Ils peuvent réciter certains épisodes et connaissent les noms d'Abraham, d'Isaac et de Jacob. Mais demande-leur d'évoquer les années qui précédèrent la sortie d'Égypte : ils resteront muets !

Jéhu allait répliquer mais Élie poursuivit :

– Ils ignorent que leurs aïeux ont été réduits en esclavage par le cruel pharaon et ses contremaîtres qui les forçaient à travailler à coups de fouet pour édifier les villes-greniers de Pithom et de Ramsès. Connaissent-ils le combat de Moïse, notre maître, pour guider les multitudes d'enfants d'Israël à travers le désert ? Et que savent-ils des luttes incessantes qu'a dû livrer Moïse quarante années durant pour accomplir les commandements de Dieu ?

Il en cracha de mépris.

– Mais il faut leur enseigner... hasarda Jéhu.

– Naturellement ! Il faut les forcer à se rendre au temple et à entendre mes paroles. Si ces simples soldats d'Israël savaient que Dieu avait empêché nos pères revenus d'Égypte à pénétrer sur la Terre Sainte parce qu'ils s'étaient détournés de la face du Seigneur et avaient péché devant des idoles, crois-tu qu'ils persisteraient dans leurs errements ? Ces hommes mettent leur propre vie en danger.

Soudain, une idée traversa l'esprit de Jéhu, une révélation si extraordinaire qu'il en tressaillit.

– Tu es Moïse ! dit-il à Élie surpris. Dieu t'a envoyé pour ramener le peuple de l'Égypte des faux dieux vers la pureté du Sauveur d'Israël. Jézabel est notre pharaon, notre contremaître ; elle est la mer Rouge qui nous empêche d'atteindre la Terre Promise.

Les yeux dans le vague, Élie laissait les paroles de ce remarquable jeune homme pénétrer en lui telles les eaux bénéfiques du Nil quand elles irriguaient les plaines d'Égypte. Et si ce jeune homme avait raison ? Et s'il avait bel et bien été envoyé par le Tout-Puissant pour être un second Moïse ? Il n'avait guère fallu que quelques siècles pour que les enfants d'Israël oublient les leçons que leurs ancêtres avaient si durement apprises. Élie n'était-il pas la voix de Dieu qui criait dans le désert afin que le peuple revienne à Lui ?

Le lendemain matin, après les prières, ils reprirent la route.

– Que feras-tu une fois arrivé à Samarie ? demanda Jéhu. Quitteras-tu l'armée au pied de la colline pour t'enfuir dans la campagne ?

Élie éclata de rire.

– Sot que tu es ! N'as-tu point encore deviné que l'Éternel t'avait envoyé vers moi pour que tu sois mon Aaron ? Tu es ma force et mon espoir. Jusqu'à ce jour, je prêchais dans les ténèbres de ma solitude. Maintenant, je puis m'appuyer sur ton bras. Non, je ne fuirai pas mon devoir. Je sais désormais ce que le Seigneur attend de moi. J'irai prêcher la parole du Tout-Puissant au peuple d'Israël d'une voix si forte qu'elle dominera les plaintes et les artifices de la catin phénicienne.

Je lui dirai de rejeter l'indigne Jézabel et son époux Achab afin que Dieu visite la terre d'Israël et repousse les attaques du sarkin Assournasirpal. Je prêcherai dans chaque village et dans chaque ville, je dirai au peuple que la nation d'Israël sera écrasée par le talon de fer des Assyriens, à moins que la maison d'Omri n'ait été écartée du trône.

« Car dans mon plus grand accès de désespoir, alors que je m'en retournais dans la gueule noire d'Israël, Dieu m'a envoyé un général, une flèche appelée Jéhu qui frappera droit au cœur du royaume. Dès que je t'ai vu, toi, le vaillant guerrier, qui te tenais devant moi et m'écoutais prêcher la sainte parole à l'armée d'Israël, j'ai su que tu étais l'envoyé du Seigneur.

« Tous ceux qui m'écoutaient gémissaient et grinçaient des dents quand je dénonçais les péchés de mes frères. Mais toi, Jéhu, tu restais là et je te voyais paralysé par mes discours, métamorphosé par la lumière du Tout-Puissant qui descendait sur toi. Et lorsque tu es tombé de tout ton long à mes pieds, j'ai su que l'Éternel était entré dans ton cœur. »

Jéhu s'en souvenait parfaitement. Jamais il ne s'était ainsi senti submergé à la fois par le remords et par la joie. Il avait vu l'ennemi de son roi, Élie, cet homme qu'il avait fait serment de tuer à l'instant où il le verrait, et voici qu'en l'apercevant et en entendant ses paroles, il avait compris qu'il entendait les paroles que Dieu Lui-même avait mises dans sa bouche.

Alors il avait rompu le serment fait à Achab et Jézabel et rentrait à Samarie avec l'armée du roi derrière lui et l'ennemi du roi à côté de lui. Son devoir consistait à préparer les soldats à l'assaut des Assyriens et des traîtres babyloniens. Mais il avait également une autre mission, une mission plus importante encore, confiée à lui par Dieu : purifier le temple, le vider de ses idoles, d'Astarté et de Baal, les amants incestueux.

Dans son esprit, sa démarche prenait forme : il demanderait audience à Achab en se tenant à la tête de ses troupes. Il dirait à son roi que l'armée voulait que l'on débarrassât Israël de ses idoles et de ses faux dieux afin que le Seigneur revînt visiter ce pays et en chasse les Assyriens. Et ce fut ce qu'il dit au prophète, la voix cassée par la crainte qu'il avait de se trouver en présence de Dieu.

Quand Élie entendit ces mots, il crut bondir de joie. Il cria, chanta et rendit grâce au Tout-Puissant dans les cieux.

– Et si le roi refuse, alors tu le passeras au fil de l'épée parce que tu auras l'armée derrière toi et que Dieu armera ton bras. Ensuite, tu t'empareras du trône et le Seigneur me guidera pour trouver un homme qui deviendra roi à la place de ceux de la maison d'Omri, et Israël sera sauvé.

Cependant Jéhu repoussa cette idée avec horreur :

– Non ! Non, je ne puis faire cela. Ce serait pire qu'une trahison. Je ne puis lever l'épée contre mon roi. J'ai déjà trahi en t'épargnant et en te permettant de prêcher devant mes hommes, mais je ne puis tuer mon roi. Je persuaderai Achab que telle est la volonté du peuple.

– Tu ne persuaderas personne ! s'emporta Élie. Il ne t'entendra pas. Sa femme lui a fermé les oreilles à la raison. Elle a infesté son cerveau comme les vers infestent une pomme. Il n'a pas écouté ma voix, il n'entendra pas la tienne. Ne sois pas assez fou pour croire que tu pourras lui parler. Tu dois le frapper. Au nom du Seigneur.

– Non ! répéta Jéhu. Je lui ai juré fidélité ainsi qu'à ses successeurs à venir. J'ai juré au nom de Dieu. Tu ne peux me demander d'oublier mon serment. Quelle serait la valeur d'un serment s'il m'était permis de le briser ?

– L'Éternel te permettra de briser ton serment. Tu as juré en Son nom. Tu agiras ainsi pour la plus noble des raisons. Pour Dieu Lui-même.

– Mais un serment de sang ne peut jamais être rompu, gémit Jéhu. C'est la mort qui m'attend.

– Homme borné et sans tête ! s'écria Élie. Tu dois tuer Achab et Jézabel. Je te l'ordonne !

– Dieu le frappera à mort, murmura Jéhu en soutenant le regard du prophète. Dieu sera l'épée. Je ne peux pas... je ne *veux* pas.

Consterné, Élie continua de fulminer intérieurement contre la bêtise de ce jeune entêté. Et le voyage reprit et se poursuivit en silence jusqu'au campement de la nuit.

Le jour suivant, Élie afficha une humeur chagrine mais, à trois jours de Samarie, il finit par admettre que le roi ne serait pas exécuté purement et simplement comme il le désirait. Il avait en même temps pu se rendre compte que sa sécurité était assurée tant qu'il voyageait en compagnie du général des armées du roi. Comment, dès lors, Jézabel ou même Achab, pourraient-ils menacer son existence ? À l'abri de leur courroux, le prophète irait dispenser la parole du Seigneur à travers Israël ; et peut-être finirait-il par trouver un moyen, grâce à Jéhu, de réunir les deux royaumes. S'il l'utilisait à cette fin, l'aide de Jéhu lui serait en effet plus profitable qu'à vouloir occire le roi et la reine. Car cela ne constituerait que la moitié de sa mission. Toute la progéniture de la maison d'Omri, les épouses d'Achab, sa mère, ses sœurs et frères et ses jeunes fils devaient être décimés. Il fallait anéantir la maison d'Achab, fils d'Omri, et les maudits idolâtres une fois pour toutes.

En l'honneur de son retour, un somptueux festin avait été organisé avec, au centre de la table royale, une surprenante composition d'oiseaux mâles disposés sous forme de bouclier. Lagopèdes, alouettes, aigrettes d'élevage, flamants et grives-geais étaient rangés en cercles concentriques de l'extérieur vers l'intérieur du plateau gigantesque qu'il fallut dix hommes pour apporter. Et, au centre de ce bouclier démesuré, apparaissait l'effigie du roi d'Assyrie pliant le genou devant le roi Achab qui lui écrasait la tête du talon ; les deux portraits avaient été sculptés dans un mélange de gommes égyptiennes et philistines, colorées et aromatisées de jus de fruits et de noix pilées, le tout incorporé à une pâte de lait de chèvre fermenté qui avait mis une nuit à se solidifier.

Mais la fête fut quelque peu retardée. Les convives réunis pour célébrer le retour d'Achab le conquérant interrogèrent le sénéchal. Celui-ci répondit d'un sourire narquois et pria l'assemblée de satisfaire le bon plaisir du roi. Seul ce serviteur savait se qui se passait vraiment et il n'en eût rien dit au prix de sa vie. Car pour l'heure, le roi Achab ne remplissait aucune tâche officielle : il se trouvait en compagnie de la reine et rien ni personne n'eût su écourter de tels moments ; jamais le sénéchal n'avait vu homme plus amoureux, ni femme plus rusée.

Prenant le devant sur ses troupes, le roi avait galopé jusqu'à Samarie depuis la frontière phénicienne, escorté de six généraux ainsi que de ses secrétaires, de ses conseillers, de dix prêtres et prêtresses de Baal et d'Astarté, et de deux prêtres d'Adonaï. Son entrée à Samarie fut saluée par une foule immense qui envahit les rues à l'instant où les trompettes de la porte de Tyr annoncèrent son arrivée.

Achab accepta l'hommage avec sérénité, souriant et leur adressant des signes tel un héros. Mais en son cœur, il se sentait comme un homme vaincu. Car, avec Etbaal, son beau-père, il avait quitté l'assemblée des armées et redéployé ses troupes pour protéger sa patrie de la progression inévitable du roi d'Assyrie et du traître Basar, roi de Babylonie. Nul doute que l'arrogant Assyrien et son allié félon allaient surgir sous peu aux portes d'Israël avec leurs engins de guerre, leurs béliers et leurs chars pour détruire une cité après l'autre jusqu'à assiéger Samarie.

Restait à Achab à avouer à ses sujets que son retour n'était pas une victoire mais l'annonce d'une défaite quasi certaine. Le peuple allait devoir se préparer à un affrontement dévastateur, au désastre et à l'esclavage. En attendant, il caracolait par les rues de sa capitale et savourait l'ovation.

En réalité, il s'était hâté pour retrouver Jézabel. C'était la première fois, en quatre années de mariage, qu'ils étaient séparés et il lui tardait de la rejoindre, de humer ses parfums, de caresser ses courbes, de frissonner à ses folles initiatives qui prouvaient à quel point elle savait anticiper chacun de ses désirs.

Il avait espéré qu'elle l'attendrait à la porte du palais en compagnie des chantres et des poètes ; à sa grande déception, elle n'était pas là. Il en éprouva un brusque élan de colère et demanda d'un rugissement qu'on aille quérir la reine. Pour toute réponse, son chambellan vint lui murmurer à l'oreille :

– Grand roi, la reine vous attend dans sa chambre.

Achab se précipita sans laisser aux poètes le temps de réciter leurs œuvres et courut à travers les couloirs jusqu'aux appartements privés de son épouse. Il ouvrit les portes, s'imaginant la trouver offerte, dans le lit, comme lorsqu'il était rentré d'une visite chez le roi de Moab. Une fois de plus, il fut déçu. Il se retrouvait sur le seuil d'une pièce plongée dans l'obscurité, les fenêtres drapées de lourdes tentures qui occultaient le soleil. Un parfum inconnu embaumait l'air, celui d'un corps de femme au comble du désir. Il referma doucement les portes derrière lui et souffla :

– Jézabel ?

Soudain il se sentit effleuré non par les doigts de sa femme mais par d'agaçants fils de soie qui lui donnèrent l'impression de s'enchevêtrer dans une toile d'araignée. C'est alors que s'élevèrent les chants. Des voix infiniment douces accompagnées par les accords d'une harpe, tel un chœur d'anges profanes.

Deux mains saisirent ses poignets et les lui lièrent dans le dos à l'aide de fils de soie. Il sourit et se prit au jeu. Voilà des semaines qu'il vivait dans un danger permanent. Chaque fois qu'il tournait la tête, il sentait une menace, chaque bruit pouvait signifier sa mort. Mais là ne régnait qu'une fièvre intense. Que pouvait avoir inventé sa femme pendant son absence ? Il se souvint de ce qu'elle lui avait dit quand ils avaient échangé de doux adieux au moment de son départ : « Reviens-moi victorieux et sauf, mon époux, et je te montrerai le paradis. »

Ainsi entrait-il au paradis. Les mains qui le retenaient vinrent placer sur ses yeux un masque doux qui épousait à la perfection la forme de son visage. Il fut guidé ainsi vers le lit de sa femme et allongé sur la fourrure odorante d'une peau de bête. Des mains, les mains agiles de plusieurs femmes, détachèrent le cuir et le bronze de son plastron, dénouèrent ses brassards, ses jambières et ses sandales, son tablier de métal et ses vêtements de lin, pour le laisser complètement nu. Puis les liens de soie se dénouèrent et ses bras furent levés vers le ciel de lit, attachés chacun à une colonne. Les mains mystérieuses firent de même sur ses chevilles.

Le roi d'Israël se trouvait maintenant écartelé, tels les lâches abandonnés sur une fourmilière avant que les insectes ne déchiquettent leur chair en de multiples et douloureux lambeaux. Mais lui ne reposait pas sur une fourmilière et, quand il sentit des linges tièdes laver son corps, des doigts masser son crâne puis des peignes coiffer ses cheveux, il sut qu'il avait franchi le seuil du paradis.

D'une voix étranglée par le désir, il prononça de nouveau le nom de sa femme :

– Jézabel !

Dans l'obscurité enveloppante, comme lointain et proche à la fois, le timbre voluptueux de la reine lui répondit :

– Pas encore, ô mon roi, pas encore ; tu n'es pas prêt. Il reste beaucoup à faire à Israël pour accueillir le retour de son héros. Le chemin de sa victoire doit être préparé comme mon corps se prépare à recevoir le tien.

Cette fois, il sentit des serviettes chaudes lui sécher la peau jusque dans ses moindres recoins et d'innombrables doigts le massèrent avec habileté, lui arrachant des geignements puis des cris de plaisir.

Il pensa alors que ces nymphes en avaient fini. Lorsque les essences aromatiques eurent pénétré sa chair, il crut qu'elles allaient lui ôter son masque et quitter la chambre afin qu'il se retrouvât enfin seul avec son épouse, mais il se trompait. Il sentit les lèvres de quatre, cinq ou même six femmes lui baiser la peau, leurs langues parcourir avec ardeur chaque partie de son corps. De nouveau, il se laissa emporter par le vertige de ces délices, de plus en plus anxieux de ne pouvoir se retenir plus longtemps.

– Jézabel ! cria-t-il. Combien de temps encore vas-tu rester éloignée de moi ? Ôte-moi ces liens, ce masque, que je puisse enfin contempler ma femme !

Un joli rire lui répondit :

– Patience, ô mon roi, tu n'es pas prêt à labourer le champ de mon amour.

Elle savait qu'il était rentré vaincu, le messager le lui avait appris, mais elle tenait à ce qu'il sût qu'elle le considérait comme un héros.

– Combien de temps devrai-je endurer cette torture ? se fâcha-t-il. Je te demande... je t'ordonne de venir à moi. Renvoie ces femmes. C'est toi que je veux.

– Pas encore, répliqua-t-elle fermement. Car je veux t'offrir un dernier plaisir avant de devenir le fourreau de ton épée.

Soudain son bandeau lui fut ôté. Une semi-obscurité régnait dans la pièce car quelques bougies y avaient été allumées. Il distingua tout de suite six femmes nues en qui il reconnut des prêtresses d'Astarté. Il chercha des yeux son épouse et finit par la découvrir, assise dans un fauteuil suspendu au plafond par des cordes. Elle aussi était nue, face à lui, les jambes écartées au bord du siège. À ses pieds se tenait son esclave abyssinienne, une femme plus grande et plus forte que bien des hommes, qui tenait lieu davantage de garde du corps que de servante, et son visage disparaissait entre les cuisses de la reine.

De sa vie, Achab n'avait vu deux femmes occupées à faire ce que le Tout-Puissant réservait à mari et femme. Pourtant, elle était là, tout près de lui, sa reine aux yeux clos, abandonnée, la bouche entrouverte, la tête renversée comme si elle flottait entre ce monde et les cieux.

Il n'était pas revenu de sa surprise qu'une prêtresse le chevaucha avec la vigueur d'un cavalier ; cependant, il ne pouvait détacher ses yeux de Jézabel. En trois poussées, il retomba sur le lit en émettant un vagissement. À cet instant, la reine plaqua la tête de l'esclave éthiopienne contre elle et hurla à l'unisson avec son mari, tous deux rassemblés dans le même délice et pourtant séparés.

*
**

Quatre hommes ronflaient bruyamment à proximité du trône, en partie parce qu'ils étaient ivres, en partie parce qu'ils avaient encore la bouche pleine de victuailles au moment où ils étaient tombés dans leur léthargie. D'autres s'excusaient auprès du roi et de la reine pour leur inaptitude à rester éveillés, d'autres encore luttaient contre le besoin de quitter la fête tant ils étaient malades, sachant quel camouflet cela constituerait envers la famille royale. Tous se demandaient comment Achab et Jézabel pouvaient résister si longtemps, l'air serein, bavardant avec tous, comme s'ils ne ressentaient rien de leur débauche de nourriture et de vin.

Le palais venait de passer les deux journées qui avaient suivi le retour du roi à festoyer. Poètes achéens, mages égyptiens, conteurs phéniciens, danseurs abyssiniens, acrobates des anciennes vallées édomites, hommes du lointain Orient qui marchaient sur le feu, femmes qui traçaient des motifs dans l'air à l'aide de longs rubans, ainsi que beaucoup d'autres, s'étaient ainsi succédé. Les convives ne cessaient de s'excuser pour aller se reposer quelque temps dans les chambres mises à leur disposition avant de revenir en s'efforçant d'avoir l'air frais et disposés à reprendre les réjouissances.

Nul n'entendit le remue-ménage devant les portes du palais. Nul ne se rendit compte que Jéhu, le commandant en chef de l'armée, était enfin rentré en compagnie de ses hommes qui déchargeaient leurs chariots et embrassaient leurs femmes et leurs enfants accourus les accueillir dans la liesse. Nul n'entendit Jéhu gravir les marches du palais puis pénétrer devant la salle des festins.

Seul Achab l'aperçut, comme nimbé d'une aura sur le seuil de la pièce. Cela évoqua un souvenir au roi ; il avait déjà vu, dans cette même enceinte, une ombre se découper devant l'entrée et sa vie entière en avait été bouleversée. Mais la fatigue et le vin l'empêchèrent de donner des contours plus précis à ce souvenir confus.

En reconnaissant son jeune général, il crut distinguer une autre silhouette près de lui, qui n'avait pas l'allure martiale d'un jeune soldat ni la suffisance d'un prêtre ni l'élégance d'un ambassadeur. Non ! L'homme qui se tenait derrière Jéhu était un voyageur, un arpenteur de désert. Une onde de frayeur parcourut les membres du roi. Il avait beau ne pas distinguer les traits du nouveau venu, il savait déjà qu'il avait devant lui celui qui le maudissait au nom du Tout-Puissant. Alors les souvenirs lui revinrent avec une effrayante acuité... son père qui se tenait à sa place dans cette même salle et qui en était mort... Le même sort le guettait-il maintenant ? La sueur perla sur son front, il se mit à trembler.

Jéhu s'avança, Élie demeura sur place, comme s'il attendait encore son heure.

– Ô roi ! cria le jeune homme.

L'assistance grouilla de murmures.

– Ton armée est rentrée victorieuse, poursuivit Jéhu, et j'ai appris par mes messagers que le sarkin Assournasirpal et son armée ont dû remonter vers les montagnes où des tribus ont mené une attaque contre les régions du nord de l'Assyrie. Le roi de Babylonie a regagné ses terres et se dresse désormais en ennemi de tous ceux qui hier se sont alliés avec lui ; que son nom soit maudit à jamais !

La léthargie qui s'était emparée du roi Achab depuis la surprise réservée par son épouse, suivie de ces longues heures de beuveries et de festivités, s'évanouit sur-le-champ.

– Explique-toi ! lança-t-il à son général.

– Le lion assyrien a couru se réfugier dans son antre. Alors qu'avec le Babylonien ils marchaient vers la Phénicie et Israël, un événement imprévu s'est produit.

« Les troupes assyriennes ont été attaquées par une importante troupe de montagnards rebelles, ce qui a obligé Assournasirpal à diviser son armée et l'a trop affaiblie pour poursuivre sa marche vers le sud ; il est demeuré chez lui afin d'y lécher ses blessures. La lionne babylonienne, abandonnée par son compagnon, s'est cachée pour préserver ses petits. Israël et les autres royaumes, de la Phénicie à l'Égypte, sont désormais à l'abri de toute menace du Nord. Gloire à Dieu pour nous avoir donné la victoire ! »

Achab se leva et faillit escalader la table pour aller étreindre son commandant en chef. Il était sauvé, la guerre n'aurait pas lieu. Il allait pouvoir nouer de nouvelles alliances et former un rempart contre les agresseurs du septentrion.

Il fallut aux convives un certain temps pour prendre conscience que leurs vies n'étaient plus menacées. Jéhu se rapprocha de l'estrade royale.

– Et maintenant que nos ennemis sont vaincus hors de nos frontières, il est temps de vaincre celui qui nous ronge en notre sein.

Achab se leva et s'écria :

– Courageux Jéhu, tu es le chef de mes armées ! Sur tes jeunes épaules, j'ai placé la sécurité d'Israël et j'ai été payé de ma décision par ta bravoure et ta sagesse. Il me reste à te récompenser. Va, maintenant, repose-toi ; nous discuterons demain de la rétribution qui sied à ta loyauté et tes services...

– Écoute, ô Israël, rugit Élie, comment se propage la corruption ! Achab tente d'introduire le ver de la dépravation dans les plus jeunes branches de l'arbre du peuple. Mais la branche ne pliera pas. Le fruit ne pourrira pas et ne tombera pas sur ton ordre. Devant toi, Israël, se dresse l'arbre de la Sagesse !

Jézabel dévisageait le prophète, interdite. Comment avait-il pu entrer dans le palais ? Comment son ennemi mortel osait-il se présenter dans cette salle ? Les gardes se consultaient du regard sans trop savoir s'il fallait intervenir contre cet homme désarmé. Comme dans un mouvement de tenailles, un contingent de soldats entrés à la suite de leur général marchaient à la suite d'Élie, laissant clairement entendre aux gardes qu'il valait mieux ne pas se risquer à porter atteinte au prophète.

Quant à Jézabel, elle comprit aussitôt qu'ils avaient affaire à une sédition et ses traits se tordirent de fureur. Voyant l'éclair de haine qui brillait dans ses yeux, Élie interpella le couple :

– Achab et Jézabel, ne vous croyez pas en sécurité dans votre couche parce que le sarkin Assournasirpal s'est éloigné ; ne pensez pas que vos villes sont à l'abri parce que Babylone a regagné ses palais...

La reine se leva et, désignant Élie du doigt, hurla aux gardes :

– Arrêtez-le ! Tuez-le !

Les hommes brandirent leurs épées ; aussitôt les soldats de Jéhu en firent autant. Les convives se mirent à hurler et certains tentèrent de s'enfuir. Mais Jéhu avait devancé leurs réactions.

– Quiconque lèvera la main sur Élie, le prophète du Seigneur, devra en rendre compte à Dieu. La foudre tombera sur celui qui portera le premier coup et il sera réduit en cendres. Frapper Élie revient à défier le Nom de Dieu.

Les gardes s'arrêtèrent net, au grand dam de Jézabel : voilà qu'ils obéissaient à ce jeune général et non à leur reine !

– Saisissez-le ! cria-t-elle.

Mais le capitaine de la garde interrogeait Achab du regard. Jézabel se tourna vers son époux sans comprendre, dans l'espoir qu'il la protégeât contre son ennemi.

– Attendez ! dit le roi. Il ne sera pas versé de sang dans ce palais après une si grande nouvelle !

La reine le foudroya des yeux.

– Quoi ? Serais-tu pareil à ton père, trop faible pour affronter ce... ce...

À bout d'arguments, elle gardait le doigt pointé sur Élie.

– Toi, mon chef des armées, reprit le roi à l'adresse de Jéhu. Comment as-tu pu introduire l'ennemi d'Israël dans notre palais ?

– Grand roi, Élie n'est pas l'ennemi d'Israël. Ce sont les prêtres et les prêtresses de Baal et Astarté qui ont provoqué tout le mal. Les bosquets où hommes et femmes d'Israël commettent la faute de l'adultère, voilà ce qui nous affaiblit. Israël ne pourra vraiment se défendre contre une attaque du sarkin ou de ses semblables que lorsque le temple aura été débarrassé de ces faux dieux.

Jézabel ne pouvait en tolérer davantage. Si Achab, les gardes du palais et le chef des armées étaient contre elle, il lui restait à s'emparer elle-même d'une dague pour tuer son adversaire. Elle s'apprêtait à le faire quand Élie, qui avait percé ses intentions, dirigea son bâton vers les prêtres et prêtresses des dieux étrangers, qui assistaient à la scène complètement pétrifiés, les invectiva, l'un après l'autre :

– Toi ! Prêtre ! Ton dieu, Baal, est-il un dieu puissant ?

L'homme lui répondit :

– Oui. Baal est le plus puissant des dieux. C'est le Seigneur, le créateur du monde, le dieu du ciel et de la terre...

Élie interpella ensuite la supérieure :

– Et toi, prêtresse, avec tes lèvres et tes joues peintes, tes allures de débauchée et ton immoralité... Ta déesse Astarté est-elle une déesse puissante ?

– C'est la plus puissante des déesses. Elle commande au matin, elle est la voix des étoiles, la musique des cieux.

– Assez ! siffla Jézabel. Personne n'a donc le cœur de tuer mon ennemi ?

Submergée de rage, elle contourna la table, saisit une dague à la ceinture d'un soldat. Élie pointa son bâton directement sur sa poitrine.

– Arrête ! Au nom de l'Éternel, je t'ordonne de ne point t'approcher de moi.

Folle de colère, Jézabel hurla :

– Impudent ! Je suis la reine ! Je ne reçois d'ordre de personne !

– Baal ne t'ordonne donc rien, Jézabel ? N'obéis-tu point aux ordres d'Astarté ?

Elle se figea. Un sourire creusa la face tannée d'Élie. Il avait gagné. Même Jézabel n'osait plus réagir quand il invoquait ses dieux et ses déesses contre elle.

Comme s'il ne voyait plus en elle qu'une enfant turbulente, Élie se détourna pour s'adresser au prêtre et à la prêtresse. Ses intonations impérieuses avaient fait place à une ironie satisfaite :

– Je suis ravi que votre dieu et votre déesse soient si puissants. Car, si ce que vous dites est vrai, il faudra bien que l'Éternel s'incline devant eux.

Chacun retenait son souffle dans l'attente de ce qui allait suivre. Triomphant, Élie proclama :

– Puisque Baal et Astarté et les autres dieux des Phéniciens et des Philistins, des Égyptiens et des Babyloniens sont si forts, il faudra bien que mon Dieu leur prête allégeance, s'agenouille devant eux et leur baise les pieds.

Le prêtre de Baal rétorqua avec enthousiasme :

– Évidemment ! Vieux fou du désert, nos dieux sont dix... cent fois... plus forts que ton Yahvé.

Jézabel, flairant le piège qui leur était tendu, jeta un regard furtif en direction d'Achab. Lui aussi s'attendait à une embûche et sa femme lisait la crainte dans ses yeux. Cet Élie de malheur s'approchait d'eux avec la duplicité d'un serpent, se faufilait entre chaque obstacle dressé devant lui, fascinait ses proies pour mieux les attraper. Ou les frapper à mort, d'une seule morsure.

La prêtresse se joignait au prêtre pour mieux chanter les louanges d'Astarté :

– Ma déesse est la plus grande déesse qui soit. Devant elle, toutes les divinités s'inclinent avec jalousie. Adonaï s'inclinera devant elle et lui baisera les pieds. Ma déesse Astarté est la terre nourricière qui prodigue leurs fruits aux arbres et la vie aux jeunes animaux dès l'arrivée du printemps. Ma déesse épousera Adonaï et le rendra heureux, ainsi qu'Israël. Ma déesse est...

– Certes, rétorqua Élie, ta déesse est très puissante si elle désire être l'épouse de l'Éternel et Lui donne tout ce que tu prétends. Et ton dieu Baal est tout aussi puissant s'il peut accomplir tout ce que vous prétendez.

Tournant le dos au roi et à la reine – il ne craignait plus d'être poignardé –, le prophète s'adressa aux convives d'un ton amène :

– Fils et filles d'Israël, vous êtes assemblés ici pour célébrer la victoire d'Israël sur le sarkin Assournasirpal. Ce fut une belle et grande victoire. Mais combien d'hommes ont péri au combat ?

Il attendit un instant, obtenant pour toute réponse un silence glacial.

– Quoi ? Aucun ! reprit-il. Comment est-ce possible ? Notre grand et puissant roi serait-il capable de livrer bataille sans déplorer de victimes ?

Achab considérait ses invités, leurs visages interrogateurs, leur gêne. Nul, hormis Jézabel et lui, ne semblait comprendre où Élie voulait en venir.

– Sans doute l'un des dieux phéniciens aura-t-il protégé l'armée, continuait celui-ci avec une féroce délectation. Sans doute Baal aura-t-il décidé d'étendre son aile sur l'armée d'Israël... Après tout, combien de fois est-il venu à notre aide par le passé ? Était-il là quand Abraham a brisé les idoles de son père ? Était-il là quand Moïse a défié le cruel pharaon ? Ce dieu phénicien était-il là quand les enfants d'Israël ont été sauvés des griffes de l'armée égyptienne ? Ce dieu-là a-t-il fendu les eaux de la mer des Roseaux ? Ce sont donc Baal et Astarté qui, grâce à une colonne de nuée le jour et une colonne de feu la nuit, ont guidé les enfants d'Israël dans le désert ? Ce sont Baal et Astarté qui sont apparus à Moïse sur le mont Sinaï et nous ont donné la Loi qui régit notre vie ?

À la stupéfaction de Jézabel, l'assemblée tout entière parut s'émouvoir d'un seul coup. Comme si la lumière de la raison éclairait soudain les yeux de chacun. La reine était en train de perdre le combat sans même pouvoir lutter.

– À en croire votre grande reine, Jézabel, ses dieux phéniciens sont plus forts que le Seigneur...

Et Élie s'interrompit. Son silence décontenança l'auditoire qu'il avait subjugué, et tous le dévisagèrent, qui, immobile, contemplait le plafond de la salle des festins, l'air éperdu.

Subitement, chacun tressaillit, les femmes crièrent, les gardes brandirent leurs épées, alors qu'Élie levait les bras au ciel en poussant un hurlement qui n'était pas de ce monde. Il se prit la tête entre les mains comme transpercé par une insupportable douleur et tomba au sol en se tordant dans tous les sens, ses jambes battant l'air, ses bras s'agitant, son corps se contorsionnant comme pris dans un tourbillon furieux. Et tout le temps qu'il s'agita ainsi, sa voix ne cessa d'implorer :

– Oui, Seigneur, oui, Tout-Puissant, oui Élohim...

Achab avait blêmi. Tout aussi brusquement qu'il était tombé, Élie cessa de bouger et demeura prostré à terre, les bras et les jambes écartés.

Nul ne bougea. Chacun retint son souffle. Tous les yeux restaient fixés sur le prophète qui haletait. Jéhu lui-même restait paralysé, observant la scène avec épouvante. Fallait-il intervenir ? Comment pourrait-il toucher un homme possédé par le Très-Haut ? Pourtant, il ne lui semblait pas que l'Éternel fût dans cette salle, car le visage d'Élie grimaçait de douleur. Et si un démon s'était emparé de son âme ? S'il avait perdu l'esprit ?

Lentement, silencieusement, le prophète se releva en s'aidant de son bâton. Les yeux mi-clos, la face crispée, il tendit son bâton sur le prêtre et la prêtresse et, d'une voix caverneuse, venue d'une insondable éternité, il prononça des mots qui ne provenaient pas de lui :

– Je suis celui qui suis, Je suis celui qui est. Je suis le Seigneur d'Israël, le Dieu qui a fait sortir Mes enfants de la terre d'Égypte, de la maison de servitude. Il n'est point de dieu devant Moi. Je suis qui Je suis. Élie, Mon serviteur, est Ma voix ainsi que Moïse, Mon serviteur, fut Ma voix devant le cruel pharaon d'Égypte ; et, comme Moïse, Mon serviteur, frappa l'armée égyptienne, voici que Je donne le pouvoir à Élie de frapper les faux dieux et déesses de Phénicie.

« Car Je n'entrerai pas dans le palais d'Achab, ni dans les maisons d'Israël tant qu'ils seront souillés et corrompus par la présence de faux dieux et d'idoles. Abraham, Mon serviteur, a détruit les idoles de son père Tharé et suivi Ma voie. Voici que Ma demeure est de nouveau infestée par le Seigneur des Mouches et tous ceux qui fabriquent des idoles et déshonorent Mon temple. Moi, le Seigneur du Ciel et de la Terre, Je vous ordonne de rejeter vos faux dieux et de les bannir de ce pays maintenant et à tout jamais. Car Je suis le seul vrai Dieu. Un Dieu jaloux. Nul ne se placera devant Moi, car nul n'existera après Moi. »

Tous reculèrent d'effroi devant le signe de l'Éternel. Hommes et femmes, certains d'être en présence du seul Dieu, tombèrent à genoux et se cachèrent la face. Certains eurent la présence d'esprit d'ôter leurs chaussures. Mais pas Jézabel. Elle-même avait souvent feint d'être habitée par l'esprit d'Astarté pour soutirer de son père une faveur. Et chaque fois Etbaal exauçait ses désirs. Il lui fallait trouver une parade.

– Bienvenue, Adonaï, s'exclama-t-elle à la stupeur générale. J'espérais tant que tu te joindrais à nous ! Ta présence nous as manqué. Ma déesse Astarté attendait que tu viennes à elle : elle est belle, chaleureuse et accueillante. Suis-moi dans ma chambre et je te montrerai que le paradis peut régner sur terre. Il est temps pour toi de prendre femme. Ainsi tu connaîtras la déesse Astarté et la terre deviendra féconde et le peuple du royaume d'Israël croîtra et multipliera.

Élie grimaça davantage et il planta son regard dans les yeux de Jézabel.

– Femme sotte, impie et débauchée ! cria-t-il. Toi qui souilles de ton inconduite le trône sur lequel ont siégé Saül, David et Salomon, que la mort soit le prix de tes turpitudes et que la malédiction frappe ta descendance maudite. Tes fils passeront tous par le fil de l'épée. Tes filles seront vendues comme prostituées. Ton corps sera brisé et les chiens viendront boire ton sang.

Émergeant de son silence, Achab brandit son épée :

– Nul ne profère de menaces à l'encontre de la reine d'Israël...

Mais il n'eut pas le temps d'aller plus loin car Élie, d'une voix d'outre-tombe, s'adressait à lui :

– Silence, Achab ! Prosterne-toi devant Moi. Je suis qui Je suis. C'est Moi qui t'ai placé sur le trône. Et c'est Moi qui t'en chasserai. Car tu es poussière et tu retourneras à la poussière. Je suis le Seigneur ton Dieu. Frappe Mon prophète Élie et tu Me frapperas. Et le prix du blasphème est la mort.

De nouveau, la salle fit silence. Alors Élie, la face contorsionnée de haine devant le couple royal, proclama :

– Prêtre du dieu Baal ! Je suis l'Éternel, le Dieu du ciel et de la terre. Je te dis que tu sers un faux dieu. Si c'est un vrai dieu, qu'il vienne Me combattre. Si Je suis le seul véritable, Je le vaincrai. Dans le cas contraire, Je quitterai Israël pour toujours. Car Moi, Je défie Baal et toutes les idoles de toutes les nations. Je les défie à l'autel du sacrifice. Amène tous tes prêtres et toutes tes prêtresses devant un autel sur la place publique. Placez-y un taureau que tu auras sacrifié. Placez le taureau sur du bois afin que le feu le consume. Mais n'enflammez point le bois. Laissez Baal embraser ton feu. Laissez-le envoyer un éclair et enflammer le bois qui consumera le taureau. Car ceci prouvera que Baal est un dieu aussi puissant que Moi. Et si le taureau offert à Baal est consumé, alors Je quitterai Israël à jamais et son peuple sera le peuple de Baal.

« Mais si Baal n'envoie point de feu, cela prouvera que Baal et tous les autres sont de faux dieux. Alors Je prouverai Ma puissance devant tout Israël. J'ordonnerai à Élie, Mon serviteur, de bâtir un autre autel. Et il sera seul, sans prêtre ni prêtresse pour l'aider. Car Mon prophète sur la terre est Ma voix et n'a besoin de personne d'autre. Élie construira un autel à l'aide de douze pierres pour les douze tribus que J'ai ramenées d'Égypte. Et Élie, Mon prophète, placera du bois sous le taureau et il n'incendiera point ce bois. J'enverrai un éclair qui embrasera le bois et consumera le taureau. Et quand la chair du taureau sera consumée en offrande à l'Éternel, alors Israël saura que l'Éternel est son Dieu. Alors Israël verra que l'Éternel est le seul Dieu véritable et que Baal et tous les autres sont faux et ne sont que pierre et bois. Et tout Israël se lèvera dans sa colère pour détruire les bosquets dans lesquels la fausse déesse Astarté force Mon peuple à commettre des abominations, et Je débarrasserai le temple des idoles qui sont une offense à Mes yeux ; et tout Israël se lèvera dans sa colère pour lapider les faux prêtres et prêtresses de Baal et d'Astarté. Et ceux qui seront venus de Phénicie fuiront cette terre et retourneront dans les nids pestilentiels d'où ils sont venus. Car Je suis un Dieu impitoyable. Je suis lent à la colère mais Ma fureur éclate lorsque Je vois comment Israël s'est détourné de Moi. Ainsi parle l'Éternel, votre Dieu et Dieu de vos ancêtres, Abraham, Isaac et Jacob... »

Les femmes défaillirent tandis qu'Élie retombait sur le sol, inerte.

CHAPITRE 18

La nouvelle fut transmise par des messagers aux villes et villages à moins de sept jours de marche de la capitale d'Israël. Cependant, elle se répandit beaucoup plus loin et les peuples voisins – de Juda, de Moab, de la Phénicie et même d'Édom – eurent vent du grand défi et abandonnèrent aussitôt leurs champs, leurs ateliers et leurs maisons pour se rendre à Samarie. Le voyage promettait d'être long et difficile pour nombre d'entre eux mais tous voulaient assister à l'événement.

Une délégation de prêtres du temple de Jérusalem vint annoncer au roi de Juda qu'il était de leur devoir d'aller constater la victoire certaine du seul Dieu véritable contre Baal.

Des rumeurs se répandirent à travers la nation d'Israël selon lesquelles des voyageurs avaient même traversé les montagnes de Moab, où l'on adorait des dieux aux noms difficiles à prononcer, aux pouvoirs terribles et dont la seule vue tuait le mortel qui venait à en surprendre les visages. Mais, qu'ils fussent fidèles à l'Éternel ou qu'ils adorent en secret ou ouvertement les dieux de Phénicie ou d'autres nations, ces gens venaient de partout pour justifier leur foi et renouveler leur confiance au dieu qu'ils priaient, quel qu'il fût. Car Élie avait annoncé que, durant cette journée de défi, l'une des divinités projetterait un éclair qui consumerait l'animal sacrifié.

Jamais plus, comme au temps des patriarches, Abraham, Isaac et Jacob, ou celui du retour des enfants d'Israël et de Moïse vers la Terre Promise, ou celui des Juges, le Très-Haut ne s'était ainsi manifesté. Et, depuis le temps de Salomon, l'Éternel n'avait plus révélé Sa présence qu'à travers Sa voix auprès de ceux qui Le vénéraient. Bien que le peuple d'Israël L'eût prié, imploré et supplié de l'aider dans ses épreuves, l'Éternel s'était rarement tourné vers eux et n'avait plus révélé Sa présence à travers aucun buisson ardent.

Un mois s'était écoulé depuis le défi et, ce matin-là, ils affluaient par milliers. Élie était protégé par les prêtres du temple ainsi que par un escadron de soldats qui veillaient sur lui jour et nuit sous les ordres de Jéhu, le chef des armées. Il ne mangeait plus, ne se déplaçait plus, ne dormait plus seul car tous craignaient que les prêtres et les prêtresses – ou plus vraisemblablement Achab ou Jézabel – ne tentent de le faire assassiner.

En vue du grand jour, les curieux se rendaient au mont Carmel et s'installaient sur l'herbe des prés. À mesure qu'approchait l'affrontement entre l'Éternel et les autres dieux, les gens arrivaient de tous les horizons pour se bousculer sur les chemins menant à la capitale.

La même question courait sur toutes les lèvres : Dieu allait-Il se dévoiler ? Tous étaient déjà certains que ni Baal, ni Astarté, ni, évidemment, El, ni aucun autre dieu phénicien, n'exaucerait le désir de leurs prêtres : ces dieux ne se dévoilaient qu'entre eux, jamais au peuple. Ils ne s'extériorisaient auprès des humains qu'à travers les éléments qu'ils contrôlaient : la mer, le vent, le soleil, la lune, les moissons, les arbres, les rochers et la terre elle-même. Aussi l'idée que les dieux de Phénicie pourraient répondre aux incantations de leurs prêtres paraissait-elle saugrenue. Seule subsistait la question : l'Éternel allait-Il apparaître ?

Jézabel était enchantée de voir tant de gens se presser dans son royaume. C'était le moment qu'elle attendait depuis que le défi avait été lancé. Elle avait passé beaucoup de temps dans ses appartements avec ses prêtres, à chercher un moyen de faire brûler le bois sans que le peuple ne s'aperçût de la supercherie. Évidemment, ils comptaient utiliser les propriétés de l'eau de feu du désert, néanmoins, ils craignaient d'être percés à jour. Tant d'Israélites avaient vu Jézabel s'en servir devant les remparts des villes. En outre, elle y avait eu souvent recours pour divertir ses convives pendant ses banquets.

Elle n'en gardait pas moins le secret. Nul ne savait de quoi il s'agissait ni d'où cela provenait. Mais beaucoup en connaissaient les effets. Aussi tout le monde l'accuserait, elle ou ses prêtres, d'avoir employé ce subterfuge si son bois venait à s'enflammer. Ce qui causerait fatalement la victoire d'Élie.

– Nous pourrions placer l'eau de feu sous la peau du taureau, suggéra-t-elle, et, lorsque vous danserez autour de l'autel, vous pourriez sortir une flamme de vos robes et l'attiser.

Le supérieur des prêtres de Baal secoua la tête.

– Non, ô ma reine. Car Élie le verrait immédiatement et hurlerait que nous cherchons à duper le peuple.

– Si nous détrempions le bois d'eau de feu la veille...

– Élie le sentirait...

Ainsi discutèrent-ils des diverses possibilités qui s'offraient à eux, jusqu'à décider de prier leurs dieux pour leur demander l'inspiration.

Achab, Jézabel et les prêtres de Phénicie étaient bien les seuls à se tourmenter. Les marchands faisaient des affaires, les aubergistes et tous ceux qui accueillaient des voyageurs sous leur toit refusaient du monde, les fabricants d'idoles recevaient d'incessantes caravanes d'argile et de peintures et écoulaient les statuettes à mesure qu'ils les produisaient, au premier chef celles qui représentaient El et Astarté. Pour une raison qui échappait à Jézabel, les gens semblaient confondre El avec Adonaï, sans doute parce que ce dernier se faisait parfois appeler Élohim. Et les vendeurs d'idoles doublaient leurs bénéfices en vendant El avec sa compagne Astarté pour garantir une meilleure protection aux acheteurs.

En voyant apparaître Élie au côté de Jéhu dans la salle des festins, Jézabel n'avait songé qu'à le faire exécuter séance tenante. Certes, elle aurait aimé voir sa tête rouler à ses pieds, mais c'eût été le début d'incommensurables difficultés : le peuple se serait révolté, ainsi que le temple ; constatant la faiblesse du pays, certaines nations voisines ne se seraient pas privées d'incursions aux frontières, y compris Babylone malgré sa récente humiliation. Mais, par-dessus tout, le roi de Juda se serait précipité vers le nord, prêt à déposer Achab de son trône à la première occasion. À la fin, tout se serait sans doute soldé par quelques paroles un peu vives. Dans ce climat de menaces du Nord et, désormais, d'Égypte, l'exécution du prophète n'eût jamais abouti à une guerre entre Juda et Israël et sa mort eût été oubliée dès la nouvelle lune. La révolte du peuple eût été contenue, la colère des nations voisines apaisée et le temple eût reçu une fortune en échange de quelques sacrifices expiatoires.

Toutefois, en voyant Élie s'effondrer devant elle et parler avec la voix d'Adonaï, Jézabel avait compris qu'elle ne pourrait rien contre lui. Elle était furieuse, pleine de ressentiment, blessée et offensée que son époux eût si peu fait pour la défendre contre les imprécations du prophète. Mais, le lendemain, elle avait recouvré son calme et entamé la campagne qui aboutirait à sa défaite devant tout Israël.

Jézabel continuait de s'entretenir avec les prêtres et prêtresses des dieux et dut finalement se fier à la promesse du grand prêtre de Baal de provoquer une explosion comme personne n'en avait encore jamais vue.

– Toute la paroi de la montagne en sera ébranlée, ô, grande reine. Les dieux montreront un tel pouvoir qu'Israël se prosternera devant leur majesté. Le taureau sera dévoré par les flammes et le feu de Baal et d'Astarté consumera également le taureau d'Élie ainsi qu'Élie lui-même. Comment ce vagabond, ce paysan sorti de son désert, qui sent le limon et emporte la poussière des chemins sur ses hardes, ose-t-il défier le pouvoir des dieux ?

Le jour du duel, il semblait que le soleil eût maudit chaque camp. Hommes, femmes et enfants qui se pressaient depuis l'aube au pied de la colline commencèrent à dresser des tentes pour se protéger des rayons brûlants, mais nul ne trouvait plus d'air et la touffeur épuisait les énergies.

Malgré la canicule, le bourdonnement des insectes dans l'air immobile, étonnant la foule par sa vivacité, Élie s'agitait au sommet de la colline, le visage ruisselant de sueur, la tunique trempée. Il riait, criait, s'immobilisait les bras écartés, la bouche ouverte, à croire qu'il se prenait pour un arbre dans la tempête, heureux de boire la pluie bienvenue ; puis il rugissait dans une langue inconnue et se remettait à courir, gesticulant devant les prêtres phéniciens, émettant des sons grossiers et des gestes étranges sans prendre ombrage de la consternation des familles israélites qui ne le quittaient pas des yeux.

Ceux qui se tenaient au pied de la colline voyaient deux groupes occupés à préparer la visite de leurs dieux. À droite, dominant la cité de Samarie, dans le lointain, se tenaient huit cents prêtres et prêtresses phéniciens, la tête ceinte de guirlandes fleuries, revêtus de tuniques blanches immaculées, aux franges de couleurs variées suivant le dieu qu'ils vénéraient : rouge pour Baal, jaune pour El, vert pour Astarté. Les robes des prêtresses étaient drapées de façon qu'au moindre mouvement leur sein gauche apparût, signe de communion avec la nature. Au milieu de leur camp, ils avaient érigé trois mâts de bois, emblèmes d'Astarté, afin que la déesse reconnût l'hommage de son peuple et descendît sur terre sous une forme visible.

De l'autre côté, sur la gauche de la colline, dominant la mer Éternelle, se détachait la silhouette solitaire d'Élie, et l'on se demandait de toutes parts si le soleil ne lui avait pas fait perdre la raison. Plutôt qu'une tenue particulière, le prophète portait la tunique qu'il revêtait lors de ses pérégrinations à travers Israël. Il avait les cheveux collés par la poussière, la peau tannée par l'atmosphère impitoyable du désert, les bras et les jambes dégoulinants de sueur, et le peuple d'Israël le contemplait avec consternation. Pourquoi cet homme, ce prophète, ce porte-parole du Seigneur jouait-il les fous ? De temps à autre, il sautillait sur place, ou il courait le long de la ligne de démarcation invisible entre les deux camps et paraissait provoquer les prêtres par ses simagrées. Lesquels prêtres, amusés au début par son manège, l'ignoraient désormais.

Alors arrivèrent le roi et la reine d'Israël. Achab à cheval, progressant à pas lents derrière la chaise où trônait Jézabel portée par huit esclaves abyssiniens. Arrivé devant la colline, Achab mit pied à terre et se rangea du côté choisi par Élie ; Jézabel s'en alla prendre place parmi ses prêtresses.

Si elle souriait, son regard trahissait son émoi. Il allait des prêtres aux prêtresses à Élie et revenait. Ce n'était plus la femme sûre d'elle qui s'était dressée devant la cité d'Akko et les populations qu'elle avait régalées de son spectacle sensuel ; aujourd'hui elle luttait pour conserver son pouvoir.

Il sembla que son humeur déteignît sur la foule ; elle qui avait réussi à entraîner la multitude à vénérer ses idoles sans vergogne voyait soudain Adonaï défier Baal et Astarté. Si le dieu d'Israël remportait la partie, les conséquences iraient bien au-delà d'une simple défaite des dieux phéniciens : cela signifierait que les Israélites avaient péché et qu'ils encouraient le châtiment de Dieu, comme lorsqu'ils avaient érigé un veau d'or dans le désert et s'étaient vu barrer la route menant à la Terre Promise. Sur le visage de la reine se dessinait l'image de leur avenir et beaucoup espéraient que les dieux phéniciens l'emportent afin d'être sauvés.

Achab se tourna et lança à la foule :

– Peuple d'Israël, peuples venus des pays voisins, vous allez assister aujourd'hui à un combat entre les dieux. Devant vous gisent deux bêtes parfaites, des taureaux tout juste égorgés. Tous deux possèdent une peau irréprochable et n'ont eu aucune maladie.

« Que les prêtres de Baal, d'Astarté et d'El édifient leurs autels et prient leurs dieux d'allumer les bûchers. Si les dieux entendent leurs invocations, la preuve sera faite de leur existence et de leur pouvoir. Mais si le taureau n'est pas consumé par le feu, alors Élie pourra ériger son autel et adjurer Dieu de consumer son taureau. Si cela advient, alors le Seigneur sera Dieu et tous les autres seront faux. Qu'il en soit ainsi. »

Jézabel se mordit les lèvres tandis que les paroles de son époux se perdaient dans le lointain. À bout de ressource, elle devait désormais croire sur parole Hamdaël, son grand prêtre de Baal, qui répétait en désespoir de cause que les dieux n'allaient pas les abandonner en de pareilles circonstances.

Celui-ci lança à l'adresse des prêtres et prêtresses :

– Construisez l'autel.

Les acolytes apportèrent de grosses pierres qu'ils posèrent les unes sur les autres. Les prêtresses placèrent des bûches et du petit bois au milieu tandis qu'à côté retentissait la voix moqueuse d'Élie :

– Allez ! Dépêchez-vous ou vos dieux vont s'endormir... Ne pouvez-vous élever un plus grand bûcher ? Voyons si une petite bouffée, rien qu'une petite bouffée saura prouver que quelqu'un est encore éveillé dans votre ciel... Rien qu'une étincelle pour montrer qu'il existe un El et un Baal... À moins qu'ils ne soient justement partis en voyage, visiter l'Assyrie ou Babylone...

La colère de Hamdaël montait sourdement à ces paroles. Tout d'un coup, il n'y tint plus ;

– Silence, vieux rabâcheur !

Mais cela ne fit qu'attiser la verve d'Élie :

– Misère ! Si tu désires le silence, c'est que tes dieux sont bel et bien assoupis. Faut-il que j'en appelle à la foule d'Israël, à ceux d'entre nous qui sont restés fidèles à l'Éternel, pour qu'ils crient et réveillent vos dieux ?

Il se retourna vers l'assemblée hilare pour ajouter :

– Allons, Israël, crions ensemble pour réveiller les grands dieux phéniciens...

Furieuse, Jézabel bondit de sa place et se précipita vers Hamdaël.

– Fais quelque chose ! Que cet insensé ravale ses paroles ! Demande à Astarté d'envoyer un éclair pour brûler le taureau, avant qu'Israël tout entier ne se noie dans ses rires.

– Laisse-moi utiliser l'eau de feu. Je saurai m'y prendre de telle façon que personne n'y voie rien.

Mais, du coin de l'œil, elle aperçut Jéhu qui l'avait suivie au sommet de la colline et les surveillait.

– Certainement pas ! s'écria-t-elle avec hargne. Israël tout entier nous épie. Si l'un d'entre eux remarque tes artifices, le peuple en sera tellement furieux qu'il te renverra en Phénicie ou nous tuera tous. Tu dois humilier ce chien, lui faire mordre la poussière dans laquelle il se vautre. Qu'il soit confondu aux yeux d'Israël ! Fais-le pour les dieux qui nous aiment et nous protègent. Je sais du fond de mon cœur que c'est Astarté qui nous a empêchés d'utiliser l'eau de feu. Cela signifie qu'elle veille sur moi et qu'elle ne me laissera pas tourner en ridicule devant cette populace. Allez !

Puis elle regagna son siège non sans lancer un regard méprisant en direction de Jéhu.

Achab avait suivi l'échange de loin. Au début de la journée, il avait lui aussi rencontré les prêtres et prêtresses pour leur demander comment ils comptaient s'y prendre et fut surpris qu'ils écartent l'eau de feu de leurs opérations. Ils eurent beau lui expliquer pourquoi, cela ne manqua pas de l'inquiéter, mais maintenant, à voir comment Jéhu s'approchait d'eux et traquait chacun de leurs faits et gestes, il comprit et approuva.

Le roi d'Israël fut tiré de ses pensées par une clameur montée de la foule. Les prêtres et prêtresses phéniciens avaient entonné leurs chants, les femmes dansaient devant l'autel, levant et baissant les bras au rythme d'une harpe et de cymbales. Puis quelques prêtresses se lancèrent dans leurs invocations aux dieux qu'elles servaient.

Hamdaël jeta un dernier coup d'œil vers Jézabel comme pour quémander son autorisation une fois encore. Elle répondit d'un regard fixe mais impérieux et se remit à prier. À son tour, Hamdaël invoqua Baal en souhaitant que la journée s'achevât le plus vite possible : s'il y avait une chose dont il fût certain, c'était qu'Adonaï demeurerait aussi muet que ses propres dieux.

La foule observait les danseuses avec émerveillement. Les spectateurs levaient la tête vers un ciel sans nuage en se demandant comment un éclair pourrait surgir qui mettrait fin à leurs angoisses ; d'autres se délectaient du spectacle des poitrines nues qu'ils apercevaient de temps à autre et des ondulations tentatrices sous les tuniques blanches.

Mais les dévotions des prêtres phéniciens furent interrompues par Élie qui se mit à hurler, comme s'il se joignait à leurs chants tout en les raillant de plus belle. Même si elle n'en montra rien, Jézabel sentit la rage monter en elle. Contrairement aux litanies des prêtres, les pitreries du prophète divisaient la foule. Certains dévots de l'Éternel se joignirent à lui en riant, mais ceux qui avaient déjà livré leur corps au culte d'Astarté, redoutant le châtiment céleste, se montrèrent plus réservés.

Comment osaient-ils se moquer ainsi ? se demandait la reine, outragée. N'y tenant plus, elle jaillit de son siège et courut jusqu'à mi-chemin du sommet de la colline. Puis elle se tourna, l'air furibond, ce qui fit taire une bonne partie des persifleurs.

– Êtes-vous fous, lança-t-elle, de rire aux pitreries de ce sot ? Êtes-vous donc des enfants pour vous amuser ainsi des jeux d'un homme qui vit dans la boue ? Qui couche au bord des chemins, erre dans le désert et se nourrit de charogne ! Il ment quand il prétend entendre la voix de Yahvé, il vous trompe et se moque des dieux. Cet imposteur échappe à ma vengeance depuis le jour de mon arrivée dans ce royaume. Il n'a cessé d'insulter votre reine alors qu'elle se rendait au palais pour épouser le prince Achab. Et pourtant, il vous fait rire ! Vous le laissez bafouer mes dieux... vos dieux ! Ne vous ai-je pas transmis la joie d'Astarté ? Israël ne connaît-il pas la paix et la prospérité depuis que Baal est venu de Phénicie avec moi ? Les dieux que nous adorons en Phénicie ne veillent-ils pas sur vous, désormais ? Sots que vous êtes ! Oui, vous, hommes et femmes d'Israël ! Vous êtes aussi fous qu'Élie !

Là-dessus, elle se dirigea vers son époux qui n'en pouvait plus. Sur la colline, les prêtres et les prêtresses continuaient à prier pour que descende le feu du ciel mais Jézabel voyait bien qu'ils avaient perdu tout espoir ; leurs supplications restaient sans réponse. Achab murmura à sa femme :

– As-tu perdu l'esprit ? Tu sais quels dangers nous courons. Quoi qu'il arrive, nous devrons applaudir au succès du dieu vainqueur, que ce soit le tien ou celui d'Israël. Et tu fustiges le peuple ? Tu l'insultes ? Qu'adviendra-t-il si les choses ne tournent pas à ton avantage ? Si aucun éclair n'enflamme l'offrande à Baal ? Toi et moi savons très bien qu'il ne se passera rien. Nous avons prié pour que cesse cette sécheresse et les dieux ne nous ont pas entendus...

– Pas plus qu'Adonaï.

– Je sais. Mais tu t'es montrée extrêmement imprudente. Tu n'as pas trempé le bois dans l'eau du désert. Et pourquoi cela ? Parce que tu crois toujours que l'éclair va frapper, n'est-ce pas ? Alors il va te falloir payer le prix de ta confiance en tes dieux.

– Mes dieux vaincront ! siffla-t-elle, les yeux baignés de larmes.

Achab avait devant lui une femme... une enfant qu'il ne connaissait pas. Une jeune fille apeurée, rongée d'inquiétude ; disparue l'altière Jézabel ; disparue la séductrice qui l'ensorcelait ; disparue la danseuse qui avait séduit les foules et réjoui le peuple.

Si seulement il ne s'était pas laissé consumer d'amour, si seulement il avait songé à imiter son père, le roi Etbaal, pour voir Jézabel avec les yeux de la sagesse et de l'expérience ! Au moins Achab se consolait-il à l'idée que, malgré ses manœuvres et ses inventions, Élie non plus ne saurait déclencher le feu du ciel.

Cependant les sarcasmes du prophète pleuvaient avec la même vigueur.

– Où est votre feu, dieux et déesses ? ironisait-il. Fait-il donc si chaud aujourd'hui que vous n'ayez point besoin de feu ? Que diriez-vous d'un petit éclair pour illuminer un peu le ciel ? Ou dormez-vous toujours ? Devrais-je dire au peuple d'Israël de se tenir tranquille afin de ne pas troubler votre repos ?

Bravant le mécontentement de la reine, de nombreux spectateurs éclatèrent de rire tandis que d'autres priaient pour que leurs nouveaux dieux leur adressent un signe.

Les prêtres et prêtresses continuaient leurs danses et leurs chants et le soleil déclinait, quittant les montagnes de Moab pour la mer Éternelle. En attendant que quelque chose se produisît, le peuple d'Israël s'assoupissait doucement ; certains se mirent à déambuler, prêts à regagner leur place dès la première alerte ; d'autres allèrent se tremper les pieds dans le ruisseau voisin, s'humecter le visage et les mains et boire un peu d'eau fraîche. Les enfants commençaient à grogner, gesticuler ou à se disputer. Plus d'un couple qui s'était tourné vers les rites consacrés à Baal et Astarté commençait à se demander comment s'y prendre pour revenir au culte de l'Éternel.

Jézabel avait regagné sa place sous le dais qui la protégeait du soleil et voyait ses prêtresses s'épuiser sous le ciel brûlant, sous les saillies d'Élie.

Brusquement, l'attitude du prophète changea. Son heure était venue.

– Vous avez lamentablement échoué, déclama-t-il, vous les prostituées, vous les débauchés de Baal, d'Astarté et des faux dieux pestilentiels des autres pays ! Il suffit ! Vos dieux sont des usurpateurs. Vous êtes des usurpateurs. Le jugement du Seigneur est sur vous. Contemplez le pouvoir et la majesté du seul Dieu véritable !

À cet instant, la foule s'émut et tous les regards se portèrent sur le prophète. Il se releva lentement et leur apparut différent. Oui, Élie était un homme de Dieu, lui qui les effrayait tant lorsqu'il passait les murailles de leurs villes, lui qui les avaient menacés de la géhenne à moins qu'ils ne se repentent et ne tournent les yeux vers le Très-Haut.

Alarmée, Jézabel écarquilla les yeux. Hamdaël lui avait menti. Élie commençait à bâtir son autel avec une assurance qui faisait défaut au grand prêtre de Baal.

L'impudent s'adressait de nouveau à la foule, d'un ton solennel :

– Le Seigneur m'a demandé de rassembler douze pierres représentant les douze tribus d'Israël, les enfants de notre père Jacob. Je vais les disposer harmonieusement pour bâtir un autel. Dessus, je placerai mon bois et sur mon bois je placerai le taureau que le Seigneur du haut des cieux consumera ; et, dans Sa bonté, Il sourira au peuple qui Le révère. Alors les Phéniciens, qui ont volé votre cœur, prostitué vos corps et forcé vos yeux à se détourner de l'Éternel, verront Sa puissance et Sa majesté et ils auront peur. Et nous, peuple d'Israël, les accablerons de notre mépris et les lapiderons jusqu'à ce que toutes leurs abominations aient disparu de la vue du Seigneur.

Il se retourna et se dirigea vers les pierres qu'il avait empilées dès l'aube. Il les soulevait à grand-peine, mais ne laissa personne lui prêter main-forte, chassant tous ceux qui s'aventuraient près de lui car, disait-il, cet endroit était aussi sacré que le mont Sinaï. Seul Élie, prophète du Seigneur, pouvait en fouler le sol.

Lorsqu'il eut bâti son autel, Élie assembla son bois qu'il agença dans un ordre connu de lui seul. Hamdaël et ses acolytes tâchaient de discerner un éventuel dispositif secret, mais le prophète leur tournait délibérément le dos, à eux autant qu'aux spectateurs.

Personne ne vit, ni Jéhu dont les yeux restaient fixés sur Jézabel, ni Jézabel, ni Achab, ni Hamdaël, ni personne dans la foule, la petite fiole qu'Élie avait cachée dans l'un des fagots placés sur l'autel. Il la déboucha et l'odeur âcre du liquide de feu du désert, obtenu clandestinement un mois plus tôt auprès d'un marchand ayant juré le secret, lui monta au nez. Avec force gestes et incantations inintelligibles, à la manière des mages égyptiens, il parvint à répandre en cachette le liquide sur le petit bois.

Ensuite, il souleva le jeune taureau qui, bien que petit, pesait déjà plus qu'Élie ne pouvait porter. Dans un violent effort, il parvint à hisser l'animal sur le bois. D'une poche secrète de sa tunique il produisit, à l'insu de tous, un morceau de mica clair et poli, assez transparent pour concentrer les rayons du soleil. Il le déposa dans une niche creusée au préalable au sommet d'une des pierres. Tout était prêt.

Il s'éloigna de l'autel et descendit se placer devant les spectateurs puis entonna une suite de prières au Seigneur. Intérieurement, il implorait le Très-Haut d'envoyer assez de soleil sur le mica pour que l'eau de feu s'enflammât sur le bois.

Élie se tourna pour faire face au peuple, comme s'il se désintéressait de l'autel, isolé au sommet de la colline.

– Israël ! cria-t-il. Répète mes paroles : « L'Éternel est mon Dieu ! »

Et tout le peuple de dire :

– L'Éternel est mon Dieu !

– « L'Éternel est Un. »

Le peuple s'époumona :

– « L'Éternel est Un. »

– Dites que tous les autres dieux sont faux !

Cette fois, seul lui répondit un murmure bouleversé. Une petite colonne de fumée venait d'apparaître sur l'autel au sommet de la colline, et elle grandissait et s'épaississait jusqu'à ce que, soudain, jaillît une flamme qui envahit tout l'autel dans un rugissement. L'assistance recula dans une clameur d'effroi. Élie se prosterna en psalmodiant :

– Voici, ô Israël, la puissance du Seigneur. Voici la force de ton Dieu. Par ma foi et mon amour, je L'ai imploré de descendre sur terre sous forme d'un buisson ardent, tel celui qui parla à notre père Moïse et lui a montré le chemin qui libèrerait les enfants d'Israël de leur esclavage en Égypte. Voici que je suis la bouche de l'Éternel et que je vais te libérer, Israël, de l'esclavage des faux dieux que cette reine dépravée t'a forcé à adorer. Écoute, ô Israël, l'Éternel est ton Dieu, l'Éternel est Un. Sus aux idoles de Phénicie !

Autour et au pied de la colline, tous étaient tombés à genoux. Jézabel passa de la stupéfaction à la colère lorsqu'elle entendit les insultes qu'Élie proférait encore contre elle. Brusquement, la vérité se fit jour en elle et elle comprit que le faux prophète avait eu recours à une supercherie, celle-là même qu'elle avait refusé d'utiliser. Mais il était trop tard. Dénoncer la mystification reviendrait à se dénoncer elle-même, ainsi que ses prêtres.

Elle se retrouvait prise au piège, liée par sa foi en Astarté. Elle qui avait tant fait pour le peuple d'Israël ! Elle qui avait construit des demeures et des monuments, donné de l'argent aux pauvres, augmenté les rations distribuées des greniers du roi, rendu le sourire au peuple.

Achab restait sans voix, à contempler le taureau qui brûlait sur l'autel, sa peau qui craquelait et se fendait, ses pattes qui remuaient sous l'effet de la chaleur, comme s'il était animé de l'esprit de Dieu. Les lieux s'emplirent de la divine odeur de chair grillée. Le peuple criait et applaudissait, se prosternait, s'étreignait ou chantait des cantiques. Ceux des Israélites qui s'étaient écartés du Seigneur couraient en tous sens, affolés. Personne n'avait plus d'yeux pour les prêtres et prêtresses des dieux phéniciens.

Tout au moins jusqu'à ce qu'Élie se relevât d'un bond et les désignât en rugissant :

– Tuez-les ! Tuez les faux prêtres des faux dieux. Lapidez-les ! Prenez des cailloux et des pierres et jetez-les sur eux, détruisez ces impies. J'ai forgé une alliance avec le Seigneur qui ne Se montrera et ne descendra sur cet autel que si nous, Son peuple, purifions Sa terre de la perversion des faux dieux. À toi, peuple d'Israël, d'anéantir ces hommes et ces femmes sacrilèges, de les arracher de ton cœur et de les précipiter dans le puits de l'éternelle damnation !

Élie fut le premier à ramasser une pierre et la lança sur Hamdaël. Elle manqua sa cible et s'en alla rouler sur la pente de la colline, mais cela galvanisa les spectateurs qui se munirent de toutes les pierres qu'ils purent trouver sur le bord du chemin. En poussant des jurons et des exclamations de rage, ils les jetèrent sur les huit cents prêtres et prêtresses en tuniques blanches. Terrifiés, ceux-ci tentèrent de s'enfuir. Mais ils étaient encerclés par les Israélites dont certains étaient furieux de constater que les dieux auxquels ils avaient voué un nouveau culte s'avéraient à ce point déficients. Les autres, restés fidèles à l'Éternel, criaient vengeance contre les idolâtres qui avaient dévoyé leur Terre Sainte.

Épouvantée, Jézabel vit s'égailler ses prêtres et prêtresses dans tous les sens, hurlant de terreur ; déjà quelques jeunes femmes tombaient à genoux en invoquant Baal et Astarté ; des prêtres tentèrent de les protéger de leurs corps mais les projectiles s'abattaient en pluie sur leurs bras et leurs jambes, déchirant leur chair, et ils commencèrent à s'effondrer au sol l'un après l'autre. Il n'y avait pas d'évasion possible, la foule formait un mur infranchissable autour d'eux. La reine comprit alors qu'elle aussi était en grand danger. Du regard, elle chercha Achab mais il semblait subjugué par l'autel qui brûlait, par l'apparition subite de l'Éternel, par la silhouette d'Élie qui se tenait devant lui, le toisant de son mépris. Alors, Jézabel se tourna vers le capitaine de sa garde et ordonna :

– Fais quelque chose !

Mais le soldat se contenta de la faire rasseoir sur sa chaise qu'il fit immédiatement emporter par les esclaves éthiopiens.

– Halte ! cria-t-elle.

Nul ne lui obéit, car ils n'avaient en tête que la sécurité de leur reine.

– Halte ! Je dois sauver mes...

Ses mots se perdirent dans le tumulte du peuple qui s'écarta machinalement, tout occupé qu'il était par la lapidation des prêtres phéniciens.

Encouragée par Élie qui sentait la victoire à portée de sa main, la foule chercha d'autres pierres qu'elle envoya avec une fureur accrue sur ses victimes. Les robes blanches étaient à présent maculées de sang. Une prêtresse poussa un vagissement et se prit la tête entre les mains avant de tomber comme une masse aux pieds de ceux qui tentaient encore de fuir et trébuchèrent sur elle. Les femmes eurent beau implorer, supplier, cela ne parut qu'exciter davantage leurs agresseurs.

Derrière cette mêlée, l'offrande au Seigneur continuait de brûler de plus belle, les graisses et les sucs se répandant sur le bois et attisant les flammes qui montaient de plus en plus haut vers le ciel. Et les arômes semblaient pousser plus loin encore la frénésie de la foule affamée qui, à défaut de bœuf grillé se repaissait du sang qu'elle répandait autour de l'autel phénicien dont les dieux n'avaient su répondre à aucune prière.

Loin de là, hors de danger, Jézabel rappelait son capitaine des gardes.

– Retourne immédiatement mettre un terme à ce massacre ! Arrête les Israélites qui jettent des pierres sur mes prêtres et tue-les. C'est un ordre ! Décapite-les, perce-les de flèches...

– Ma reine, si j'envoie mes soldats contre cette foule, ils seront massacrés...

– Je m'en moque ! Il faut sauver mes...

– Non ! ordonna une voix impérieuse. Retournez au palais !

Jézabel se retourna et vit son époux Achab qui venait d'arrêter son cheval devant sa chaise. Elle en descendit, écumant de rage.

– Je ne vais pas laisser mes prêtres et mes prêtresses se faire exterminer par cette meute ! Ce sont mes amis. Je les ai amenés dans ce pays. Regarde...

Elle s'interrompit dans un sanglot en voyant une autre prêtresse s'écrouler en gémissant de douleur.

– Nous ne pouvons rien faire ! répliqua Achab.

– Toi peut-être, mais moi, si !

Là-dessus, elle repartit en courant vers la colline, se disant qu'avec tout le bien qu'elle avait fait aux enfants d'Israël, ils allaient sûrement l'écouter... Elle leur parlerait de l'eau de feu du désert, ils comprendraient et tout serait bien...

Un solide soldat se jeta sur elle et la plaqua au sol. À demi étouffée, elle se débattit en hoquetant.

– Pardon, ma reine ! Mais le roi m'a ordonné de...

Il la souleva de terre comme une enfant et la ramena auprès de son mari.

– Retourne immédiatement au palais ! éructa celui-ci. Tu demeureras dans tes appartements jusqu'à nouvel ordre. Ne te mêle pas de choses qui te dépassent. Tu as déjà causé assez de tort à la maison d'Omri. Va !

Jamais elle n'avait vu Achab dans cet état. Il était hors de lui et elle savait pourquoi : Élie avait couvert de ridicule le roi aussi bien que la reine et, désormais, il possédait plus de pouvoir qu'eux. Le trône d'Achab était menacé. La victoire, la supercherie d'Élie pouvait les mener à leur perte.

D'un ton étrangement calme, Achab ordonna au capitaine des gardes :

– N'intervenez pas. Le peuple se venge, ainsi que le lui a promis Élie au nom du Seigneur. Il en sera ainsi.

Les yeux écarquillés, comme une biche prise au piège, Jézabel dévisageait cet époux qu'elle ne connaissait pas.

– Ils ont invoqué leurs dieux, poursuivit-il, leurs dieux n'ont pas répondu. Ils doivent périr. Et ils périront de la main d'Israël. J'ai dit.

Désespérée, elle tourna les yeux vers la colline où ses prêtres tombaient comme des feuilles par grand vent. Les corps ensanglantés s'amoncelaient au milieu des cris et des pleurs.

L'odeur puissante de la victoire d'Adonaï la poursuivit dans sa retraite et demeura en elle longtemps après qu'elle eut fini d'entendre les vociférations de joie de son peuple, de son Israël.

Sept jours passèrent avant que Jézabel sortît de ses appartements et apparût à la cour, sept jours avant qu'elle obéît à l'ordre de son époux de se présenter devant lui ; sept jours de silence durant lesquels la jeune femme se sentit seule, abandonnée, allant et venant dans sa chambre comme autrefois lorsqu'elle trépignait dans le palais de son père.

Sept jours durant elle fomenta sa revanche contre son ennemi mortel, Élie, l'homme qui avait compromis ses relations avec son époux et avec son peuple, qui avait fait massacrer ses prêtres, qui avait gâché son bonheur. Élie qui l'avait bernée.

Parce qu'elle n'avait su trouver le moyen d'allumer le bûcher, il lui avait fallu s'en remettre aux dieux. Jamais encore ceux-ci ne lui avaient fait défaut. Alors pourquoi, cette fois, n'avaient-ils pas exaucé ses prières, quand il s'agissait précisément de démontrer leur puissance ?

Élie s'était montré plus adroit en ne se fiant pas à son Dieu. En fin de compte, tous deux avaient été abandonnés par leurs divinités. Mais d'où venait cette flamme qui avait incendié l'autel ? Peut-être, après tout, Dieu était-Il descendu sur terre... mais comment Jézabel pourrait-elle croire qu'Il était plus puissant ou plus enclin à aider Son peuple que Baal, El et Astarté ?

Il lui avait fallu sept jours pour se calmer. Cependant le temps était venu de reprendre son emprise sur son royaume, le temps de suivre les conseils d'Hattusas ; car le peuple commençait à la haïr et son nom était traîné dans la boue. Les Israélites avaient reporté leur allégeance de Baal et Astarté à Adonaï. Le temple ne désemplissait plus, les prêtres exultaient. Les bosquets qu'elle avait édifiés étaient abandonnés ou détruits par des villageois menés par quelque fou furieux qui diffamait la déesse de Phénicie.

Hattusas l'avait prévenue de la précarité de sa position. D'un pas décidé, Jézabel parcourut le corridor aux murs de plâtre crème, dénués de toute décoration – combien lui manquaient aujourd'hui les rouges, les bleus, les jaunes et les verts des palais de Tyr et Sidon ! – et ordonna aux gardes d'ouvrir les portes de la salle du trône. Naguère, elle participait activement aux réunions avec les conseillers d'Achab mais, désormais, elle se moquait de ce qu'il pouvait advenir de cet horrible petit pays. Que les rayons du soleil le consument jusqu'au dernier habitant ! Une seule chose lui importait : arracher le pouvoir à Achab et à ses ministres afin de diriger le royaume à sa guise.

Le roi leva la tête du parchemin qu'il était en train d'étudier.

– Je suis en conciliabule, lâcha-t-il fraîchement. Je te verrai plus tard.

Pour toute réponse, elle haussa les épaules et vint prendre place sur les coussins placés près du bassin au centre de la salle, ôta ses sandales et plongea les pieds dans l'eau.

– Jézabel, je t'ai dit que je ne pouvais te recevoir pour le moment.

Elle ne le regarda même pas. Mais elle l'entendit renvoyer ses conseillers et venir vers elle.

– Comment oses-tu ignorer mes convocations une semaine durant et venir me déranger alors que je traite une question de frontières avec les Araméens ? Du temps de mon père, tu aurais eu droit au cachot...

– Tu n'es pas ton père. Tu es faible et sot. Comment as-tu pu laisser Élie massacrer tant de prêtres et de prêtresses ?

– Je n'ai rien laissé faire. Je ne...

– Tu aurais pu l'arrêter ! Tu avais une armée. Il était seul...

– Comment voulais-tu ? Mon armée aurait refusé de marcher contre un homme qui invoque l'Éternel. Et si elle avait accepté, nous aurions eu droit à une révolte. Je ne puis aller contre la volonté ni les desseins du Seigneur. J'aurais tout simplement été lapidé avec les prêtres si j'avais levé la main pour l'arrêter. Tu as vu comme ils étaient déchaînés.

– Puisque tu es trop faible, c'est moi qui m'opposerai à cet homme. Je compte mettre fin une bonne fois aux troubles suscités par Élie. Si toi, mon époux, tu es trop stupide pour tuer l'homme qui insulte la reine, ton épouse, je m'en chargerai moi-même.

– Touche à un cheveu de sa tête et je te ferai jeter au cachot. Je ne puis te protéger si tu lèves une main contre Élie ; pas en ce moment. Il parcourt le pays en distribuant ses ordres à tout va... Il a dix fois le pouvoir d'un grand prêtre et même plus que le roi. Le peuple est forcé de l'écouter. Certains l'adorent parce qu'il a débarrassé le temple des dieux étrangers ; ils disent de lui que c'est un second Moïse et m'appellent pharaon. Comprends-moi, Jézabel, je ne puis rien contre lui. C'est...

– Je ne te demande pas de le vaincre... ni même de l'arrêter. Je m'en occuperai. Je mettrai fin à ses hypocrisies...

– Et comment comptes-tu t'y prendre ?

– Je vais lui faire parvenir un message. Un message tout simple où je lui dirai que d'ici au coucher du soleil, moi, la Phénicienne qu'il exècre, je le ferai tuer. Je pourrais me contenter d'envoyer un serviteur qui s'en chargerait vite et discrètement, mais je veux qu'il ait le temps de voir la mort venir. Ainsi, lorsque la dague le frappera au cœur, il saura qu'elle vient de la part de Jézabel. J'ai assez attendu que tu me venges de l'outrage qu'il m'a fait subir. Mon tour est venu d'agir.

– Folle que tu es ! s'exclama Achab. N'as-tu point compris quels dangers tu ferais courir à mon trône ? Tue Élie et nous mourrons tous les deux des mains du peuple. Les enfants d'Israël ne nous le pardonneront jamais. S'ils ne fomentent pas une insurrection, ce sera le roi de Juda qui nous déclarera la guerre. Élie est un héros à travers tout le pays. Asa prendra les armes contre nous. Il se posera en protecteur... Élie est un prophète du...

Il en bafouillait.

– Mais si, je peux le tuer ! insista Jézabel. Et si une partie du peuple se révolte contre moi, alors je commanderai à mon armée de les écraser ; je demanderai à mon père Etbaal de m'envoyer des troupes.

Achab n'en revenait pas. Cependant, Jézabel se levait, les pieds et l'ourlet de sa tunique mouillés, l'air calme et déterminée. Dire qu'il avait cru qu'elle revenait lui implorer son pardon... Les mains sur les hanches, elle ajouta triomphalement :

– Ils sont encore beaucoup en Israël à m'aimer, moi et la vie que je leur ai procurée ; beaucoup qui sont tristes de voir détruire mes bosquets, beaucoup qui ne regretteraient pas de voir supprimer Élie.

« Ces sept derniers jours, les quelques prêtres et prêtresses de mon pays qui ont échappé au massacre se sont cachés. Les quelques bosquets qui n'ont pas été abattus restent vides. Il n'y a plus de prostituées pour amuser la foule. Des centaines de milliers d'hommes et de femmes les fréquentaient chaque jour pour y goûter les bienfaits d'Astarté ; désormais, ils rentrent chez eux retrouver leurs conjoints et la vie doit leur sembler bien triste. Combien de temps crois-tu que le peuple se contentera d'un dieu froid et indifférent comme Yahvé ? »

– Crois-tu donc qu'Israël ne voie son bonheur qu'à travers le plaisir qu'il pourrait tirer des prostituées d'Astarté ? As-tu oublié que nous sommes le peuple choisi par Dieu pour accomplir sa Loi ? Depuis des centaines d'années, nous n'avons plus besoin de prostituées sacrées pour être heureux. Pourtant, en moins de cinq ans, tu as...

– *Nous* avons... ! rectifia-t-elle irritée. Nous avons initié notre peuple aux plaisirs de Baal et Astarté. Toi autant que moi, et tu as profité de leurs nombreux bienfaits. Ne me parle pas des largesses d'Adonaï envers Israël. Où étaient les sourires du peuple lorsque je suis devenue reine ? Avant ce défi, ils se pressaient dans mes bosquets. Maintenant...

Achab voulut répondre mais elle leva la main pour le faire taire :

– Je vais ordonner à Rizpah, la femme d'Élie, de m'aider. C'est elle qui lui remettra le message.

Elle se détourna et s'apprêtait à sortir quand elle se ravisa et demeura un instant immobile devant Achab. Après quatre années de mariage, son épouse lui échappait encore. Lentement, elle se détourna en souriant, de ce sourire qu'il ne lui avait vu qu'à de rares occasions, lorsqu'elle jouait à être la reine ou durant un conseil, quand elle désirait séduire pour obtenir ce qu'elle voulait.

– Achab, mon roi, Adonaï a remporté une grande victoire. Le peuple doit savoir ce qui nous préoccupe. Nous devons montrer que nous acceptons cette victoire.

Et voilà qu'elle l'étonnait encore ! Au lieu de s'expliquer plus avant, elle ordonna au capitaine des gardes :

– Envoie des messagers aux habitants de Samarie ; qu'ils se rassemblent sur la place du marché à midi. Dis-leur que le roi et la reine vont leur faire une annonce au sujet de la victoire d'Adonaï.

Là-dessus, elle tourna les talons et sortit.

*
**

La foule s'était rassemblée par myriades. Tout le monde était venu, brûlant de curiosité de voir enfin Jézabel après la défaite fracassante de ses dieux, se demandant ce qu'Achab et elle avaient à dire. La reine émergea sur le parvis du palais, suivie du roi. Certains la huèrent, d'autres rirent mais la plupart voulaient l'entendre. Et le plus curieux de tous était Achab qui se demandait comment le peuple allait réagir à l'annonce de sa femme.

À la surprise générale, ce fut Jézabel et non Achab qui s'avança et tendit les bras pour réclamer le silence :

– Hommes et femmes d'Israël ! Voici une semaine, le prophète Élie a remporté une grande et magnifique victoire au nom d'Adonaï sur les dieux de Phénicie. Nous, votre roi et votre reine, le félicitons. Adonaï est un dieu puissant qui aime montrer sa force. Il aime tant son peuple d'Israël qu'il a banni de votre terre les dieux que vous avez autrefois chéris et qui vous ont apporté tant de bonheur. En bannissant ces dieux de Phénicie que j'avais amenés avec moi, Adonaï nous dit que lui, et lui seul, est le Dieu véritable, l'unique. Pour s'en assurer, Il vous a incités, vous, sujets du royaume d'Israël, à tuer la plupart de mes prêtres et prêtresses.

« Soit, hommes et femmes d'Israël ! Yahvé est donc le seul Dieu. Et c'est donc à lui, et à lui seul, que revient d'assurer la paix et le bonheur de chacun d'entre vous. Car n'est-ce pas là ce que nous attendons de Dieu ? Il va donc refaire tomber la pluie. Il fera pousser les moissons. Il guérira les maladies de nos pères et de nos mères et de nos enfants. Il ne permettra plus que le bétail meure ni que les agneaux naissent faibles et souffreteux. Il gonflera les fleuves d'Israël afin qu'ils coulent et continuent de couler même lorsque le soleil brillera trop fort.

« Adonaï a prouvé qu'il est le plus fort de tous les dieux. Très bien, alors laissons Adonaï veiller sur chacun de nous. Retournez dans vos maisons, hommes et femmes d'Israël. Grâce à Adonaï, vous serez désormais riches et en bonne santé, vous n'aurez plus faim ni soif. Dès aujourd'hui, j'ordonne de fermer les léproseries afin que les lépreux reviennent parmi nous, puisque Yahvé guérira toutes nos maladies ; j'ordonne qu'il ne sorte plus de grain des greniers royaux, ni d'huile des presses royales pour être distribués aux pauvres puisque, dorénavant, il n'y aura plus de pauvres. Ne comptez plus sur votre roi et votre reine pour vous nourrir et vous aimer et vous protéger, puisque Adonaï fera toutes ces choses pour vous. Non, ne regardez plus du côté de la maison d'Achab ; c'est auprès de vos prêtres qu'il vous faudra chercher le réconfort, car Adonaï a dit à votre roi et à votre reine que lui et lui seul comprenait ce dont son peuple avait besoin.

« Allez au temple et demandez aux prêtres d'Adonaï de vous nourrir, de vous vêtir, de vous soigner, de vous guérir. Allez au temple et dites aux prêtres de prier Adonaï de guérir les lépreux qui se promèneront désormais parmi vous... et, pardessus tout, hommes et femmes d'Israël, demandez aux prêtres d'Adonaï que leur seul vrai Dieu vous donne le même amour et le même bonheur que vous ont procurés Baal et Astarté lorsqu'ils étaient là pour vous protéger.

« Et si, au cours des semaines et des mois à venir, vous découvrez que votre vie est aussi difficile et dure qu'auparavant, rappelez-vous la joie que vous avez connue lorsque d'autres dieux ont visité votre pays... »

Elle se retourna et rentra dans le palais, laissant le peuple se disperser et réfléchir à ses propos. Alors ils furent saisis d'horreur – les lépreux allaient revenir vivre parmi eux...

Jézabel laissa son seigneur et maître en tête à tête avec son peuple. Aucune reine d'Israël ne s'était jamais comportée de la sorte. Elle regagna ses appartements pour préparer Rizpah, en faire la dague qui allait frapper Élie en son cœur dévoyé.

La foule s'éparpillait et Achab ne bougeait pas, voyant son monde se métamorphoser autour de lui. La ruse de Jézabel allait-elle fonctionner ? Le peuple allait-il demander au temple ce que ses prêtres ne pouvaient lui donner ? Que se passerait-il lorsque les lépreux quitteraient leurs vallées isolées pour venir vivre dans les villes ? Comment se présentait l'avenir ?

Il avait assisté impuissant à la destruction des dieux étrangers. Bien qu'il fût au courant de la supercherie d'Élie, il avait fermement cru, toute la semaine durant, que le Seigneur allait Lui-même gouverner cette terre ; que le roi devrait partager son royaume avec ces prêtres du temple qui venaient de passer la semaine à se pavaner dans les rues tels des lions. Le discours de Jézabel, simple mais habile, pourrait changer bien des choses... pourrait amener le peuple à se poser des questions sur la victoire et sur ceux qui, au fond, l'avaient remportée...

Fallait-il tenter de contenir cette merveilleuse et terrible femme ? Fallait-il la laisser poursuivre le dessein qu'elle avait conçu pour mettre fin à l'interférence des prêtres ? Fallait-il suivre ses conseils et accueillir les armées de Phénicie ? Il avait encore mille choses à faire, mais Élie lui barrait la route. Si le prophète était mis à mort, tout en deviendrait... Achab s'efforça de chasser cette pensée. Tuer Élie maintenant, après une victoire qui venait d'être proclamée du nord au sud et de l'est à l'ouest, serait pure folie.

L'esprit d'Achab brûlait de toutes les difficultés qu'il lui restait à affronter – avec le roi de Juda qui voulait débarrasser le temple de Samarie des dieux étrangers ; avec les rois voisins qui estimaient que la victoire du Seigneur affaiblissait le pouvoir d'Achab ; avec les prêtres du temple qui cherchaient à tirer bénéfice de l'apparition de l'Éternel au mont Carmel ; et maintenant, avec son épouse.

Cela n'en finirait-il donc jamais ? Du temps de son père, le roi Omri, il avait tellement admiré la façon dont celui-ci imposait ses idées, dont il était obéi... Il comprenait maintenant que tout cela n'était qu'illusion. Gouverner, c'était avant tout marchander la solution qui causerait le moins de tort. Et le pouvoir ? Plus il était puissant, moins il avait de pouvoir. Comme l'amour d'une femme, tout cela n'était que vanité.

CHAPITRE 19

Ce fut le moment le plus terrifiant de sa vie. Elle avait souvent tremblé depuis que Jézabel était montée sur le trône mais cela n'avait rien de comparable avec la peur qu'elle éprouvait maintenant... car les paroles de la jeune femme avaient quelque chose d'irrémédiable, comme une sentence de mort. En d'autres occasions, son inquiétude s'était avérée excessive, mais le ton de la reine avait été glacial, dénué de tout sentiment.

Depuis le jour où elle avait été arrachée à la maison de sa cousine pour comparaître devant Jézabel, Rizpah avait été la proie de sentiments contradictoires. Il lui était arrivé de s'extasier sur sa puissance. Elle lui avait servi de mère, de sœur, de meilleure amie, mais elle était toujours restée loyale à Israël. Chaque fois que Jézabel lui avait posé une question, Rizpah avait répondu honnêtement et sans détour, même si elle savait que sa réaction pourrait agacer la jeune reine ; c'était d'ailleurs cette fulgurante honnêteté qui lui avait fait gagner sa confiance.

Jézabel lui avait laissé une incroyable liberté de mouvement ; les autres serviteurs s'étonnaient de ce qu'elle n'eût pas tué sur-le-champ l'épouse et les enfants de son ennemi juré. Néanmoins, grâce à l'indéfinissable lien qui unissait les deux femmes, Jézabel l'avait plus souvent traitée en loyal sujet, si ce n'était en confidente ou même en véritable amie, qu'en adversaire.

Encore que la reine présentât tant de facettes qu'une remarque satisfaisante un jour pouvait s'avérer dangereuse le lendemain. Rizpah avait un jour demandé à Hattusas pourquoi sa souveraine virevoltait ainsi d'une position à l'autre ; le vieux conseiller avait souri et répondu que rares étaient ceux qui pouvaient sonder l'esprit d'un roi, a fortiori celui d'une épouse royale. Rizpah n'avait pas compris ce qu'il entendait par là et, à mesure que le temps passait, elle saisissait de moins en moins la logique du sort qui lui était fait. Elle se sentait comme un jouet entre les mains d'un enfant, accueillie puis rejetée puis laissée à l'abandon sans savoir si elle sortirait jamais de son oubli.

Convoquée dans les appartements de Jézabel, elle dut attendre que celle-ci se manifestât, tout en se demandant quel rôle il allait lui falloir jouer maintenant. Son cœur battait à tout rompre. On l'avait fait pénétrer dans une petite antichambre où elle avait patienté toute la matinée. Enfin, la porte de la chambre s'était ouverte et elle fut introduite auprès de sa maîtresse qui prenait son bain ; une grande femme noire lui frottait le dos d'huiles parfumées, une nouvelle esclave que Rizpah n'avait jamais vue, et qui vaquait en silence dans le clapotis du petit bassin. L'esclave tendit à la reine un drap de lin dans lequel elle s'enroula avant de sortir s'asseoir sur un divan. Rizpah s'empourpra en découvrant le corps de Jézabel à travers l'étoffe humide.

Deux autres servantes s'approchèrent pour l'enduire de baumes et la reine posa enfin sur elle un regard impossible à déchiffrer. Soudain, Rizpah ressentit une peur indescriptible : elle se trouvait devant une étrangère, ni amie ni ennemie, mais dénuée de toute compassion. La jeune reine la fixait sans un mot. Personne ne l'avait plus vue depuis une semaine, depuis qu'Élie avait ridiculisé les dieux de Phénicie ; et puis elle était soudain apparue sur un balcon pour lancer un nouveau défi aux prêtres, qui n'avait entraîné aucune colère parmi le peuple mais plutôt une intense frayeur ; or voilà que, tout d'un coup, la femme du prophète était appelée en présence de la reine et que celle-ci lui opposait un visage de pierre. Comme si elle ne la connaissait pas... Comme si elle ne l'avait jamais vue.

Malgré sa gêne devant ce corps nu, cette chair ruisselante d'eau et de parfums, Rizpah sut d'instinct qu'il ne lui fallait pas fléchir, surtout ne pas détourner les yeux. Lentement, d'une voix sardonique, Jézabel articula :

– La semaine dernière, ton mari a fait assassiner près de huit cents de mes prêtres et prêtresses. Il m'a causé un grand chagrin. Il a insulté mes dieux et mes déesses. J'ai donc l'intention de le mettre à mort.

Elle attendit la réaction de son interlocutrice, mais celle-ci la surprit ; ce n'était pas la première fois que la reine menaçait son époux de mort, et elle semblait attendre la suite sans réagir...

– Je sais qu'il se cache parmi les prêtres dans le grand temple de Samarie ; il jubile et se pavane comme un coq devant sa nouvelle épouse, Israël. Je veux que tu lui dises que sa reine lui ordonne de se présenter devant elle. Alors je l'obligerai à se prosterner devant la statue d'Astarté et de lui baiser les pieds. Ensuite, je le mettrai à mort alors qu'il viendra de se détourner de Yahvé. Oui, il mourra. Mais pas immédiatement. Lentement, ainsi qu'il a fait mourir mes prêtres et prêtresses, dans la douleur, brisés par les pierres que ton peuple jetait sur eux, qui leur ont cassé les bras et les jambes et leur ont infligé mille souffrances sous le soleil brûlant avant que tout leur sang ne s'épande de leurs corps fracassés.

Décomposée par la terreur, Rizpah chuchota :

– Je ne détournerai pas mon époux du Tout-Puissant !

– Alors, tu mourras.

Rizpah ne dit rien.

– Et tes enfants aussi mourront.

De nouveau, elle refusa de répondre. Elle connaissait assez Jézabel pour savoir que ses mots cachaient mille autres intentions.

– Tu n'as donc pas peur de ce que je viens de te dire ? insista celle-ci.

– Depuis que tu es reine, je suis morte. De temps en temps, tu m'as montré de l'amitié et tu m'as aidée, mais tu exiges toujours de moi plus que je ne peux te donner. Si mon heure est venue, alors j'accepte ma mort... et celle de ma famille.

Contrariée, Jézabel se dressa, laissant tomber à ses pieds le drap de lin. Elle était complètement nue, son corps ferme encore luisant d'humidité. Elle ondula doucement vers Rizpah, comme si celle-ci ne venait pas de signer son arrêt de mort ; comme si elle pouvait dire tout ce qu'elle voulait ; de toutc façon, la reine n'en tiendrait aucun compte car elle suivait son idée fixe.

– Mais la mort est inutile, susurra-t-elle, surtout lorsque, entre deux femmes telles que nous, il existe un moyen de s'entendre.

Rizpah n'osait même plus respirer. Que pouvait lui vouloir cette reine étrange ?

– Comment cela ? balbutia-t-elle.

– Cours vers ton Élie et annonce-lui que sa reine désire sa mort. Que sa reine le hait et ne veut plus qu'il vive. Quand il sera terrifié, dis-lui que sa reine ne règne que sur Israël, qu'elle n'a pas d'espions susceptibles de le tuer en Égypte. Dis-lui que la seule issue pour lui consiste à se réfugier chez Pharaon et de ne jamais revenir. Il m'a désobéi une fois déjà. Ensuite, il a été protégé par le général Jéhu. Mais cette fois, il m'obéira. Cette fois, si je ne parviens pas à le tuer et qu'il s'enfuit pour ne jamais revenir tourmenter mon royaume, alors ma colère s'éteindra.

De nouveau, Rizpah tenta de saisir le sens de ces mots ambigus. La reine voulait-elle tuer son époux ou non ? Elle osa lui poser la question.

– Oui, mais si je le tue, cela reviendrait à me poignarder moi-même. La supercherie qu'il a utilisée sur le mont Carmel semble avoir prouvé au peuple que Yahvé était plus puissant que mes dieux. Mais, bientôt, ce peuple comprendra que Yahvé ne peut lui donner plus que les dieux de Phénicie et il voudra revenir aux pratiques que je lui ai fait connaître. Seul Élie représente un véritable obstacle à mes desseins. Ma vengeance sera totale s'il pose jamais un pied en Israël. J'en ai parlé à mon époux et il convient que c'est là la meilleure solution.

– Je... je ne comprends pas... quelle supercherie ?

Jézabel sourit.

– Interroge ton mari.

– Tu veux que je demande à mon époux de quitter Israël pour ne jamais y revenir ?

– Oui. Ainsi, il vivra, le royaume sera sauvé et je n'entendrai plus parler d'Élie... et je continuerai de régner sur Israël avec Achab. Dans un an ou deux, je recommencerai à ériger mes bosquets et tout rentrera dans l'ordre.

La reine poursuivit son discours à voix basse afin que seule Rizpah l'entendît :

– Comprends-moi bien, je tue ton époux en lui sauvant la vie. Mais s'il revenait, alors ma fureur oublierait toutes les conséquences qui pourraient advenir et il mourrait dans les plus atroces souffrances. Dis-lui que s'il veut vivre, il doit aller au sud de la terre d'Égypte ou d'Éthiopie ou à l'est des montagnes de Moab, là où le soleil se lève, ou dans les lointaines vallées des Indes où les fleuves sont larges comme la mer et où les hommes ont la peau couleur de la terre. Dis-lui que si j'apprends, demain, qu'il est encore en Israël, alors il mourra.

Rizpah s'éloigna en acquiesçant de la tête. Elle voulait fuir la chambre de cette femme qui tenait le pouvoir de l'Éternel entre ses mains – le pouvoir de vie et de mort. Mais elle ne parvenait plus à bouger, la tête noyée de pensées confuses, comme si elle venait de plonger au fond d'un lac aux eaux boueuses. Et les paroles de Jézabel flottaient à la surface. Rizpah les appréhendait, mais ne les comprenait pas. Elle devait dire à son mari qu'il allait mourir... qu'il ne connaîtrait pas de salut... et voilà que la reine lui offrait soudain une issue, un sursis, puisqu'il fallait maintenant partir pour l'Égypte et n'en plus revenir. Mais ni elle ni ses enfants n'avaient jamais franchi les frontières de leur pays... Déjà, leurs voyages les avaient incommodés, les enfants réclamant leur village et leurs amis. Malgré la promesse de Jézabel, ils n'étaient toujours pas retournés à Tischbé et trépignaient d'impatience chez leur tante Sharaz, à Samarie. Maintenant, Rizpah allait devoir déraciner sa famille vers l'Égypte. Ou vers les Indes. Elle avait entendu parler de ces contrées mais ignorait où elles se trouvaient.

Toutefois, elle connaissait l'Égypte. Ses ancêtres y avaient été réduits en esclavage. L'Égypte. Ce nom résonnait dans son esprit comme si, à force de le répéter, elle allait mieux le connaître. Il y avait des dieux étranges en Égypte, beaucoup plus effrayants et menaçants que ceux de Jézabel, des dieux aux têtes d'animaux, des dieux qui mangeaient les hommes. Oui, Rizpah avait entendu parler de l'Égypte. On lui avait dit qu'il s'y trouvait une grande assemblée de fidèles au Tout-Puissant, dans quelque île au milieu du Nil, mais cela ne la consolait guère... d'autant qu'Élie serait anéanti, loin de Juda et d'Israël, des temples et du Seigneur Lui-même... et entouré de dieux à têtes d'animaux.

Ses pensées s'évanouirent lorsqu'elle entendit Jézabel demander :

– Où vas-tu ?

Rizpah se rendit compte qu'elle s'était arrêtée devant la porte sans exécuter la révérence habituelle.

– Trouver mon mari au temple et lui répéter ce que tu m'as dit, grande reine. Ensuite, je repartirai dans la maison de ma cousine, prendrai mes enfants et nous partirons ensemble pour l'Égypte comme tu l'as ordonné.

– Non ! Tu seras escortée par un garde. Ensuite, toi et tes enfants reviendrez au palais et vous me servirez. Vous resterez ici jusqu'à votre mort. Ainsi, Élie saura que s'il revient en Israël, s'il pose seulement le pied à Juda ou en Israël ou en tout endroit à moins de sept jours de cheval de Samarie, je vous ferai immédiatement mettre à mort, toi et tes enfants.

La reine se tourna vers son garde du corps et ordonna :

– Accompagne Rizpah au temple. Si Élie s'y trouve, assure-toi qu'elle lui transmet mon message. S'il n'est pas là, donne le message au grand prêtre et ordonne-lui de le faire parvenir à Élie. Puis ramène-la-moi.

Ensuite, elle s'adressa à sa servante :

– Va dans la maison où vivent les enfants de Rizpah, prends-les et amène-les-moi.

Elle parut s'étonner de l'air épouvanté de Rizpah :

– Ne parais pas si surprise. Crois-tu vraiment qu'après ce qu'il a fait, j'allais permettre à ton époux de s'en tirer aussi facilement ? Il va désormais comprendre ce qu'est la solitude. Je suis venue dans son pays sec et désertique, je m'y suis retrouvée seule, loin de ma famille et des miens. Maintenant, c'est Élie qui sera séparé de sa femme et de ses enfants pour le restant de ses jours. J'estime que c'est un sort aussi cruel que la mort...

Rizpah fondit en larmes. Elle se retrouvait désormais réduite en esclavage. Avec ses enfants. Ce matin encore, elle était l'épouse respectée du prophète, de la voix de l'Éternel, les gens lui souriaient, lui disaient combien son époux était extraordinaire... Voilà qu'elle se retrouvait servante au mieux, si ce n'était esclave. Cela s'était déjà produit une fois et cela recommençait. Elle tremblait de peur, pour elle, et pour ses enfants.

Jézabel ne comprit pas sa réaction. Elle n'avait pas l'intention de blesser Rizpah et sa famille, seulement Élie.

– Pourquoi pleures-tu ? Tu vas vivre dans un palais. Tu n'auras plus à retourner dans ton village perdu et tu me tiendras compagnie. Et puis je veux que tu comprennes ma déesse. Tu finiras par l'aimer, toi aussi. Puisque tu ne verras plus ton mari de ta vie, tu vas pouvoir profiter des bénédictions d'Astarté.

La jeune femme souriait. Mais, submergée par l'horreur de sa situation, son interlocutrice s'évanouit. Jézabel ne s'en étonna plus.

L'homme qu'elle avait devant elle n'était pas celui qu'elle avait épousé. Elle avait connu un Élie fort de ses certitudes, porté par la sagesse et la foi. Elle retrouvait un être inquiet, hésitant, éperdu par ses années d'errance.

– Ainsi, cette femme démoniaque croit pouvoir me faire taire en me tuant !

– Elle te tuera, à moins que tu ne quittes ce pays.

Il la dévisagea un long moment, ses lèvres remuant comme s'il était en pleine conversation. Il murmurait des mots comme :

– *Oui... oui, je comprends, oui, Seigneur...*

Des mots à peine audibles. Puis il parut distinguer Rizpah de nouveau :

– Et ses gardes vont attaquer le temple et me tuer si je reste en Israël ?

– Tu as déjà quitté le pays à cause de Jézabel. Il est temps de repartir pour te sauver encore. Toi et nos enfants, car si tu es encore ici demain, nous mourrons tous.

De nouveau, il remua les lèvres et se détourna. S'entretenait-il donc avec le Seigneur ? Il parlait, et ne parlait pas... Elle avait de plus en plus peur. La vie de leurs enfants dépendait de la décision qu'il prendrait. Et s'il était assez fou pour en oublier tous ses devoirs ?

– Je vais partir. Mais je reviendrai. Alors je serai accompagné par les hôtes des cieux, par le Seigneur Lui-même et tous Ses anges qui brûleront le cœur d'Israël jusqu'à ce que disparaisse la dépravée de Phénicie. Ne te tourmente pas, femme, vous serez en sécurité jusqu'à mon retour. Vous serez otages au nom du Seigneur. Et, quand je reviendrai, vous pourrez retourner à Tishbé car le royaume d'Achab n'existera plus.

Là-dessus, il se mit en devoir de préparer son maigre bagage, si peu de choses... de la nourriture qui lui restait de son dernier repas, quelques vêtements, des parchemins barbouillés de son écriture... Rizpah se dit qu'il n'aurait rien qui lui rappelât sa famille.

– Veux-tu une mèche de mes cheveux en souvenir de moi ?

Il lui jeta un regard préoccupé, acquiesça de la tête. Puis il reprit ses préparatifs. Rizpah chercha un couteau, mais il n'y en avait pas dans la petite chambre. Elle couperait cette mèche plus tard.

– Je dois partir ! annonça-t-il. Cette reine des ténèbres ne me laisse même pas le temps de préparer mon voyage. Je vais me rendre en Égypte où vivent beaucoup d'Hébreux dans le delta du Nil. Là, je pourrai rassembler des partisans et préparer mon retour triomphal.

Il embrassa sa femme sur la joue.

– Rizpah, tu es une bonne épouse. Veille sur nos enfants jusqu'à mon retour. Dis-leur de bien se conduire, en suivant les chemins du Seigneur, et qu'alors rien ne pourra leur arriver. Dis-leur de ne pas oublier leur père.

Ils se regardèrent un instant sans mot dire. Comment cet homme étrange et distant, qui écoutait quelqu'un d'autre, pouvait-il être son mari ? Voilà longtemps, en fait, qu'elle ne le considérait plus comme tel. La situation leur semblait à tous deux si insolite qu'il ne voyait en elle rien de plus qu'un visage parmi d'autres, dans la foule.

Alors elle lui posa la question qui hantait son esprit depuis que Jézabel en avait parlé :

– À l'autel, où tu priais le Très-Haut d'allumer le feu... Que s'est-il passé ?

Il souleva son baluchon, le hissa sur son dos et se dirigea vers la sortie de sa chambre.

– Que veux-tu dire ?

Elle répéta sa question.

– Le Seigneur a envoyé un éclair et allumé le feu. Il a montré qu'Il était le Tout-Puissant et...

– Y a-t-il eu un éclair ?

Il fit volte-face et lui demanda, les yeux dans les yeux :

– Douterais-tu des voies du Seigneur ?

– Je doute de tes procédés, répondit-t-elle doucement.

Elle ne voulait certes pas le fâcher, encore moins exciter les démons qui occupaient son esprit.

– Tu doutes... ?

– Je voulais savoir comment le feu s'était allumé.

– Par le Seigneur...

– Par toi. Comment as-tu fait ?

Il réfléchit un instant puis un sourire illumina son visage.

– J'ai fait, murmura-t-il, comme je ferai toujours à travers la terre d'Israël pour prouver que l'Éternel est le seul vrai Dieu. J'ai utilisé cette eau de feu dont Jézabel se servait pour accompagner ses danses lascives devant les enfants d'Israël, à son arrivée sur notre Terre Sacrée. Je l'ai prise à son propre piège. Et je t'assure que je recommencerai autant de fois qu'il le faudra jusqu'à ce que nous soyons débarrassés d'elle et dc ses idoles. Le Seigneur m'a montré la voie. Il a envoyé un marchand qui m'a vendu l'eau du désert. J'ai combattu le feu par le feu. Ainsi remporterons-nous l'éternelle victoire.

Son visage brillait d'une joie triomphante. Il embrassa de nouveau Rizpah et quitta la chambre. Mais sa femme ne bougea pas. Un gouffre venait de s'ouvrir devant elle au bord duquel elle vacillait.

*
**

Combien dure un voyage lorsque le soleil arrête sa course dans le ciel pour rester accroché au zénith, desséchant tout ce qui se meut sur la terre ? Quelle distance a été parcourue lorsque rien n'apparaît à l'horizon que le même ruban du chemin qui serpente, se perd parfois dans les dunes balayées par le vent, un chemin foulé par les voyageurs, les vagabonds et les marchands depuis la nuit des temps et qui rétrécit dans le lointain et disparaît lorsque ciel et terre se rejoignent ? Elle était si longue la route pour l'Égypte qu'elle avait coûté la vie à Moïse après quarante années d'errance. Il était mort dans le désert comme Élie lui-même allait y mourir.

Tant qu'il avait suivi le chemin côtier entre Gaza et l'Égypte, tout s'était bien passé. Il avait pu se restaurer dans les nombreux ports de pêche qu'il traversait. Il avait vu ses forces se vivifier en contant aux villageois les merveilles du Seigneur et il avait reçu assez de nourriture pour subsister avant d'atteindre le port suivant. Il croisait de nombreuses caravanes chargées des richesses de l'Égypte, qui allaient emprunter la route des Rois pour se rendre dans les pays du Nord. Il était alors certain d'atteindre l'Égypte sans trop de difficultés. Une fois arrivé, il adresserait une demande au pharaon afin que celui-ci organisât une attaque contre le roi et la reine d'Israël. Élie proclamerait Jéhu roi et tout serait bien.

Mais, au beau milieu de son voyage, l'Éternel lui avait envoyé un signe, une colonne de nuées... très lointaine mais impossible à ignorer. Elle s'élevait vers le firmament, grise et menaçante, omniprésente. Il avait beau se détourner, elle reparaissait chaque fois qu'il regardait vers le sud, comme si elle l'invitait à la suivre. Parfois, il la voyait à peine, parfois, il avait l'impression qu'elle allait l'envelopper de sa taille formidable.

À plusieurs reprises, il la désigna à d'autres voyageurs, mais leurs yeux étaient aveugles à la vérité et ils ne la voyaient pas. Car c'était un signe du Seigneur adressé à lui seul, dont la foi était assez forte, dont les yeux pouvaient voir la vérité. Un tel phénomène eût été vu d'Israël tout entier et connu de Jézabel et de son époux si leurs yeux se fussent décillés ; ils en eussent alors conçu la plus grande frayeur car il s'élevait bien au-dessus de leurs têtes et jusqu'au firmament, car il exprimait la colère du Seigneur Dieu des armées et visait directement leurs cœurs noirs et maléfiques. Quatre jours après avoir passé Gaza, alors qu'il se trouvait encore dans le pays des Philistins, il atteignit une route qui filait plein sud. Il interrogea le chef d'une caravane :

– Où mène cette route ?

Perché sur son dromadaire, l'homme sortit la tête de la couverture qui le protégeait du soleil.

– À la mort, dit-il.

– Si je m'y engage, où arriverai-je ?

– Au bout du monde.

Élie tâcha de garder patience.

– Où se termine cette route ?

Le marchand, dont la peau tannée par le soleil semblait aussi sombre qu'une lanière de cuir, haussa les épaules en souriant.

– Tu trouveras la péninsule entre la mer d'Akaba et la mer

des Joncs. Il n'y a rien là-bas que de la rocaille et de la désolation. Même les habitants du désert la traversent aussi vite que possible pour se rendre de l'Égypte à la terre de Midian.

– Il n'y a là-bas ni ville ni route ? insista Élie.

Il commençait à comprendre où il se trouvait et son émoi redoublait.

– Si, quelques routes. L'une va d'est en ouest, de Suez, en Égypte, à Sion Geber, à la pointe du golfe d'Akaba. Celle-ci va de la mer aux montagnes à la péninsule, puis à Et-Tour, encore que je me demande bien pourquoi quiconque voudrait visiter Et-Tour. Une semaine de dromadaire pour quelques maisons de pêcheurs au bord de la mer Rouge...

Élie contenait à peine son exaltation. Tel était le but indiqué par le signe de l'Éternel, de la colonne de nuées qui avait permis aux enfants d'Israël de trouver leur chemin pour fuir l'Égypte en direction du pays où coulent le lait et le miel. C'était le signe du Tout-Puissant, Béni soit-Il. Élie s'efforça de rester calme et demanda encore :

– Et parmi ces montagnes au bout de la péninsule... y en a-t-il une du nom d'Horeb ?

Le chamelier le regarda curieusement.

– Certains l'appellent Horeb, répondit-il, d'autres Djebel Moussa, d'autres Sinaï. Moi, elle ne m'intéresse pas. Pourquoi ?

– Parce que mon ancêtre, Moïse, le grand prophète a reçu là-bas la parole du Seigneur Dieu et qu'Il m'a envoyé un signe afin que je suive les traces de Moïse.

Le marchand ne put cacher sa surprise.

– Tu vas t'engager à pied dans ce désert !

Élie fit oui de la tête.

– En plein été, sans monture, sans nourriture et sans eau ?

De nouveau, Élie opina. Le marchand haussa les épaules. Il rencontrait souvent des fous le long des routes, celui-ci n'en était qu'un parmi les autres.

– Alors tu mourras, commenta-t-il d'un ton détaché.

– Mon Dieu veille sur moi.

Le marchand ne dit rien, se contentant de cracher. Les dieux créaient des fous sur terre pour prouver aux hommes normaux comme lui qu'ils étaient normaux. Si cet illuminé cherchait la mort, c'était son affaire. Il talonna les flancs de son dromadaire et l'animal repartit en grondant et renâclant, laissant Élie derrière lui.

Élie les suivit un instant des yeux et, quand l'odeur des animaux eut fait place au vent marin, il jeta un dernier regard sur l'étendue bleutée de la mer Éternelle. Il distinguait encore la baie qui bordait au nord Israël et la Phénicie, et à l'ouest, l'Égypte. Alors il se retourna pour contempler le petit chemin poussiéreux qui semblait disparaître sous les dunes. Au bout de la piste, tel un phare illuminant sa route, se dressait la colonne de nuées. Le doigt de Dieu lui indiquait la direction à prendre. Il avait déjà marché dans les pas de Moïse, au début du règne de Jézabel et d'Achab, lorsqu'il s'était caché sur la rive orientale du Jourdain. Alors le Seigneur avait veillé sur lui, tout comme Il avait veillé sur Moïse et les enfants d'Israël dans le désert. L'Éternel lui avait envoyé une veuve pour le nourrir, ainsi qu'Il avait fait tomber la manne sur le désert pour Moïse. Pour remercier la veuve de sa bonté, le Seigneur avait guidé la main d'Élie afin de soigner son fils d'une morsure de serpent. Et voilà qu'Élie repartait sur les traces de Moïse, dans ce désert où il avait mené son peuple.

Il laissa la mer derrière lui et s'enfonça dans le désert, marchant d'un pas alerte car il savait que le Seigneur était avec lui, que lorsqu'il aurait faim, le Seigneur le nourrirait, et que lorsqu'il aurait soif le Seigneur lui enverrait une source fraîche pour s'abreuver. Et, quand il aurait fini de marcher, il saurait qu'il avait atteint les lieux saints que le Seigneur avait choisis pour transmettre à Moïse la loi qui régissait la vie de tout enfant d'Israël, homme, femme ou enfant à travers le monde.

*
**

Rizpah était affligée. Voilà plusieurs jours qu'elle était affligée. Jézabel avait ordonné à ses esclaves de la distraire mais, lorsqu'elle vit que rien ne déridait sa captive, elle s'emporta et lui ordonna de sourire et non de se morfondre à travers le palais. Cependant, Jézabel savait que ce sourire s'évanouissait dès qu'elle avait le dos tourné.

– Qu'est-ce qui te déplaît ? demanda-t-elle brusquement.

Rizpah tressaillit puis baissa les yeux, comme une fillette rabrouée par ses parents.

– Je ne te demande pas de bondir de joie maintenant que tu es veuve, observa la reine, mais je te prie de ne point avoir l'air si sombre. Cela me chagrine. Je veux être entourée de gens souriants. En outre, ce palais est sûrement plus agréable que la maison où tu habitais à Tishbé. Le capitaine de ma garde me l'a décrite. Une masure horriblement petite, malsaine. N'es-tu pas mieux ici ? Ici, tes enfants sont instruits par des tuteurs, j'y ai veillé. Ils mangent bien, dorment dans une chambre propre où montent de délicieuses odeurs de cuisine. Ils peuvent sortir du palais quand ils en ont envie... Que trouves-tu donc à redire à tout cela ? Pourquoi n'es-tu point heureuse ?

Rizpah avait relevé les yeux et dévisageait la jeune femme. Elle était si belle et resplendissante, le regard lumineux, le cheveu noir et brillant, les vêtements légers comme un arc-en-ciel, son cou altier, ses belles épaules dénudées. Rizpah admirait tant de choses en Jézabel... et en abhorrait tant ! Elle lui apparaissait comme un serpent du désert, d'une splendeur à couper le souffle mais dotée de crochets mortels pour les imprudents. Pourtant, il lui arrivait de se soucier de Rizpah comme une fille de sa mère. Elle ne savait même pas si, malgré les promesses de Jézabel, son époux n'avait pas été assassiné puis abandonné seul, dans quelque fosse anonyme.

Les yeux pleins de larmes, les lèvres tremblantes, elle ne parvint pas à retenir ses sanglots plus longtemps. C'était la deuxième fois qu'elle affichait son accablement devant Jézabel qui avait appris, depuis sa plus tendre enfance, que ce genre d'épanchement ne faisait que trahir d'inutiles émotions. Toutefois, Jézabel la plaignait secrètement. Elle la guida par la main vers un divan où elle la fit asseoir.

– Pourquoi ces larmes ? Penserais-tu encore à Élie ? C'était un mauvais époux, tu n'aurais jamais dû l'épouser. Tu sais ce qu'il dit de moi. Il me hait. Personne ne doit haïr sa reine. C'est pourquoi il doit mourir s'il remet jamais les pieds dans ce pays. Ne comprends-tu donc pas ? Je te croyais clairvoyante !

Rizpah tâcha d'étouffer un sanglot.

– Mais tu veux le tuer ! Lui, le père de mes enfants !

– Mais non ! C'est pour cela que je l'ai exilé. Au commencement, je voulais le tuer. Après ce qu'il a fait à mes prêtres et à mes prêtresses, je me sentais capable de l'égorger de mes mains. Mais Hattusas m'a convaincue qu'il serait moins dangereux de le bannir dans un pays lointain où il finirait par être oublié. Hattusas m'a également suggéré de vous garder en otages, toi et tes enfants, afin qu'il ne revienne jamais. Comment voudrais-tu que je ramène le peuple au culte de Baal et d'Astarté si mon règne est menacé ? Tout Israël souffrirait par sa faute.

Rizpah ravala ses larmes. Ces raisonnements la dépassaient. Si son époux était là... il lui expliquerait et saurait répondre. Il lui dirait pourquoi sa pire ennemie la traitait comme une amie et prétendait ne vouloir que son bonheur. Rizpah ne comprenait pas. Soudain, un mystérieux sourire éclaira le visage de Jézabel.

– J'ai une merveilleuse idée ! Je sais que tu n'as jamais goûté l'amour, la joie et le bonheur qu'Astarté apporte au monde ; tout cela parce que Élie te l'a interdit. Mais il n'est plus là pour te commander, alors c'est moi qui commande aujourd'hui. Je veux que tu apprennes à connaître Astarté. Viens, nous allons la prier ensemble. Ensuite, tu comprendras pourquoi mon époux et moi l'aimons tant.

Elle la prit par la main et l'entraîna mais Rizpah se raidit.

– Non ! Arrête ! Tu sais que je n'ai pas le droit d'adorer une idole...

– Ce n'est pas une idole. C'est une déesse.

– Mais Élie dit...

– Élie n'est pas là. Tu es veuve !

Ils savaient depuis des jours qu'un homme traversait seul le désert, depuis qu'un de leurs guetteurs l'avait signalé. Par curiosité, ils s'assemblaient au sommet des montagnes pour voir où il passait, quand il courait, quand il tombait. Parfois, il trébuchait et ne bougeait plus, comme mort ; alors ils s'approchaient, tâtaient sa peau, qui leur apparaissait moite et fraîche et montrait signe de vie. En habitants du désert, ils lui laissaient de l'eau et de la nourriture et repartaient rapidement. Car ils redoutaient cet homme étrange qui criait le nom de son Dieu et semblait connaître la nature des cieux et de la terre.

Lorsque Élie s'éveillait de son sommeil, ou qu'il revenait à lui après une chute, il découvrait les bienfaits du Seigneur : une gourde emplie d'eau fraîche, du pain et des olives. Et il mangeait et se désaltérait. Puis, avant de reprendre la route qui allait l'emmener au Horeb, il clamait son action de grâces à l'Éternel. Ensuite, il reprenait sa progression, oubliant le froid glacial de la nuit quand le soleil montait à l'horizon et réchauffait l'air jusqu'à le rendre suffoquant, à lui brûler la peau et les cheveux, à lui mettre les yeux en feu. Pourtant, il continuait encore à courir et marcher et sauter et tomber, toujours vers le sud, jusqu'à ce que le Seigneur l'eût mené à la Montagne Sainte où Moïse, son ancêtre, avait reçu les tables de la Loi.

Les habitants du désert l'observaient et se demandaient ce qu'il cherchait, pourquoi il était seul, où il allait. Ils le suivaient de loin et veillaient à lui laisser assez de vivres, jour après jour. Car leurs dieux leur ordonnaient de ne jamais laisser un homme sans nourriture dans le désert, à moins qu'il ne fût un ennemi. Ils continuaient donc de pousser leurs chèvres et leurs dromadaires vers les pâtures le long des côtes de la mer Rouge, à Et-Tour. Le quatrième jour, l'homme entra sur le territoire d'une autre tribu qui campait au pied des montagnes entourant le Djebel Moussa. Satisfaits de l'avoir mené à bon port, ils l'abandonnèrent aux mains de ce clan rival et poursuivirent leur chemin vers la mer.

Dans la vallée, Élie venait de découvrir un village de nomades qui se levèrent à son arrivée. Les enfants coururent se cacher derrière un rocher quand ils virent ce spectre qui hurlait, les bras levés au ciel et riait et pleurait à la fois. Les femmes se réfugièrent dans leurs tentes, tandis que les hommes sortaient leurs couteaux pour le cas où cet inconnu serait suivi d'autres hommes. Mais, à mesure qu'il approchait, ils purent constater qu'il était seul.

– Le Saint, béni soit-Il, a protégé son indigne serviteur, cria-t-il.

Il passa devant les enclos des animaux, faisant bêler les chèvres, crier les ânes, gronder les dromadaires, et se dirigea d'un pas incertain vers le foyer éteint mais encore encombré de cendres et de restes de viande carbonisée.

Le chef de la tribu, Abd Massoud ibn Kefr, s'avança vers lui.

– Sois le bienvenu dans mon humble camp. Es-tu seul ?

– Je marche avec l'Éternel.

– Où est l'Éternel ? demanda ibn Kefr.

– L'Éternel est mon Dieu.

– Même un homme qui marche avec son Dieu a besoin de manger et de boire. Viens t'asseoir et partager notre repas.

Il claqua des doigts et, quelques instants plus tard, une femme émergea de sa tente, portant un plateau d'argent orné de motifs rappelant les vagues de la mer. Elle y avait disposé des viandes, des pains, des olives et des épices rouges, jaunes et blanches. Une autre femme arriva derrière, qui amenait des gourdes et une coupe en terre. Elle y versa un peu de vin puis un liquide jaunâtre, qu'Élie reconnut pour être du lait de chèvre. La femme s'inclina respectueusement devant le voyageur du désert et lui tendit la coupe. Il but avec avidité ; le mélange avait un goût étrange, assez acide, mais il en fut aussitôt rafraîchi et tendit sa coupe à la femme en souriant pour être servi encore. Ibn Kefr posa la main sur le bras d'Élie afin de le faire asseoir et le regarda manger le fromage qu'il trempait avec le pain dans les pots d'épices. Élie mangea longtemps en silence, reprit du pain et des olives. Une femme, vêtue comme les autres d'un grand burnous noir qui recouvrait tout son corps, à part son visage, vint lui tendre un bol d'eau afin qu'il s'y lavât les mains et le visage. Connaissant les coutumes des gens du désert, Élie sut qu'il s'agissait là d'un extraordinaire acte de générosité puisque l'eau n'y était utilisée que pour honorer les invités.

Lorsqu'il eut fini, il regarda les hommes qui l'entouraient et attendaient patiemment car une ancienne coutume spécifiait que la première chose qu'un voyageur eût à faire consistait à se rafraîchir... ensuite seulement il pouvait parler. Mais c'était à lui d'entamer la conversation.

– Je vous remercie pour ce délicieux repas. Que le Seigneur entre dans vos cœurs et vous permette de prospérer et de toujours trouver de l'eau au bout de votre chemin.

Les hommes sourirent et hochèrent la tête. Leur hôte venait de prononcer exactement les mots qu'ils attendaient de lui. Ils laissèrent alors leur chef, Abd Massoud ibn Kefr, prendre la parole :

– M'autorises-tu à demander le nom de l'homme qui vient de nous honorer de sa présence à notre misérable table ?

– Je m'appelle Élie. Je suis prophète du Seigneur Dieu d'Israël.

Il se souvint des coutumes qu'il avait apprises en traversant le désert du Néguev et ajouta :

– Ta table gémit sous le poids de la générosité d'un homme riche.

Abd Massoud ibn Kefr apprécia. Cet homme venait certainement d'une ville et, à entendre son accent, à voir ses manières, ce devait être une ville de Juda ou d'Israël. Ibn Kefr était impressionné par sa connaissance du désert et de ses coutumes, quand bien même il fût entré dans son camp sans avoir revêtu l'habit adéquat, sans eau ni animal à offrir.

– J'ai cru comprendre que tu comptais escalader la montagne que le peuple d'Israël appelle Sinaï.

Élie parut surpris.

– Tu connais cette montagne ?

Abd Massoud ibn Kefr sourit et expliqua :

– Tous les ans, au moins un homme se présente par ici et nous demande son chemin. Nous avons appelé cette montagne Djebel Moussa d'après le nom de celui que vous appelez Moïse. Il m'a été dit que ton Dieu avait donné quelque chose à ce Moussa au sommet de cette montagne, mais personne n'a su m'en raconter davantage.

Aussi Élie passa-t-il un long moment à expliquer aux hommes (et aux femmes et aux enfants qui se cachaient dans les tentes mais l'écoutaient attentivement) comment Abraham avait été appelé par le Seigneur à lui sacrifier son fils et à briser les idoles mais comment, à la dernière minute, Dieu avait retenu sa main et comment Isaac était devenu l'un des patriarches ; et puis comment les hommes avaient suivi en Égypte son fils Jacob, devenu Israël, afin d'échapper à une terrible sécheresse. Comment le peuple avait reconnu la puissance de Dieu à l'époque de Moïse, leur plus grand prophète, qui avait reçu la Loi et la parole du Seigneur inscrite de Sa propre main sur des tables de pierre qui se trouvaient maintenant dans le Temple de Jérusalem. Il parla ainsi jusque tard dans la nuit et les hommes l'écoutaient, ainsi que les femmes. Il leur parla du combat du roi Salomon avec Makeda, la reine de Saba, et leur fils illégitime, Ménélik, que Salomon déshérita ; puis il parla de la querelle entre Juda et Israël et comment les douze tribus venues d'Égypte avaient fini par se diviser en deux pays, dix au nord pour former Israël, deux au sud, qui restaient fidèles au Temple de Jérusalem sur la terre de Juda.

Lorsque les étoiles commencèrent à éclairer le ciel refroidi, et qu'ils décidèrent d'aller se coucher, Élie demanda :

– Suis-je loin du mont Sinaï ?

Abd Massoud ibn Kefr sourit.

– Tu y es. Voici le mont Horeb, que tu appelles Sinaï et que, depuis des générations, nous appelons Djebel Moussa.

Étonné, Élie regarda autour de lui.

– Ici ?

Il examina l'ombre noire de la montagne voisine. Maintenant, il comprenait où il se trouvait : une aura de lumière brillait en son sommet, comme de l'intérieur.

– Le mont Sinaï ?

Abd Massoud ibn Kefr et les autres hommes acquiescèrent de la tête. Mais leur attendrissement fut de courte durée car Élie se mettait à crier :

– Enlevons nos sandales et couvrons-nous la face ! Nous sommes sur une terre sacrée, en présence du Tout-Puissant.

*
**

Jézabel lui avait assuré que la sérénité emplirait son âme en présence d'Astarté mais Rizpah se sentait plutôt agitée alors qu'elle la suivait vers une des résidences de la déesse. On lui avait parlé de ces temples construits dans les champs, sur les flancs des collines et sur le mont Carmel. On lui avait dit qu'il s'y passait des choses terribles, des agissements impies. Elle avait aussi entendu dire que les prêtres d'Astarté aimaient à contenter les femmes d'Israël. Nombre de bosquets avaient été détruits depuis la victoire de son époux sur les dieux phéniciens, mais certains avaient été rétablis au cours des dernières semaines et, de nouveau, certains hommes et femmes d'Israël s'y pressaient pour y prier et y faire tout ce que supposaient ces endroits immondes. Certes, en tant qu'épouse du prophète de l'Éternel, il incombait à Rizpah de se tenir éloignée de ces lieux d'idolâtrie mais il semblait qu'elle n'eût plus le choix. Elle savait que c'était dans ces endroits, selon ceux qui croyaient à la déesse, que la fertilité des femmes était déterminée ; ses dévots disaient que la fertilité venait également aux champs et aux animaux qui paissaient dans ces champs ; car ils croyaient que si la déesse Astarté souriait à ses adorateurs, elle donnerait des enfants aux femmes stériles, alourdirait les moissons et octroierait une saine progéniture aux brebis.

Et voici que Rizpah pénétrait dans un de ces endroits honnis par Élie et la parole de Dieu qu'elle suivait fidèlement. La jeune reine la tirait par le bras pour la faire entrer, malgré ses réticences et ses plaintes. Jézabel commençait à s'impatienter de tant d'obstination. Cette femme ne saisissait-elle donc pas qu'elle avait besoin de se détendre un peu, qu'elle devait réapprendre à libérer la joie prisonnière à l'intérieur de son malheureux corps ? Pourquoi refusait-elle de comprendre que, privée depuis si longtemps du réconfort d'un homme, elle ne pourrait retrouver le bonheur ?

Ne voyait-elle pas qu'elle allait rencontrer le prêtre et la prêtresse les plus appréciés d'Israël ? Un homme beau comme aucune femme ne pourrait le rêver et une femme qui connaissait tous les rites de l'amour et saurait lui apprendre à recouvrer la jeunesse de son corps trop longtemps négligé. Une nouvelle vie allait commencer pour elle. Pourquoi cette femme obtuse refusait-elle cette chance qu'Astarté lui offrait ?

*
**

Il n'était pas loin de l'épuisement lorsqu'il atteignit le sommet de la montagne. Enfant, il avait appris que Moïse, le Maître, était monté deux fois au Horeb – la première lorsqu'il était berger pour son beau-père, Jéthro, après qu'il eut échappé au cruel pharaon d'Égypte. Alors, le Tout-Puissant lui était apparu sous la forme d'un buisson ardent et lui avait ordonné de retourner en Égypte arracher les enfants d'Israël à l'esclavage ; la seconde fois, Moïse guidait les enfants d'Israël vers la Terre Promise lorsqu'il était remonté sur le mont Sinaï pour y recevoir les paroles du Seigneur. Il laissa son peuple dans la vallée en contrebas et il regarda en face le Seigneur, sous Sa forme de fumée et de feu. Ainsi fut-Il aperçu par tout Israël, de même qu'Élie l'avait vu la veille au soir, depuis la vallée.

Mais on ne lui avait pas enseigné, dans son enfance, combien la montagne était haute et rocailleuse et escarpée. Comment Moïse avait-il pu passer quarante jours sur cette montagne sans eau, ni nourriture ? Cependant, s'il avait pu le faire, Élie qui marchait sur ses traces le ferait également puis il retournerait en Israël et tirerait son peuple de la servitude des faux dieux de la catin phénicienne pour les ramener vers le Seigneur. Ses mains étaient écorchées, ses genoux saignaient, ses pieds se déchiraient sur les cailloux qui jonchaient le chemin menant au sommet... Non qu'il y eût un chemin. Ce n'étaient en fait qu'éboulis et terre noire sur laquelle il n'avait cessé de trébucher. Mais Moïse y était monté et, comme Moïse, il était le serviteur de Dieu. Alors Dieu pourvoirait à ses besoins. Au moins était-il certain de survivre à cette ascension, car le Seigneur avait formé un dessein pour lui... Conduire Son peuple comme Moïse l'avait conduit.

Enfin, il parvint au sommet de la montagne. Poussière et fumée semblaient s'en élever directement de la cime. Malgré le sang qui coulait de ses blessures, malgré ses vêtements déchirés, Élie se prosterna devant la majesté de Dieu.

– Seigneur, Élie, ton serviteur, est arrivé.

Dans ces solitudes sauvages, il n'entendait que la voix du vent. Il regarda la crête en se demandant s'il lui fallait grimper jusque-là, jusqu'à la caverne du Seigneur Lui-même.

– Seigneur, reprit-il d'un ton mal assuré. Élie est arrivé...

Alors Dieu lui parla. D'une voix que nul autre n'eût pu entendre. Car c'était une voix qui résonnait dans son crâne. Était-ce ainsi que Moïse avait entendu le Seigneur ?

La voix dit :

– Élie, que fais-tu ici ?

Silencieusement, sans remuer les lèvres ni ouvrir la bouche, Élie répondit :

– J'ai déployé mon zèle pour l'Éternel, le Dieu des armées ; car les enfants d'Israël ont abandonné ton alliance, ils ont renversé tes autels, et ils ont tué par l'épée tes prophètes ; je suis resté, moi seul, et ils cherchent à m'ôter la vie.

– Tu seras mon nouveau Moïse. Comme je lui ai donné ma loi sur cette montagne, je te donne son pouvoir. Comme Moïse fut mon serviteur, tu seras mon serviteur. Comme il a écarté la mer Rouge avec son bâton, tu écarteras le Jourdain avec ton bâton. Comme il a vaincu la maison du pharaon d'Égypte, tu vaincras la maison du roi Achab, et Jézabel et tous ses descendants seront détruits et les chiens lècheront leur sang. Je suis le Seigneur ton Dieu, je suis Celui qui t'a fait sortir de l'esclavage du pharaon d'Égypte et de la maison de servitude. Tu oindras Jéhu, fils de Nimschi, pour roi d'Israël ; et tu oindras Élisée, fils de Schaphath, d'Abel Mehola, pour prophète à ta place. Va, maintenant, et ne retourne pas ta face vers moi.

Élie tomba inanimé sur le sol pierreux.

*
**

Rizpah refusa de s'agenouiller devant le mât de bois planté dans le sol. Et elle refusa d'ôter son manteau.

Jézabel se fâcha :

– Sotte ! Ce n'est qu'un mât. Un mât de bois. Ce n'est pas la déesse elle-même, juste le symbole que nous vénérons, comme nous vénérons des idoles qui ne sont ni le dieu ni la déesse mais des objets qui nous les rappellent. Tu t'agenouilles bien devant un arbre quand tu prends un repas dans un bois, n'est-ce pas ?

– C'est différent. Je n'ai pas le droit d'adorer un autre dieu devant le Seigneur.

– Mais ce n'est pas comme si tu adorais Astarté. Tu ne feras que recourir aux services du prêtre et de la prêtresse, oublier un peu ta solitude de veuve, apprendre ce qu'il en est d'avoir un dieu gai pour compagnon. T'est-il donc si difficile de plier le genou ?

À contrecœur, Rizpah accepta de s'asseoir par terre mais précisa que c'était contre sa volonté

– Élie serait furieux s'il me voyait ici. Il dit que c'est une abomination aux yeux du Seigneur.

– Ton mari a quitté ce pays pour toujours, tu ne le reverras jamais. Considère-le comme mort, cela sera plus simple. Je t'ai conduite ici, loin du palais, afin que tu découvres les plaisirs du corps sans susciter de bavardages.

– Cela ne nous est pas permis, objecta encore Rizpah. Nous ne devons pas...

– Écoute ! s'emporta la reine. Si un homme d'Israël meurt et qu'il laisse une veuve sans enfant, celle-ci doit alors épouser le frère de son mari, n'est-ce pas ? C'est le lévirat, m'a dit Achab. C'est une bonne loi, intelligente. Ainsi, une femme peut rester femme et se consoler auprès d'un autre homme, sans finir sa vie seule dans une maison vide où elle risque de se faire attaquer et violer, elle n'est pas rejetée par les autres femmes qui pourraient craindre qu'elle ne veuille séduire leurs maris et elle a quelqu'un pour veiller sur elle quand elle prend de l'âge et qu'elle ne peut plus faire la cuisine ou la lessive. C'est exactement ce que je te dis. Tant que je n'aurai pas obtenu ton divorce d'avec Élie pour te marier à quelqu'un de plus jeune qui jouera de ton corps comme d'une harpe et te fasse crier de bonheur, c'est le mieux que je puisse faire...

Tandis qu'elle disait cela, un prêtre et une prêtresse s'avancèrent. Tous deux s'inclinèrent pour saluer Jézabel qui leur sourit. Ils étaient jeunes et beaux et sentaient les fleurs des champs. Ils portaient de longues tuniques blanches, celle de la prêtresse laissant apparaître le sein gauche.

– Bonjour, amies, dit le prêtre. Vous êtes ici pour jouir des plaisirs que ma déesse Astarté offre aux hommes et aux femmes de la terre. Laquelle de vous deux désire éprouver avec moi les bienfaits de Baal et Astarté ?

La prêtresse sourit et se dirigea vers Jézabel qu'elle embrassa sur la bouche ; Rizpah ne put réprimer un mouvement horrifié mais ce qui l'offensa davantage fut que Jézabel parut répondre favorablement à ses avances au lieu de la repousser avec dégoût.

Puis, la prêtresse tendit la main à Rizpah dans un geste de bienvenue. De sa tunique immaculée, elle tira une couronne de fleurs qu'elle lui tendit.

– Cette couronne a été tressée pour toi par notre grande prêtresse qui te prie de l'accepter au nom d'Astarté. Elle représente la plénitude de la vie. Observe-la bien, qui commence et s'achève au même point ; dès que nous mourrons et retournerons à la terre, nous renaîtrons aussitôt. Notre corps va dans la terre, mais notre âme rejoint Astarté qui décide où nous allons renaître et recommencer une nouvelle vie. Les fleurs de cette couronne vont bientôt mourir alors que ce matin, elles étaient vivantes, éclatantes de sève. Elles montrent le pouvoir et la puissance que nous possédons sur tout ce qui est vivant ;

mais elles montrent aussi la fragilité de la vie. À moins d'honorer Astarté et son fils et époux Baal, nous connaîtrons des vies aussi fragiles entre leurs mains que ces fleurs des champs.

Rizpah prit les fleurs et la prêtresse l'aida à les disposer sur sa tête. Jézabel s'approcha d'elles et leur joignit les mains puis toutes trois se rassemblèrent et leurs jambes et leurs corps se touchèrent.

Rizpah était effrayée par le contact des deux autres femmes. Elle finit par se détacher du groupe.

– De quoi as-tu peur ? demanda la prêtresse.

– Je n'ai pas peur.

La jeune femme répliqua en souriant :

– Si. Ton corps tremble d'appréhension. Certaines femmes tremblent à cause de la tension et une relation avec un prêtre ou une prêtresse permettra vite de les libérer. Mais toi, tu trembles de peur. Craindrais-tu Jézabel ?

– Oui.

– C'est tout à fait normal. Cette reine a un pouvoir de vie et de mort sur toi. Pourtant, elle te tient par la main et te touche comme une véritable amie.

La prêtresse la regarda dans les yeux avant d'ajouter :

– As-tu peur de moi ?

– Non.

– As-tu peur de toi-même ?

– Je ne comprends pas, souffla Rizpah la bouche sèche.

– Y aurait-il des sensations dans ton corps que tu n'aurais jamais éprouvées ? Une chaleur dans ton ventre qui te semble merveilleuse, mais interdite ?

Elle ne répondit pas. Ce qui, aux yeux de la prêtresse, constituait la plus éloquente des réponses.

– Rizpah, reviens ici. Joins-toi à Jézabel et moi. Nous ne te ferons pas de mal. Nous sommes tes amies.

Mais Rizpah refusa de bouger. La prêtresse vint la chercher pour la ramener vers la reine et toutes deux posèrent les bras sur ses épaules.

– Ôte-moi ma tunique, dit doucement la prêtresse.

La malheureuse femme sentit les battements de son cœur s'accélérer.

– Je ne veux pas. C'est une abomination aux yeux du Seigneur.

– Est-ce une faute d'aider une autre femme à se déshabiller ?

– Je ne dois pas voir une autre personne nue. C'est une ignominie aux yeux du Tout-Puissant.

La prêtresse posa un doigt sur les lèvres de Rizpah.

– Le Seigneur est-il ici ? Dans le domaine d'Astarté ? Il ne peut te voir.

– Mon Dieu est partout, répondit-elle d'une toute petite voix.

– Rizpah, insista Jézabel, ôte-lui sa tunique.

Il lui fallait obéir ou elle y serait forcée. D'un mouvement incertain, elle dénoua le lien autour du cou de la prêtresse puis lui passa la tunique par-dessus les épaules et la laissa choir au sol. La jeune femme possédait des seins magnifiques, des seins comme Rizpah avait été fière d'en posséder avant la naissance de ses enfants. Elle ne put s'empêcher de détailler la beauté de son corps, de descendre vers le petit triangle parfaitement dessiné entre ses jambes.

Finalement, Jézabel dit doucement au prêtre, qui avait patiemment attendu son tour :

– Ma servante Rizpah aimerait connaître Baal et Astarté.

– Bien, dit le prêtre.

Il s'approcha de Rizpah et lui caressa les cheveux. Elle se rebiffa, se repassa la main dans les cheveux comme pour effacer le geste de l'homme. Celui-ci jeta un regard perplexe vers la reine qui lui fit signe de continuer. Alors il tira sur le manteau de Rizpah et voulut l'enlever mais elle l'agrippa et le resserra autour de son cou. Le prêtre s'approcha d'elle en ondulant du ventre d'une façon si suggestive qu'elle recula.

– Reste ! ordonna Jézabel. Et goûte à ce qu'Astarté veut t'offrir.

Rizpah voulut dire à sa reine qu'elle ne pouvait demeurer plus longtemps dans ce nid de serpents, que sa pudeur de femme d'Israël lui commandait de se retirer, mais le prêtre ôta sa tunique et elle ne vit plus que sa virilité, énorme, agressive, si proche d'elle...

Alors, elle s'évanouit.

CHAPITRE 20

Rizpah quitta le temple d'un pas incertain. De temps à autre, il lui fallut s'arrêter pour s'appuyer à un mur de crainte que ses jambes ne se dérobent sous elle. Jézabel s'inquiétait de cette réaction inattendue, elle avait cru que cette expérience métamorphoserait sa servante et lui ouvrirait des horizons interdits jusqu'alors.

Mais Rizpah était prise d'un étrange vertige et l'expression triomphante de la reine ne faisait que confirmer ses soupçons. Elle connaissait assez la Loi pour savoir qu'il ne lui restait d'autre issue, désormais, que le suicide... Sans doute se donner la mort constituait-il un crime aux yeux du Seigneur, mais c'en était un bien moindre que celui de savoir que son corps avait été profané. Car, dans sa pâmoison, elle s'était sentie pénétrer par cet idolâtre, avant de s'abandonner, volontairement ou non, à un autre que son époux. Sans attendre que les prêtres du temple découvrent ses agissements et la jettent des tours de la ville, elle avait décidé de s'ouvrir les veines afin de laisser sa vie s'écouler doucement. Car il y avait pire que son vertige et sa culpabilité. Il y avait infiniment pire ; si elle voulait être honnête avec elle-même, elle devait reconnaître qu'elle avait émergé de son évanouissement plutôt... troublée.

Elle se souvenait d'avoir entendu Jézabel l'interroger sur ce qu'elle désirait ; la reine lui avait demandé si elle voulait ce prêtre en elle. Avait-elle répondu ? Elle tâchait de se souvenir.

Qu'avait-elle dit ? Était-ce quelque chose comme... sans doute... se pouvait-il qu'elle eût dit « Oui » ?... À travers un voile d'incertitude, elle se rappelait l'avoir laissé s'étendre sur elle, faire d'elle ce qu'il voulait et sa propre réaction l'avait heurtée. Elle avait éprouvé des sensations totalement inconnues et, au lieu de le chasser, de se débattre, elle l'avait laissé poursuivre son œuvre, oubliant tout de sa condition de femme et de mère, pour s'abandonner à son seul plaisir. Maintenant, elle marchait en frissonnant, l'esprit agité et confus, incapable d'imaginer qu'elle pourrait encore vivre une vie décente après un tel sacrilège. Pourtant, ce qu'elle venait d'éprouver n'avait suscité en elle que chaleur, joie, et une irrésistible passion telle qu'elle n'en avait jamais connue avec Élie. D'autant qu'avec les années, il s'était détourné d'elle pour ne plus aimer que le Seigneur, méprisant tous les plaisirs du corps. Et voici que tous ces désirs renaissaient en elle quand elle les croyait plus qu'oubliés, morts à jamais pour son âme. Mais non, ils étaient bien là, tapis au fond d'elle et ne demandant qu'à rejaillir à la première occasion. Seule la mort pourrait la laver de cette souillure, seul le suicide la sauverait aux yeux du Seigneur.

Arrivées au palais, les deux femmes regagnèrent les appartements de la reine. Une vague de honte et de chagrin submergea Rizpah avec une telle violence qu'elle faillit en perdre l'équilibre. Cette fois, sa décision était irréversible. Plus elle reprenait le contrôle de ses émotions, plus elle se disait que rien ne saurait laver la tache d'une telle faute. Elle en fut presque heureuse, presque soulagée.

– Ma reine, dit-elle à voix basse en entrant dans la chambre de Jézabel. Tu m'as entraînée à faire ce qui m'était interdit. Tu as fait de moi une prostituée et jamais je ne pourrai effacer cette ignominie de ma chair. C'est pourquoi j'ai décidé de mettre fin à mes jours. De grâce, au nom de l'affection et de l'amitié que tu m'as quelquefois montrées, veille sur mes enfants et de ne point leur faire de mal. Ce soir, ils se retrouveront sans père ni mère. Aussi, comme une dernière prière, je te demande de les faire mener chez ma sœur et de ne jamais rien tenter contre eux.

Jézabel resta abasourdie par cette supplique ahurissante. Elle qui croyait lui avoir rendu un merveilleux service, lui avoir révélé un aspect de la vie qu'elle ne connaissait pas... Elle prit son amie par les épaules. Il y avait tant de différences entre elles, un tel fossé... pourtant elle la considérait comme une mère ou la grande sœur qu'elle aurait toujours voulu avoir. Allait-elle se retrouver de nouveau aussi seule qu'autrefois ?

– Es-tu folle ? Tu veux mettre fin à tes jours car tu as connu un de nos prêtres ?

– Oui.

– Mais... je... pourquoi ?

– Parce que. C'est tout. C'est la volonté de mon Dieu. C'est la Loi. Je n'ai pas le droit de connaître un autre homme que mon mari. L'adultère est un péché passible de lapidation. Le viol est une telle honte pour certaines femmes qu'elles en viennent à se suicider. C'est aussi simple que ça.

– Mais je ne vois pas en quoi tu considères cela comme un viol. Le viol suppose un acte de force contre une femme. Le prêtre ne t'a pas forcée. Tu étais consentante.

– Non. J'étais à peine remise de mon évanouissement... je ne savais pas ce qui m'arrivait.

– Allons donc ! Tu savais très bien ce qui se passait. Je te l'ai dit, je t'ai demandé si tu voulais bien et tu as dit oui ! Quand tu gisais à terre inconsciente, nous avons attendu que tu te recouvres tes esprits. Je t'ai servi de l'eau, nous avons parlé et alors, seulement, le prêtre s'est mis à t'embrasser pour te préparer. Et tu ne le repoussais pas, tu voulais qu'il continue. Il suffisait d'entendre tes gémissements, tu y prenais un immense plaisir. J'étais là. Je t'ai entendue. Tu murmurais et...

– Arrête ! Quand j'étais évanouie, il est entré en moi. C'est un viol.

– Tu mens !

Soudain folle de rage, la reine ne comprenait pas comment sa servante pouvait l'accuser d'une telle félonie. Face à elle, Rizpah lui opposait un visage de marbre. Et les mots qu'elle venait de prononcer étaient si durs que Jézabel n'avait su quoi répondre. Elle recula, blême et déconcertée.

Cependant, Rizpah reprenait de plus belle :

– C'est toi qui m'as fait ça. Tu m'as tuée. Toi et tes coutumes abominables. Mon époux a raison. Tu as introduit le mal et la débauche en Israël. Dans le pays de Dieu. De quel droit... ?

– Comment oses-tu ? éructa la reine devant cette invocation d'Élie.

Elle s'écarta vivement de la femme du prophète, comme si elle avait eu la lèpre.

– Comment oses-tu parler ainsi à ta reine ? À genoux, femme ! Baise-moi les pieds ! Je suis Jézabel, reine d'Israël et princesse de Phénicie. Rends-moi hommage et repens-toi ou je te mets à mort !

– Comment exécuter une femme déjà morte ? rétorqua doucement Rizpah.

Là-dessus, elle se détourna et sortit sous l'œil stupéfait de la reine. Elle regagna ses appartements en attendant l'épée du bourreau.

Une odeur âcre et poussiéreuse emplissait l'air. Ses vêtements pendaient sur elle tels des haillons. Elle savait qu'elle allait mourir, pourtant, elle désirait fuir, ne fût-ce qu'un matin, et contempler une dernière fois les champs et les collines d'Israël, les rivières courant au fond des vallées, les aigles planant par-dessus les villages... Ensuite, elle retournerait au palais et dirait adieu à ses enfants. Puis elle subirait la lame froide du bourreau. À moins que Jézabel ne préférât lui infliger le châtiment rituel et ne la fît précipiter du haut des tours puis lapider ?

Après avoir quitté la reine, elle avait couru aux cuisines afin de dire adieu à ses enfants mais, en apercevant leurs visages innocents s'illuminer à son entrée, elle s'était reculée, submergée de chagrin. Maintenant, elle errait par les rues de Samarie, les yeux pleins de larmes, durant le court laps de temps qu'il lui restait à vivre.

– Rizpah ? lança une voix de l'autre côté de la place.

Elle se retourna et reconnut le visage de l'homme qui avait voyagé avec elle depuis le Jourdain. C'était Absalon. Il s'approcha d'elle pour s'assurer qu'il ne s'était pas trompé.

– Rizpah. Je t'ai souvent cherchée. Comment vas-tu ?

Elle sourit, mais il remarqua les larmes dans ses yeux et son expression triste.

– Que t'arrive-t-il ?

Il s'approcha d'elle, lui prit le bras.

– Je...

Elle ne pouvait parler.

– Viens, dit-il. Allons marcher un peu en dehors de la ville. Si nous pouvons nous rendre jusqu'au quartier des ferronniers, nous verrons les collines dans le lointain. Viens avec moi, Rizpah, et raconte-moi ce qui te bouleverse tant.

Elle le suivit et ils passèrent ensemble la porte de Damas et s'engagèrent sur le chemin caillouteux qui encerclait la colline où était bâtie Samarie. Peu à peu, l'air devenait plus pur, presque parfumé... de ces mêmes senteurs qui régnaient au printemps à Tishbé, lorsque le blé et l'orge fleurissaient et que les abeilles voletaient de fleur en fleur ; c'était sa saison préférée, surtout quand elle pouvait se promener dans les vergers à s'enivrer du parfum des orangers, des citronniers et des pommiers. Soudain, elle fondit en larmes à l'idée qu'elle ne reverrait jamais ces merveilles du Seigneur. Absalon la fit asseoir et tous deux observèrent le mont Carmel dans le lointain.

– On dirait que tu portes le poids d'Israël sur les épaules, observa-t-il.

Elle essuya son visage avant de répondre :

– Non, je vais mourir...

Alors, elle lui expliqua les agissements de la reine et des prêtres de Baal.

Le vieil homme la laissa s'épancher sans l'interrompre. Quand elle eut fini de parler, il réfléchit puis demanda doucement :

– Depuis quand ton époux Élie et toi ne vous êtes-vous pas unis tel mari et femme ?

– Plusieurs années. Sa mission était plus importante que les besoins de nos corps.

– C'est un prophète, n'est-ce pas ?

– Tu le sais !

– Et toi ?

Rizpah ouvrit de grands yeux

– Assurément !

– Dieu lui a ordonné de ne pas perdre son temps avec les plaisirs de la chair et il reporte ce commandement sur toi, son épouse, c'est bien cela ?

– Oui.

– Et sur ses enfants aussi ? Leur aurait-il interdit de croître et de se multiplier, selon la parole de Dieu ?

– Bien sûr que non !

– Pourquoi dois-tu te soumettre à un commandement destiné uniquement à ton mari ?

– Je suis la femme d'Élie. Je ne puis regarder un autre homme.

– Mais que fais-tu des besoins de ton corps ?

– Je dois les dominer.

Il ne répondit pas tout de suite, mais réfléchit encore avant de reprendre tranquillement :

– Te souviens-tu quand je t'ai dit que j'étais marin et que j'avais visité des pays que tu ne peux même pas imaginer... que j'ai connu des coutumes que tu ne croirais jamais...

– Je n'ai rien oublié de tes paroles.

– Dans ces pays, les habitants respectent des usages qui t'horrifieraient... mais qui sont justes à leurs yeux. Sur la terre qui se trouve à l'autre bout de la mer Éternelle, là où deux bras de terre se touchent presque, il y a un énorme rocher. Au-delà de ce rocher vit un peuple dont la peau est moins sombre que la nôtre et dont les femmes apprécient la chair des hommes... et des hommes d'autres femmes. Et elles le font sans la moindre honte. Quand je me suis rendu dans ces contrées pour vendre mes tissus, on m'a attribué une maison au bord de la mer pour m'honorer. Le soir, deux femmes m'ont apporté de la nourriture et de la boisson. Évidemment, j'étais beaucoup plus jeune qu'aujourd'hui, j'avais toutes mes dents et les rides n'envahissaient pas mon visage. Ces femmes m'ont servi et elles sont demeurées avec moi toute la nuit, elles ont pris du plaisir ensemble et elles m'en ont donné...

Rizpah, offusquée, avait certes entendu dire que de telles pratiques avaient cours dans le palais de la reine phénicienne mais n'eût pas cru que cela pouvait arriver à un homme ordinaire.

– Au matin, quand je me suis éveillé, les femmes étaicnt parties et leurs maris m'attendaient, assis devant ma porte, en train de bavarder. Je croyais qu'ils allaient me réclamer de l'argent pour les services de leurs épouses ou qu'ils allaient me punir pour les actes que j'avais commis. Mais non, ils m'ont demandé si j'avais apprécié leur cadeau de bienvenue. Je leur ai répondu que je n'avais jamais passé plus belle nuit. Alors ils m'ont remercié et nous avons bu et mangé ensemble et nous sommes séparés contents.

Rizpah ne comprenait pas le but de son discours et le lui dit.

– À travers le monde, expliqua-t-il patiemment, les peuples ont des idées très différentes sur le rôle du corps de l'homme et de la femme. Oui, je sais que le Seigneur a dit aux enfants d'Israël de ne jouir que des corps de leurs conjoints et de s'éloigner de tous les autres. Mais il semblerait qu'il soit bien le seul...

– Mais c'est le seul vrai Dieu !

Absalon réfléchit encore.

– Oui, c'est ce qu'il prétend...

Une demi-journée s'écoula avant que quelqu'un entrât dans ses appartements. Elle était assise sur sa couche, en train de penser à ses enfants, de sourire aux souvenirs qui lui revenaient à l'esprit, de pleurer à l'idée qu'elle n'avait même pas osé leur dire au revoir ni leur annoncer la vie qui les attendait. À sa grande surprise, ce fut Jézabel. Depuis qu'elle avait quitté Absalon, Rizpah s'attendait à l'arrivée du capitaine des gardes et du bourreau. La jeune reine portait des vêtements différents de ceux du matin. Ceux-ci étaient coupés dans une étoffe verte comme de l'herbe tendre. Elle aimait tellement les couleurs...

Par déférence, Rizpah se leva.

– Je suis venue pour te comprendre, commença Jézabel. Sur le moment, j'ai voulu te faire exécuter. Jamais on n'a parlé sur ce ton à la reine d'Israël, ni à la princesse royale de Phénicie. Mais je t'aime bien et je voudrais savoir pourquoi tu te comportes de la sorte. Je ne comprends pas. Ce matin, tu semblais follement heureuse de laisser mon prêtre te donner de l'amour. Tu criais de bonheur, et maintenant, tu veux mourir. Je t'ai ouvert les yeux à des délices que tu ne soupçonnais même pas lorsque tu vivais avec ton mari. Et maintenant, tu me dis n'en avoir tiré aucun plaisir. Quand j'ai quitté l'enfance, mes parents m'ont fait connaître un homme et j'ai eu envie de recommencer tout de suite. Mais toi, tu ne veux pas. Pire ! Tu as tellement honte que tu prétends avoir été violée et que tu veux te suicider.

« L'amour est un cadeau des dieux. C'est leur façon de nous sourire. Même quand nous avons faim, quand nous sommes fatigués ou malades, nous sommes toujours capables de désir, encouragés par des massages et des parfums et des huiles. Nous sommes toujours prêts à recommencer. Je puis te le prouver dès demain en envoyant dix hommes à ta porte, et j'entendrai encore tes cris de joie comme ce matin. »

– Non !

– Mais pourquoi ?

– Tu ne comprendrais pas.

– Justement, je veux te comprendre. À cause de ton mari, je n'ai que peu d'amis dans cet horrible pays. Il a tué les gens que j'aimais, les conseillers qui m'avaient accompagnée. Il ne me reste que quelques prêtres et prêtresses en Israël et mon père refuse de m'en envoyer davantage car il dit que les fous de Yahvé vont les tuer aussi. Bien sûr que je veux te comprendre. Explique-moi seulement ce que tu as trouvé de si répugnant ce matin.

Jézabel vint prendre place à côté de Rizpah en insistant :

– Pourquoi ne me dis-tu pas ce que j'ai fait de mal ?

– J'ai été déshonorée.

À cet instant, Rizpah se souvint de sa conversation avec Absalon... Elle avait toujours obéi aux injonctions de son époux sans plus respecter les exigences de son corps.

Jézabel perçut aussitôt le doute qui s'était insinué chez son interlocutrice.

– Tu as pris du plaisir, insista-t-elle. Tu as connu un moment suprême que les dieux et les déesses éprouvent à chaque instant de leur vie. Tu es une femme privilégiée et non pas déshonorée.

– Mon Dieu interdit aux hommes et aux femmes mariés d'en connaître d'autres et les jeunes gens doivent consacrer leur virginité à leur futur conjoint.

– Tu as un Dieu très exigeant, Rizpah. Il a vraiment besoin d'une épouse. Mes dieux connaissent souvent l'amour. Et Yahvé, combien de fois par an éprouve-t-il ces plaisirs ?

Rizpah ne sut que répondre. Elle croyait encore entendre les mots d'Absalon.

– Ça ne lui arrive donc jamais ? acheva Jézabel en souriant. Il reste juste assis dans son paradis et quand il voie des gens prendre du plaisir, il est jaloux et veut les en empêcher...

– Non ! L'Éternel aime son peuple. Il aime le voir heureux. Il est content quand un homme et une femme mariés vivent heureux ensemble.

– Ainsi, Élie et toi viviez heureux ensemble ? Est-ce que vous connaissiez l'amour au soleil ? Est-ce que vous grimpiez sur une colline d'où vous dominiez toute la vallée et en profitiez pour...

– Non ! cria Rizpah.

Une fois de plus, la reine fut surprise par sa véhémence.

– Non, commenta-t-elle, je vois que non. C'est pour cela que tu es tellement en colère contre mon prêtre et contre moi. Parce qu'enfin tu as découvert la bénédiction d'être femme. Enfin, tu as découvert la véritable union entre homme et femme. Tu es en colère contre ton mari qui ne t'a rien fait connaître de tout cela car depuis le jour de ton mariage, il ne songeait qu'à Yahvé et non à toi.

Rizpah se détourna, baissant les yeux. Soudain, Jézabel comprit tout. Elle n'en dit rien sur le moment, préférant approfondir son raisonnement puis, lorsqu'il lui apparut dans toute sa clarté, elle ajouta :

– À moins que tu n'en veuilles à ton Adonaï ? À ce Dieu que tu pries ? Ce Dieu qui t'a si bien abandonnée que tu n'oses plus exister par toi-même, ce Dieu qui t'a empêchée de vivre ta vraie vie de femme ? Vos prêtres disent qu'il vous a enjoint de croître et de vous multiplier, mais pas d'y prendre du plaisir, c'est cela ? Eh bien, Astarté veut que nous prenions du plaisir à nous accoupler ; elle nous encourage à faire rayonner nos corps car c'est ainsi que nous nous approchons de la félicité des dieux...

Rizpah sentit ses yeux s'emplir de larmes de nouveau. Sans doute, un espion avait rapporté à la reine sa conversation avec Absalon. Sinon, comment pouvait-elle connaître ses plus grands secrets, ceux-là qu'elle n'osait pas s'avouer à elle-même ? Comment pouvait-elle comprendre ce qui lui échappait ? Jézabel avait raison. Rizpah n'avait rien fait de mal. Nul ne pouvait lui en vouloir d'avoir soudain découvert les goûts de son corps. Non, c'était la faute d'Élie, qui les lui avait cachés, au nom de Dieu. Comment ce Dieu, que son époux prétendait pourtant aimant et compatissant, pouvait-Il se montrer cruel au point de lui dénier si longtemps la connaissance de la joie ?

– Alors ? Dois-je donc tout t'expliquer ? insista la reine.

– Que dis-tu ?

Jézabel soupira. Tout était si simple pourtant. Pourquoi fallait-il que Rizpah compliquât tant les choses ?

– Pour vous toutes, femmes d'Israël, je rendrai votre Adonaï plus compréhensif. Je vais affaiblir le pouvoir des prêtres en instituant Astarté, son égale et sa compagne.

Rizpah voulut répliquer, mais ne trouva rien à dire.

– Que penses-tu de mon idée ? Je songe à l'accomplir depuis mon arrivée de Phénicie et, maintenant, l'heure est enfin venue. Ton mari a prouvé que l'Éternel était le Dieu des dieux... mais le peuple réclame le retour d'Astarté. Il l'aime et désire sa protection. Les prêtres n'ont pas fini de fomenter des révoltes contre moi ; aussi est-il temps de frapper. Astarté va intervenir. Je vais la marier à Yahvé et...

– Mais tu ne peux marier le Seigneur...

– Pourquoi ?

– C'est une profanation. Élie dit que l'Éternel est le seul vrai Dieu et...

– Alors quel mal y aurait-il à le marier ? Si c'est le seul vrai Dieu, cela le fera sourire, il en sera très heureux et il laissera enfin ses fidèles goûter aux plaisirs du corps... Beaucoup de dieux se marient pour fertiliser la terre. À mon sens, votre Éternel a terriblement besoin d'une femme, c'est pour ça qu'il est si sévère et que ses prêtres ne rient jamais. Je te parie qu'il se...

– Arrête, ma reine ! Arrête ! s'écria Rizpah. C'est de mon Dieu que tu parles.

– Un dieu qui rend les femmes froides et sèches comme le désert en hiver qui n'arrose pas la terre pour alourdir les moissons car le peuple ne s'accouple pas pour ensemencer le sol. Un dieu aride et lointain, Rizpah. Comme ton pays.

– Tes dieux ne sont pas meilleurs. Ils n'envoient pas davantage de pluie...

– Raison de plus pour donner à Israël envie de se réjouir. Nous allons marier Yahvé et Astarté et tout ira bien mieux...

Une brise légère fit voleter les rideaux, comme si le Tout-Puissant les écoutait par la fenêtre et décidait soudain d'entrer dans la chambre.

– Alors, reprit Jézabel. Veux-tu te joindre à moi ?

– Pour t'aider à marier mon Dieu aux tiens ?

– Pour accomplir ce qui est mon idéal depuis que je suis devenue reine d'Israël. Marier Yahvé et Astarté. C'est une déesse si tendre et si douce ! Elle sera une bonne épouse pour lui. Elle est déterminée et puissante, mais aussi aimante et attentionnée. Yahvé règnera aux cieux avec Astarté et la prospérité bénira Israël. Nous fabriquerons des idoles de leur union et nous les ferons sourire...

– Ce serait le meilleur moyen de faire revenir aussitôt mon

époux ! Il serait tellement épouvanté qu'il en renverserait toute ta famille et te maudirait plus que jamais.

– Ton époux est mort à mes yeux et il devrait en être de même pour toi. Je ne vois plus en lui qu'un fantôme qui hante parfois mes pensées. Plus vite tu auras renoncé à le revoir, mieux ce sera pour toi et pour tes enfants.

– Ne pourra-t-il donc jamais revenir en Israël ?

– Non !

*
**

Achab était stupéfait de l'habileté politique de sa femme. Il s'en était publiquement extasié au cours d'un conseil. Même Hattusas qui vieillissait et commençait à ménager son temps, s'étonnait de son influence sur le peuple d'Israël.

Après la défaite de Baal, d'Astarté et des autres dieux phéniciens, l'inquiétude le saisit quand le peuple se souleva pour proclamer la force et la puissance de l'Éternel. Il avait failli demander à la Phénicie d'envoyer des troupes après le massacre des prêtres mais Jézabel lui avait imposé de patienter et, une semaine plus tard, elle défiait de nouveau la puissance du Saint, béni Soit-Il... mais, cette fois, sans Lui laisser aucune chance de gagner. Ce Dieu étant reconnu comme tout-puissant, avait-elle expliqué au peuple et aux prêtres, qu'Il guérisse donc tous les maux du monde.

Lorsque le peuple avait constaté que la pauvreté et la maladie s'abattaient sur leurs enfants que la sécheresse continuait à dévaster le pays et que les lépreux se promenaient dans les rues et sur les routes, il avait été pris de panique et s'était tourné vers ses prêtres en leur demandant pourquoi l'Éternel leur refusait le bonheur. Alors la reine était parvenue à extirper Élie du temple où il se comportait comme un roi, exigeant loyauté et obéissance, obligeant les sujets à pourvoir les prêtres en oboles et en nourriture ; puis il avait ordonné un soulèvement contre Achab et Jézabel, qui s'était soldé par un échec car l'armée avait menacé la population d'un bain de sang. Et maintenant... Hattusas observait le début de la cérémonie et préparait déjà les compliments qu'il allait transmettre sur sa fille à Etbaal, roi de Phénicie.

Ce matin-là, le roi d'Israël resplendissait dans sa robe pourpre spécialement teinte pour lui au nord de la Phénicie. Aidé par l'esclave offert par Jézabel à cet effet, Achab s'habillait de plus en plus selon la coutume phénicienne et arborait davantage de couleurs, davantage de recherche, davantage de dignité. Bien que les hommes de la maison d'Omri eussent été des princes guerriers qui vivaient plus avec leurs soldats qu'à la cour, Achab comprenait désormais que ses tenues étaient destinées à impressionner le peuple.

Main dans la main, il descendit avec Jézabel les marches du palais, traversa la place du marché et pénétra dans le temple. Il fut surpris de constater à quel point le peuple l'acclamait. Il avait beau savoir que, dès le matin, les soldats de la garde avaient rassemblé la population en l'obligeant à chanter les louanges du roi, il s'étonnait de la voir en si grand nombre et tellement enthousiaste. Lui qui avait craint une sourde hostilité de la part des partisans de l'Éternel reconnaissait à présent les mérites du défi de Jézabel. Ses espions lui avaient rapporté que les donations au temple se faisaient de plus en plus maigres. En outre, la disparition d'Élie avait assoupi bien des passions. De plus, depuis la grande victoire du prophète au mont Carmel, les pauvres se pressaient auprès des prêtres pour réclamer des oboles. Il ne leur avait pas fallu trois jours pour être à court de vivres ; et les nécessiteux de venir manifester devant les portes du palais en demandant qu'on rouvrît les greniers royaux. Tout cela n'avait fait que réduire le pouvoir des prêtres et cette dernière cérémonie allait achever de les affaiblir aux yeux d'Israël. Achab s'en réjouissait d'avance en marchant au côté de sa brillante jeune femme. Jamais il ne s'était senti à ce point en communion avec elle.

Jézabel percevait la fierté de son époux. Lui qui avait commencé par s'opposer à son projet de marier Adonaï et Astarté en était maintenant le premier défenseur. Depuis l'assassinat de son escorte, elle détestait ce peuple, mais commençait à apprécier le changement qui s'opérait dans son cœur. Certains continuaient de la considérer avec ressentiment, d'autres avec perplexité ; mais beaucoup pleuraient et, la tête couverte de cendres, criaient grâce pour Israël. Car Dieu les avait abandonnés. Plusieurs bosquets avaient été redressés et les fidèles s'y pressaient de nouveau. L'argent coulait à flots entre les mains de ses prêtresses. Mais elle se réjouissait par-dessus tout de la fureur des prêtres. Pour couronner le tout, son idée limpide de marier Yahvé et Astarté les avait indignés à tel point qu'ils n'avaient su comment réagir. Au début, ils avaient ricané, puis s'étaient offensés, opposés, enfin ils avaient prié... Néanmoins, le peuple, charmé par cette perspective de réconciliation, avait largement approuvé. Surtout lorsque Jézabel avait annoncé une distribution gratuite de grain pour célébrer l'évènement.

Ceux qui s'opposaient avec trop de vigueur à la cérémonie furent neutralisés et parfois emprisonnés pour peu qu'ils s'approchassent trop du palais. Certains virent leurs terres confisquées, leur maison brûlée et furent exilés au-delà des montagnes... ce qui eût tôt fait de réduire les contestataires au silence. Seuls les prêtres du temple, fanatiques de la Loi de Moïse, ne se laissèrent pas intimider et poursuivirent leurs exhortations et leurs plaintes. Il y eut également quelques difficultés du côté des plus vieilles familles de Samarie qui continuaient de se rendre chaque année à Jérusalem pour adorer Dieu dans le Temple de Salomon. Achab promit quelques réductions d'impôts et, très vite, leurs protestations s'apaisèrent.

Il faisait chaud, ce jour-là, ce qui n'en rappela qu'avec plus d'acuité au roi qu'à moins d'une pluie imminente, les moissons ne seraient pas bonnes et la famine s'installerait. Avec Jézabel, ils avaient calculé qu'il restait assez de grain dans les greniers royaux pour nourrir leurs sujets pendant sept jours encore, ensuite les stocks seraient épuisés et il leur faudrait faire appel aux pays voisins. Mais c'était un prix raisonnable à payer si cela pouvait garantir le bonheur de la population, la tranquillité des prêtres et l'amour du royaume pour ses souverains.

Si la pluie ne tombait pas, si les récoltes étaient mauvaises, la rébellion suivrait. Et à sa tête viendrait le général Jéhu qu'il avait fallu rappeler plusieurs fois à l'ordre ces derniers temps ; bien que silencieux depuis l'exil d'Élie, il passait pour un de ses plus loyaux partisans. Alors qu'ils allaient pénétrer dans la cour du temple, Achab crut remarquer une certaine agitation au fond de la place. Vivement, car une tentative d'assassinat restait toujours possible de la part d'un fanatique d'Adonaï, les gardes se précipitèrent ; la foule s'écarta et Achab comprit la source de cette effervescence. Jéhu, chef des armées du roi, s'avançait vers le temple à la tête d'un petit détachement... pas assez d'hommes pour se lancer à l'attaque du cortège royal, mais suffisamment pour créer du désordre. Achab se figeant, Jézabel leva un regard surpris vers son époux.

– Tu t'arrêtes à cause de Jéhu ? Pourquoi, Achab ?

– Parce qu'il commande mes armées. Il est aimé et respecté. Je dois l'attendre.

– Si tu l'avais supprimé quand je te l'ai conseillé, souffla Jézabel, nous n'en serions pas là.

– Si j'avais fait ça, l'armée entière se serait mutinée.

Le roi tendit la main vers le nouveau venu :

– Bienvenu, Jéhu, brave et glorieux chef des armées d'Israël ! Je t'accueille en frère.

– Mon roi, je te salue et m'incline devant le père de la nation.

Jézabel se demandait s'il allait poursuivre longtemps ces compliments hypocrites. Et Jéhu ne la déçut pas :

– Toi, le digne successeur d'Omri, continuait Jéhu, et des autres rois d'Israël, toi le maître d'Israël comme le furent Moïse et Aaron, Jacob, Isaac. Toi qui marches sur les pas de notre patriarche Abraham.

La foule se taisait tant l'animosité entre les deux hommes devenait palpable. Jézabel pria Astarté pour qu'Achab trouvât la bonne répartie.

– Jéhu, dit le roi, sois béni car je ne connais pas de plus loyal sujet que mon jeune général qui a battu les armées d'Assyrie et de Babylonie. Et je ne connais pas d'homme plus fidèle à l'Éternel que Jéhu.

Achab se tourna vers la foule et éleva la voix :

– Le général Jéhu vient de me comparer à Abraham, Isaac et Jacob, nos patriarches, et j'en suis fier. Mais ce qui me plaît le plus, c'est le rapprochement avec Moïse, notre maître qui nous a transmis les tables de la Loi et a mené les enfants d'Israël hors de la maison de servitude qu'était l'Égypte. Mais, ainsi que Jéhu vous le confirmera, l'Égypte est aujourd'hui notre alliée. Nous commerçons avec elle. Nos bateaux abordent ses côtes, nos négociants vendent leurs denrées sur ses marchés. Les temps changent et l'Égypte n'est plus notre ennemie.

Il considéra Jéhu et poursuivit d'une voix forte :

– Et, tout comme les temps changent entre nations, ceux qui furent autrefois ennemis sont aujourd'hui amis, ainsi en est-il aussi pour notre foi. C'est pourquoi la reine, Jézabel, et moi-même, célébrons cette cérémonie... et c'est pourquoi toi, Jéhu, et les représentants de ton armée, êtes venus vous joindre à nous. Reprenons ensemble notre chemin vers le temple...

Là-dessus, il passa devant Jéhu, la foule se referma sur lui et le petit groupe armé fut avalé par les spectateurs.

Jézabel serra le bras de son époux.

– Éblouissant ! souffla-t-elle.

– Je ne l'ai fait taire que pour un instant. Demain, il reviendra. Il va falloir nous occuper de lui. Je vais l'envoyer vers un poste frontière où il sera tué par une attaque surprise de Moab. Je décréterai un deuil de trente jours, ainsi Israël saura combien j'aimais mon jeune et héroïque général.

À l'intérieur du temple régnait une fraîcheur bienfaisante à laquelle se mêlaient les parfums mystérieux de l'encens et d'autres épices inconnues. Ils s'arrêtèrent sous la gigantesque architrave de l'entrée le temps que leurs yeux s'adaptent à la semi-obscurité. L'immensité du temple était illuminée par des centaines de bougies et les hauteurs éclairées par des rais de lumière filtrant de fentes verticales percées dans le toit. Le temple était déjà rempli de prêtres ainsi que de membres puissants des familles marchandes de Samarie qui avaient payé cher le privilège d'assister au mariage des dieux. Achab eut la surprise de constater que pour la première fois, aux prêtres du temple s'étaient mêlés ceux de Baal, d'El et d'Astarté. Il eût juré que les fidèles de l'Éternel eussent refusé une telle réunion mais il semblait qu'ils eussent changé d'avis.

Hazarmaveth, le grand prêtre d'Israël, se tenait fièrement revêtu de son manteau, de l'éphod et du pectoral contenant les *Ourim véTummim*, tissé d'or, de fil bleu, pourpre et cramoisi, et de lin fin entrelacé de pierres précieuses qui représentaient les douze tribus d'Israël. Même à cette distance, Achab distinguait la topaze, la sardoine, l'émeraude, le saphir, le diamant et l'hyacinthe. Alors qu'il s'avançait du vestibule vers la première salle des prières, le grand prêtre leva la main :

– Prends garde, roi arrogant ! Tu t'embarques sur une route rocailleuse et entraînes ton peuple d'Israël dans le désert. Insensé ! Toi l'oint du Seigneur, tu viens cracher à Sa face. Crois-tu que l'Éternel te laissera longtemps poursuivre cette ignominie ?

Les murmures dans la salle des prières s'interrompirent et les regards se tournèrent en direction des souverains. Mais, à la place d'Achab, ce fut Jézabel qui s'avança vers le prêtre interdit et s'arrêta juste devant lui. Alors elle lui murmura, si bas qu'il fut le seul à l'entendre :

– Eh bien, prêtre ! Je connais la supercherie qui a permis à Élie d'embraser son autel ; je sais par quel moyen il a allumé le feu. Comprends-tu ce que je dis ? Je connais l'eau du désert. Alors écarte-toi de mon chemin ou je révélerai la vérité au peuple d'Israël. Disparais avant que j'anéantisse ton autorité...

Ils se mesurèrent du regard un instant, haineusement jusqu'à ce que Hazarmaveth reculât puis se tournât vers l'assistance :

– Que les prêtres et les fidèles de l'Éternel quittent le temple du seul vrai Dieu afin de ne pas assister à cette insulte !

Tous les prêtres sortirent et l'incident fut aussitôt oublié. Ils étaient vaincus.

Un nouvel avenir s'ouvrait devant Israël et le peuple accueillit gaiement les réjouissances. Jézabel avait organisé la cérémonie dans ses moindres détails. Sur un signe de tête de sa part, le grand prêtre de Baal s'avança pour jeter de l'eau de rose aux pieds des souverains. Puis il les guida vers l'estrade dressée à leur intention au fond de la salle des prières et ils prirent place dans leurs fauteuils. Alors les chants commencèrent, le léger murmure des prêtresses ondoyant comme le friselis des vagues sur le rivage tiède. Puis les prêtres se joignirent à elles ; captivée, l'assistance écoutait ces airs insolites. L'eau de rose ne cessait de couler et, en s'évaporant, son parfum capiteux tournait légèrement les têtes.

Alors, une prêtresse s'agenouilla devant le roi et la reine et déclama :

– Vous êtes Adonaï et Astarté. Vous êtes notre roi et notre reine, notre dieu et notre déesse. Voici le pain nuptial qui vous unira comme mari et femme.

Elle leur tendit deux plateaux d'argent où étaient posés deux pains aux raisins, aux fruits et au miel. Vingt prêtres de Baal, que, dans sa générosité le roi Etbaal avait spécialement envoyés pour la cérémonie, s'alignèrent devant la reine ; et vingt prêtresses s'alignèrent devant le roi. Ils entonnèrent :

– Je consacre ma vie à Astarté et promets de l'aimer de tout mon cœur, de toute mon âme et de tout mon esprit jusqu'à la mort.

Et les prêtresses de psalmodier :

– Je consacre ma vie à Adonaï et promets de le servir de tout mon corps et de tout mon cœur jusqu'à la mort.

Du maïs, du blé et de l'orge, des poissons tout juste péchés ainsi que d'autres fruits de la terre et de l'eau, furent alors apportés en symbole des bienfaits des dieux et déposés aux pieds du roi et de la reine représentant les nouveaux époux.

Lorsque les félicitations et les offrandes s'achevèrent, Achab se tourna vers Jézabel en déclarant :

– Reine du ciel, je te promets mon éternel amour. Je suis Adonaï et je t'offre en gage ce miroir d'or.

Il se leva et tendit à son épouse un petit cercle d'or poli afin que la déesse pût y contempler le visage qui plairait à Adonaï son maître.

Jézabel le prit, se leva et répondit à son époux :

– Je suis Astarté et tu es mon mari, mon maître et mon dieu. Adonaï, je te donne ceci qui vient de moi.

Elle lui tendit une statuette de terre cuite représentant Astarté. Contre sa poitrine généreuse, l'idole serrait un bébé. Jézabel avait récemment sollicité que tous les potiers d'Israël représentent ainsi Astarté, déesse du foyer qui entrerait sous cette forme dans chaque maison d'Israël.

Achab accepta l'idole.

– Sache, épouse et déesse, que quand je serai loin de toi, je la garderai toujours avec moi en souvenir de la beauté et de la fertilité de mon épouse.

Ils reprirent place sur leurs sièges et le grand prêtre de Baal et la grande prêtresse d'Astarté vinrent leur ceindre le front de couronnes d'or. Puis ils les ôtèrent et les échangèrent.

L'assistance poussa des acclamations de joie et la cérémonie de mariage s'acheva dans la liesse. Achab et Jézabel se levèrent et passèrent le seuil du Saint des Saints, la pièce où le grand prêtre sacrifiait habituellement des animaux consacrés. Le rideau fut tiré et, enfin, ils se retrouvèrent seuls.

– Je ne sais si je dois faire cela, murmura Achab. Pas ici, où sont offerts les animaux et embrasées les saintes lumières durant les fêtes les plus saintes. C'est ici que l'Éternel apparaît au grand prêtre...

Jézabel lui donna une petite tape.

– Il le faut. Sinon, le mariage ne sera pas consommé et le pays ne sera jamais heureux.

Et elle s'avança vers lui.

Ses mains habiles eurent tôt fait de faire oublier au roi où il se trouvait. Le silence s'abattit sur le temple et l'on n'entendit bientôt plus que les gémissements des dieux. À mesure qu'ils s'intensifiaient et se mêlaient de rires, à mesure que l'assistance se laissait enivrer par les parfums de rose et d'encens, les mains se cherchèrent, les corps se rapprochèrent et, bientôt, un prêtre et une prêtresse qui se regardaient depuis un moment disparurent derrière une porte latérale du temple.

Un cri d'homme retentit derrière le rideau, auquel répondit le soupir d'une femme. Le peuple sut que tout allait pour le mieux.

En sortant du Saint des Saints, Achab s'écria :

– Le mariage est consacré. Adonaï a accompli son devoir...

Les vivats retentirent.

Jézabel leva la main pour obtenir le silence.

– Allez, commanda-t-elle à l'assistance, et racontez au pays d'Israël... Adonaï est désormais heureux. Ce ne sera plus un Dieu grave et irascible car il a une épouse et compagne. La pluie va tomber, les céréales vont pousser et les ennemis d'Israël sauront qu'il est invincible car le seigneur des armées a pris femme et qu'il ne laissera plus rien affecter son peuple élu. Dites-leur que dorénavant tout ira bien...

De nouveau, les vivats retentirent. Seul le grand prêtre d'Israël ne se mêla pas à cette liesse. De sa mansarde secrète, il n'avait rien perdu du spectacle et se frappait la poitrine avec horreur.

– Tout est perdu. La pire des profanations vient de s'accomplir.

En traversant la place à la sortie du temple, Achab jeta un bref regard sur sa splendide épouse et fut empli de mélancolie. Depuis qu'ils étaient mariés, la jeune fille était devenue une femme épanouie, plus belle qu'elle ne l'avait jamais été ; avec ses appétits et ses talents, elle n'avait cessé de le séduire avant de gagner tous les cœurs d'Israël. Et voici qu'elle s'efforçait de les combler après tout le mal qui lui avait été fait. Il ne pouvait s'empêcher de l'admirer pour son courage. Que serait-il advenu s'il ne l'avait pas épousée ? Elle pouvait l'emporter sur les plus puissantes armées sans tirer une flèche ; elle pouvait inciter la foule à l'adorer un jour, à la haïr le lendemain ; elle avait pris le royaume d'Israël entre ses mains pour le modeler ainsi que le roi Omri n'y fût jamais parvenu en construisant ses villes et ses temples. C'était vraiment la plus étonnante des femmes.

Cependant, le roi était accablé. Il avait tenté de l'avertir mais elle avait fini par l'emporter grâce à son enthousiasme et à sa ruse. De même, elle finirait par l'emporter sur le peuple et le convaincre d'aimer Astarté autant qu'il aimait l'Éternel. Achab n'avait pas eu le courage de lui dire que si elle échouait cette fois, les prêtres du temple triompheraient à jamais et qu'elle finirait son existence dans la haine et le mépris, certainement confinée au palais sans plus pouvoir en sortir au risque de se faire lapider. Ce ne serait pas la première fois. Maaca, la grand-mère du roi Asa de Juda, avait fini par être emprisonnée car elle adorait Astarté. Jézabel le savait, pourtant. Elle était tellement intelligente... elle devait savoir que si, cette fois, elle perdait la partie, c'en serait fini à jamais. Achab aimait trop Jézabel pour la faire arrêter, mais pour peu que la sécheresse continuât ou qu'une guerre fut déclarée sur quelque frontière après les noces d'Adonaï et d'Astarté, l'amour du peuple pourrait virer en ressentiment et en haine.

Ils traversaient la place main dans la main en souriant à la foule des artisans venus les saluer. Une agréable odeur d'herbes aromatiques emplissait l'atmosphère. Jézabel avait eu la bonne idée d'en faire brûler au sommet des tours pour réjouir le peuple. Ils parvinrent ainsi aux marches du palais. En temps normal, ils eussent été accueillis par des sonneries de trompettes, des cymbales et des tambours qui leur eussent ouvert le chemin. Mais deux personnes leur barrèrent le chemin. Revêtus d'aveuglantes tuniques d'un blanc nuptial, le grand prêtre de Baal et la grande prêtresse d'Astarté arrivaient en courant depuis le temple, le sourire aux lèvres.

– Puissent Baal et El et Adonaï et Astarté et tous les autres dieux et déesses des cieux bénir cette cérémonie et l'union que vous venez de former ! dit la prêtresse. Puissent tous les dieux et déesses sourire sur Israël et la Phénicie et accorder la richesse à leurs terres.

Achab et Jézabel grimpèrent alors les marches du palais, suivis par les dignitaires qui allaient se joindre à eux pour le festin nuptial. Au quatrième rang de la procession, derrière les courtisans et les ambassadeurs, en robe jaune, la tête ceinte de fleurs, Rizpah marchait sous le soleil. Elle sourit en voyant le roi et la reine accéder à leur palais et caressa la tête de ses enfants que la reine avait de ses mains également ornée de fleurs. Ils étaient tellement heureux !

Elle reconnaissait certains visages parmi la foule et plusieurs personnes lui présentèrent leurs hommages. Elle commençait à être connue pour souvent escorter la reine et tous l'aimaient. Elle visitait fréquemment les quartiers des artisans pour bavarder avec eux et distraire ses enfants qui adoraient les voir à l'œuvre. À Tishbé, personne ne travaillait ainsi la poterie ou les bijoux et le petit marché n'offrait certes pas les denrées colorées que proposait Samarie. Elle crut distinguer dans la foule le visage d'Absalon. Elle le salua avec reconnaissance. Il lui avait donné de bons conseils. Pourquoi ne pas adorer Astarté ? Pourquoi ne pas profiter de ce que la vie lui apportait ?

Dès l'instant où Élie avait admis sa supercherie, Rizpah s'était mise à douter de lui et surtout de l'Éternel. Sa foi avait été ébranlée, par la faute d'Élie. Il était tellement aveuglé par sa propre vertu qu'il ne pouvait rien comprendre aux larmes de son épouse. Il l'avait quittée... elle avait donc quitté l'Éternel. Rien ne l'étonna davantage que la facilité avec laquelle elle plongea dans le culte d'Astarté. Quelques mois auparavant, elle s'était crue au bord du suicide ; alors Jézabel lui avait ouvert le cœur et l'esprit aux joies du corps et, maintenant, elle aimait la déesse de toute son âme. C'était si reposant après l'amour jaloux du Seigneur, ce Dieu intraitable ! Comment l'Éternel pourrait-Il régler les affaires du monde sans l'aide des autres dieux ? Jézabel avait raison.

Les mois passant, Rizpah se réconcilia avec son corps, suivant désormais le chemin de la déesse phénicienne. De temps à autre, elle brûlait de retourner dans un bosquet, y retrouver les prêtres qui savaient si bien faire vibrer ses sens. Mais au tréfonds de son cœur, elle se demandait où pouvait se trouver son époux Élie en ce moment. Et que dirait-il de son bonheur dans l'adoration de Baal et Astarté, et de son corps vivant comme celui d'une jeune fille ? C'était se leurrer que de seulement poser la question, car elle savait très bien ce qu'il dirait. Il hurlerait, écumerait, tempêterait, la menacerait des pires châtiments, maudirait le sol sur lequel elle posait ses pieds et tournerait sur lui-même comme il le faisait dans ses moments de colère, quand il s'arrachait les cheveux et terrorisait sa femme et ses enfants. Pourquoi donc songeait-elle à lui subitement ? Voilà si longtemps qu'il avait quitté ses pensées. Et qu'importaient ses réactions ? Quoi qu'il pût dire ou faire, désormais, il ne lui ôterait jamais le souvenir des sentiments qui lui avaient été refusés jusque-là, tant qu'elle avait observé la Loi du Très-Haut. Et ces sentiments allaient infiniment plus loin que ne le lui permettait ce Dieu implacable.

D'ailleurs, Élie n'en saurait jamais rien puisqu'il était banni de la nation. Pour elle, il était mort. Aussi se réjouissait-elle d'avoir participé à la procession des noces de Yahvé et d'Astarté. Sans doute, avec cette union, Israël tout entier connaîtrait-il les joies que son corps apprenait depuis quelques mois. Alors, tout serait bien.

CHAPITRE 21

Élie examinait avec surprise le village d'Élisée. Car il était souvent passé par là, pourtant il ne le reconnaissait pas. Du point où il se tenait, il dominait cette vallée fertile et il nota que ce jeune homme et sa famille vivaient aussi simplement que lui dans le hameau de Tishbé.

S'il l'avait voulu, Élie eût pu vivre comme un roi, ainsi que le faisaient de nombreux prêtres du temple de Samarie. Les gens voulaient toujours lui donner une obole pour entendre ses prophéties, pour recevoir sa bénédiction ou pour qu'il les guérît de leurs maladies, qu'il les rendît riches, qu'il fît pousser leurs cultures... Mais il s'y refusait avec obstination car il était le serviteur du Seigneur et que le Seigneur Dieu exigeait beaucoup de ceux qui Le vénéraient. Jamais il ne s'était prétendu faiseur de miracles. S'il avait, un jour, rendu le souffle de l'Éternel au corps d'un enfant, c'était pour accomplir Sa volonté. Élie n'était que l'instrument à travers lequel Il faisait connaître Sa présence. Ainsi n'était-il pas destiné à vivre dans l'aisance. L'Éternel avait choisi un chemin de rocaille pour Son serviteur et celui-ci y marchait dans la joie. Sans doute une vie d'abondance convenait-elle aux prêtres du temple mais pas à un vrai prophète du Seigneur. Aussi Élie menait-il une existence simple et pieuse – manquant souvent d'argent pour acheter le nécessaire tel que la nourriture ou l'huile de sa lampe – mais sa merveilleuse épouse, Rizpah, ne s'en était jamais plainte, ni ses enfants qui, il l'espérait, allaient suivre sa trace. Du moins l'avait-il espéré jusqu'à ce que le Seigneur lui dévoilât sa face sur le mont Sinaï. Car le Seigneur lui avait parlé et l'Éternel avait ordonné qu'il trouvât un jeune homme parmi ceux qu'il connaissait déjà et lui ordonnât de suivre ses pas sur le chemin du Tout-Puissant.

Dès qu'il lui arrivait de songer à son épouse et à ses enfants, des larmes amères lui montaient aux yeux, car tous trois lui manquaient désespérément. Il priait pour eux toutes les nuits, sachant que le Seigneur les protègerait et ne laisserait pas la reine d'Israël, cette femme impie, leur faire du mal. À mesure qu'il progressait vers la ville de Samarie, après des années d'absence passées dans le désert puis à prêcher la parole du Seigneur à travers d'autres pays, il songeait de plus en plus souvent à Rizpah ; ces derniers temps, il avait même rêvé de l'époque de leur mariage, lorsque son sourire le troublait, lorsque son contact le laissait sans souffle.

Mais à quoi bon ces vaines pensées alors que, depuis son retour sur la terre d'Israël, il découvrait toutes les abominations qui s'y déroulaient ? À l'approche de la maison d'Élisée, il s'efforça de chasser tout souvenir de sa famille, tout regret de la vie chaleureuse qu'il avait autrefois connue. Il était souvent passé devant cette vallée du Jourdain, pourtant c'était la première fois qu'il en goûtait la beauté. L'esprit toujours occupé par le Seigneur, il ne s'était jamais avisé d'apprécier la beauté de Son œuvre. Du haut de sa colline, il s'abandonna au simple plaisir de sentir les rayons légers du soleil sur son visage et la brise issue de la mer lointaine. Cette odeur saline le changeait de l'air sulfureux du Sinaï qui picotait les narines et brûlait le crâne lorsqu'il s'était prosterné, pieds nus, devant le Saint, béni soit-Il.

Il se plut à regarder paître les moutons à flanc de coteau. Qu'elle était verte et riante la terre de l'Éternel ! Mais pourquoi, de tous les jeunes gens qu'Il eût pu choisir, avait-Il guidé ses pas vers Élisée ? Élie ne l'avait rencontré qu'une fois, lorsque le jeune homme, fils de Schaphath, qui habitait depuis des générations Abel-Mehola, « la prairie harmonieuse », non loin de la ville de Beth-Shéan, visitait le temple de Samarie. Les deux hommes avaient longtemps parlé de la menaçante idolâtrie dans laquelle sombrait Israël à l'instigation de Jézabel, la débauchée de Phénicie, et Élisée avait impressionné son aîné par sa passion et son zèle envers l'Éternel. Élie en avait été à ce point troublé qu'il avait interrogé les prêtres sur son compte ; ceux-ci lui apprirent qu'il venait de la tribu d'Issacar et habitait le village où le wadi el Maleh émergeait dans la luxuriante vallée du Jourdain. Pourtant, ce jeune homme n'était qu'un paysan et ne semblait pas avoir été touché par la main du Seigneur. Aussi, comme à des milliers d'autres jeunes gens en qui brûlait ardemment l'esprit de l'Éternel et qui connaissaient les lois anciennes et les coutumes des enfants d'Israël, Élie lui avait-il donné sa bénédiction avant qu'il ne disparût dans la foule. Ensuite, Élie l'oublia jusqu'à ce que le Seigneur lui commandât de se rendre au village d'Abel-Mehola pour y oindre Élisée comme son successeur.

Il longea le rivage de la mer Éternelle depuis le golfe d'Akaba, et remonta vers le nord ; au cours des jours sombres de son voyage, il ne parvint pas à comprendre les instructions de l'Éternel. Pourquoi Élisée ? Tant de jeunes prêtres dans le temple possédaient la clairvoyance et la passion qui les rendaient dignes de reprendre le manteau d'Élie et de mener la bataille avec lui jusqu'au palais de la maudite maison d'Omri, et pourtant le prophète devait remettre sa confiance et sa foi entre les mains d'un paysan. Insondables étaient les voies du Seigneur. Élie demeura encore un instant à contempler la vallée où vivait Élisée en compagnie de son père, de sa mère, de deux sœurs et d'un frère. Au milieu du village coulait un ruisseau sur lequel on avait construit un pont de pierre.

Soudain il se rappela précisément quand il était déjà venu dans cette vallée... il suivait alors la route qui dominait la vallée de Jezréel, vallée fertile entre toutes dont le nom signifiait « Dieu sèmera », en venant de Samarie pour se réfugier chez les maudits idolâtres de Phénicie. Il avait alors passé une semaine chez un couple qui l'avait hébergé afin qu'il évite le mauvais temps. C'était sa route préférée, car celle qui courait par la vallée de Jezréel n'était fréquentée que par des voyageurs venus d'Égypte, des caravanes, des marchands qui risquaient de le voler ou pour le moins de le déranger dans ses pensées. Tandis que celle-ci, qui menait de Jérusalem à Megiddo, en passant par Sichem et Samarie, et descendait ensuite vers la côte, à Akko, poursuivait vers le nord à travers les ports phéniciens de Tyr et de Sidon. Mais il ne l'avait suivie qu'une fois jusqu'en Phénicie, ce qui fut à la fois sa perte et son salut, car, alors qu'il se trouvait si loin de Juda et d'Israël, il avait rencontré Jéhu dont le Seigneur avait dit qu'il serait couronné roi et mettrait un terme à la maison d'Omri pour l'éternité.

Élie regarda au nord le majestueux mont Carmel dont il connaissait si bien les replats et les vallées et qui avait vu son triomphe sur les dieux phéniciens, il y avait déjà si longtemps. Il rêvait d'y retourner, de traverser cette terre verdoyante et de remercier le Tout-Puissant qui l'avait aidé à vaincre ses ennemis. Mais pour le moment, il lui fallait chercher Élisée pour lui annoncer l'honneur que le Seigneur lui accordait. Il descendit dans la vallée, marchant et courant à la fois, sautant par-dessus les rochers, intriguant les paysans qui travaillaient dans leurs champs et s'étonnaient de voir ce vieil homme de plus de quarante ans qui dévalait la colline comme un petit garçon. Près du ruisseau, un jeune homme arrosait la terre où poussait le coton. Lui aussi leva la tête et il crut reconnaître l'étranger qui bondissait dans le village, sans parvenir à lui donner un nom. Il se redressa et regarda l'agile silhouette se frayer un chemin entre les rochers.

Enfin le voyageur aux cheveux sales et à la tunique déchirée atteignit les maisons. Il parla à une femme qui lavait son linge au ruisseau. Elle désigna Élisée. L'homme traversa le cours d'eau et vint vers lui à grandes enjambées.

– Élisée, sois béni au nom du Seigneur des armées !

Étonné, le jeune homme le salua et vit Schaphath s'approcher, sans doute inquiet de ce que cet inconnu voulait à son fils. Derrière lui travaillaient huit hommes vigoureux qui apporteraient leur aide si le besoin s'en faisait sentir.

– Élisée, prends ton manteau et suis-moi. Nous avons beaucoup à faire.

– Je te connais ! s'écria le jeune homme. Tu es Élie, le prophète de l'Éternel.

– Le Tout-Puissant t'a doté d'une bonne mémoire. Nous nous sommes entretenus au temple de Samarie. Viens vite. Nous n'avons pas de temps à perdre pour vaincre l'odieuse Jézabel et ses ignominies idolâtres.

Élie tournait déjà les talons mais Élisée resta derrière lui, interdit.

– Où... Pourquoi... ?

Les deux hommes se dévisagèrent en silence, bientôt interrompu par le père d'Élisée.

– Qui es-tu ? Que veux-tu de mon fils ?

– Je suis Élie, prophète du Très-Haut, Dieu d'Israël. Bénis le Seigneur et chante Son nom à jamais car ton fils sera mon serviteur et mon disciple et il portera le pouvoir du Seigneur à ma mort.

Schaphath écarquilla les yeux.

– Pourquoi... ?

Exaspéré, Élie s'emporta :

– Qu'avez-vous tous, gens de cette vallée ? Vous demandez « où » et « pourquoi » et ne dites rien d'autre. N'as-tu donc pas compris un mot de ce que je t'ai dit ? Je t'ai annoncé qu'un grand honneur, le plus grand qui soit, a été accordé à ton fils. Maintenant le temps presse. Les crochets de Jézabel, le serpent de Samarie mordent de plus en plus profondément la chair d'Israël. Il nous faut partir.

Schaphath se gratta la tête puis s'essuya le front.

– Tu veux dire que mon fils doit lâcher ses outils pour te suivre... ?

– Mais oui ! Certainement ! Le soleil n'éclaire-t-il pas ta vallée ou est-ce encore la rosée du matin qui t'obstrue la vue ? Ton fils est maintenant prophète du Seigneur. Il est honoré entre tous les hommes. Tu devrais t'incliner devant lui et le glorifier.

– Mais il m'aide à préparer la moisson...

– Il moissonnera plus en suivant mes pas. Son nom sera proclamé à travers tout Israël. Il moissonnera les fidèles du Seigneur...

– Il n'est même pas marié...

Un gouffre d'incompréhension se creusait entre les deux hommes. Élie secoua la tête.

– Marié ? Qu'est-ce que le mariage vient faire là-dedans ? Élisée n'a nul besoin d'une épouse ni d'enfants ; ces choses-là sont pour les hommes ordinaires. Élisée est l'élu du Seigneur. Ne comprends-tu donc pas ?

Le père se tourna vers son fils :

– Va dire à ta mère que nous avons un visiteur qui a besoin de se restaurer et de se reposer.

Le jeune homme lui obéit aussitôt.

– Je n'ai pas le temps de me restaurer ni de me reposer...

Schaphath leva la main :

– Écoute-moi, prophète de Dieu. Je sais qui tu es. J'étais au mont Carmel quand le feu du Seigneur a embrasé l'autel du sacrifice. Et j'étais là quand tu as suscité la colère d'Israël afin qu'ils tuent ces prêtres et ces prêtresses. Il y avait souvent du vrai dans tes paroles mais j'ai vu le massacre et je me suis demandé si c'était bien là la volonté de Dieu. L'adoration de ces idoles va à l'encontre de la parole du Seigneur, mais cela nous autorise-t-il à tuer ? C'était un meurtre et le Seigneur, notre Dieu, n'a-t-Il pas dit que le meurtre était un crime et...

Élie se mit à crier :

– Ne te sers pas du nom du Seigneur pour mettre en doute mon autorité !

De loin, Élisée l'entendit et se retourna au son de cet accès de fureur. Il vit Élie se rapprocher de son père et le menacer. Fallait-il courir à son secours... ? Et quel parti prendre, celui de son père ou celui de l'envoyé de Dieu ?

Celui-ci poursuivait d'un ton courroucé :

– « Je suis le Seigneur ton Dieu. Tu n'auras point d'autre dieu que moi... » Telles sont Ses paroles, Schaphath. « Point d'autre dieu que moi ! » Ce qui signifie que nous devons détruire toutes les idoles ainsi que ceux qui servent les faux dieux et qui les adorent. Tel est le rôle d'Israël. Nous avons le devoir d'exterminer ceux qui veulent nous forcer à fléchir le genou devant les idoles. Maudit soit celui ou celle qui nous détournera des pas de notre patriarche Abraham ! Maudit soit celui ou celle qui ne s'inclinera pas devant le Seigneur !

« Le Tout-Puissant a choisi ton fils pour être cet exterminateur. Dresse-toi contre moi et la mort sera ta rétribution. Crois-moi, si je quitte cette vallée sans Élisée, la malédiction retombera sur ta terre et la mort vous rendra visite à toi et à ta famille. Tes champs seront comme un marais salant et ton ruisseau ne charriera que des eaux saumâtres. Vous connaîtrez la pauvreté et la faim et les cieux feront tomber sur vous peste et lèpre. Car c'est ce qu'il en coûte de détourner sa face du Seigneur. Et comme j'ai tué les prêtres et les prêtresses des dieux étrangers, ainsi j'invoquerai le Dieu des armées pour te châtier et mettre fin à ta vie heureuse. Alors, va ordonner à ton fils de me suivre. »

Schaphath sondait avec épouvante le regard d'Élie mais n'y trouva rien que l'infinité de la nuit.

*
**

Effarouchée, elle recula en croyant que l'homme au manteau allait l'attaquer. Il avait l'air d'un vagabond, d'un mendiant qui dormait à la dure et ne se lavait que lorsqu'il en avait l'occasion. Elle eût dû appeler les gardes mais il y avait des gens autour d'eux et, en y regardant de plus près, elle se rendit compte qu'il était plus jeune qu'il n'y paraissait, presque un enfant et que ses manières n'avaient rien de menaçant. En réalité, il ne l'avait fait sursauter que parce qu'elle était plongée dans ses pensées.

– Rizpah, souffla-t-il à travers la place.

Elle venait de sortir du temple du Seigneur après avoir assisté à un nouvel office de mariage entre Yahvé et Astarté. Dans sa poche, elle portait une idole tout juste achetée chez le potier, qui représentait les deux dieux en plein abandon ; c'était un cadeau pour Jézabel.

– Rizpah ! appela de nouveau le jeune homme.

Elle traversa la place et vint dans sa direction.

– Oui ?

– Est-ce toi ? J'ai demandé à un marchand et il m'a dit que tu étais Rizpah, épouse d'Élie, le prophète du Seigneur. Es-tu bien Rizpah ?

À la mention du nom d'Élie, le sang de Rizpah se figea presque dans son corps. Voilà des mois qu'elle n'avait prononcé ce nom et elle éprouva une étrange impression à l'entendre. Elle regarda le jeune garçon. Son visage dégageait une sorte d'innocence qui donnait envie de lui accorder sa confiance. Il repoussa alors sa capuche et elle en resta troublée.... Il lui rappelait trait pour trait Élie à l'époque de leur mariage ; à quinze années d'intervalle, c'eût pu être lui, cet Élie qui lui avait pris la main dans l'orangeraie puis dans la prairie, celui-là même qui s'était étendu auprès d'elle dans l'herbe fraîche et qui l'avait embrassée sur les lèvres.

– Je suis Rizpah, murmura-t-elle d'une voix cassée.

– On m'avait dit que vous porteriez des vêtements noirs et vous voici dans une robe de la couleur d'un ciel en été.

– Vraiment ?

Il n'avait pas la voix d'Élie. Retrouvant ses esprits, elle se demanda si ce jeune homme n'était pas plutôt un dément.

– Qui es-tu ? Que me veux-tu ?

– Je suis Élisée. Dis-moi si tu es bien Rizpah, la femme d'Élie ?

Encore ce nom, encore ce choc. Voici des mois qu'il était interdit de le prononcer en public. La dernière fois qu'elle l'avait entendu, c'était un de ses enfants qui le murmurait en demandant si elle savait quand il rentrerait.

– Que me veux-tu ?

– Es-tu l'épouse d'Élie ? insista-t-il.

Elle ne répondit pas. Le jeune homme sourit.

– C'est toi. Je le vois à tes yeux. Il m'a dit que tes yeux révélaient tes pensées. Tu es Rizpah, femme d'Élie, du village de Tishbé.

– Il t'a dit... ? Tu lui as parlé ?

– Ce matin même.

– Où ? À Tishbé ?

Ce n'était pas possible, puisque Tishbé était à presque sept jours de route...

Le jeune homme sourit :

– Non. Pas à Tishbé. Ici, à Samarie.

Rizpah faillit en perdre connaissance et dut se retenir aux poutres de la maison voisine. Elle ne put s'empêcher de reculer, comme pour échapper à Élisée. Ainsi son époux était là, dans cette ville. Mille souvenirs lui revinrent, des images lointaines et floues tant sa vie dans le luxe du palais avait tout effacé. Ses enfants avaient des tuteurs, elle-même avait ses servantes ; jamais plus elle ne lavait son linge, jamais plus elle ne fabriquait de bougies ou ne nettoyait le sol ; les esclaves le faisaient pour elle. Il lui suffisait de tenir compagnie à Jézabel et de la suivre lorsque celle-ci se rendait au temple.

Et voilà qu'elle se rappelait Tishbé, et Élie, et elle ne savait plus...

Le jeune homme s'inquiéta de son silence.

– Tu es bien Rizpah, femme d'Élie ?

– Oui, souffla-t-elle.

– Viens avec moi, j'ai de grandes nouvelles pour toi.

Il tourna au coin de la rue des lampistes, pleine de bruit et d'odeurs de cire brûlée. Elle le suivit d'un pas mal assuré dans l'étroite venelle où le soleil se frayait à peine un passage dans la fumée. Élisée l'attendit, puis la fit pénétrer dans l'une des plus petites ruelles de Samarie, la rue des tanneurs, où l'on dépeçait les peaux de moutons et de chèvres pour en fabriquer des manteaux. L'odeur fétide lui fit plisser le nez mais elle surmonta sa nausée et courut derrière le jeune homme jusqu'à ce qu'ils émergent dans un marché couvert où hommes et femmes assis en tailleur sur des tapis exposaient des lampes, des plats et des jarres.

Élisée allait encore trop vite pour elle, mais elle n'avait pas la force de courir, comme si une grande pierre pendait à son cou.

– Attends-moi ! cria-t-elle.

Mais il ne l'entendit pas. Elle n'accéléra pas son pas pour autant. Elle tourna au coin d'une allée et soudain, tomba nez à nez avec lui. Il se tenait sous une arche, à l'entrée d'une maison. Elle ignorait totalement où ils se trouvaient.

– Viens, dit-il.

Il ne paraissait pas remarquer l'état dans lequel l'avait mise cette rencontre.

– Voici la maison d'Abimélec, un ami du Seigneur ! lança-t-il avec enthousiasme.

Ils escaladèrent quelques marches de pierre qui les menèrent à l'étage mais, au lieu de pénétrer à l'intérieur, ils prirent un autre escalier, plus étroit encore, qui débouchait sur un second étage. Une pièce fraîche y était aménagée, qui ouvrait sur les toits des maisons en contrebas. Un vieil homme revêtu de la robe rayée d'un habitant du désert, son épouse et trois femmes y attendaient Rizpah. Cependant, au lieu de se présenter, il leur fit traverser en hâte la pièce et passer sur le balcon, caché à la vue des demeures environnantes par des tréteaux ornés de fleurs et de vignes.

Essoufflé, le jeune homme se retourna. Cette course en pleine chaleur l'avait fait transpirer. Il enleva de nouveau sa capuche et Rizpah distingua mieux les traits de son visage, sa peau mate et ses cheveux aile-de-corbeau ; non, en y regardant de plus près, ce n'était pas Élie en plus jeune mais ses yeux brûlaient du même mélange d'amour, de peur et de colère.

Il sourit et annonça doucement :

– Je m'appelle Élisée, fils de Schaphath. Je suis le serviteur du serviteur de l'Éternel. Élie, ton époux, est de retour du Sinaï où il s'est entretenu en tête à tête avec le Seigneur. Il est revenu, Rizpah. Il est près d'ici, de l'autre côté des remparts. Il m'a dit d'aller te chercher, toi et tes enfants, de vous arracher aux griffes de Jézabel et de son époux Achab, de vous tirer de votre prison et de vous ramener à Tishbé afin qu'il puisse achever sa mission, détruire la maison d'Omri et fracasser les murailles de Samarie sur les idolâtres. Il t'attend près d'ici, aux abords de la vallée.

– Mon époux est de retour, articula-t-elle.

Ce n'était ni un constat ni une question... plutôt une anticipation du chemin rocailleux qui s'étirait soudain devant elle.

– Il est là, confirma Élisée avec ferveur. À un millier de pas tout au plus. Il se cache sous les murs, là où les eaux se mêlent.

– Il est là ?

Elle devait se le répéter pour bien prendre conscience de la terrible portée de ces mots.

– Oui, femme. Ton mari est tout près d'ici. N'est-ce pas incroyable ? Il est venu vous chercher, toi et vos chers enfants et vous tirer de cet antre d'iniquité, de ce lieu haï du Seigneur. Il va briser les idoles du temple, ainsi que l'a fait notre père Abraham à l'époque où il a quitté Ur en Chaldée pour se rendre dans la sainte Jérusalem.

Elle ne pouvait comprendre pourquoi il s'enthousiasmait de la sorte, comme s'il allait exploser de joie.

Soudain, un terrible sentiment de culpabilité s'empara de Rizpah, à croire qu'elle fut surprise en plein acte d'adultère... Ce qui était d'ailleurs le cas, puisqu'elle passait ses journées à soupirer après ses oraisons en compagnie d'un prêtre d'Astarté. Lui seul savait faire vibrer son corps jusqu'au tréfonds et lui apprendre ce qu'elle n'avait soupçonné de toute sa vie. Mais ce n'était pas tout, car elle goûtait également chaque minute passée au palais. Elle prenait place à la gauche de Jézabel lorsqu'elles festoyaient ; elle jouait avec la reine ; elle rencontrait parfois Achab, ce roi puissant qui tranchait d'un mot entre les avis de ses ministres et de ses conseillers, ce roi bâtisseur qui perdait pourtant tous ses moyens et devenait un petit garçon dès que Jézabel apparaissait. Avec ses enfants, ils jouissaient de toute la liberté possible, entre le palais et la ville, les promenades, les fêtes, les solennités, toutes ces nouveautés auxquelles il lui allait falloir maintenant renoncer. Car le Seigneur était revenu et lui avait dessillé les yeux, le Dieu jaloux allait la punir pour les fautes qu'elle avait commises. Jamais Élie ne les lui pardonnerait. Il la traiterait de « catin », d'« idolâtre » et de « prostituée », il l'emmènerait dans un champ, la dénuderait et la punirait comme elle le méritait. Les voisins sortiraient de leurs maisons car il la maudirait avec toute l'ardeur que lui permettaient son zèle et sa vertu. Ils ramasseraient des pierres et les jetteraient à sa tête et elle courrait, nue, pour tenter de se cacher dans la forêt. Et ses enfants hurleraient de terreur et les voisins les empêcheraient de sortir de la maison en leur disant que leur mère était morte aux yeux du Seigneur.

Toutefois, si les choses ne se passaient pas ainsi, si elle gardait le silence sur sa vie au palais ces derniers mois, alors qu'adviendrait-il ? Sans doute Jézabel, furieuse de voir Rizpah lui échapper, irait-elle raconter ce qu'elle savait sur sa servante. Non, pas Jézabel, pas depuis qu'elles étaient devenues amies. C'était une femme délicate, généreuse... violente et inconséquente, certes... mais également tendre. Rizpah l'aimait comme une sœur, une petite sœur loyale et gâtée, capricieuse et tendre.

Que faire ? Fallait-il retourner dans la maison sans joie de son époux, entre ses bras sans amour, dans la sécheresse de leur couche, pour passer le restant de ses jours à regretter les moments délicieux qu'elle avait éprouvés au palais et dans les bosquets ? Fallait-il renoncer à cette douceur de vivre pour retrouver la terre battue de Tishbé, froide et humide en hiver, étouffante en été, avec ses insectes qui empoisonnaient le sommeil des enfants ? Mais il y avait pire encore... Car elle avait eu le loisir de comparer l'intransigeance du Dieu d'Israël avec l'aimable liberté que conférait Astarté. Sous le règne de cette déesse, les femmes n'étaient plus punies du seul fait qu'elles étaient femmes – nul ne songerait à leur reprocher de goûter aux joies du corps – et elles n'étaient pas soumises à la pire des contritions s'il leur arrivait de manquer à l'un de leurs devoirs envers la déesse. Allait-il cependant falloir revenir au culte de l'Éternel ? Comment le pourrait-elle ? Et surtout, était-elle contente du retour de son époux ? Autant qu'un criminel pouvait l'être de se voir jeter en prison. Autant qu'un lépreux obligé de quitter la ville pour gagner sa vallée des lépreux.

– Mon époux désire-t-il me voir maintenant ?

Élisée ne comprit pas la finalité de sa question.

– Bien sûr ! Il veut que vous vous échappiez maintenant avec vos enfants, afin que je vous ramène à Tishbé. Là-bas, vous serez en sécurité, tandis qu'avec le général Jéhu nous reviendrons exterminer ce nid de vipères qu'est Samarie. Car le Seigneur nous en donnera la force et le courage.

– Mais vous serez tués. L'armée...

Élisée sourit de nouveau :

– L'armée d'Israël est l'armée de Dieu. Le Seigneur dessillera les yeux et ouvrira les cœurs de ses soldats et ils nous suivront. Ce sont ces hommes qui ont autrefois défendu Israël contre les ennemis de l'Éternel. Quand ils comprendront que le pays est attaqué par des ennemis de l'intérieur, ils se rallieront à Jéhu, leur chef, et la victoire sera nôtre. Alors la maudite maison d'Omri, père d'Achab, sera anéantie à jamais.

Il leva les yeux au ciel et cria :

– L'Éternel est mon Dieu ! Béni soit l'Éternel, Dieu du ciel et de la terre !

Rizpah recula lentement. Il lui rappelait tellement son mari : ce zèle, ce fanatisme, cette incapacité à entendre la voix de la modération, cette suprême certitude d'avoir raison entre tous. Et ce n'était encore rien comparé aux rages terrifiantes auxquelles Élie était si souvent enclin.

– Je n'irai pas avec vous, annonça-t-elle doucement.

Il ne l'entendit pas ou ne la comprit pas :

– Quand ?

– Je n'irai pas avec vous, répéta-t-elle plus fort.

– Pardon ?

Il avait l'air tellement incrédule que c'en était presque plaisant.

– Je reste ici. Mes enfants ont besoin de moi.

Il parut enfin comprendre.

– Ah ! Bien sûr ! Mais tes enfants viendront avec nous. Retourne à ta prison au palais et prends-les avec toi. Ne t'inquiète pas, ils ne risquent rien car le règne du Seigneur arrivera bientôt. Aujourd'hui, demain, Israël sera libéré du joug de l'idolâtrie. Va, maintenant ! Je vous attendrai pour vous conduire à ton époux, à la liberté.

Elle recula encore.

– Non ! s'écria-t-elle. Ils ne partiront pas.

– Que veux-tu ?

– Mes enfants restent ici et moi, je veux voir Élie tout de suite.

Il tressaillit comme s'il venait d'être mordu par un serpent.

– Femme, va chercher tes enfants !

– Ils sont en sécurité ici. Je dois voir Élie. La révolte que vous fomentez est beaucoup trop dangereuse. Je veux le prévenir.

Élisée comprit que mieux valait ne pas discuter davantage. D'autant, se dit-il, qu'elle pourrait toujours retourner au palais après avoir vu Élie. Ils quittèrent Samarie en silence. Elle marchait cinquante pas devant lui de peur que les gardes ne la reconnaissent car il leur paraîtrait étrange de la voir en compagnie d'un homme tel qu'Élisée. Dans le lointain, ils aperçurent un berger qui menait ses chèvres au bord de la rivière. Ils descendirent au pied de la colline, là où commençait la forêt de cèdres. Aussitôt, l'air sembla plus frais, la lumière moins incandescente. Cependant, Rizpah n'en éprouva guère de soulagement. Au contraire, son cœur battait à tout rompre, elle avait la bouche sèche, la tête qui tournait. Comme si elle allait rencontrer son prêtre-amant, à cette différence près que ce n'était pas le plaisir qui l'attendait. Elle était terrifiée de la réaction d'Élie. Dès qu'il la regarderait dans les yeux, il comprendrait qu'elle n'était plus qu'une femme adultère ; car elle avait les yeux plus jeunes, plus gais qu'ils ne l'avaient jamais été. C'étaient des yeux de jeune fille et les regards admiratifs des hommes se posaient sur elle.

Elle s'arrêta au pied d'un cèdre car ses jambes refusaient de la porter davantage. Elle appuya ses paumes contre l'écorce. Élisée se retourna :

– Il n'y en a plus pour longtemps. Il suffit de descendre au fond de la vallée et de remonter du côté des grottes. Élie t'attend.

Elle fondit en larmes.

– Je n'en peux plus. Comment pourrai-je regarder mon époux dans les yeux ? Il comprendra tout de suite que j'ai fauté, que je refuse même de me repentir. Il va me détester pour ce que je suis devenue, comment pourrait-il comprendre que je ne serai jamais plus la même ? Je suis si malheureuse ! Pourquoi fallait-il qu'il revienne ?

Mais Élisée ne l'écoutait pas qui parlait en même temps qu'elle :

– Qui pourrait t'en vouloir d'avoir vécu dans la maison de l'iniquité si tu y as été forcée ? Qui peut blâmer des actions quand on les a accomplies le couteau sous la gorge ? Le Seigneur voit dans ton cœur, Rizpah et Il voit une honnête femme d'Israël. Suis-moi, le salut t'attend.

Et elle le suivit.

Il la vit le premier. Il se tenait au bord d'une grotte, caché par les ombres des arbres et des collines voisines. Quand il vit qu'ils n'étaient que deux, il ne put réprimer davantage son impatience.

– Rizpah ! hurla-t-il.

Sa voix résonna dans toute la vallée, répercutée par la rocaille et les flancs de coteaux. Sa femme tressaillit car elle crut entendre son nom se répéter mille fois autour d'elle comme autant d'accusations.

– Femme, je suis revenu ! Élie, ton époux est revenu. Où sont les enfants ? Nous avons tant à faire !

Ce disant, il courait à sa rencontre, sautant à travers les rochers et les buissons.

– Nous devons prévenir Jéhu, afin qu'il vienne nous retrouver dès demain avant l'aube et que nous puissions les attaquer par surprise. C'est ainsi que j'ai anéanti ces adorateurs de Baal lorsque je les ai ridiculisés au nom du Seigneur. Où sont les enfants ? Élisée, as-tu vérifié ce que je t'ai demandé à Samarie ? L'armée, quelles sont ses positions ? Les hommes sont-ils en force ? Sont-ils restés fidèles à l'Éternel ? Rizpah, où sont les enfants ? Élisée, as-tu commandé aux fidèles du Seigneur d'attendre mes ordres sur la place du marché ? Les partisans de Jéhu n'y suffiront pas ; il faut que tous ceux qui méritent le nom d'enfants d'Israël se soulèvent...

Il sauta un dernier tronc abattu et se retrouva face à eux sur le sentier. C'était la première fois que Rizpah le revoyait depuis cinq ans et elle fut heurtée par l'apparence de son époux. Il avait vieilli mais de beaucoup plus que cinq ans. Son regard brûlait d'une lueur qu'elle ne lui connaissait pas, pas même lorsque l'Éternel s'emparait de son esprit.

Elle n'avait face à elle qu'un inconnu. Qui semblait la regarder sans la voir. Il n'avait pas remarqué les fleurs dans ses cheveux, encore moins la couleur bleue de sa robe ou les ornements qu'elle avait peints sur ses mains et sur ses ongles, ou le rouge qui soulignait ses lèvres et ses joues. Il la regardait mais ne la voyait pas.

Cependant, ce ne fut pas ce qui la troubla le plus. Elle avait l'impression de voir un spectre, déjà pris par les griffes de la mort avec ses vêtements déchirés, ses cheveux qui se raréfiaient et puis sa peau, épaisse et noire comme jamais, et qui lui pendait autour du visage. Il paraissait souffrant malgré ses attitudes vives dignes d'un jeune garçon, enthousiaste, plein de vie, le corps sans cesse en mouvement.

– Quelle est l'atmosphère dans la ville, Élisée ? Y avait-il beaucoup de gens dans les rues ? Et le temple ? L'abominable idole d'Astarté s'y trouve-t-elle encore ?... J'arrive à peine à prononcer son nom.

Même Élisée parut surpris de son agitation.

– Élie, j'ai amené ton épouse qui veut te voir. Voici Rizpah.

Pourtant Élie voulait des réponses à ses questions sur Samarie. Alors il les répéta. Ce n'est qu'ensuite qu'il parut s'apercevoir de la présence de son épouse. Il sourit et lui tendit la main. Il avait la peau calleuse comme l'écorce du cèdre qu'elle venait de toucher. S'apercevrait-il seulement que les siennes étaient douces et parfumées ? Il ne s'aperçut de rien. Il la conduisit vers un rocher où il l'invita à s'asseoir.

– Comment se sont passées ces années, Rizpah, ma femme ? Tu me sembles aller bien.

Enfin, il regarda ses cheveux, les fleurs, sa robe bleue.

– Ils t'ont forcée à devenir comme eux, une abomination aux yeux du Seigneur. Ne t'inquiète pas car nos ennemis le paieront de leurs vies. Tout comme j'ai frappé leurs huit cents prêtres et prêtresses, ainsi je frapperai le roi et la reine et toute leur descendance et ceux qui auront plié le genou devant les dieux de Phénicie. Tout Samarie pleurera sur ses fautes. Les enfants seront orphelins, les épouses seront veuves, les maris maudiront le jour où leurs femmes sont entrées dans ces bosquets d'ignoble iniquité et se sont abandonnées comme des prostituées aux prêtres de Baal.

Rizpah restait muette, terrorisée mais Élie ne parut pas s'en apercevoir.

– Le Seigneur enverra un torrent de feu sur la capitale d'Israël pour la purifier de ses abjections, puis Il enverra un torrent d'eau pour emporter ses fautes. Et la pluie tombera pendant quarante jours et quarante nuits et nettoiera la terre d'Israël ; les hommes et les femmes de bien sortiront indemnes de leurs cachettes et se réjouiront au nom du Seigneur. Car le jour du Seigneur arrivera et Israël et Juda seront réunis en une seule terre, une seule nation, un seul peuple ainsi que le Seigneur me l'a promis sur le mont Sinaï. Et moi, je suis le vassal du Seigneur des armées, je suis celui qui se lèvera et frappera les ennemis du Seigneur Dieu.

Elle gardait le silence. Élie n'était plus assis près d'elle, ni dans la forêt, ni en Israël, il était ailleurs, parti voyager dans l'infinité de son esprit.

– Élie, finit-elle par demander. Élie, me punirais-tu, moi, ton épouse ?

Il la regarda sans paraître comprendre ce qu'elle avait dit.

– Mon époux, punirais-tu Rizpah ?

Elle se rendit compte qu'il la dévisageait avec consternation.

– Punirais-tu ta femme, demanda-t-elle plus fort, si tu découvrais qu'elle était parmi ceux que tu condamnes ? Car j'ai été infidèle à l'Éternel. De mon plein gré, j'ai adoré Baal et Astarté. Je suis allée dans le temple et j'ai fléchi le genou devant les idoles.

– C'est cette Lilith qui t'a forcée...

– Non ! cria-t-elle.

Il sursauta mais la laissa poursuivre :

– Non, personne ne m'a forcée. C'est moi qui l'ai voulu, qui l'ai décidé. Moi seule, Élie ! C'est moi qui suis allée dans les bosquets et qui me suis couchée avec les prêtres et qui leur ai abandonné mon corps.

« Et je te dis aujourd'hui que tu es dans l'erreur. Tu te trompes, Élie. Car ces dieux ne sont pas mauvais, pas plus que les gens qui les adorent. Pas plus que leurs prêtres ni leurs prêtresses. J'ai assisté à la cérémonie qui a consacré le mariage d'Adonaï et d'Astarté. Comprends-tu ce que je dis, Élie ? Adonaï, ton Dieu a pris une épouse. C'est Astarté. Elle est douce et bonne et compréhensive. Elle m'apporte un grand réconfort. Elle octroie la fertilité à la terre et nous bénit par la conception des enfants entre hommes et femmes, et des agneaux du printemps et des chèvres et des veaux dans les champs. Depuis qu'elle est devenue la compagne et l'épouse d'Adonaï, nous n'avons jamais été aussi heureux. Le peuple est satisfait. Les enfants rient. La pluie est tombée cet été et les rivières sont gonflées d'eau. Les moissons ont été abondantes. Les veuves et les orphelins mangent à leur faim et possèdent le bois qu'il faut pour se réchauffer la nuit. Depuis qu'Adonaï et Astarté sont mariés, il n'y a pas eu un seul cas de lèpre dans Samarie, ni de sauterelles prêtes à fondre sur les récoltes d'Israël. Comprends-tu ce que je dis, Élie ? L'Éternel est marié. Il a pris une épouse. Il est heureux. Il ne désire plus ni mort ni destruction. Il veut l'amour et la paix pour que tout le monde soit heureux comme Lui. »

Elle examina Élie car il ne réagissait plus du tout. Le regard vide, loin au-delà de la forêt, perdu dans l'immensité d'un autre monde, il la fixait, la bouche ouverte. Elle dévisageait cet homme qu'elle ne connaissait plus et dont elle ne devinait plus les pensées, un homme qui n'avait pas entendu un mot de ce qu'elle venait de dire.

Elle se leva et, silencieusement, reprit le chemin de la forêt, abandonnant les deux hommes qui la suivirent des yeux sans la voir.

CHAPITRE 22

Sa servante et amie Rizpah avait quitté le palais au matin pour servir Astarté et préparer la cérémonie de la nouvelle lune qui célébrerait l'anniversaire des noces de Yahvé et d'Astarté, et voilà que Jézabel la retrouvait tremblante et marquée comme une vieillarde.

Elle lui avait rapporté le modèle d'une nouvelle idole d'Adonaï et d'Astarté pour laquelle la reine avait préparé une niche spéciale dans le mur de sa chambre, afin qu'ils veillent sur ses nuits en compagnie d'Achab. C'était la première fois qu'on représentait le couple divin uni et elle savait que toute la population voudrait se procurer cette statuette, ce qui rapporterait de nouveaux dividendes aux coffres d'Israël. Il faudrait prévoir des moules spéciaux et Jézabel avait hâte de voir de quelles couleurs les artisans allaient les parer.

De tout l'après-midi, Rizpah sembla ne pas réagir ; elle était rentrée échevelée, la robe souillée de feuilles mortes, essoufflée, en sueur. Et cette sotte ne voulait rien lui dire.

– Explique-toi, demanda Jézabel. Pourquoi gardes-tu le silence ?

– Parce que je suis tourmentée. Il va me falloir trahir quelqu'un et j'ignore ce que commande mon devoir.

– Ton devoir commande que tu sois fidèle à ton dieu et à ta déesse, à ton roi et à ta reine et à ton peuple. Si tu as quelque chose à me confier, parle !

– Je ne saurais rien dire à moins de trahir quelqu'un envers qui j'ai des devoirs tout aussi sacrés, répliqua Rizpah en pleurant. Je n'avais pas compris tant que je n'ai pas regagné la ville après l'avoir rencontré. J'ai regardé les murailles et la lumière d'Adonaï brillait dans le ciel et elle m'a éclairée et mes yeux se sont ouverts. Ces devoirs me viennent de Tishbé, mon village et c'est tout mon passé qui...

Soudain, Jézabel sentit son corps se raidir.

– Élie est ici, c'est cela ?

Rizpah garda le silence.

– Par Baal ! jura la reine. Où est-il ? Dis-le moi, Rizpah, ou tu te rendras coupable de trahison.

La pauvre femme leva ses yeux rougis sur Jézabel.

– Comment pourrais-je trahir celui à qui je me suis unie devant l'Éternel mon Dieu ? Je ne saurais rien dire, pas même à toi, mon amie, ma sœur.

Un frisson de colère parcourut le corps de Jézabel qu'elle s'efforça de réprimer. Le prophète n'avait qu'une seule raison de revenir : provoquer de nouveaux incidents et autant de morts. Cette fois, c'est lui qui mourrait.

Mais pourquoi se risquait-il à Samarie alors qu'il se savait à ce point menacé ? Il devait compter sur l'aide d'une armée ou tout au moins d'un groupe assez puissant pour mettre le royaume en danger. Cependant, le palais n'avait reçu aucun rapport annonçant le passage de soldats à une quelconque frontière ! Dès lors, si Jézabel voulait en savoir davantage, il lui faudrait faire parler Rizpah. Coûte que coûte.

– Est-ce que tu l'as rencontré ?

– On m'a forcée à me rendre où il était. Mais il a changé, ma reine. Ce n'est plus l'homme que j'ai épousé. Il a vu l'Éternel. Il était avec Lui dans le désert du Sinaï où Moïse notre maître a reçu les tables de la Loi. Et le Seigneur lui a ordonné de revenir nettoyer le temple de ses idoles et de leurs adorateurs.

– Et tu veux aller avec ton mari ? Tu veux m'abandonner, quitter le palais et reprendre la vie que tu menais autrefois avec lui !

– Non ! Non, ma chère Jézabel, ma reine, mon amie ! Je veux rester ici. Je n'ai jamais été aussi heureuse. Mon corps...

Jézabel avait de plus en plus de mal à conserver son calme. Mais elle savait qu'il ne fallait pas effaroucher Rizpah sinon celle-ci prendrait la fuite pour ne jamais revenir. Subitement, la reine sourit. Car elle savait exactement ce qu'elle allait faire.

– Ma chère et tendre amie, murmura-t-elle. Tu as l'air si lasse ! Tu dois avoir tant marché ! Assez de questions ! Demande qu'on te prépare un bain de lait de chèvre, ainsi tu pourras te reposer et reprendre tes esprits.

Il lui fallut y consacrer une partie de la soirée mais, à force de cajoleries, le prêtre parvint à arracher à Rizpah l'information désirée. Peu après, il entrait dans les appartements royaux, au beau milieu du dîner, porteur de bonnes nouvelles.

– Je connais ce ravin, dit Achab. J'y jouais quand j'étais enfant. Un détachement de soldats va le déloger en moins de temps qu'il n'en faut pour le dire. Il n'existe qu'un chemin pour s'y rendre et pour s'en extraire. Nous allons l'encercler et l'écraser comme un croûton de pain rassis.

– Non ! s'exclama Jézabel. Non ! Ce serait le meilleur moyen de provoquer une révolte de l'armée. Tu as entendu ce que Rizpah a dit au prêtre à propos de ton cher Jéhu. Si tu touches à Élie, il retournera l'armée contre le palais.

– Et alors ? Il ne reste pas le quart des soldats pour prier Yahvé seul. Presque tous mes hommes ont accepté son union avec Astarté.

La reine fit signe au prêtre de se retirer non sans l'avoir d'abord gratifié d'une bourse pour le remercier de ses services. Quand ils furent seuls, elle se tourna vers son époux :

– Ô mon roi, souffla-t-elle, je comprends ton désir d'en finir avec Élie. Mais il faut prendre garde. Pourquoi risquer une révolte alors que nous pouvons obtenir ce que nous voulons sans nous salir les mains ? Lorsque nous apprendrons l'affreuse nouvelle de sa mort, nous serons aussi chagrinés que le reste d'Israël. Nous observerons strictement les rites du deuil de la loi d'Adonaï. Nous nous couvrirons la tête de cendres et nous déchirerons nos vêtements...

– Mais comment ? demanda le roi surpris. Nous ne sommes pas en Égypte ! Ici, on exécute par la hache, par l'épée ou par les pierres. Songerais-tu au poison ?

Jézabel se mit à rire.

– Non, mon roi, je n'irais pas jusque-là ! La mort d'Élie illuminera tout Israël !

Elle lui prit la main.

– Laisse-moi faire.

Elle expliqua aux quatre hommes ce qu'elle attendait d'eux. Nul ne les connaissait en dehors du palais, ni dans la ville de Samarie ni en Israël. Ils étaient arrivés durant la nuit, une semaine auparavant, cadeau de la grande prêtresse d'Astarté à Tyr. Ce n'étaient pas encore des prêtres mais des acolytes qui demeuraient au temple pour y achever leur formation.

Ils prirent leur équipement et, avant l'aube, passèrent la porte de Juda et s'engagèrent dans la forêt encore plongée dans l'obscurité. Plusieurs fois, ils trébuchèrent sur ce terrain accidenté mais ils finirent par trouver le sentier qui menait à la vallée.

Là étaient creusées les grottes, un ancien village troglodyte abandonné dans lequel s'étaient réfugiés Élie et son disciple. Les quatre acolytes avaient pour mission de tuer au moins l'un sinon les deux hommes, en commençant évidemment par Élie. Jézabel avait été très précise sur la façon de s'y prendre. Il s'agissait d'éliminer des ennemis de la déesse afin qu'Israël puisse continuer à vivre en paix.

À l'aube naissante, ils étaient encore dans la forêt, s'efforçant de ne pas faire de bruit malgré les brindilles qui, immanquablement, se cassaient sous leurs pas. Aussi progressaient-ils telles quatre bêtes sauvages en quête de gibier.

Bientôt le soleil apparut à l'angle des montagnes, la lumière se faufila entre les hautes futaies et les hommes repérèrent la rivière en contrebas et se sentirent plus assurés. Deux d'entre eux portaient leur harnachement, le troisième les guidait et le dernier s'assurait que personne ne les suivait. Tous quatre s'arrêtèrent un moment au bord de la rivière avant de reprendre leur chemin ; le soleil montait par-dessus les cimes lorsqu'ils repérèrent la grotte encore plongée dans l'ombre et qui évoquait, au milieu de cette forêt, la bouche d'un dieu géant.

Élie ne voulait pas réveiller Élisée. Dans la nuit, le prophète s'était senti empli de l'esprit du Seigneur. Il avait clamé sa haine et crié vengeance contre le monde entier. Depuis la visite de Rizpah, son humeur avait beaucoup changé. Maintenant, il ne menaçait plus d'anéantir seulement la maison d'Omri mais Israël tout entier pour avoir ainsi accueilli les idoles maudites dans les temples sacrés et avoir forcé sa femme et ses enfants à se prostituer.

Élisée ne savait que faire. Lorsqu'il avait rencontré Élie dans les champs, après que ses parents l'eurent reçu et restauré, tous avaient accepté de gaieté de cœur que le jeune homme emboîtât le pas du prophète. Certes, ses semaines d'apprentissage avaient été éprouvantes, car son maître ne cessait de crier et de le menacer. Mais, au cours des mois suivants, alors qu'ils traversaient Israël en se cachant des soldats et des espions de Jézabel, il avait compris que le saint homme était bien la voix du Seigneur et il en était arrivé à l'aimer de tout son cœur.

Certes, il se rendait compte que d'aucuns considéraient Élie comme un fou ou un possédé ... mais lui savait que son maître avait rencontré le Seigneur et qu'il lui fallait obéir à Sa voix.

Pourtant, la veille au soir, pour la première fois, il s'était pris à douter de lui. Après le départ de Rizpah, Élie l'avait soudain pris par le cou et l'eût étranglé si le jeune homme ne s'était pas débattu. Puis il s'était mis à courir dans la grotte en se frappant jusqu'au sang la tête contre les murs. Alors, il était tombé à terre et avait pleuré comme un animal pris au piège. Élisée s'était enfui pour ne plus entendre ses hurlements de bête blessée, jusqu'à ce que le silence fût retombé sur la vallée.

Lorsqu'il fut certain que sa fureur était passée, il était remonté et avait humecté la tête du prophète avec un linge trempé dans la rivière. Puis il lui avait préparé une soupe de lentilles et de légumes qu'il avait cueillis dans les champs autour de Samarie.

Mais, chaque fois que le jeune homme avait tenté de lui parler de Rizpah, de justifier la conduite de cette épouse qu'il reniait, Élie n'avait fait que ricaner et cracher sur le sol ; puis il ramassait des poignées de terre qu'il se passait dans les cheveux et sur le visage. Élisée avait passé le reste de la nuit à trembler de terreur.

À la longue, Élie s'était allongé, écrasé de fatigue. Ce fut alors que le Seigneur lui apparut dans la grotte. Jusque-là, Élisée s'était fié à la seule parole de son maître pour suivre la volonté du Tout-Puissant mais, pour la première fois, le Seigneur se tenait tout près. Le jeune homme n'entendait pas ce qu'Il disait mais, aux réactions du prophète, il comprit que Dieu était là.

Terrassé par l'émotion, il voulut se voiler la face. Mais Élie semblait tellement possédé de Son esprit que son disciple avait presque l'impression de Le voir parler. Et il entendait Élie répondre :

– Oui, Seigneur. Oui. Je le ferai. Mais pourquoi dois-je la tuer, Seigneur ? Tuer Rizpah ? Mais les enfants ? Te suivre. Oui, Seigneur. Oui, maintenant, je comprends...

Le jeune homme fut éveillé par les bruits de la forêt, le chant des oiseaux, les animaux qui grattaient çà et là. Il s'étira et voulut aller chercher de l'eau pour fabriquer à Élie la soupe qu'il aimait le matin – fenouil écrasé pour le goût, feuilles de chrysanthème pour l'amertume qui rafraîchissait la bouche, auxquels il ajouterait un ingrédient découvert par hasard en parcourant la forêt au début de la semaine, un bouquet de belladone. Il savait qu'en grande quantité cette plante pouvait être mortelle mais, à petites doses et en mêlant les feuilles écrasées à beaucoup de liquide, cela apaisait l'esprit. Ainsi le prophète se sentirait-il mieux que la veille.

Il repoussa silencieusement sa couverture, chercha ses sandales à tâtons et se leva sans bruit. Il avait le cou et les épaules un peu raidis par le sol dur et froid mais à en croire Élie, c'était une douleur qu'il pouvait offrir au Seigneur.

Ramassant la grosse gourde qu'il avait laissée à l'entrée de la grotte, il descendit jusqu'au petit chemin qui menait à la rivière. Élie ne se réveillerait que beaucoup plus tard, aussi le jeune homme avait-il tout son temps pour prendre de l'eau et récolter d'autres herbes qu'il pourrait ajouter au repas de midi.

Ils suivirent des yeux la silhouette sombre qui descendait avec précaution vers le petit chemin. L'homme à la capuche disparut dans le sous-bois et l'un des acolytes demanda :

– Est-ce Élie ?

– Je ne crois pas, répondit le chef du groupe. Pourquoi un maître porterait-il une gourde ? Non, ce doit être Élisée, son serviteur.

– Qu'allons-nous faire ? Nous devons les tuer tous les deux.

Le chef allait répondre mais il préféra se taire. Il comprenait que les souverains veuillent se débarrasser d'Élie, être malfaisant qui offensait Astarté, mais il se refusait à supprimer un garçon comme Élisée qui n'était même pas arrivé à l'âge adulte. Il avait formulé ses objections auprès de Jézabel qui avait répondu que la mort d'Élie lui suffirait, pourvu que son compagnon ne sache pas qui avait commis ce crime.

Aussi le chef était-il reconnaissant à Baal et Astarté d'avoir permis à ce garçon de quitter la grotte. Un jour, il saurait remercier ces dieux de lui avoir sauvé la vie.

Une fois qu'il fut hors de leur vue, les quatre hommes reprirent leur chemin en silence. Ils atteignirent le bord de la plus grande grotte et sentirent aussitôt l'odeur d'une présence humaine. Les pierres et les feuillages portaient encore les reliefs de nourriture et autour d'eux flottait la fumée âcre du feu qui avait servi à réchauffer les dormeurs et à éloigner les animaux sauvages.

En s'approchant, ils virent qu'Élisée avait ranimé le foyer juste avant de partir, ce qui servirait leurs desseins.

À l'aide de quelques gestes de la main, le chef fit signe à l'un de ses collègues de préparer le combustible. Celui-ci déboucha une grosse jarre et pénétra en rampant dans la grotte obscure. Il n'entendait que la respiration régulière du dormeur, ponctuée de temps à autre par un ronflement sonore.

Le chef suivit son collègue et lui prit sa jarre puis se mit en devoir d'encercler Élie avec le liquide qu'il répandit lentement autour de lui. Si le prophète venait à s'éveiller, un couteau le tuerait aussitôt mais rien ne semblait devoir troubler son sommeil. Plus il versait de liquide, plus le jeune prêtre s'étonnait. L'homme devait être drogué pour ne pas sentir l'odeur forte de cette eau de feu.

Quand il eut fini, le chef fit signe à un autre acolyte de lui apporter la jarre initialement réservée à Élisée et il la vida directement sur les vêtements du prophète. Celui-ci dut tout de même humer quelque chose car il remua, éternua. Les quatre hommes reculèrent aussitôt. Le chef tira une brindille enflammée du foyer et la jeta au fond de la grotte vers Élie qui commençait à bouger.

Tous quatre s'enfuirent aussitôt en prenant soin d'éviter la direction qu'allait prendre la flamme. Ils venaient de bondir autour de la grotte lorsqu'une boule de feu jaillit en mugissant derrière eux et s'épanouit tel un nuage alimenté par les dieux infernaux. Le bruit était assourdissant mais le chef crut distinguer avec épouvante un long hurlement.

Les quatre hommes s'enfuyaient aussi vite qu'ils le pouvaient, dévalant la pente jusqu'à la rivière. Enfin ils s'arrêtèrent dans le calme revenu et ne virent plus qu'un épais nuage de fumée avidement léché par de géantes langues de feu.

Aucun d'eux ne s'était douté que l'eau de feu possédât une telle puissance. Ils ne l'avaient vue utilisée qu'en petite quantité. Ils tombèrent à genoux en tremblant de tous leurs membres.

À travers la forêt qui s'éveillait, ils crurent entendre un bruit affreux, de plus en plus distinct ; les appels désespérés d'un homme qui implorait son Dieu et hurlait d'une indicible souffrance. Alors les quatre hommes se mirent à prier Astarté pour qu'elle abrège son supplice au plus vite.

En contrebas, au bord de l'eau, Élisée avait entendu le vacarme de l'incendie. Il se leva d'un bond et partit en courant vers la grotte. Il lui semblait que le feu qu'il avait allumé à l'entrée de la caverne se soit brusquement attaqué à toute la paroi rocheuse.

Immédiatement, il songea à Élie. Le prophète était-il pris au piège ? Ou était-il parvenu à s'échapper de cet antre ? Le jeune homme escalada le chemin, s'approchant autant qu'il le pouvait du brasier, bien décidé à en sortir son maître s'il le fallait. Mais, à mesure qu'il progressait, il se rendait compte qu'il n'avait jamais vu de flammes aussi gigantesques, dignes de celles qui avaient détruit Sodome et Gomorrhe, les flammes dont l'avait menacé son père s'il venait à se détourner du Seigneur pour laisser errer son regard sur une femme.

Submergé par la subite révélation que l'Éternel était là, il s'arrêta net et tomba à genoux en implorant Sa protection.

C'est alors qu'il entendit les hurlements au milieu des flammes. Il rouvrit les yeux, contemplant intensément l'entrée de la grotte et soudain il aperçut un spectacle qui allait rester à jamais présent dans sa mémoire. Sur la plate-forme venait de surgir la silhouette d'Élie entourée de feu, les bras ouverts en offrande, clamant sa joie et son amour du Dieu des armées descendu sur terre sous sa forme ardente, ainsi qu'Il était apparu aux enfants d'Israël dans le désert du Sinaï. La bouche d'Élisée s'ouvrit toute grande lorsque son seigneur et maître, le prophète de Dieu, s'avança jusqu'au bord de la grotte en hurlant son extase à Dieu, aux cieux et à la terre.

L'homme embrasé enleva la couverture de laine qu'il portait et la jeta vers la vallée où elle tomba en voletant, enflammant au passage la végétation qu'elle effleurait. Dans la sécheresse de l'été, les fougères s'allumèrent aussitôt.

Devant la grotte, la silhouette d'Élie dansait de joie en communion avec le Très-Haut et elle commençait à se fondre dans la fumée et dans les flammes. Malgré le respect que lui inspirait le Seigneur, le jeune homme ne put s'empêcher de continuer à regarder de tous ses yeux. Il vit alors Élie qui ôtait son manteau et le jetait dans sa direction comme s'il désirait qu'Élisée le récupérât. Mais le vêtement était tellement imprégné de l'esprit du Seigneur qu'il vibrait de Son souffle brûlant. Le lin léger s'envola et, au lieu de tomber parmi les buissons en flammes, il s'éleva par-delà les collines, jusque dans les cieux.

L'incendie menaçait maintenant de s'étendre à toute la vallée. Élie avait complètement disparu et ses cris d'action de grâces s'étaient tu. Maintenant, Élisée entendait Dieu Lui-même qui lui parlait à travers le rugissement des flammes envahissant la cime des arbres et l'affolement des animaux en fuite devant la puissance du Très-Haut, Dieu d'Israël.

Élisée pria pour Le remercier d'avoir emporté Élie avec Lui mais les flammes arrivant dans sa direction, il se leva pour fuir à son tour. À jamais, son maître, Élie, resterait l'élu du Tout-Puissant qui l'avait accueilli en Son sein ; il siègerait désormais avec Moïse à la droite de Dieu. Quant à Élisée, sa mission se poursuivait sur terre. Son heure était venue. Sa route s'ouvrait droit devant lui.

*
**

La nouvelle se répandit à travers la ville aussi vite qu'un feu de prairie en été. On commentait partout l'extraordinaire événement ; alors quelqu'un courut avertir son épouse et ses voisins et d'autres groupes se formèrent plus loin. Des fidèles sortirent du temple et accueillirent la nouvelle dans un silence stupéfait.

Au milieu de ce désordre se tenait un jeune homme, les cheveux et les vêtements encore imprégnés de l'odeur de fumée.

Il se faisait appeler Élisée et arborait une tranquille autorité, une stature solennelle malgré son extrême jeunesse, et ses yeux brillaient de la lueur des prophètes qui avaient vu la face formidable du Seigneur. Et il parlait comme un homme qu'il fallait écouter...

La foule se rassembla peu à peu autour de lui, si bien qu'il dut se hisser sur un chariot de bois pour se faire entendre de tous. Au début, certains crurent le voir hésiter, marmonner entre ses dents, disant qu'il n'était pas digne... comme s'il discutait avec lui-même. Mais, lorsqu'il s'aperçut qu'on l'écoutait déjà, il prit de l'assurance, sauta sur le chariot et fit face à son auditoire.

– Je voudrais te dire, Israël, que tu dois écouter mes paroles. Je suis Élisée, disciple et successeur d'Élie, prophète de Dieu. Ce matin, dans la vallée en contrebas, dans les bois de cèdres, Élie a été emporté par le Tout-Puissant dans un chariot de feu ; et c'était le souffle de Dieu Lui-même. Le Seigneur de notre peuple est descendu jusqu'à nous et Il commande que vous m'écoutiez. L'Éternel Tout-Puissant a saisi Élie, son prophète, entre ses mains. Je l'ai vu de mes yeux. Les flammes et la fumée que vous avez découvertes ce matin étaient la manifestation de l'Éternel en personne dans la vallée où Élie et moi nous cachions, en attendant de pouvoir entrer à Samarie et de libérer le temple de ses idoles.

Sa voix gagnait de la force à mesure qu'il parlait. Il n'avait aucune expérience des discours en public, pourtant, il savait que Dieu guiderait chacune de ses paroles et il voyait que la foule s'agrandissait autour de lui.

– Je sais qu'il me revient de prendre la succession de mon maître car, juste avant que le Seigneur le prenne avec Lui dans les cieux, Élie a ôté son manteau et me l'a lancé, le visage déjà radieux, les yeux brillants et il sautait de joie car il savait qu'il allait être emporté en corps et en esprit.

« Oui, peuple d'Israël. Ton prophète Élie dansait avec une joie plus grande qu'il n'existe de joie au monde. Mais son manteau était enflammé du souffle de Dieu et il est monté aux cieux avant que je ne puisse l'attraper. Béni soit le nom de l'Éternel, Seigneur des armées. »

Quelqu'un dans la foule renchérit :

– Béni soit Son nom !

Élisée prenait de plus en plus d'assurance. Tendant un doigt vers le palais d'Achab, il cria :

– J'en appelle aux habitants de Samarie afin qu'ils remplissent la promesse qu'Élie a faite au Seigneur. J'en appelle à vous pour purifier cette ville de ses idoles et de ses prêtres et prêtresses de faux dieux. N'oubliez jamais ceci : *« Moi seul suis le Seigneur ton Dieu qui t'ai sorti de la terre d'Égypte, de la maison de servitude. Tu n'auras d'autre dieu que moi. »*

« Venez dans le temple renverser les idoles et fabricants d'idoles et leurs prêtres maudits. Suivez les voies du Seigneur Dieu. Et, quand cette terre souillée aura été nettoyée, alors nous renverserons la maison d'Omri et débarrasserons Israël de ce nid de malédiction. »

Rizpah contemplait la scène depuis sa chambre et ne perdait pas un mot de ce que venait de dire cet homme dont elle reconnaissait le visage avec effroi. Hier encore, ce n'était qu'un enfant et voilà qu'il se tenait devant le peuple de Samarie, à parler comme un homme... comme Élie son époux avait autrefois parlé avant d'enflammer son esprit de l'amour de Dieu, avant d'être devenu fou de l'esprit de Dieu.

Maintenant elle comprenait ce que son cœur lui avait dit. Maintenant elle savait que la sombre nuée qui avait survolé Samarie dans la matinée était la fumée du bûcher de son époux, le souffle de Dieu. Elle l'avait vue monter de la vallée pour venir dans sa direction, menaçante comme une main au doigt tendu vers elle, le doigt de Dieu qui la désignait à la mort. Elle avait péché contre le Seigneur, maintenant, elle allait mourir. Ainsi Dieu l'avait-Il prédit devant tous.

Son époux était mort, mais elle ne l'annoncerait pas à ses enfants car elle devait descendre retrouver Élisée et faire face à sa destinée. Elle devait se vêtir de ses atours de veuve et répandre de la cendre noire sur son front. Mais elle ne pourrait aller annoncer à Tishbé qu'Élie n'était plus. Ce serait à quelqu'un d'autre de s'en charger, ainsi que de ses malheureux enfants.

Cependant, au plus profond d'elle-même, la mort d'Élie ne lui causait pas de chagrin. Oui, c'était son mari en vertu de la loi, mais plus à ses yeux depuis des années. À mesure que Dieu avait pris possession de lui, il était devenu de plus en plus incompréhensible, quand il ne se taisait pas des heures durant, les yeux perdus dans le vague comme s'il voyait dans le ciel quelque chose qu'elle ne pouvait voir.

Certes, les gens le croyaient empli de la grâce de Dieu et ils écoutaient ses sermons dans le soleil brûlant. Mais Rizpah savait qu'il perdait l'esprit. L'homme qu'elle avait revu la veille n'était plus son mari, d'ailleurs lui-même n'avait pas semblé la reconnaître.

Mais, en rentrant, le Seigneur était venu sur elle et lui avait montré Sa présence. L'air tout entier était rose de Son souffle et les pierres de la muraille semblaient habitées de Sa majesté. Rizpah s'arrêta devant les remparts car elle avait l'impression qu'ils lui parlaient, qu'ils lui disaient combien cette ville était corrompue et mauvaise. Des images de Tishbé lui étaient apparues et elle avait revu le ruisseau, les vergers et les champs, et ses enfants tout petits quand ils jouaient devant la maison, et elle sourit. Elle savait qu'elle ne reverrait jamais Tishbé, car elle avait fauté.

Élie avait dû comprendre que si l'inconstance du peuple d'Israël arrivait jusque dans sa maison, alors il ne lui restait qu'à s'asseoir à la droite de Dieu pour ramener le peuple à la raison.

Elle se détourna de la fenêtre, ôta la délicate robe bleue, présent de Jézabel, et ressortit son ancienne tunique qu'elle avait apportée de Tishbé.

Elle l'enfila, éprouva son étoffe rêche, puis se rendit à la cheminée, versa de l'eau sur la cendre froide et s'en déposa un peu sur le front, avant de déchirer l'encolure de sa vieille tunique, si fragile, pareille à son ancienne vie à Tishbé. Enfin, elle quitta ses appartements et ses enfants, pour ne jamais revenir.

Élisée continuait de dispenser ses enseignements à la foule. Déjà certains lui répondaient avec enthousiasme mais beaucoup secouaient encore la tête. Soudain, le silence se fit car le jeune homme s'était arrêté, interdit, le regard fixé non vers le ciel mais derrière la foule, au fond de la place du marché où venait d'apparaître une femme vêtue de sombre, la tunique déchirée à l'encolure, la tête couverte de la cendre des deuils. Les gens s'écartèrent pour la laisser passer qui avaient reconnu Rizpah, l'épouse du prophète disparu, l'amie de la reine Jézabel.

Elle s'arrêta devant le nouveau prophète de Dieu.

– Femme, souffla-t-il, reconnais tes fautes.

Elle parla, d'abord à voix basse, si bien que seuls ses proches voisins l'entendirent :

– J'ai fauté aux yeux du Seigneur, j'ai adoré les idoles, j'ai de nombreuses fois commis l'adultère, je me suis détournée de la face du Saint, béni soit-Il.

Mot après mot, sa voix s'enflait comme pour mieux s'accuser des fautes dont, mieux que personne, elle connaissait le châtiment. Et, en acceptant ce châtiment, elle espérait sauver le peuple d'Israël de la vengeance du Tout-Puissant.

Mais tant d'autres s'étaient égarés comme elle et peu se sentaient le cœur de la condamner. Leur ville était devenue semblable aux cités de Sodome et Gomorrhe, mais cela leur était égal. Ils aimaient leur vie, ils croyaient que Dieu se réjouissait de Sa nouvelle épouse ; d'ailleurs, le pays ne prospérait-il pas ?

– Femme, tes péchés ont entraîné beaucoup de trouble et de destruction sur Israël. Toi et tous ceux qui adorent les faux dieux vous dressez contre la volonté de l'Éternel. Par votre faute, Élie, notre grand prophète, nous a été enlevé. Mais il m'a transmis son pouvoir. Femme, à quoi t'aurait-il condamnée s'il était ici pour t'entendre ?

– À la lapidation, murmura-t-elle.

– Plus fort ! cria Élisée.

– À la lapidation, articula-t-elle à peine plus fort.

– Plus fort ! hurla-t-il. Annonce au monde quelle doit être ta punition.

Saisie d'une ferveur destructrice, Rizpah s'écria de tous ses poumons :

– Je suis condamnée à la mort par lapidation !

– Alors que son procès commence immédiatement !

Mais la foule ne voulait pas de procès. Elle voulait punir tout de suite l'idolâtre adultère. Un rugissement jaillit d'une partie de l'assistance, hommes et femmes demeurés fidèles à l'Éternel, qui détestaient ce qui était advenu de leur ville et de leur royaume sous le règne de Jézabel. Bousculant les plus hésitants, ils saisirent Rizpah par les bras et les jambes.

Épouvanté, Élisée tenta de les arrêter :

– Elle doit être jugée ! cria-t-il.

Il était trop tard.

Ceux qui, comme elle, avaient vénéré Baal et Astarté, reculèrent, terrifiés qu'on ne leur fît bientôt subir le même sort.

Les fidèles du Seigneur entraînèrent Rizpah sanglotant de terreur vers les murailles de la cité. Au passage, la foule s'amplifia de curieux enthousiastes tandis que quinze hommes poussaient et tiraient Rizpah sur le chemin caillouteux ; elle en eut bientôt les jambes et les bras couverts de sang, la peau en lambeaux. Elle tomba plusieurs fois et arriva en rampant sous la porte de Tyr. C'était là que les prostituées et les femmes adultères étaient lapidées du temps d'Omri. Certaines étaient précipitées du haut des remparts et mouraient instantanément. D'autres, qui avaient commis de grandes fautes, étaient lapidées debout. Ce fut le sort que l'on réserva à Rizpah.

La foule la poussa contre la muraille, s'empara des pierres qu'elle avait rassemblées le long du chemin. Et ils commencèrent à les lui lancer, la touchant sur le corps, sur les bras, sur les jambes, sur la tête. En quelques instants elle perdit connaissance car un homme, qu'elle avait cru reconnaître, lui avait lancé une énorme pierre droit sur la tempe.

Longtemps après que la foule eut disparu, longtemps après que la poussière du chemin fut retombée, une femme solitaire en robe jaune passa la porte de Tyr, accompagnée d'un prêtre d'Astarté. Ensemble, ils contemplèrent le corps ensanglanté et les larmes leur montèrent aux yeux.

Un vieil homme, assis à côté de la dépouille décharnée de Rizpah, lui tenait la main. Il regarda Jézabel s'approcher.

– Je suis Absalon, l'un de ses amis. Quel jour cruel quand l'Éternel reprend la vie de tels innocents !

– Oui, dit Jézabel. Mais Israël paiera...

– Israël a déjà payé, répliqua le vieil homme en se levant. Combien parmi nous étions comme Rizpah ? Allons-nous tous les lapider pour autant ?

Les mâchoires serrées, Jézabel se tourna vers son prêtre.

– Je vengerai cette mort, siffla-t-elle. Je confisquerai les terres de tous les coupables, je décapiterai les meneurs, je brûlerai le temple de Yahvé et j'interdirai son culte... Quant à ce garçon, ce disciple d'Élie, je lui ferai retirer les entrailles de son vivant et je les répandrai sur la place du marché ; ainsi, avant de mourir, les verra-t-il dévorer par les charognards.

Elle se pencha vers le corps inanimé de celle qui l'avait accompagnée depuis le début de son règne sur ce royaume hostile. Incapable de retenir davantage ses larmes, elle éclata en sanglots et pleura la perte de son amie, la première femme israélite à qui elle eût enseigné les joies du culte d'Astarté. Et ses larmes tombèrent comme pluie sur le sol desséché.

Le prêtre avait écouté ce qu'elle disait mais il savait qu'elle n'en ferait rien. Car il s'était produit aujourd'hui quelque chose de plus terrible encore que la lapidation d'une femme adultère. Il comprenait ce que la reine ne tarderait pas à comprendre elle-même : Astarté venait d'être bannie d'Israël à jamais. Car chaque fois qu'un Élie serait tué dans ce pays maudit, un Élisée se lèverait pour condamner Jézabel et les fidèles de tout autre dieu qu'Adonaï. Et il y avait plus de prophètes en Israël que de brins d'herbe dans un champ.

Le prêtre savait que Jézabel allait continuer à régner, ainsi qu'Achab et ses enfants, mais ils ne disposeraient plus de l'amour et du réconfort d'Astarté. En lapidant Rizpah, cette femme d'Israël et complice des dieux et déesses de Phénicie, les prophètes d'Adonaï déclaraient que peu importait le nombre de batailles qu'il leur faudrait perdre, ils finiraient par gagner la guerre.

Élie avait assassiné près de huit cents prêtres et prêtresses. Où cela s'achèverait-il ? Adonaï finirait-Il par tuer tout ceux qui aimaient Baal et Astarté ? Combien devrait-Il encore en tuer pour prouver qu'Il était Dieu ?

VOICI QUE TOUT S'ACHÈVE...

Le soleil descend lentement dans la mer, illuminant le sommet des murailles de Sidon. Au loin, les pêcheurs sourient en regardant les remparts comme embrasés aux derniers rayons de lumière.

Ce soir, la vie ne s'arrêtera pas au crépuscule. Dans l'air, les senteurs des viandes, des vins et des parfums s'insinuent jusqu'au cœur des maisons. Il a plu presque toute la journée mais les nuages se sont dissipés avec la tombée du soir. Les habitants sont sortis de leurs maisons en espérant respirer un peu la fraîcheur de l'air mais ils hument surtout les arômes d'un banquet comme aime en donner le roi Abimel.

Pourtant, cette fois, les effluves ne proviennent pas du palais ; hommes et femmes se regardent avec surprise en se demandant d'où peuvent provenir de telles fragrances. Il n'est pas jusqu'au silence de la nuit qui ne soit interrompu par les cloches et les trompettes, par les harpes et par les lyres, par les tambours qui résonnent au fond des ruelles, appelant les habitants de Sidon à la fête.

Les curieux se précipitent vers les remparts et, bravant la garde, ils sont un puis deux puis cent à grimper au sommet afin de voir ce qui se passe à la sortie de la ville. Bientôt, c'est toute la population qui se presse dans un silence stupéfait et les soldats ne font pas un geste pour les en empêcher car eux-mêmes admirent ce tableau qu'ils n'ont encore jamais vu.

Les étoiles brillent à l'horizon pour la première fois depuis trois jours. Et c'est alors que commence le véritable spectacle. Soudain les voix douces des instruments entonnent une mélodie harmonieuse, sensuelle et rythmée. Les habitants se penchent pour tenter de voir ce que leur révèle encore la pâle lueur qui entoure les musiciens éclairés par les feux où rôtissent des moutons, des porcs et un bœuf entier.

La réverbération de la musique emplit l'atmosphère comme les trente interprètes se mettent à chanter et psalmodier leur passion. Alors que les habitants de la ville se regardent en s'interrogeant sur les raisons de cette étrange manifestation, des voix impérieuses en contrebas ordonnent de faire place au roi Abimel.

Le souverain phénicien grimpe à son tour les marches et la foule s'écarte pour le laisser passer. Mais, tout comme son peuple, le roi ne comprend pas ce qui se trame au pied de ses remparts. C'est alors que, comme s'il en avait donné le signal, la tranchée qui entourait tout le campement s'enflamme dans un souffle et que les flammes bleues serpentent autour des foyers et des musiciens, et les spectateurs poussent des cris de surprise.

Au milieu du campement, jusque-là cachée par l'obscurité, se tient une jeune femme. Telle une idole animée, elle se meut à peine sur l'estrade retenue par quatre poteaux. Lentement, elle lève la tête, comme si elle voyait à travers les remparts, à travers les yeux du roi, au-delà des étoiles. Ses lèvres s'ouvrent sur une prière silencieuse à l'adresse des dieux et déesses des cieux.

Hommes et femmes retiennent leur souffle devant cette beauté royale ; les assistants de la femme allument les brasiers qui entourent la plate-forme et illuminent soudain son corps. Les spectateurs poussent des cris de surprise quand ils voient les voiles transparents qui la vêtent, scintillant de rouge, de bleu, de vert et d'or, masquant à peine les contours de son corps nu.

Isha-Astareth, prêtresse d'Astarté, compagne d'El, épouse préférée et vénérée de la Lune et des étoiles, favorite du roi

Abimel de Phénicie, se met à onduler lentement au rythme des tambours et des harpes. Elle danse et courbe les bras, les yeux mi-clos, la bouche entrouverte, perdue dans son monde sensuel.

Nul ne sait pourquoi elle donne ce spectacle mais ils restent tous fascinés. Les hommes se rapprochent de leurs épouses, les entourent de leurs bras ; les femmes se blottissent contre leurs maris... tous captivés par la belle jeune femme qui danse pour le plaisir de la ville.

Le roi Abimel contemple Isha-Astareth, sa nouvelle prêtresse favorite. Il l'a connue presque chaque nuit depuis trois mois qu'elle lui a abandonné sa virginité au nom d'Astarté. Elle a conquis son cœur aussi sûrement qu'elle conquiert en ce moment le reste de la ville. Il la regarde danser et il sourit.

Et il commence à comprendre pourquoi elle offre à tous ce spectacle.

Au fond du camp, dans l'obscurité, Jézabel regarde avec plaisir la jeune femme et puis son frère, le roi, et sourit, elle aussi. Depuis qu'elle s'est échappée d'Israël, quelque vingt années plus tôt, depuis qu'elle se cache dans le secret des appartements royaux, elle rêvait de sa résurrection, de reconquérir Israël et d'en chasser Adonaï. C'est désormais inutile. Le manteau du pouvoir a été transmis...

Composé par PCA
44400 – Rezé

Impression réalisée sur CAMERON par

BRODARD & TAUPIN
GROUPE CPI
La Flèche

pour le compte des Éditions Michel Lafon
en février 2003

Imprimé en France
Dépôt légal : février 2003
N° d'impression : 17336
ISBN : 2-84098-893-3
LAF 369